Der Zauber der Freiheit

Ein Yurvanischer Wandelroman

Nicole Lieger

FSC
www.fsc.org
MIX
Papier aus verantwortungsvollen Quellen
FSC® C083411

Alle sind herzlich eingeladen, weitere Werke im Geiste dieses Romans zu erschaffen!
Hierin enthaltene Themen, Ausrichtungen, Erzählstränge oder Menschenbilder dürfen gerne als Inspiration verwendet werden.
Außerdem freue ich mich über Rückmeldungen und Interessensbekundungen!
auf: **nicoleliieger.eu**

Autorin: Nicole Lieger
Umschlag: Claudie C. Bergeron, claudiecb.com, oder via Reedsy.com
Fonts: Crimson Text, Zilla Slab. Cinzel.
Originalausgabe, herausgegeben von Nicole Lieger, Wien, 2024

ISBN 9783759235688

Titel der englischsprachigen Ausgabe:
The Charms of Freedom – A Yurvanian Transition Novel

weiterer Titel aus der Reihe der Yurvanischen Wandelromane:
Schatten aus Sternenlicht
The Starlight of Shadows

Herstellung und Druck über tolino media GmbH & Co. KG,
Albrechtstr. 14, 80636 München. Printed in Germany.
Fragen zu Produktsicherheit an: gpsr@tolino.media.

Ein **Hintergrund-Glossar-Geplauder**
der yurvanischen Welt
findet sich auf meiner Webseite:
nicolelieger.eu/yurvania

Alle Kinder sind unsere Kinder.

Gründer der SOS Kinderdörfer

1

Die weißen Segel der Windmühlen drehten sich gemächlich über einem Gewirr aus Dachgärten. Der Wandel war anmutig in die Verspieltheit und die pompöse Selbstbeweihräucherung der alten Villen hinein gewachsen. Das Grün um ihre Mauern war so verschlungen und lebendig wie die Verwürfelung von Freunden und Familien, die sich nun die alten Prunkräume teilten. Reife Früchte grüßten von Türmchen und Nischen, von Erkern und Wendeltreppen. Eine Gruppe Hühner gackerte auf einem überwucherten Balkon und blickte herab auf die tief unter ihnen stehenden Menschen. Die Strahlen der Morgensonne badeten Varoonya in mattem Gold.

Doch hinter schweren Samtvorhängen voller Staub und Geschichte herrschte schummriges Zwielicht. Dumpfe Stille erfüllte den Saal. Die Wände der Halle ragten schier endlos in die Höhe, bis hin zum Firmament eines düsteren Gewölbes. Enim blinzelte nach oben. Von der Galerie blickten die ausdruckslosen Gesichter von fünf Prüferinnen schweigend zu ihm zurück.

Enim räusperte sich. Nun denn.

Er wandte sich wieder dem kunstvollen Arrangement auf dem Boden zu. Sein prüfender Blick glitt noch einmal über die schimmernden Kristalle, die fein geschlungenen Glasfäden. Alles schien am richtigen Platz.

Enim hob seinen Zauberstab. Seine Augen wurden schmal. Im nächsten Moment war die Welt für ihn verschwunden. Er kannte nichts mehr als die Runen in seinem Geist, den Fluss der Magie in seinen Adern. Voll und rund rollten die Silben über seine Zunge, archaische Laute der Macht, intoniert mit der Perfektion jahrelanger Schulung. Genau mit dem letzten Ton flammte ein Pentagramm auf, aus heiser knisternder Glut, und tauchte Enims Gesicht in seinen unsteten Schein.

* * *

⦚ Kaya kauerte im Gebüsch und duckte sich tief in den Schatten des Berges. Rund um die Mine war es dunkel. Schwarze Wolkenfetzen peitschten über den Himmel, rissen auf und enthüllten die fahle, dünne Sichel des Mondes. Ein kalter Wind blies harsch und böig.

Lhut tauchte neben ihr auf, leise wie ein Geist, und nickte Kaya zu. Der Weg war frei. Kaya spähte hinter den Zweigen hervor. Auf ihrer Seite war die Wache gerade eben vorbei gegangen. Jetzt oder nie. Kaya warf Lhut einen kurzen Blick zu und sprintete los. Geduckt rannten sie bis zum Eingang der Mine und schlüpften in die Dunkelheit des Berges ohne anzuhalten. Sie kannten den Weg gut genug. Nicht umsonst hatten sie jahrelang hier geschuftet, Tag für Tag.

Erst als sie weiter abstiegen, entzündeten sie ihre Laterne. Tiefer und tiefer ging es in die Tunnel, Biegung um Biegung in das unterirdische Labyrinth. Schließlich hielten sie inne. Sie waren fast da.

Kaya lauschte und spähte dann vorsichtig um die Ecke.

Ja! Ihr Herz machte einen Sprung.

Alle waren da. Sie waren wirklich gekommen.

Im flackernden Licht einer Fackel schienen die Menschen, die in der Tunnelhöhle standen, nicht mehr als dunkle Gestalten und unsichere Schatten. Aber Kaya wusste, das waren ihre Leute. ›Wir sind alle gekommen, heute Nacht‹, dachte sie stolz. ›Wie erschöpft wir auch sein mögen nach langen Schichten in der Mine. Wie verängstigt wir auch sind, nach verdeckten und dann immer offeneren Drohungen. Wir sind gekommen, trotz alledem.‹

Kayas Gesicht trug einen seltsamen Ausdruck irgendwo zwischen einem Lächeln und fest zusammengebissenen Zähnen.

»Alsdann.« Kayas Stimme war leise, doch klar wie Glas. Sie ergriff die Hand der Frau neben ihr. Lhut nahm die andere, und so schloss sich der Kreis, rundum eine Hand in der anderen, in einer feierlichen Geste der Stärke und Entschlossenheit.

Und in der Stille dieses Rituals hörten sie es kommen.

Zunächst ein tiefes Grollen, ein Stöhnen tief im Gestein. Ein Ächzen und Ziehen irgendwo im Inneren des Berges. Und dann – berstende Balken und ein Riss in der Decke.

Ein Schrei gellte durch die Luft. Schwarze Gestalten rannten Richtung Ausgang. Sie stolperten, fielen. Steinbrocken regneten auf sie herunter, ein Hagel aus Geröll, der gnadenlos alles bedeckte, was ihm unterkam.

Kaya stieß gegen zwei junge Männer, die sich gegenseitig aufhalfen, weiterliefen inmitten aufwallender Staubwolken und nochmals zu Boden stürzten. Ein riesiger Klotz verpasste Kaya um Millimeter, als sie sich instinktiv in eine Nische presste.

Ein anderer Brocken traf sie an der Stirn. Blut lief über ihr Gesicht.

Im grauen Nebel tauchte Lhut vor ihr auf und zog sie vorwärts. Doch dann war das Krachen direkt über ihm. Die Welt brach über Lhut zusammen und riss seine Hand aus Kayas Griff. {{{

Kaya erwachte mit einem Schrei.

Ihr Atem kam stoßweise. Schweiß stand auf ihrer Stirn. Gehetzt blickte sie um sich, doch alles, was sie sah, war das Mondlicht, das durch das kleine Fenster ihrer Kammer fiel. Alles, was sie hörte, war das Rasen ihres eigenen Herzens.

Kaya atmete tief durch. Sie rieb über die Narbe an ihrem Kopf.

Allmählich verlangsamte sich ihr Herzschlag, fand zurück zu seinem gewohnten Rhythmus.

»Alles gut. Alles in Ordnung. Es ist vorbei«, sagte sie leise. Steif legte sie sich zurück auf ihr Bett und starrte in die Dunkelheit.

Es stimmte nicht. Nichts war gut. Nichts war in Ordnung.

Kaya hieb mit der Faust auf die Matte, erstickte einen Schrei in ihrem Kissen. Dann zog sie das Kissen zur Seite. Ihre Augen glänzten. »Es ist nicht in Ordnung! Und: Es ist nicht vorbei!«

Ihr nächster Schrei gellte mit aller Kraft durch die Nacht. Eine Wehklage, ebenso wie ein Eid, ein Versprechen, ein unauflöslicher Schwur.

* * *

Langsam und behäbig wand sich der Roonfluss um den Fuß des Hügels von Varoonya. Am Rande der Stadt, wo die Ufer wieder breit und grün wurden, verklang das laute Treiben des Hafens allmählich zu einem leisen Hintergrundgemurmel, um schließlich ganz im sanften Plätschern der Wellen aufzugehen.

Auf einer der Wiesen flanierten Menschen in farbenfrohen Gewändern, standen lachend und plaudernd in kleinen Gruppen beisammen, ein Glas und eine knusprige Knabberei in der Hand. Ketten magischer Laternen antworteten mit warmem Leuchten auf die Streifen von Violett und Rosenrot, die sich über den Abendhimmel zogen.

Zufrieden ließ Enim sich umhertreiben zwischen seinen Gästen, zwischen Glückwünschen und Abschiedsliedern, zwischen freundlichem Schulterklopfen und Fragen nach seiner Zukunft. Schlank und schlaksig wie er war, tanzte Enim mit mehr Begeisterung als Anmut, aber sein feines Lächeln und sein jungenhafter Charme brachten ihm doch mehr als einen Kuss ein.

Enim hatte sich für den feierlichen Anlass in die am wenigsten abgetragene seiner üblichen blauen Pluderhosen geworfen, und die dunklen Falten fielen weich um seine Beine, bis sie über den Knöcheln zusammen gerafft wurden. Die kurze rote Weste über Enims Hemd hingegen war genau die gleiche wie immer. Das ging nicht anders, wegen ihrer hundert kleinen Taschen voller Phiolen und Kristalle und magischer Nützlichkeiten. Enim würde nicht ohne seine Ausstattung außer Haus gehen.

Den Zauberstab in den breiten Gürtel gesteckt, der sich um seine Taille wand, war Enim daher ganz genau so, wie ihn alle kannten. Und feiern wollten!

Lachend zog Enim die Kappe vom Kopf und strich sein schwarzes Haar aus der Stirn, als er plötzlich erstarrte.

Eine Wolke aus goldenem Licht stieg zu seinen Füßen auf.

Verwirrt blickte Enim um sich.

Und einen Moment später hatte er die Quelle der Magie entdeckt.

Yoor reckte die Arme gen Himmel. Die weiten Ärmel seiner Robe fielen zurück und entblößten das schimmernde Blau seiner Haut. Ein Hauch von Violett mischte sich darunter, tanzte in zarten Mustern über Yoors samtigen Körper.

In einem großen, majestätischen Kreis senkte Yoor den Arm und tausend kleine Sterne umtanzten Enim, erhoben sich und formten hoch über seinem Haupt die Säulen und Bögen eines schlanken Lichttempels, erfüllt mit dem triumphalen Gesang himmlischer Chöre.

Enim starrte mit aufgerissenen Augen hinauf. Dann begann er zu lachen. »Yoor, ich bitte dich! Genug ist genug.«

Die Musik verklang, und der Tempel fiel als Goldregen zu Boden, wo er einen strahlenden See rund um Enims Füße bildete, bevor auch dieser sich auflöste und im Nichts verschwand.

»Du meine Güte«, grinste Enim, als er Yoor umarmte. »Ich habe bloß graduiert. Nicht den Aufstieg zu den Göttern gemacht.«

»So gut wie«, murmelte Yoor in Enims Haar.

Torly tanzte heran und warf sich an Enims Rücken, wo sie ihn in eine feste Doppelumarmung drückte, bevor sie ihn freigab und sich an Yoors Schulter lehnte.

Zahlreiche Menschen hatten sich zu ihnen umgedreht, mit erhobenen Brauen und lächelnden Augen. Schmetterlingsmenschen waren rar, und Yoors schillernde Haut wurde genauso bereitwillig bewundert wie die Magie seiner Illusionen. Als Yoor die auf ihn gerichtete Aufmerksamkeit bemerkte, verneigte er sich nach links und rechts mit verhaltener Demut und überschwänglicher Extravaganz. Diamanten glitzerten in seinem perlweißen Haar.

Torly lachte. »Yoor! Du bist wirklich für die Bühne geboren!«

»Danke.« Yoor richtete sich auf. »In zwei Tagen stehe ich wieder drauf.« Er hakte er sich bei Enim unter. »Aber was ist mit dir? Wo gehst du hin, nun, da du die Akademie verlässt?«

Ein schiefes Lächeln stahl sich in Enims Gesicht.

»Ziemlich weit weg. Ich gehe in die Berge.«

»In die Berge!« Yoors Augen weiteten sich. »Aber warum denn das? Was willst du denn dort? Da ist doch nichts!«

»Da ist nicht nichts. Nirgendwo ist nichts. Es ist bloß ein Ort, über den du noch nie nachgedacht hast.« Enim fuhr sich mit der Zunge über die Lippen. »Aber um ehrlich zu sein, ich weiß auch nicht, was dort ist. Deswegen gehe ich ja hin. Ich bin hier in Varoonya aufgewachsen. Ich will einmal etwas anderes sehen. Auch wenn es ...« Enim schlang seine Arme um die Brust. »Ich weiß nicht, was mich erwartet. Aber ich will gehen.«

»Meiner Treu«, sagte Yoor beeindruckt. »Was für ein Abenteurer! Du hättest ja genauso gut hier Arbeit finden können. Aber nein. Du ziehst hinaus ins Unbekannte. Ans Ende der Welt, geradezu. Wer hätte das gedacht! Ich muss zugeben, ich habe dich immer für eher zahm und brav gehalten. Jemand, der sich an die Regeln hält und alles richtig macht. Wie habe ich mich getäuscht!«

»In die Berge zu gehen verstößt nicht gegen irgendwelche Regeln«, stellte Enim klar. »Sonst würde ich es natürlich nicht tun.«

»Weil du tatsächlich glaubst, dass Regeln immer richtig sind?«

Enim stutzte. »Ja, natürlich. Was denn sonst? Dazu sind Regeln doch da. Regeln halten fest, was richtig ist, und was richtig ist, wird eine Regel. Wenn selbst die Definition des Richtigen nicht richtig wäre, wie sollte sich dann noch wer auskennen und irgendwas funktionieren?«

Yoor legte den Kopf schief und bedachte Enim mit einem schrägen Blick. »Ich fürchte, dir stehen noch böse Überraschungen bevor, mein Freund.«

Torly zwickte Yoor in den Arm. »Sei da mal nicht so sicher! Enim hat seine eigene Sicht der Dinge und ist nicht so leicht aus der Bahn zu werfen. Es würde mich nicht wundern, wenn er mit seiner felsenfesten Überzeugung sogar die Wirklichkeit umstimmt. Die sich dann seinem Willen beugt und genau so wird, wie Enim gesagt hat. Richtig, eben.«

»Das nenne ich wahre Magie«, sagte Yoor mit Inbrunst. »Ich wünschte, sie hätten uns das an der Akademie gelehrt.«

2

Auf dem Weg in die Berge war Toan die letzte Stadt, die von der Postkutsche aus Varoonya angefahren wurde. Von hier aus musste Enim allein zurechtkommen.

Sorgfältig wählte er auf dem Pferdemarkt eine braune Stute aus und traf sogar eine Bäuerin, die sein Gepäck mitnehmen würde. Gemächlich ritt Enim neben ihrem Karren her, durch eine sanfte Hügellandschaft voller Felder und Auen. Dörfer und Scheunen zogen vorbei, glitzernde Bächlein, Schafe und Enten. Enim kam das alles vor, als würde er eine Reise durch ein Bilderbuch machen. Hübsch, aber nicht ganz real. Und auch nicht von Dauer. Schon bald würde das Bilderbuch sich schließen und Enim sich in der wirklichen Welt wieder finden. Nur, dass die wirkliche Welt, die Welt, in der er lebte, nun in den Bergen sein würde.

Was immer das heißen mochte.

Enim rutschte unruhig im Sattel hin und her.

Er hatte sein ganzes bisheriges Leben in der Hauptstadt verbracht. Das war, was er kannte. Wo alle seine Freundinnen lebten. Wie würde es sein, in einer vollkommen neuen Welt anzukommen? Überhaupt niemanden zu kennen?

Enim biss sich auf die Lippe.

Im Tal von Shebbetin gab es Diamanten, soviel wusste er. Und Minen, in denen Tonnen von Stein bewegt wurden, mit Hilfe magischer Traptionen. Als Almecha, der Traptionen erschaffen und reparieren konnte, würde ihn doch sicherlich jemand anheuern wollen? Auch wenn alles, was Enim an der Akademie gelernt hatte, nur Modelle und Übungen gewesen waren. Eine echte Traption, die wie ein alter Riese aus Zahnrädern und Magie tief im Inneren eines Berges saß, war vielleicht doch noch einmal etwas anderes. Würde er damit überhaupt zu Rande kommen, wenn er ganz allein unten im dunklen Tunnel stand?

Enim straffte die Schultern und trieb sein Pferd vorwärts.

*

Nach zwei Tagen erreichte Enim Hebenir, das letzte Dorf, das sich auf dieser Seite der Berge an den steilen Hang schmiegte. Dahinter führte nur noch ein schmaler Pfad hinauf zum Pass.

Alle Handelstreibenden übernachteten in Hebenir. Es war möglich, Shebbetin von hier aus an einem Tag zu erreichen, doch es musste ein ziemlich langer Tag sein, vor allem, wenn man mit einem Karren unterwegs war.

Und so war es noch vor Sonnenaufgang, als der Wagen der Krämerin in den Hof hinaus polterte. Enim, froh über die ortskundige Führung, ritt auf seinem Pferd hinterher.

Im matten Licht der Laternen folgten sie dem Weg, der sich hinter dem Dorf durch die letzten Felder und Weiden bergauf wand. Gerade als das erste Morgenlicht den Himmel anhauchte, verschwand der Pfad zwischen dichten Bäumen und damit wieder in Finsternis. Nur hier und da fiel ein Strahl durch die Kronen bis auf den Boden hinunter, vereinzelte Finger aus Licht, seltsame Säulen, die sich zwischen die schwarzen Stämme mischten. Die Dämmerung tauchte den Wald in einen vagen, unwirklichen Schein, der Enim das Gefühl gab, sich wie durch einen Traum zu bewegen.

Dunkle Riesen standen um ihn herum, Gefährten eines wortlosen Liedes, das der Wind durch die Zweige flüsterte. Der Pfad wurde immer steiler und steiler. Von allen Seiten drängte das Unterholz auf den Weg und hinderte ihre Reise. Alles fühlte sich eng und schwierig an.

Und dann, ganz plötzlich, waren sie durch.

Als sie den Kamm überschritten, explodierte das Sonnenlicht in Enims Augen, ein unfassbar helles Leuchten über dem weiten, offenen Hochland. Ein endloser Himmel dehnte sich über ihm, die Tiefe des Kosmos nur dünn verschleiert von ein paar rosigen Wolken. Am Horizont schimmerten schneebedeckte Gipfel. Ein kalter Wind blies Enim ins Gesicht, trieb Tränen in seine Augen und Haare in seine Stirn. Hoch über ihm schrie ein Falke.

Enim schüttelte den Kopf, als würde er versuchen, aufzuwachen.

Kein Zweifel.

Er war da.

Das waren die Berge.

Den ganzen Tag ritten sie schweigend über das weite Hochland, in mattgrüne Täler und auf einsame Kuppen, immer entlang des Pfades, der sich wie ein dünner Faden durch das Gewebe dieser endlosen Landschaft zog. Zwei kleine fahrende Gestalten, die sich leiten ließen von einer riesigen, alten, grenzenlosen Welt.

Enim fühlte das Auf und Nieder der Hänge unter sich wie den zeitlosen Atem der Erde. Allmählich wurden die Schatten lang und dunkel. Schließlich reichten sie sogar hinauf bis in den Himmel, reckten ihre Finger nach unendlichen Fernen über dem Land. Noch nie hatte Enim so viele Sterne gesehen. Aus der Schwärze des Kosmos sprachen sie zu ihm mit leisen, singenden Stimmen, mit einem Lied, das aus den Tiefen von Zeit und Raum kam. Der Weg unter den Hufen der Pferde war kaum noch zu sehen im matten Schein der Laterne. Enim war froh, als der Mond aufging, unfassbar groß, direkt über der kantigen Linie der Berge. Gebadet in die silbrige Stille, die nun über Gräsern und Felsen lag, reisten sie weiter durch die Nacht.

Plötzlich hielt der Karren an.

Enim stutzte. Er ritt vor, um zu sehen, was es gab.

Im Dunkel des Tales fanden seine Augen die Konturen nur mit Mühe.

Doch da, kein Zweifel.

Zunächst waren es nur ein paar Hütten, die sich an den Abhang schmiegten. Aber weiter hinten drängte sich ein Schattengewirr aus Ecken und Nischen, aus Dächern und Gassen im silbrigen Mondenschein. Auf einer Seite des Tales waren Lichter zu sehen, Herdfeuer, die durch die Fenster schimmerten.

Enim atmete tief ein.

»Shebbetin«, flüsterte die Krämerin mit belegter Stimme, so als ob selbst sie das Gefühl hätte, an einem Weltentor zu stehen.

Enim blickte hinunter auf die verworrenen Umrisse der Stadt. Er konnte nicht sehen, nicht verstehen, was da vor ihm lag. Gerade mal erahnte er vage, mysteriöse Konturen des Lebens, das sich hier vor ihm erstreckte und verbarg. Ein riesiges, wunderliches Wesen, das sich in die Kuhle zwischen den Bergen presste.

Sacht drückte Enim die Flanken seines Pferdes und ritt hinab ins Ungewisse.

* * *

Weiches Morgenlicht fiel in die Kammer des Gasthofes.

Enim stolperte verschlafen die Treppe hinunter, auf der Suche nach einem Frühstück. Doch was ihn in der Wirtsstube erwartete, war keine stille Tasse Tee, sondern der Trubel einer aufgekratzten Gruppe, die laut lachte und scherzte – auf Vanisch.

Enim blinzelte.

Die Wirtin stand mittendrin, redete genauso lebhaft wie alle anderen, und genauso sehr auf Vanisch.

Enim wurde bewusst, dass es letzte Nacht die Krämerin gewesen war, die alle Gespräche mit der Wirtin geführt hatte, auf dem Weg hinaus zu den Ställen. Es war Enim nicht in den Sinn gekommen, auf ihre Sprache zu achten. Was hätte es anderes sein sollen als Kokisch, das doch seit dem Wandel überall gesprochen wurde?

Ein Windstoß fuhr in die Stube, als die Tür aufging und die trubelige Gruppe sich schubsend und rufend auf die Straße hinaus drängte.

Eine greifbare Stille blieb zurück.

Langsam driftete der Staub durch die schrägen Lichtstreifen zu Boden. Das Echo vergangener Zeiten und einer Sprache, die schon zu Geschichte wurde, hingen noch in der Luft.

Enim sandte ein stilles Dankgebet zu seinen altmodischen Eltern, die die aufgegebene Sprache zu Hause noch gesprochen hatten. Vielleicht würde er es schaffen.

Er räusperte sich.

»Guten Morgen«, begann Enim in seinem besten Vanisch.

Die Wirtin schenkte ihm ein strahlendes Lächeln. »Guten Morgen!«

Prächtig. Und nun? Enim durchsuchte seine Kindheitserinnerungen nach weiteren Worten. Nach der sich aufdrängenden Frage. »Du sprecht Vanisch?«

»Natürlich. Das tut doch ganz Shebbetin.«

Fassungslos starrte Enim sie an.

Enim schüttelte den Kopf, über sich oder Shebbetin oder die Welt. So etwas Grundlegendes, Offensichtliches! Und doch hatte es ihm niemand gesagt. Er hatte auch nicht danach gefragt. Es war ihm nie in den Sinn gekommen. Heutzutage sprachen doch alle Kokisch, oder?

Nein. Nicht alle.

Oder: nur wenig. Das Kokisch der Wirtin entpuppte sich als noch brüchiger und holpriger als Enims Vanisch. Aber alle die Tsechen, die vornehmen Leute, denen die Minen gehörten, sprachen fließend Kokisch, versicherte die Frau, während sie die Hände an der Schürze abwischte. Nur die einfachen Menschen nicht, die Bergleute und so.

Enim rieb sich den Hinterkopf.

Die Unterteilung der Menschheit in vornehme und einfache Leute glitt an seinem Bewusstsein zunächst einmal einfach vorbei.

Aber Vanisch …

Kokisch war die Sprache seines Herzens, und auch seines Kopfes. In dieser Sprache war er zum Almecha geworden, und sie war es, die nachts in seine Träume kam. Würde er sie nun nicht mehr sprechen können, in diesem neuen Leben, das ihn erwartete?

Enim seufzte. Er würde sich wohl auf eine Zeit des Stotterns und der Sprachlosigkeit einstellen müssen. Und auf eine steile Lernkurve. Das hier würde sein Ankommen in der neuen Welt nicht gerade einfacher machen.

Nun denn. Er würde es schaffen. Sein Vanisch war eingerostet, aber die Basis darunter war stark und stabil. Hoffte Enim jedenfalls.

Die Wirtin machte Frühstück.

Enim sah schweigend zu.

Da fiel ihm noch etwas ein. Etwas Gutes! Und das konnte er jetzt auch gebrauchen. Vielleicht gab es ein Willkommensgeschenk, das hier auf ihn wartete. Denn ein paar Freundinnen, die es nicht zu seiner Abschiedsfeier geschafft hatten, wollten stattdessen Briefe nach Shebbetin schicken. Vielleicht waren die schon da? Ein Lächeln erhellte Enims Gesicht.

Er nahm noch einen Anlauf mit seinem holprigen Vanisch. »Bitte, wo … äh … Briefe haben? Post! Post abholen!« Die Worte stiegen gerade noch rechtzeitig aus Enims Unterbewusstsein auf.

»Die nächste Poststation ist in Behrlem.«

»Behrlem …« Enim zögerte. »Wo, bitte?«

Die Wirtin, die gerade Bohnen auf einen Teller schaufelte, blickte kurz auf. »Behrlem ist südlich von Hebenir. So etwa zwei, drei Stunden zu Pferd.«

Enim sah sie verwirrt an. »Aber …« Enim wechselte zurück ins Kokische. »Was ich meine, ist die lokale Poststation von Shebbetin. Wo die Kuriere des Landes ihre Beutel abladen und die Leute ihre Briefe holen kommen.« Und dann sagte er all das noch mal, so gut er konnte, auf Vanisch.

»In Behrlem«, wiederholte die Frau nickend, während sie die Kartoffeln anrichtete.

»Aber … Ich kann nicht drei Tage Reise für mein Brief!« Unverständnis und Bestürzung lagen in Enims Stimme.

Die Wirtin hatte Mitleid mit ihm. »Nun ja. Für dich gibt es vielleicht einen Weg. Wenn du die Tsechen bittest. Die haben ihren eigenen Kurier, der einmal pro Woche nach Behrlem reitet. Wenn du artig fragst, nehmen sie dich vielleicht in ihre Gruppe mit auf. Wo du doch immerhin ein Almecha bist, von der Akademie in Varoonya.«

Enim blickte die Frau verständnislos an. »Aber … Wieso bitten? Wieso Tsechen? Tausende Menschen hier in Shebbetin. Wie sie bekommen Briefe?«

»Bekommen sie nicht«, gab sie trocken zurück. »Es sei denn, sie haben Glück und eine Händlerin nimmt die Post aus Behrlem mit.«

Enim starrte sie entgeistert an. »Aber das … das nicht möglich. Menschen in Shebbetin so weit weg. Und dann kein Post? Nein.« Enim schüttelte den Kopf. »Das nicht richtig. Es gibt Regel für das. Das Land bringt Post. Für alle. Es muss sein.«

Die Wirtin wandte sich ab. Sie goss kochendes Wasser in eine Teekanne.

Enim appellierte noch einmal an sie. »Natürlich, muss Land sagen. Schreibstuben, in Varoonya. Natürlich sie machen das richtig, ganz bald. Sie machen Poststation in Shebbetin. Und Briefe gut für alle.«

Enim sah die Frau eindringlich an.

»Schau her«, sagte diese etwas defensiv. »Das hier ist ein Gasthof und ich bin die Wirtin. Ich habe dir gesagt, was ich weiß, und das ist alles.«

»Aber–«

»Hier, dein Frühstück.« Sie schob das Tablett mit einer abschließenden Geste zu Enim hinüber. »Ich bin dann hinten in der Küche, falls du mich brauchst.«

*

Die einzigen Gäste, die sonst noch in der Wirtsstube waren, hockten dicht beisammen, ganz hinten in der Ecke.

»Hast du das gehört?«, fragte Kaya mit gedämpfter Stimme.

»Und ob.« Lhut lehnte sich vor. »Der Kerl ist ungewöhnlich.« Lhut ließ seinen Blick über Enims Rücken schweifen, während der still und in sich gekehrt sein Frühstück aß. »Er kommt aus Varoonya, aber kann Vanisch sprechen. Und ist sich nicht zu schade, das auch zu tun. Obwohl er stammelt und stottert und nach Worten ringt. Er hätte das ganze Kopfzerbrechen einfach auf die Wirtin abwälzen können, indem er das Gespräch auf Kokisch führt. Aber nein. Er hat die Anstrengung sich selbst auferlegt, nicht anderen. Und hatte nicht einmal Angst, komisch zu klingen.« Lhut nickte respektvoll. »Da ist jemand mit einem starken und freundlichen Geist, würde ich sagen.«

Kayas Augen wurden schmal. »Er hat ein Problem gesehen und sich aufgeregt. Er hat sich nicht sofort abgeseilt mit einer rein persönlichen Lösung, die nur für ihn geht. Obwohl es ihm sofort angeboten wurde. Nein. Er hat weiterhin an alle gedacht. Und sogar daran, was getan werden müsste.«

Lhut stieß Kaya mit dem Ellbogen. »Los! Noch hat er keine Ahnung. Wir holen ihn uns, bevor andere ihn auch nur zu sehen kriegen.«

*

»Entschuldigung.«

Enim schreckte aus seiner Versunkenheit hoch.

Eine drahtige Frau stand an seinem Tisch, mit schwarzer Haut und kurzem krausen Haar. Eine lange Narbe lief von ihrer Stirn bis hinunter zum Ohr.

»Ja?«, sagte Enim zögernd. Aber auf Vanisch, so wie sie.

»Mein Name ist Kaya.« Sie nickte zum hinteren Ende des Raumes, wo ein muskulöser Mann mit braunen Locken und freundlichen Augen zu ihnen herüber lächelte. »Würdest du mit mir und meinem Freund Lhut gemeinsam frühstücken?«

Enim ging gerne mit. Was könnte ihm Besseres passieren, als ein paar erste Bekanntschaften zu schließen und eine kompetente Einführung in das Leben von Shebbetin zu bekommen? Die konnte er wahrlich brauchen.

»Ich weiß, dass Vanisch neu für dich ist«, sagte Kaya. »Ich werde langsam sprechen, mit kurzen Sätzen. Und wenn ich vergesse, gib mir bitte ein Zeichen.« Sie hob entschuldigend eine Schulter und zwinkerte ihm zu. »Ich werde leicht mitgerissen von meinen eigenen Reden.«

Enim legte den Kopf zur Seite. »Ich kann besser verstehen, schwer sprechen. Es ist in Ordnung. Du kannst sprechen wie normal. So ich lerne.« Er lächelte er tapfer. »Und wenn nicht, ich winke und sage.«

Tatsächlich konnte Enim Kayas Erzählungen folgen. Und die Anstrengung, die ihn das kostete, war nur zum Teil der Sprache geschuldet. Auch im Inhalt reihte sich eine Unbekannte an die andere, und Enim musste wieder einmal nachfragen. »Was ist ein Warmling?«

Kaya lächelte. »So nennen wir die hier. Es sind eigentlich nur warme Steine, die die Leute im Winter unter die Decke stecken. Ich habe einen Ofen am Stadtrand, wo ich sie aufheize. Und dann fahren wir mit dem Tretkarren durch die Gassen und verkaufen sie. Es ist ein kleines Geschäft, wie die Küchen oder die Marktstände.«

Dankbar erinnerte Enim sich an den heißen Stein im Bett eines kalten Zimmers, das ihn am Ende seiner Reise im Gasthof erwartet hatte. Er nickte.

»Und früher haben wir beide in einer Mine gearbeitet«, schaltete Lhut sich ein.

»Ah!« Enim fühlte ein Stück vertrauten Bodens unter den Füßen. »Das gut! Vielleicht ihr könnt mir zeigen? Ich werde sehr gerne ein echte Mine sehen, mit Leuten, die wissen! Weil ich auch will arbeiten in Mine, mit Traptionen.«

Lhut und Kaya tauschten einen Blick. Lhut räusperte sich. »Wir wollen dir auf jeden Fall eine Mine zeigen und dir sagen, was wir davon halten. Nichts, was wir lieber täten. Aber wir brauchen etwas Zeit. Wir müssen das erst arrangieren.«

Enim nickte und fragte gleich weiter. »Warum ihr nicht jetzt weiter arbeitet in Mine? Wegen Mine? Oder nur wegen eure neue Arbeit?«

»Wegen der Mine.« Lhut faltete seine Hände in einer langsamen, bedachten Geste. »Weißt du, es gab einen Unfall, vor drei Jahren. Und ich wurde verletzt.«

»Oh?« Enims Brauen schossen in die Höhe. »Das tut mir leid. Und ich glücklich zu sehen, dass du gut geheilt!«

Lhut hielt kurz inne. »Nun«, sagte er. »Meine Beine sind nicht so gut geheilt.«

»Nein?« Enim neigte sich zur Seite, um unter den Tisch zu lugen. »Sind noch Schmerz–« Enim brach ab. Er hatte die beiden Stümpfe gesehen, das Einzige, was noch von Lhuts Beinen übrig war.

3

Enim lag auf seinem Bett und starrte an die Decke. Es war später Vormittag. Lhut und Kaya waren längst zu ihrem Tagesgeschäft gegangen, allerdings mit dem Versprechen, ihn wieder zu treffen, sobald sie Zeit fanden. Eigentlich hatte Enim inzwischen hinausgehen wollen, um sich bei den ersten Minen vorzustellen. Aber er war nicht in Stimmung für neue Bekanntschaften. Er konnte sich jetzt nicht präsentieren, weder als liebenswerter Mensch noch als kompetenter Almecha.

Unruhig warf er sich auf dem Bett herum.

›Außerdem‹, dachte er, ›wie kann es sein, dass Lhut noch immer so mit seinen Beinstümpfen dasitzt? Ich weiß, dass man manchmal erst die Wunde heilen lassen muss, bevor man Hilfen anbringen kann. Aber doch wohl nicht drei Jahre?‹ Enim drehte sich auf den Bauch. ›Ich werde ihn das fragen, wenn ich ihn wieder sehe.‹ Und als wäre dieser Entschluss die Antwort auf alle Zweifel, schlief Enim ein.

* * *

»Willkommen im Schlösschen! Dem Herzen Shebbetins!«

Kaya breitete die Arme in einer triumphalen Geste aus. Sie grinste über die Schulter zurück zu Enim.

Enim erkannte das Durcheinander aus Winkeln und Dächern wieder, das er bei seinem ersten Blick auf Shebbetin gesehen hatte, als er vom Hügel hinab auf Nacht und Mondschatten blickte. Im hellen Licht des Nachmittags sah das Viertel immer noch wirr und verschlungen aus, und nur ein klein bisschen weniger mysteriös.

»Im Grunde ist es ein Haufen Häuser, die zusammengewachsen sind«, erklärte Kaya. »Leute, die hergezogen sind, haben immer noch ein Haus oder zumindest ein Zimmer hinzugebaut und zum Schluss einfach nur noch die verbleibenden Zwischenräume überdacht. Und so sind die Gassen zu den Gängen unseres Schlösschens geworden.«

Kaya ließ ihre Finger über die raue Wand gleiten. »Ich habe es immer schon gemocht. Es ist eine gute Nachbarschaft, mit Leuten, die sich gegenseitig zur Seite stehen. Ein freundlicher, vertrauenswürdiger Ort.« Kaya zögerte. »Was die Menschen betrifft. Die Häuser, so charmant sie auch aussehen mögen, sind eine Todesfalle. Und alle wissen das. Bring einen Funken ins Schlösschen, und du hast alle darin getötet. Das Stroh der Dächer würde sofort in Flammen aufgehen und ein Labyrinth aus Steinwänden alle fangen, die zu fliehen versuchen. Deshalb ist Feuer in und um das Schlösschen strikt verboten.«

Kaya schlug mit der flachen Hand auf einen Dachvorsprung. »Sehr förderlich für mein Geschäft«, sagte sie mit beißendem Unterton. »Niemand hier hat einen Herd zu Hause. Das gibt massig viel Nachfrage für Warmlinge von außen.«

Enim duckte sich unter einem Steinbogen durch und wäre fast in Kaya hineingelaufen, die in einem offenen Innenhof stehen geblieben war. Topfpflanzen säumten den Rand und Beerenranken wanden sich zwischen blüühenden Bohnen entlang der Wände. Mit all den Spuren von Spiel und Handwerk, die auf dem Boden verstreut lagen, wirkte es wie ein Mittelding aus Bauerngarten und gemütlichem Dorfplatz.

Kaya deutete auf die Haustür zu ihrer Linken und streifte bereits die Schuhe ab. »Lass uns kurz hineingehen, damit du sehen kannst, was Lhut so macht mit seinem Leben.«

Sobald Enim über die Schwelle trat, tauchte er ein in ein lebendiges Brummen und Summen. Ein gutes Dutzend Kinder jeglichen Alters kugelte auf Decken und Grasmatten herum, krabbelte über den Boden oder saß um niedere Tische, tief versunken in Rätsel, die Enim nicht kannte. Mit konzentriertem Blick und gerunzelter Stirn waren sie am Malen und Bauen, am Reden und Zuschauen, am Feilen und Weben. Rund um sie drängten sich Kreidezeichen und Bilder auf den Schiefertafeln an der Wand. Hinten in der Ecke saß Lhut umringt von drei Mädchen, die ihm mit eindringlichen Blicken und ausladenden Gesten etwas erklärten.

Kayas Stimme floss durch das Gewusel des Raumes. »Das hier ist Cahuan. Sie hat diese Laube gegründet, und sie Kuschellaube getauft.«

Enim drehte sich um und erstarrte. Cahuan war ein Schmetterling, wie Yoor. Enim rang nach Luft. Er hatte das nicht kommen sehen und wurde völlig unvorbereitet getroffen. Sie schien ihm unwirklich, feenhaft. Ihre zarte, samtige Haut schimmerte in Gold- und Grüntönen. Unter langen dunklen Wimpern sahen ihre Augen ihn an wie tiefe grüne Seen, in denen er vielleicht ertrinken konnte, oder aber mit dem Sonnenlicht schwimmen, das in goldenen Strahlen um eine dunkle Mitte tanzte. Wie wogende Unterwasserpflanzen fiel ihr Haar in sanften Wellen über ihren Rücken, und selbst zwischen den dunklen Strähnen schienen goldene Punkte zu schimmern wie winzige Fische, die zwischen Algen hin und her schossen. Cahuan war voll und rund, und ihr ganzer Körper hatte eine ruhige, gemächliche Anmut, die Enim wieder an einen Unterwassertanz erinnerte. ›Vielleicht ist sie eine Meerjungfrau‹, dachte er stupide. ›Eine Schmetterlings-Meerjungfrau.‹

Enim riss sich zusammen. Er wusste nicht, wie lange er Cahuan schon angestarrt hatte, oder wie offensichtlich. Aber die anderen starrten nicht alle zu ihm zurück. Also war es vielleicht nicht so arg gewesen.

Enim gewann wieder an Fassung und an Fähigkeit, den Raum und das Gespräch rund um ihn wahrzunehmen.

»Er spricht hauptsächlich Kokisch«, erklärte Kaya gerade.

»Oh prima!« Ein zwölfjähriges Mädchen mit Zöpfen voller Federn und Perlen strahlte Enim an. Das bunte Fleckengewirr, das ihre Tunika darstellte, wippte mit Rüschen und Lappen und Bändern vor Enims Augen. »Wirst du mit uns reden? Und uns Geschichten vorlesen? Wir haben dieses eine Buch, weißt du? Pulan ...« Sie ruderte farbenfroh mit der Hand durch die Luft. Das Mädchen neben ihr, mit breiten Wangen und extrem kurzen Haaren, pfiff durch die Zähne und schoss davon, während Enim weitere Erklärungen bekam.

»Wir schreiben immer die Wörter ab, aber wir können sie nicht so recht aussprechen, weil niemand hier weiß wie, verstehst du? Aber jetzt bist ja du da!«

Pulan kam zurück, pfiff einen triumphierenden Abschluss und baute sich breitbeinig vor Enim auf. Ohne Umschweife hielt sie ihm das offene Buch vor die Nase. Erwartungsvolle Blicke bohrten sich in Enims Stirn.

»Äh ...« Enim starrte auf die Buchstaben, die wenige Fingerbreit vor seinem Gesicht verschwammen. »Äh. Ja. Ich kann Kokisch lesen.«

Das buntflockige Mädchen warf sich für eine kurze aber heftige Umarmung an seinen Hals.

»Großartig!!!«

Dann fügte sie hinzu: »Ich bin Som.«

*

Als Kaya und Enim das Schlösschen hinter sich ließen, wurde der Abstand zwischen den Häusern wieder größer, bis schließlich nur noch ein paar letzte Hütten über den Hang verstreut lagen, den sie hinaufstiegen.

Kaya drehte sich halb zu Enim um. »Wir können jetzt nicht in die Mine hinein. Aber du kannst schon mal dran vorbeigehen, einen Blick auf den Eingang werfen und auf ein paar der Bergleute. Es ist zumindest ein erster Eindruck.«

»Ja, wunderbar.« Enim war es recht.

Für ihn war ohnehin alles neu und sehenswert.

Schon bald tauchten zwei kleine Gebäude auf, die den Eingang der Mine flankierten. Sie sahen ganz gewöhnlich aus, fand Enim, diese selbe Art von strohgedecktem Steinhaus, wie er sie in Shebbetin schon so oft gesehen hatte. Einige Leute standen davor, und ein paar weitere kamen gerade aus der Mine.

Doch dann lief eine Schockwelle durch die gesamte Gruppe. Ein schriller, durchdringender Schrei gellte aus den Tiefen des Berges.

Kaya riss an Enims Arm. »Nachtling«, keuchte sie. »Lauf!«

Kaya sprintete los. »Schau nicht zurück!«, rief sie über die Schulter.

Enim schaute sofort zurück. Er konnte nicht anders. Aber er sah bloß Menschen, die in alle Himmelsrichtungen davonstoben.

Enim setzte Kaya nach, so schnell er konnte. Er rannte über die unebene Wiese, stolperte, fing sich und eilte weiter. Kaya war weit voraus. Das hohe Gras strich um seine Beine, drohte ihn zu verstricken.

Enim hörte eine Bewegung hinter sich. Etwas Großes, Schnelles, das ihm folgte, das aufholte.

Diesmal blickte Enim sich nicht um.

Er rannte aus Leibeskräften. Er fühlte den Schatten mehr als dass er ihn sah, links hinter sich, immer näher. Enim drehte nach rechts ab, den Hügel hinab. Und kam zu Fall. Den Fuß in einer Wurzel verfangen, stürzte Enim kopfüber den Abhang hinunter. Er fing sich hart mit den Armen ab, rollte und kugelte mit der Macht des Aufpralls, ein Spielball der Schwerkraft, ohne Kontrolle, ohne Orientierung.

Schließlich kam der lawinenartige Impuls zum Erliegen. Die Hände ins Gras gekrallt gelang es Enim, die Welt still zu halten.

Er riss den Kopf hoch.

Doch der Schatten war nicht über ihm.

Der Nachtling war allein weitergezogen, weit oben am Hang.

Enim konnte ihn nun deutlich sehen. Sein schwarzes Fell schimmerte in der Sonne und ließ das perfekte Spiel seiner Muskeln erkennen, als er in wilder Jagd dahinschoss, sein langer, schlanker Körper elegant wie der einer Raubkatze. Der Nachtling war riesig, viel größer als ein Mensch, aber er schien leicht, fast schwerelos. Er hob den Kopf und ließ einen gellenden Schrei ertönen. Enims Nackenhaare stellten sich auf. Er konnte das Zittern bis ins Mark seiner Knochen spüren.

Dann hob der Nachtling ab.

Enims Augen wurden weit.

Mit einem letzten Satz hatte der Nachtling sich in den steilen Abgrund geworfen, in den Auftrieb des Windes. Er breitete Flügel aus, zwei Segel aus glänzend schwarzem Leder, ein perfekter Halbmond in den Farben der Nacht.

Die Luft schien das gewaltige Wesen mühelos zu tragen. Der Nachtling glitt auf der Brise dahin, stieg mit einem plötzlichen Windstoß auf, drehte hoch droben wieder ab. Er strich durch den Himmel wie eine Schwalbe, leicht und grenzenlos, eine anmutige Schönheit jenseits der Erdenschwere.

Doch dann kam er zurück.

Im Tiefflug glitt der Nachtling über die Wiese, gerade über den Spitzen der Gräser, sein Mund ein riesiges schwarzes Loch, so weit wie sein ganzer Körper. Mit atemberaubendem Tempo schoss er auf Enim zu. Und vorbei.

Enim lag auf dem Rücken, fest gegen die Erde gepresst. Sein Atem ging flach und keuchend.

Über ihm stieg der Schatten in den Himmel.

Aber diesmal kam er nicht zurück. Er ließ sich davontragen wie ein Tänzer, ein schlanker, graziler Umriss, der schwerelos seine Kreise zog, hinaufschoss in luftige Höhen, ein Gefährte des Windes. Enims Blicke folgten seinen Pirouetten, bis der Nachtling in Wolken und Himmelslicht verschwand.

Enim schloss die Augen. Er fühlte die Festigkeit der Erde unter sich. Er atmete tief ein. Und aus. Sein Herz versuchte, zu einem Rhythmus zurück zu finden. Enim legte seine Hand auf die Brust, um zu helfen.

Als er die Augen wieder aufschlug, war Kaya bei ihm.

»Alles in Ordnung?«

Enim nickte.

Kaya sah ihn skeptisch an. Dann schüttelte sie den Kopf. »Du stehst unter Schock. Du hast keine Ahnung, ob du verletzt bist.« Mit einer herrischen Geste drückte sie Enim zurück in die Wiese, als er Miene machte, aufzustehen. Fast unglaublich zart hingegen war ihre Berührung an seiner Hand, wo sie ein fragiles Gelenk nach dem anderen abtastete, jedes einzeln bewegte, so vorsichtig, als wäre es ein Schatz aus geblasenem Glas.

Ein tiefes Seufzen stieg aus Enims Brust. Sein Kopf war leer. Willig gab er sich Kayas Anweisungen hin, beugte die Elle, hob die Schulter, drehte den Arm. Er zog die Schuhe aus, die Hose, das Hemd.

Kayas konzentrierte Aufmerksamkeit trug ihn mit sich fort, ließ ihn jede einzelne Zehe wieder spüren, jeden Wirbel seines Rückens. Ihre tastenden Hände zeigten Enim, dass er eine Leber hatte, einen Magen, einen weichen Bauch voller Leben. Und ein Herz, das seinen Rhythmus wieder gefunden hatte.

»Gratuliere. Du hast überlebt!« Kaya grinste ihn an. »Schrammen und blaue Flecken«, fügte sie mit einer wegwerfenden Handbewegung hinzu.

Enim atmete tief durch. »Danke.« Er fühlte sich wieder ein bisschen mehr wie er selbst. Im umliegenden Kleiderhaufen wühlte er unter der kostbaren Weste nach seiner Pluderhose.

»Das war ein guter Zug, dich so den Hügel hinunter zu werfen.« Kaya klang beeindruckt.

Enim lachte auf, wenn auch ziemlich zittrig. »Danke an meine Füße. Oder an die Wiese.« Enims Finger deuteten eine hügelige Fläche an.

»Ich sicher nicht das geplant.« Er fuhr sich mit der Hand durchs Haar. »Aber sag mir: Warum wir laufen? Nicht so, dass wenn du läufst, Jäger fangen an zu jagen?«

»Ja. Wenn es denn ein Jäger ist. Aber der Nachtling ist keiner. Oder«, schränkte Kaya ein, »zumindest jagt er nichts, was annähernd so groß ist wie du und ich. Er frisst Insekten.«

»Oh.« Enims Kopf war noch nicht ganz an seinem gewohnten Platz angekommen. Enim schüttelte ihn vorsichtig. »Aber so auch: Warum wir laufen? Wenn Nachtlinge nicht gefährlich. Nicht für uns.«

»Sie sind gefährlich. Sehr sogar. Wenn sie sich in die Enge getrieben fühlen. Die Nachtlinge verkriechen sich zum Schlafen in Höhlen, und wenn man sie dort überrascht, werden sie panisch.«

Kaya blickte zurück zur Mine. »Das hier könnte übel gewesen sein.« Sie drückte die Arme fest um die Brust.

Dann stand sie mit einer raschen, zornigen Bewegung auf und hielt Enim die Hand hin. »Komm!«

*

Stöhnen und Schreie erfüllten die Luft. Verletzte stolperten aus der Mine, stützten sich schwer auf die Arme der Helfenden. Ihre Lippen waren bleich, ihre Augen weit vor Schmerz.

Ein großer, stämmiger Mann kauerte auf dem Boden und schluchzte hemmungslos, den leblosen Körper seines Sohnes in den Armen. Drei andere knieten bei ihm, hielten sich an den Händen und sangen eine raue Wehklage, ein Requiem, ein Gebet.

Eine dicht gedrängte Gruppe bahnte sich ungestüm einen Weg aus der Mine, eine Spur roter Tropfen hinter sich lassend. Die wimmernde Frau, die sie auf die Wiese betteten, war jung und kräftig. Aber ihr rechtes Bein war in Stücke gerissen. Blut wallte über die Hand des Bergmannes, der versuchte, die Arterie zuzudrücken. Er lehnte sich mit vollem Gewicht auf die Wunde. Das jammervolle Stöhnen der Frau wurde zu einem lauten Schrei, der plötzlich abbrach. Ihr Kopf rollte zur Seite.

»Ohnmächtig«, zischte das Mädchen neben ihr zwischen den Zähnen hervor. Sie riss einen Stoffstreifen von ihrem Hemd und wand ihn eng um den Schenkel, bevor sie ihn mit einem Aststück festzurrte.

»Sie wird das überleben«, sagte das Mädchen trotzig. »Wir müssen nur das Bein amputieren lassen.«

4

In der hinteren Ecke der Kuschellaube saß ein alter Mann und sang langgezogene Klagelieder der Berge, melancholische Weisen von Leiden, Sehnsucht und Ewigkeit. Som lag in seinem Schoß und weinte, ein trauriger bunter See, unter dem zarte Schultern zitterten.

Rund um Lhut lagen grob gerissene Stoffstreifen auf dem Boden. Zwei Kinder übten weiterhin mit ihm, Bandagen zu machen, zu lösen und sorgfältig wieder aufzuwickeln. Die meisten aber hatten schon genug. Lasa und Lunin, die Zwillinge, waren sowieso gleich dazu übergangen, selbst zu Nachtling und fliehenden Menschen zu werden, wobei sich eine ganze Menge aufgerüttelter Emotionen in Schreien und Ducken, in Rennen und Verstecken im Hof übersetzte. Dazwischen aber gab es aber auch Beratungen zum Szenario. Und dem realen Verhalten von Nachtlingen, einem Thema, zu dem die beiden Siebenjährigen immer wieder bei Cahuan nachfragten.

Im Moment war der Nachtling gerade dabei, sich durch die nutzlose Eingangssperre vor einer Mine zu graben.

»Ja. Es ist sehr schwer, Barrieren zu bauen gegen Wesen, die mit ihren Klauen durch Stein wetzen können«, bestätigte Cahuan. »Fast unmöglich, würde ich meinen. Aber vielleicht ist es gar nicht nötig. Manche Minen haben nämlich ganz leichte Holzgitter über allen Eingängen, auch über allen Luftschächten und so. Und vor jeder Schicht geht jemand alles ab und kontrolliert. Falls irgendwo durchgebrochen wurde, wird Alarm geschlagen und die Leute gehen nicht in die Mine.«

Lasa hörte auf zu graben und drehte sich um, eine Frage in ihren dunklen Augen. »Aber was passiert dann? Sie arbeiten nie wieder dort?«

»Doch. Sie lassen zuerst eine kleine Traption hinein krabbeln, die viel Lärm macht. Dann warten sie gut versteckt ab, bis sie sehen, wie der Nachtling aufgeschreckt aus der Mine flieht. Und erst danach gehen sie selber rein. Und reparieren außerdem das Holzgitter.«

Lasa und Lunin nickten und begannen sofort, eine Mine mit mehreren Eingängen und Gittern aufzubauen.

»Aber warum dann Menschen sind überrascht heute in die Mine mit Nachtling? Wenn sie haben sollen Alarm?«, fragte Enim.

»Weil diese Mine keine Holzgitter hat«, presste Kaya zwischen den Zähnen hervor. »Und auch sonst kein System. Weil es Naydeer die Mühe nicht wert ist.«

Enim sah den Ausdruck auf Kayas Gesicht und zögerte. »Das Naydeers Mine?«, fragte er vorsichtig.

»Ja. Und es war Naydeers Mine, die über uns zusammengebrochen ist. Und auch nicht zufällig.« Kayas Augen wurden schmal.

Enim runzelte die Stirn. »Wie meinen, nicht zufällig?«

»Ich meine«, sagte Kaya mit schneidender Stimme, »dass eine Tonne Gestein auf Leute niedergeregnet ist, die drauf und dran waren, Naydeer zur Rechenschaft zu ziehen.«

Lhut war zu ihnen herüber gekommen. »Es hatte eine Menge Unfälle gegeben in Naydeers Minen. Sie hat beim Stützholz gespart und bei den Luftschächten. Und der Preis dafür war Leib und Leben der Bergleute.«

Lhut setzte sich hin, seine kurzen Beine vor sich ausgestreckt. »Wir wollten Naydeer zwingen, zumindest das Minimum zu tun. Genug Luft und Tunnel, die nicht einstürzen. Wenigstens das. Und solange sie nicht einmal dafür gesorgt hatte, wollten wir den Betrieb der Mine stoppen.«

Mit geballten Fäusten starrte Kaya in die Ferne, in die Vergangenheit. »Naydeer musste herausgefunden haben, was wir planten. Sie wusste natürlich, dass wir mehr Sicherheit in der Mine wollten. Weil wir sie in einem ersten Versuch einfach darauf angesprochen hatten. Naive Narren, die wir waren!«

Kaya lachte bitter. »Naydeer hat uns bloß in den Bauch getreten. Und mehr angedroht. Aber wir haben nicht aufgegeben. Zu viele Menschen waren schon in der Mine gestorben. Die Leute waren bereit, waren wütend genug, um etwas zu unternehmen. Und so haben wir uns zusammengetan – und in dem Moment ist Naydeers Mine auf uns herabgestürzt, mit aller Wucht.«

Enims Hände umklammerten seine Oberarme, so fest, dass es fast das Blut absperrte. »Aber bitte, du sagst nicht, dass Naydeer hat die Mine kaputt gemacht? Mit Absicht? Dort, wo die Menschen sind? Das kann sie nicht machen. Das Mord!«

Kaya blickte ihn an, mit Augen kalt wie Stahl.

*

Still und in sich gekehrt saß Enim in einer Ecke des Hofes vor der Kuschellaube und aß. Eine öde Leere hatte sich in seinem Kopf breit gemacht. Kayas Worte hallten darin nach, mit einem gespenstischen Echo, das keine Heimat fand.

Enim beschloss, es zu ignorieren. Vielleicht würde er sich später irgendwann einen Reim darauf machen können. Im Moment konnte er damit nicht umgehen.

Dankbar überließ sich Enim für einen Moment der Weisheit seines Körpers, fühlte die wohlige Wärme von Linsen und Kartoffeln in seinem Bauch, den würzigen Geschmack von Wildkräutern auf seiner Zunge. Er lehnte die Schultern gegen die Wand, spürte die Festigkeit des Steins in seinem Rücken, die sanfte Berührung der Sonne auf seinem Gesicht.

Er atmete tief durch.

Sein Blick wanderte hinüber zu den drei Kindern, die an diesem Tag für das Mittagessen verantwortlich waren und gerade mit sichtlicher Routine den Abwasch aufbauten. Zwei Mädchen, die noch im Schlösschen unterwegs gewesen waren, rannten herbei und hofften auf eine Portion für Spätankömmlinge. Kaya, Lhut und Cahuan saßen an der Seitenwand auf den Stufen einer Treppe.

Enim gab sich einen Ruck und ging zu ihnen hinüber.

Cahuan rutschte beiseite, um Platz zu machen. »Hast du schon mit einer von den Tsechen gesprochen? Kaya sagt, du willst für sie arbeiten?«

»Ja, ich will«, sagte Enim zögerlich. »Ich wollte. Ich will.« Seine Finger trommelten unruhig auf den Tellerrand. »Aber, nein, ich noch nicht gesprochen mit Tsechen. Ich weiß nicht, wie anfangen.«

Ein strahlendes Lächeln erhellte Cahuans Gesicht. »Geh zu Manaam! Er ist mit Abstand der Beste!«

»Er Freund von dir?«

Cahuan nickte, das frohe Leuchten noch immer in den Augen. »Ja. Wir sehen uns nicht oft, aber wir sind uns sehr nahe.«

Kaya ließ den Löffel etwas zu hart auf den Teller klirren. »Manaam zahlt die meisten Ausgaben der Kuschellaube. Auf die Art haben Lhut und Cahuan und alle hier zu essen. Außerdem stürzen in Manaams Minen die Tunnel nicht ein. Also großartig, für hiesige Verhältnisse.« Kaya stellte ihren Teller weit hinter sich auf die Treppe, wie um sicher zu gehen, dass er nicht zu Schaden kam.

»Manaam betreibt auch einen Heilbeutel für seine Bergleute«, schaltete Lhut sich ein. »Nach den gleichen Prinzipien, die Kaya erfunden hat, als sie in unserer Mine den ersten Heilbeutel gründete.«

»Was ist Heilbeutel?«, fragte Enim, unvermeidlicherweise.

»Es ist ein Weg, wie Leute sich gegenseitig aushelfen im Fall von Krankheit«, erklärte Lhut. »Eine große Zahl an Menschen zahlt jeweils einen kleinen Beitrag in den Beutel, und wenn jemand krank oder schwer verletzt ist, so wie ich damals, dann kann man einen größeren Betrag aus dem Beutel nehmen, um zu einer Heilung zu gehen.«

Enim blinzelte. »Alle gehen zu Heilung. Alle, die brauchen. Alle, die krank. Nicht nötig Beutel für das.«

Schweigen senkte sich über ihre kleine Gruppe.

Enim blickte auf Lhuts Beinstümpfe, dann in seine Augen. Ein Klumpen formte sich in Enims Kehle. Seine Stimme war rau. »Nicht hier?«

»Nein. Nicht hier.« Lhut fuhr mit den Fingern über den Rand seines Schenkels. »Wir mussten eine Heilerin bezahlen. Damit sie meine zerschmetterten Glieder abnimmt und ich nicht sterbe. Aber das war alles. Mehr gibt es für uns nicht. Und für viele nicht einmal das.«

Enim wandte sich ab. »Nein.« Es war nur ein Wispern. Ein Widerspruch, an die Welt gerichtet, in den Wind gesprochen.

»Nein. Das kann nicht sein.«

5

Sanfte Nachmittagssonne wärmte die breiten Alleen, wo Enim gediegene Villen und grüne Gärten bestaunte, die die Gegend ganz anders erscheinen ließen als das Viertel rund um das Gasthaus. Es war fast ein wenig wie eine eigene kleine Stadt, mit ihrer eigenen Stimmung und Architektur, ein Stück weit entrückt vom Rest Shebbetins.

Manaams Haus war leicht zu finden. Behutsam klopfte Enim an die Tür.

Eine sehnige Frau unbestimmten Alters öffnete und führte Enim in einen Salon mit polierten Holzböden und kunstvollen Tuschezeichnungen.

»Nur einen Moment, bitte. Ich werde erfragen, ob Manaam verfügbar ist.«

Unruhig ging Enim im Zimmer auf und ab. Seine Kehle fühlte sich trocken an. Mühsam räusperte er sich.

Da öffneten sich die Doppeltüren und Manaam flanierte herein.

In die schlichte Eleganz fließender, tief ausgeschnittener Seidengewänder gehüllt, hieß er Enim mit warmer Stimme willkommen. Enim fühlte eine Welle der Erleichterung durch seinen Körper laufen. Und das war nicht nur dem Umstand geschuldet, dass Manaam fließend Kokisch sprach. Enim fühlte sich einfach sofort wohl mit ihm.

Und Manaam schien ebenso erfreut, als er Enims Vorstellung hörte. »Jemand mit deinen Kompetenzen in Shebbetin zu haben ist ein Segen!«, lobte er. »Du kannst dir gar nicht vorstellen, mit wie viel Mühe ich Almechas im Tiefland nachgelaufen bin, als ich vor ein paar Jahren eine Traption für meine Mine haben wollte! Niemand war bereit, mit mir hinauf in die Berge zu kommen. Schließlich habe ich eine Almecha gefunden, die die Traption in Behrlem zusammengebaut hat. Und es dann mir überlassen, wie ich das Ding nach Shebbetin bringe und in der Mine zum Laufen kriege. Eine Aufgabe, die die lokalen Kompetenzen an ihre Grenzen gebracht hat, kann ich dir versichern!«

Manaam öffnete eine reich verzierte Holztruhe an der Wand und blickte nachdenklich hinein. Dann griff er zu. »Ah! Das ist es.«

Er zog eine große Pergamentrolle heraus. »Zumindest in der Theorie.« Manaam breitete das Blatt auf dem Tisch aus. »Ich muss zugeben, ich habe keine Ahnung, was all das bedeutet.« Er deutete auf Muster aus unzähligen zarten Linien, die sich auf dem Pergament ineinander schlangen, versetzt mit symbolhaften Pentagrammen und engem Gekritzel. »Aber du schon?«

Enim leckte sich die trockenen Lippen. Seine Augen wurden schmal, als er sich über das Blatt beugte und auf die feinen Striche fokussierte. Seine Blicke wanderten durch ein endloses Labyrinth aus Kreuzen und Schleifen, suchten nach seinem Kern.

Die Stille zog sich hin.

Schließlich richtete sich Enim auf.

Ein stilles Lächeln hatte sich in seine Miene gestohlen.

»Ja. Ich schon.«

Manaam nahm Enim gleich mit auf eine Reise in die Realität des Bergwerks. Und so fanden sie sich tief unter der Erde wieder, im Herzen von Manaams Mine. Die Wände ringsum waren gut mit magischen Laternen bestückt, und die Traption präsentierte sich im besten Licht.

»Ich habe Leute für Routinesachen wie dies hier«, berichtete Manaam. »Bloß den Vim-Stein austauschen. Aber da du nun schon einmal hier bist, als Teil deiner Besichtigungstour, kannst du ja auch gleich dein Können zur Schau stellen.« Er grinste. »Du wirst noch mit ganz anderen Dingen zu tun bekommen. Ich warne dich! Manche der Tsechen hier sind nicht sehr darauf bedacht, immer die neuesten Traptionen in ihren Minen zu haben. Erst wenn ihre alten ganz und gar zum Stillstand kommen, lassen sie jemanden rufen.« Manaam legte die Hand auf Enims Schulter. »Du wirst hier Sachen begegnen, die du noch nie zuvor gesehen hast. Traptionen, älter als du selbst!«

Enims Brauen schossen in die Höhe. Er wusste nicht recht, ob er das als Witz auffassen sollte. Die Traptionen hatten sich in den letzten Jahren mit einem solchen Tempo weiterentwickelt, dass welche, die schon Jahrzehnte alt waren– »Hier bitte!«, unterbrach Manaam Enims Gedanken.

Er hatte bereits den Deckel der Traption abgenommen.

Die untere Hälfte der großen Messingkugel war mit feinsten Glasfäden durchzogen, die glänzende Kristalle in ihren Schlingen hielten.

Enim kauerte sich nieder und versuchte, das Muster von der Pergamentrolle in dem ätherischen Labyrinth wiederzuerkennen. Und fast gelang es ihm. Er war sich nicht mehr sicher, welcher Zauberspruch in welchem Kristall geborgen lag. Obwohl, wenn das Muster hier hinten begann …

Versunken in seine Betrachtungen bemerkte Enim erst mit gehöriger Verspätung, dass Manaam ihm einen Arm entgegen streckte. Ein perfekt geschliffener Amethyst lag in seiner Hand.

»Ah ja.« Enim nahm den Kristall an sich und rollte ihn vorsichtig zwischen den Fingern. Er wollte erst noch besser verstehen, wie alles zusammenhing, bevor er irgendwie in dieses delikate Gewebe eingriff. Enim richtete sich auf und schaute auf die enormen Zahnräder an der Wand, dann hinunter in den Minenschacht. Eine Reihe voll beladener Waggons stand auf den Schienen, die in die Tiefe führten. Geduldig hielten sie sich an einer schweren Kette fest und warteten, dass die Räder sich wieder zu drehen begannen.

»Hier also wird die Kraft hingeleitet«, murmelte Enim.

»Äh. Ja.« Manaam hatte dem Offensichtlichen nicht viel hinzuzufügen.

Ein paar Bergleute guckten um die Ecke, um zu sehen, wie die Dinge standen und ob es bald wieder losgehen würde.

Nun gut. Konnte ja nicht so schwer sein. Bloß ein Vim-Stein. Normalerweise brauchte es nicht einmal echte Almechas, um so einen Austausch vorzunehmen.

Enim räusperte sich.

Er zog seinen Zauberstab aus dem Gürtel und richtete ihn auf das Zentrum der Traption, wo ihm ein Amethyst genau wie der in seiner Hand entgegen leuchtete. Enims Pupillen verengten sich. Er sprach nur ein Wort.

Und der Amethyst schwebte aus der gläsernen Wolke direkt in Enims Schoß. Mit einer flüchtigen Handbewegung schickte Enim den neuen Kristall auf die Reise. Lautlos zog der zweite Amethyst seine Bahn zwischen den unsichtbaren Fäden, ohne die Symmetrien zu stören. Sanft wie eine Schneeflocke setzte er sich an genau den richtigen Platz.

Enim hielt den Atem an, wie um die Stille und die zarte Zerbrechlichkeit des Gewebes zu bewahren.

Aber dann brach die Hölle los.

Mit Donner und Getöse schlugen riesige Zahnräder aufeinander, ächzten die Ketten, spuckten Waggons Geröllladungen auf die Halde. Bergleute schrien und winkten.

Enim fuhr herum. Seine Blicke flogen zu den rasselnden Ketten, dann wieder zum Funkeln der Glaswolke. Aber eine Hand an seiner Schulter zog ihn zurück.

»Du wirst noch Zeit genug haben, dir alles anzuschauen«, rief Manaam ihm ins Ohr. Er war es gewesen, der die Traption wieder in Gang gesetzt hatte. Da der Vim-Stein ja ganz offensichtlich getauscht war, hatte Manaam es für das Beste gehalten, wenn die Arbeit sofort weitergehen konnte.

Enim atmete tief aus.

Manaam zog ihn mit sich fort, zurück in den ansteigenden Tunnel. Umständlich kletterten sie die schwarzen Eingeweide des Berges hinauf bis zum offenen Maul, aus dem sie schließlich wieder hinaus krochen.

Enim reckte seine Arme gen Himmel und sog die frische, klare Bergluft ein. Der Wind spielte mit seinen Haaren, und eine blasse Sonne schob ihre Finger zwischen die vorbeiziehenden Wolken.

»Wunderbar!« Manaam steckte den leeren Vim-Stein, der nun wieder befüllt werden musste, in die Tasche. »Ich glaube, ich sollte ein Diner zu deinen Ehren veranstalten. Dann kannst du auch andere Tsechen kennenlernen und ihnen deine Dienste anbieten. Ich kann dir versichern, du wirst höchst willkommen sein.«

Enim nickte. Ein zufriedenes Grinsen machte sich auf seinem Gesicht breit. Vielleicht war es ja doch nicht so schwer, sein neues Leben hier zu beginnen!

Er pfiff einem vorbeifliegenden Vogel nach.

Und dann konnte er ja womöglich auch gleich diese anderen Dinge angehen, die ihn seit seiner Ankunft in Shebbetin so verunsichert hatten. Wie das mit der Poststation. Das zumindest musste doch leicht in Ordnung zu bringen sein, oder?

Enim fragte Manaam danach.

Manaam sah ihn seltsam an, mit einem schrägen Seitenblick. Er räusperte sich. »Nun ja. Du kannst natürlich eine Anfrage nach Varoonya schicken. Aber es wird vermutlich nichts geschehen, und ganz sicher nicht schnell.«

Enims Stirn legte sich in Falten. »Na, wenn es lange dauert, dann sollten wir rasch beginnen, denke ich.« Er trommelte mit den Fingerspitzen auf seinen Schenkel. »Und wenn die Tsechen ohnehin jede Woche einen privaten Kurier nach Behrlem schicken, dann könnte ja der inzwischen die Post für alle Menschen mitnehmen, oder? Das wäre doch nicht so viel mehr Aufwand, selbst falls er extra Lastpferde mitführen müsste?«

Manaams Miene schwankte zwischen Überraschung, Lachen und Wut. Das Lachen gewann letztendlich die Oberhand, aber Enim spürte doch einen kleinen Stich darunter.

Manaam verschränkte die Arme fest über der Brust und musterte Enim aus schmalen Augen. »Schau her«, sagte er schließlich etwas gepresst. »Du kannst mir alle möglichen radikalen Vorschläge machen. Es stört mich nicht. Ganz im Gegenteil. Ich will es hören. Aber bitte nicht beim Diner. Wenn du versuchst, die Ressourcen der Tsechen umzuverteilen und die Regeln unserer kleinen Gruppe zu ändern, bevor du überhaupt Mitglied bist, dann wird das Ärger geben. Der auf mich zurückfällt, weil ich dich mitgebracht habe. Du verstehst die Mächte nicht, die hier am Werk sind. Sei vorsichtig.«

6

Der Hang war schon steil, aber menschliche Hände hatten immer noch Roggen und Amaranth auf schmale Steinterrassen gequetscht, und hundert Namen für Kartoffel in den mageren Boden gegraben. Ein Lama schaute neugierig über eine Mauer und folgte Enims Wanderung mit den Blicken.

Er war allein den Berg hinauf gegangen, zu den Gärten und Feldern, die am Stadtrand in die Wiesen wuchsen. Nun stand er zwischen den letzten Hütten und blickte hinaus über das Tal. Vom gegenüberliegenden Hang blinzelten die weißen Punkte einer Schafherde zu ihm herüber.

Enim beschloss, den Abstieg in einem langen, seitlichen Bogen zu machen, so dass er von einer neuen Seite in die Stadt zurück kam, durch ein Viertel, das er noch nicht kannte.

Ein paar erste Scheunen standen schon verstreut auf der Wiese, zwischen zotteligen braunen Kühen mit ausladenden Hörnern. Im Vorbeigehen sah Enim durch ein offenes Tor Menschen auf dem Boden der Scheune sitzen; ein seltsames, irgendwie unstimmiges Bild. Aber Enim schenkte dem keine besondere Beachtung. Er ging einfach weiter.

Vor ihm rückten die Häuser nun schon näher zusammen, rund um einen holprigen Trampelpfad, der zwischen den unbehauenen Steinwänden dahin lief. Die Häuser waren vom Stil her ähnlich wie die im Schlösschen, aber weniger kunstvoll gebaut, weniger liebevoll gepflegt.

Überhaupt nicht gepflegt, um ganz ehrlich zu sein. Sie sahen schmutzig und verfallen aus. Enim kam an bröckelnden Wänden vorbei, von Häusern, die nie fertiggestellt wurden oder vielleicht schon wieder einstürzten. Geröllhaufen lagen herum, halb von Unkraut überwuchert, das Versteck eines räudigen Hundes, der winselnd vor Enim davonlief. Drei kleine Kinder saßen im Dreck und starrten Enim aus stumpfen Augen an, als er vorbei ging.

Enims Brust wurde eng. Es lag etwas Erdrückendes in der Luft, in der Enge dieser Gassen, die keinen Raum ließen und selbst den Himmel auszuschließen schienen. Die Welt wurde dumpf und grau, und er konnte kaum noch atmen. Enim zog die Schultern hoch. Er ging schneller.

Da schoss ein dunkles Bündel auf ihn zu und grub sich in sein Bein. Bevor Enim wusste, wie ihm geschah, hatte sich ein kleines Mädchen laut heulend in seinen Schenkel gekrallt. Die Tränen hinterließen staubige Spuren auf ihren Wangen.

Enim beugte sich zu ihr hinunter und legte eine Hand auf ihr verfilztes Haar. Er versuchte, sie zu beruhigen oder zumindest ungefähr zu verstehen, was los war.

Sie biss ihn ins Bein und trommelte mit ihren winzigen Fäusten auf ihn ein. Noch immer heulte sie bitterlich. Bevor sie Enim erneut beißen konnte, rannte ein zweites Kind herbei, ein vielleicht siebenjähriger Junge, und riss die Kleine an den Haaren zur Seite. Ohne ein Wort schleifte er sie davon, hinein in die nächste Hütte. Die Tür knallte hinter ihnen zu.

Enim stand völlig erstarrt da.

So etwas hatte er noch nie gesehen.

Die Menschen in Varoonya, die er kannte, hatten alle möglichen Probleme. Streits, und Querelen. Aber nicht das. Nicht so.

Er trat einen Schritt zurück.

Dann noch einen.

Vorsichtig warf Enim einen Blick auf die geschlossene Tür. Er drehte sich um und schaute die Gasse hinauf und hinunter, auf den grauen Pfad, die baufälligen Hütten. Zwei Kinder saßen teilnahmslos am Fuß einer Mauer. Weiter unten standen ein paar Frauen, die aber anscheinend nichts bemerkt hatten. Oder denen alles egal war.

Enims Instinkt begann sich zu melden. Und wollte ganz dringend weg von hier. Enim war versucht, los zu rennen, und hatte doch gleichzeitig das Gefühl, dass das gefährlich wäre, auch wenn er nicht hätte sagen können, warum. Und so begann er zu gehen, schnell aber unauffällig. Blindlings. Er wusste nicht, wohin er lief, aber er eilte einfach immer weiter, immer weiter, ohne zu denken.

Nach endlosem Laufen wurde der Trampelpfad zu seinen Füßen zu einer Gasse und dann sogar zu einer gepflasterten Straße. Die Häuser sahen wieder vertrauenswürdiger aus, und die Menschen ebenso.

Enim war aus dem grässlichen Viertel heraus gekommen, ohne nochmals von kleinen Kindern attackiert zu werden. Oder von sonst irgend jemand. Nichtsdestotrotz. Enim zitterte schon fast, als er schließlich wieder bei seinem Gasthof anlangte.

* * *

Der Morgen hatte die Welt nicht in Gold verwandelt. Drohend thronten die Berge unter einem stürmischen Himmel, und dunkle Wolken drückten schwer auf die Erde. Eine Maus huschte vor Enims Füßen davon und verschwand in ihrem Bau.

Auf halber Anhöhe duckte sich die Werkshütte in den Hang. Kaya blieb in ihrem Schatten stehen. Aber Enim ging vorsichtig näher, bis er an der Schwelle der offenen Tür stand und hinein schauen konnte.

Es war ein langer Raum, in dem sich eine Werkbank an die andere drängte. Kinder saßen tief gebeugt in den Reihen, die Rücken krumm, die hageren Gesichter mit übergroßen Augen dicht über Zangen und Pinzetten. Konzentriert polierten sie winzige Steine oder bogen Silberdrähte zu filigranen Mustern. Ihre Körper waren steif, ihre Blicke leer. Sie sahen aus wie Gespenster.

Enim schluckte.

Eine mächtige Stimme donnerte aus dem Nichts auf ihn hernieder. »He! Du da! Was machst du hier?«

Ein Zucken ging durch alle Kinder, als hätte eine unsichtbare Peitsche all ihre Rücken gleichzeitig getroffen. Aber auch jetzt sah keines der Kinder auf. Alle bückten sich nur umso tiefer über ihre Arbeit, starrten noch gebannter auf die verdrehten Drähte in ihren Händen.

Das Zucken war auch durch Enims Körper gegangen. Verwirrt blickte er um sich und suchte nach dem Ursprung der Stimme.

Schließlich fand er ihn. An der Rückwand des Raumes lief eine Galerie über die ganze Länge, mit einer Balustrade aus breiten Holzplanken, die nur ab und zu einen Zwischenraum frei ließen. Es war schwer, den Mann zu erkennen, der dahinter saß. Aber er war ganz sicher da.

Nun stand er auf, um sich in seiner vollen Länge über das Geländer zu beugen und besser zu Enim herunter schreien zu können.

»Du da! An der Tür! Was willst du hier?«

»Ich …« stotterte Enim.

»Wenn du hier nichts zu suchen hast, dann verwinde! Aber schnell!« Der linke Arm des Mannes endete in einem Stumpf kurz unter der Schulter. Aber seine Aggressivität reichte bis in die letzte Ecke der Hütte.

Enim trat den Rückzug an. Ein kleines Stolpern nach hinten, aus der Tür hinaus. Dann eine Drehung und große, weite Schritte, die so schnell wie möglich Abstand zwischen ihn und die Hütte brachten.

Kaya löste sich aus den Schatten und lief nun in genau dem gleichen harschen Tempo neben Enim mit.

Das sturmgepeitschte Gras schlug gegen ihre Füße.

»So sehen sie aus«, zischte Kaya in den Wind. »Die Werkshütten.«

»Es sind Kinder.« Die Anspannung der letzten Tage hatte sich in Enim angestaut. Seine Stimme war zu laut, und zu zittrig. »Warum sie nicht in Laube?«

Kaya warf ihm einen schrägen Blick zu. »Warum gibt es keine Kinderlauben in Shebbetin? Warum keine Heilung? Warum nicht einmal eine Poststation?«

Enims Gesicht war blass, grimmig wie das eines Menschen, der mit wilder Entschlossenheit einen heißen Deckel auf einen Dampfkessel nieder drückt, ungeachtet aller Schmerzen. »Ja, warum nicht? Warum nicht?!«

Kaya fauchte. »Weil wir noch nicht dafür gesorgt haben.«

»Aber wir haben dafür gesorgt!«, explodierte Enim. »Wir haben! Der Wandel schon ist her vierzig Jahre! Und das ist, wofür es war! Um zu bringen Lernlauben und Heilung. Zu machen gutes Leben für alle, nicht nur für paar wenige. Es ist gemacht passiert! Wir haben gesorgt! Wir wissen, es geht. Es möglich. So wie kann sein, dass nicht hier?«

Kaya sah ihn mit schmalen Augen an. »Ja!«, flüsterte sie.

»Ja, was?«, schrie Enim in wütender Anklage, in rasender Verteidigung der Grundfesten seiner Welt. »Das hier nicht möglich! Nicht kann sein ganze Region von Yurvania nicht im Wandel! Es kann nicht! Ich werde nicht akzeptieren!«

Enim deutete mit drohendem Finger direkt auf Kayas Brust. »Es sind Regeln für das. Für das alles. Und es gibt Leute für tun diese Regeln. Es ist kein Grund für das hier nicht richtig machen. Es kann getan werden. Es muss getan werden!«

Seine Hand ballte sich zu einer Faust. »Jetzt.«

7

Varoonya rekelte sich behaglich unter den schrägen Strahlen der Nachmittagssonne. Von einem zierlichen Balkon reichten blühende Ranken so weit herunter, dass sie sich schon um das in die Gasse hängende Schild des Goldenen Kessels zu winden begannen. Aber die Leute hatten trotzdem in die Schenke gefunden. Das Scharren der Stühle und Gemurmel der Gäste füllte die Wirtsstube, und hinten am Ecktisch bestätigten zwei Männer, die sich an ihren Krügen festhielten, einander ihre Sicht auf die Welt.

»Heutzutage weiß echt niemand mehr, was eine Schmiede ist, das sag ich dir!« Der breitschultrige Kerl nahm einen Schluck. »Früher gabs noch einen Schmied, der die Arbeit machte und die Kunst verstand. Aber jetzt? Da hast du nur noch ihresgleichen.« Er nickte verächtlich hinüber zur Theke, wo eine Frau in einer grünen Tunika sich gerade ihr Essen holte.

»Almechas und Traptionen, das ist alles, was man heutzutage noch sieht«, stimmte der zweite Mann zu. »Ich sage dir, mein Freund, bald wird es überhaupt kein echtes Handwerk mehr in irgendeiner dieser Schmieden geben. Falls man die überhaupt noch Schmieden nennen kann«, schloss er mit einem wütenden Schnauben.

»Nennen sie ohnehin nicht so«, nahm der erste den Faden wieder auf. »So ehrlich sind sie ja immerhin. Es heißt ›Trapstätte‹. Wie die ganzen anderen magischen Schuppen, die hier jetzt wer weiß was alles produzieren.«

»Na, ist doch klar, wohin das alles führt. Wenn niemand mehr die Kunst beherrscht. Ja, so eine Trapstätte mag hundert Messer ausspucken in der gleichen Zeit, die ich für eines brauche. Aber ich sage dir, ich habe lieber ein einziges echtes, gut gearbeitetes Stück als hundert dieser magischen Fabrikationen.«

»Oh ja. Ich auch«, stimmte sein Kumpan ihm zu und leerte den Krug mit einem Zug.

Lenoren, die Frau in der grünen Tunika, nahm ihren Teller von der Theke und setzte sich zu ihrer Partnerin, einer zierlichen Frau mit einer extrem komplizierten Zopffrisur.

»Ah, Qin Roh, ich sags dir«, begann Lenoren ganz im Stil des Schmiedes, »Ratsmitglied zu sein ist unfassbar anstrengend.« Sie nahm einen tiefen Schluck und ließ den Becher schwer auf dem Tisch aufschlagen.

»Na, du hast dich freiwillig dafür gemeldet«, gab Qin Roh mit einem Zwinkern zurück. »Du wusstest ganz genau, was da auf dich zukommt. Und bist mit Feuereifer losgestürmt.«

»Danke für die Erinnerung«, sagte Lenoren mit einem schiefen Lächeln. »Nichts hilft uns besser durch schwere Zeiten als die Weisheit und das Mitgefühl unserer Liebsten.« Sie seufzte. »Wahrlich, ich werde all meinen Feuereifer brauchen, um hier durchzukommen und mir nicht einmal die Haare auszuraufen. Es kann wirklich furchtbar mühsam sein.«

Sie streckte ihre Beine unter dem Tisch aus. »Aber du hast schon recht. Ich habe mich freiwillig dafür gemeldet. Und ich melde mich gerade wieder. Meine Nominierung für das kommende Votum ist heute bestätigt worden.«

Lenoren stocherte mit dem Löffel in ihrem Essen herum. »Der Wandel ist noch nicht vorbei, und er macht es den Leuten nicht leicht. So viel Veränderung! Hier wird eine neue Welt geboren. Aber es stirbt auch eine Welt. Und die Menschen, die in jener Welt gelebt haben, sehen einen Teil ihrer selbst mit ihr sterben.«

»So wie das alte Handwerk.« Qin Roh langte mit spitzen Fingern zu Lenorens Teller hinüber und stahl ihr eine Kartoffel.

»Genau.« Lenoren starrte mit blinden Augen in die Ferne. »Wir können ihren Verlust an Einkommen kompensieren, und wir tun das auch. Aber wer kann den Verlust einer Welt kompensieren?«

Sie riss sich zusammen. »Wie auch immer. Kann man nichts machen. Oder ich kann es jedenfalls nicht. Ich bin Hebamme der Welt, die gerade geboren wird, und ich habe damit alle Hände voll zu tun.«

Lenoren schüttelte den Kopf. »Du kannst dir gar nicht vorstellen, wie viele neue Traptionen ständig überall auftauchen. Mit möglichen Anwendungen und Konsequenzen, die überhaupt kein Mensch abschätzen kann. Am allerwenigsten die Exaktheiten an der Akademie, die mit der Evaluierung beauftragt sind. Die aber eigentlich nicht gestört werden wollen in ihren Studien zur Perfektion der reinen magischen Prozedur. Die keinen Nerv haben für einen lauten, unberechenbaren Zirkus aus Traptionen.«

Lenoren trommelte mit den Fingern auf den Tisch. »Natürlich verwenden alle Trapstätten inzwischen trotzdem die neuesten Kreationen. Man kann doch nicht alles auf Halt stellen, nur um auf die Akademie zu warten, denken sie sich. Und ich muss zugeben, das hat was. Wenn die Almechas schon immer im Voraus auf Bewilligung gewartet hätten, dann gäbe es sicher bis heute noch keine einzige Traption auf der Welt. Wilde Traptionen sind also das, was alles antreibt. Und gleichzeitig echt ein Problem. Es hat Unfälle gegeben. Es könnte noch schlimmer kommen. Irgendjemand sollte schon Sicherheitskontrollen machen, meinst du nicht?«

Lenoren seufzte. »Na ja. So sieht es aus. Die Akademie ziert sich, der Rat ist besorgt, und die Almechas brettern mit vollem Tempo weiter. Und die alten Handwerksleute regen sich sowieso über alles auf.«

Sie sollte mit ihrem Essen voran kommen, fiel Lenoren ein. Sie schob sich einen vollen Löffel in den Mund und murmelte Qin Roh ihre Abschlussfrage zwischen zusammengepressten Lippen zu. »Wie in aller Welt soll ich denn das alles auf die Reihe kriegen?«

Qin Roh hob höflich eine Schulter.

Lenoren warf ihr einen schrägen Blick zu. Dann sah sie die Sonnenuhr jenseits des staubigen Stubenfensters. Sie schluckte rasch hinunter.

»Fix. Ich muss los.«

8

Enims Gestalt verschwand langsam zwischen Villen und Alleebäumen. Manaam stand mit verschränken Armen und gefurchter Stirn am Fenster und sah ihm nach. Er hasste das. Und er wollte es. Er konnte nicht ablassen. Aber er konnte es auch nicht ertragen. Enim zuzuhören war einfach schmerzhaft. Manaam kam sich alt vor, bitter, wie ein hoffnungsloser Zyniker.

Was in aller Welt hatte Enim dazu gebracht, ihm diese Frage zu stellen? Wie man einen Bericht nach Varoonya schickt, so dass alles gut wird?

›Ich weiß es nicht‹, dachte Manaam. ›Ich weiß es absolut nicht. Und ich glaube es nicht einmal.‹

* * *

Es gab noch eine Tür in den Hof der Kuschellaube. Direkt gegenüber. Die beiden alten Leute, die dort wohnten, waren nach und nach in die Rolle der Ältesten für die Kuschellaube hinein gewachsen, zum allseitigen Wohlgefallen. Nun saßen die beiden hinten im Tretkarren der Kinder, zufrieden wie ein Pärchen, das einen schönen Ausflug ins Grüne plant. Und im Grunde war es das ja auch. Die beiden konnten in ihrem Alter nicht mehr zu Fuß bis zu den Wiesen gehen. Und so war dies hier ihre Chance. Und darüber hinaus ein guter Beitrag für die Kuschellaube, deren etwas eintöniger Speiseplan sehr durch die frischen Wildkräuter bereichert wurde, seit die beiden ihr Wissen über Pflanzen weitergaben.

Die kleine Quena wollte heute bei den Ältesten auf dem Schoß sitzen, und so kletterte Lhut allein in seinen Schubkarren.

»Alle bereit?«, rief Cahuan, während sie die Griffe hinter Lhuts Rücken packte.

Lasa und Lunin begannen, mit froher Zwillingsenergie den Karren der Ältesten anzuschieben, obwohl noch niemand auf den Plätzen vorne beim Lenkrad saß. Das letzte Mädchen humpelte eilig aus dem Haus und versuchte, im Gehen seinen zweiten Schuh anzuziehen.

Also, ja. Alle bereit. Auf ihre übliche Art und Weise.

*

Die Kinder waren ausgeschwärmt, sammelten Kräuter auf der Wiese oder übten, Purzelbäume den Abhang hinunter zu machen. Nur die beiden Zwölfjährigen, Pulan und Som, hatten sich zu den Erwachsenen gesetzt, um zuzuhören.

Enim räusperte sich. »Ich wollte tun, sowieso, für die Post. Danke euch ich jetzt weiß, dass viel mehr. Viel, viel mehr. Das alles.« Er deutete mit einer ausladenden Armbewegung auf Tal und Stadt Shebbetin. »Richtig machen, alles. Wir bringen den Wandel hier! Wie überall in Yurvania. Wir sagen dem Land. Und sie kommen und machen, was sie überall machen.«

Enim war sich sehr sicher, was das Prinzip anbelangte. Die Details der Umsetzung jedoch waren noch etwas vage. Wem genau würden sie es sagen? Dem Rat? Den Schreibstuben in Varoonya? Und wie?

Enim hob bedauernd die Hände. »Ich noch nie das gemacht«, musste er zugeben.

Kaya, Lhut und Cahuan hatten das auch noch nie gemacht. Ja, sie hatten extrem viel Erfahrung. Sie hatten einen Heilbeutel gegründet, die Bergleute zusammen gebracht, Naydeer konfrontiert. Eine Kuschellaube aufgebaut. Und gleichzeitig Schichten in der Mine gearbeitet, den Alltag mit den Kindern geschaukelt, einen Warmlingsofen betrieben, Beinwunden geheilt.

Sie hatten viel geschafft. Aber nichts von alledem hatte irgendetwas mit Schreibstuben in Varoonya zu tun, oder mit der Verwaltung des Landes.

Enim hatte Manaam um Rat gebeten, aber das Gespräch hatte ihn so verwirrt und entmutigt zurückgelassen, dass er es lieber ganz aus seinen Gedanken verbannte. Wenn er schon keine praktischen Ratschläge bekommen konnte, dann musste er zumindest seine Tatkraft bewahren. Und nirgends fühlte er sich inspirierter als hier bei diesen strahlenden, mutigen Menschen.

Er lächelte Lhut zu und fühlte Cahuans goldschimmernde Hand auf seinem Arm. Kayas Augen funkelten ihn erwartungsvoll an.

»Nun?«

»Nun ich schreibe Bericht, sage ihnen!« Enim nickte beherzt. »Es kann nicht sein so sehr schwer. Das Land ist für alle. Wir einfach tun!«

*

Zumindest hatte Manaam Enim eine Liste der großen Gruppen von Schreibstuben in Varoonya gegeben. Was sehr hilfreich war. Enim hätte die Gruppen nicht auswendig aufzählen können, und schon gar nicht mit ihrem korrekten Namen. Es gab Dutzende.

Enim runzelte die Stirn. Er versuchte, die Zuständigkeiten jeder Stubengruppe aus dem Titel abzuleiten.

›Stuben für Gemeinwohl‹. Das war ganz sicher relevant. Obwohl die Lernlauben unter ›Kultivierung‹ fielen, so viel wusste Enim. Und die Minen gehörten wahrscheinlich zu ›Gilden‹, auch wenn sie vielleicht streng genommen keine Gilde waren. Aber sie waren Arbeitsstätten, und sie hatten Traptionen, und in dem Sinne waren sie doch so ähnlich wie die Trapstätten in Varoonya, die sehr wohl unter ›Gilden‹ fielen, da war Enim relativ sicher.

Wie auch immer.

Er würde einfach raten, was der Schwerpunkt der jeweiligen Stubengruppe war. Falls Enim sich mit einem Anliegen an die falschen Stuben gewandt haben sollte, so wüssten die Leute dort doch bestimmt, wer wirklich zuständig war, und würden es weiterleiten.

Und so oder so, die Botschaft war ja im Wesentlichen immer die gleiche: Es gab tausende Menschen in Shebbetin und keine Präsenz des Landes. Könnte das Land bitte kommen und all die Dienste aufbauen, die es auch sonst überall betrieb. Rasch, bitte, denn die Not war groß und es musste sofort etwas getan werden.

Vielen Dank.

* * *

Die Nacht senkte sich über Shebbetin. Der Himmel war auf einer Seite blass geworden, auf der anderen schwarzblau und violett. Die Berge lagen schwer und dunkel unter dem aufgehenden Mond, der sich als dünne Sichel zwischen dahinziehenden Wolkenfetzen und ein paar ersten Sternen zeigte. Eine leichte Brise fuhr durch die Gräser des Hochlandes. Sie wiegten sich sanft im Wind, duckten sich dann plötzlich unter einer heftigen Bö, einem plötzlichen Ansturm von Dringlichkeit und Aufruhr, bevor die Luft sich wieder beruhigte, leise säuselnd nachgab.

Hoch droben in der Domäne des Himmels, wo keine Mauern begrenzten, zog eine schwarze Gestalt durch den offenen Raum. Anmutig wie eine Schwalbe, den Halbmond ihrer Flügel weit ausgebreitet, schoss sie durch die Luft, stieg und fiel, kreiste und glitt schwerelos dahin.

Und dann begann ihr Lied. Nur entfernt verwandt mit dem schrillen Schrei, den der Nachtling in seiner Panik ausgestoßen hatte, war diese Stimme rein und klar. Fast unhörbar zunächst, wie eine Glocke aus Glas, die in der Ferne angestoßen wurde. Ein vollkommener Klang, der anschwoll, verhallte, wiederkehrte, sich in die Dämmerung wob wie ein weiterer Wolkenschleier, ein tönender Farbhauch, ein Strang ätherischer Schönheit. Da war keine Melodie in diesem Lied; oder vielleicht doch? Sie lief fort, ungreifbar, zeitlos, wie die Musik der Sterne. Ein Gebet der Berge und der Nacht, eine Meditation über das Namenlose.

Der Nachtling tanzte durch den Himmel wie eine Vision, wie der erste Vogel, der ewige Drache. Er schoss herab, fing sich knapp über dem Boden ab, glitt über das Hochland in vollkommener Harmonie mit den Wellen und

Hügeln, den Hängen und Tälern. Eins mit der uralten Landschaft und den Weiten der Lüfte tanzte der Nachtling zwischen Himmel und Erde, ein Bild des Wunders, des Staunens. Ein Traum von der Unfassbarkeit des Lebens.

Noch einmal stieg der Nachtling auf, ließ mit einem letzten großen Kreis seine Stimme anschwellen, die Glocke klar und laut ertönen. Dann zog er über die Berge davon.

* * *

Lhut schloss stöhnend die Augen, die Hand in seine Tunika gekrampft. Enim sah die unnatürliche Blässe um Lhuts Lippen.

»Alles in Ordnung?« Mit einem Schritt war Enim bei ihm und bot sich kniend als Stütze an.

Lhut nickte, kurz und abgehackt. Sein Mund verzog sich. »Das passiert einfach ab und zu. Der Schmerz kommt in Wellen«, keuchte er.

Enim starrte ihn wortlos an.

Lhut biss sich auf die Lippen. Doch dann entspannte sein Körper sich etwas. Die Welle schien abzuflauen.

Lhut lehnte den Kopf an Enims Schulter und atmete tief durch.

Er richtete sich auf und sah Enim in die Augen. »Ein Grundschmerz bleibt immer. Im Phantom meiner Beine.« Lhut klopfte leicht gegen das Ende seines Schenkels.

Dann zeigte er Enim die hölzerne Perlenkette, die sich um sein Handgelenk wand. Sachte rieb er eine der Kugeln zwischen den Fingern. »Der Nachbar, unser Ältester, hat mir gezeigt, wie ich damit umgehen kann. Es ist ein Zauber. Eine Trance, ein Gebet. Wenn du deine Perlen anrufst, eine nach der anderen, lässt du dich von deinem inneren Ozean forttragen. Du fühlst, wie er dich umfängt, dich hält. Und wie der Schmerz sich langsam löst und zu Boden sinkt, tief hinab auf den Meeresgrund.«

Lhuts Blick glitt ab in eine unbestimmte Ferne. Seine Lippen bewegten sich lautlos, während seine Finger die nächste Perle umspielten. Nach der vierten, lang bevor er die Runde seines Armbands vollendet hatte, waren Lhuts Augen wieder bei Enim. Und gefüllt mit Leben, mit einem Funkeln, einem leisen, wehmütigen Lächeln.

»Der Schmerz verschwindet nie ganz. Aber ich habe meinen Frieden mit ihm geschlossen. Ich habe gelernt, ihn ruhen zu lassen. Er ist auch schwächer geworden über die Jahre, stumpf und müde. Und wenn er hundert Meilen unter dem Meer dahindriftet, dann kann ich inzwischen auf funkelnden Wellen im Sonnenlicht schwimmen.«

Lhut strich sich mit der Zunge über die Lippen.

»Diese scharfen Attacken sind zum Glück selten geworden. Aber Einschlafen ist immer noch schwer. Wenn mein Geist loslässt und unter dem zerbröckelnden Zauber das Biest des Schmerzes aufersteht, noch ehe mich die Träume der Nacht in ihr Reich retten können.«

Lhut seufzte. »Cahuan hilft mir dann oft. So kann ich selbst diese schwerste Kurve nehmen, diesen Moment, wo ich meinen Zauber ziehen lasse. Wo es mir gelingen muss, den Sprung zu den Sternen zu machen.«

*

Lhut reckte sich, um ein paar Habseligkeiten aus dem Regal zu holen. Er würde diese Nacht wieder einmal mit Kaya verbringen und summte in genüsslicher Erwartung eines Abends voller Freundschaft und Liebesspiel.

Mit strahlenden Augen drehte er sich zu Enim um, bereit zu lachen und zu scherzen. »Wie du siehst, passe ich perfekt an diesen Ort. Ich komme genauso hoch hinauf im Regal wie die kleinen Kinder. Ich gehe sogar im gleichen Tempo, mit den gleichen kurzen Schritten. Ganz offensichtlich bin ich hier am richtigen Platz.« Lhut grinste. »Manchmal präsentiere ich das als eine besondere Qualifikation. Denn schließlich bin ich immer auf Augenhöhe mit den Kindern. Und im übertragenen Sinne will ich das ja auf jeden Fall sein.«

Enim holte tief Luft. Er schüttelte den Kopf. »Wie du machst Scherze über das? Deine Beine verlieren. Ich weiß nicht, wenn es ich wäre. Ob ich Kraft hätte.« Er sah Lhut mit einer Mischung aus Bewunderung und Unglaube an.

Lhuts Grinsen wurde etwas schief. »Nun ja. Wenn Kaya hier wäre, würde sie an dieser Stelle zu schreien beginnen. Sie hält das überhaupt nicht aus, dieses Schauen auf die Sonnenseite und so weiter. Und es stimmt ja auch. Insgesamt ist das hier inakzeptabel. Ich hätte nie meine Beine verlieren sollen. Niemand hätte in dieser Mine sterben dürfen.«

Lhut seufzte. »Aber ich kann nicht von Ärger leben. Kaya kann das. Sie wird stärker und stärker, mit jedem Mal. Aber für mich – ich glaube, es würde mich umbringen. Wenn ich mich auf diese Schiene von Wut und Kampf einlasse, wird sie mich auffressen. Mir alle Energie rauben, statt mich in einen feurigen Drachen zu verwandeln.« Er zuckte mit den Schultern. »Darum versuche ich das hier. Ich nehme diesen Aspekt der Realität und bemühe mich, darin zu leben.«

Lhut zupfte an seinem Ärmel. Dann blickte er auf und sah Enim in die Augen. »Und es gibt eine Wahrheit hier. Auch die Sonnenseite ist echt. Selbst wenn es mir lieber wäre, meine gesunden Beine zurück zu haben, gar keine Frage. Aber trotzdem. Ich bin froh, dass ich nicht gestorben bin. Und mein Leben ist seit dem Unfall in vielerlei Hinsicht besser geworden. In der Kuschellaube zu sein ist ganz anders als im Bergwerk. Die Mine ist dunkel, dreckig und gefährlich. Die Kuschellaube ist auch sehr anstrengend, auf ihre eigene Art. Aber sie ist wunderschön. Inspirierend. Voller Liebe. Ich kann bei den Kindern sein, als Mensch wachsen und lernen. Das hier ist ein reiches, volles Leben. Viel, viel besser als im Bergwerk.«

Lhut warf Enim einen vorsichtigen Blick zu. »So lebe ich also. Mit alledem.«

Enim nickte. Er wagte es nicht, etwas zu sagen. Sein Herz war so voll, dass er nicht wusste, was herauskommen würde, wenn er den Mund aufmachte. Aber es war wohl trotzdem in seinen Augen zu lesen.

Lhut streckte die Hand aus und zog Enim an sich, die Finger in seinem Haar, den Kopf an seiner Schulter.

*

»Sollen wir los?«, fragte Lhut.

Seine Stimme war warm, und sein Blick hell und offen. Er ging hinaus in den Hof, mit kleinen Schritten auf kurzen Beinen. Der Abendhimmel füllte sich mit sanften Pastelltönen und lockenden Vogelrufen, und Enim hatte angeboten, Lhut hinüber zu Kayas Ofen zu fahren.

Lhut warf eine Decke in die Schubkarre. »Soll ich hineinklettern?«

»Nein.« Enim legte die Weste ab und trat zu ihm. »Ich will lernen. Üben. Zeig du wieder, bitte. Ich werde vielleicht nie gut wie Kaya und Cahuan, aber ich werde gut genug. Glaube ich.«

»Gar kein Zweifel«, schmunzelte Lhut. Und er erklärte noch einmal, wie Enim sich hinstellen musste und wie er Lhut heben konnte, ohne sich das Kreuz zu brechen. So, dass Lhut sowohl sicher war als auch, letztendlich, im Schubkarren.

Es klappte. Gut genug, jedenfalls.

Zufrieden fuhren die beiden davon in die Dämmerung. Wolkige Streifen aus Gold und Orange dehnten sich über einen weiten, offenen Himmel und Lhut begann, in einem weichen Bariton zu singen. Geduldig versuchte er, Enim die zweite Stimme beizubringen, während sie durch die verwinkelten Gassen in Richtung Stadtrand schaukelten.

Als sie beim Ofen ankamen, war Kaya damit beschäftigt, die Hühnerweide ein Stück weiter die Wiese hinauf zu versetzen. In tiefer Verstrickung rang sie mit dem Netz, das die Falken abhalten sollte. Doch drei Kinder, die den Nachmittag bei ihr verbracht hatten, kamen gleich angerannt und präsentierten stolz die gefundenen Eier.

Kaya ihrerseits konnte mit Neuigkeiten aufwarten.

»Der Nachtling wird getötet.«

Ein gefährliches Leuchten lag in Kayas Augen. »Naydeer hat den großen Zauberer Pramus angeheuert, der das Monster jagen und mit magischem Feuer besiegen wird.«

»Das ist nicht nötig«, meinte Lhut.

»Nein. Natürlich nicht«, stimmte Kaya zu. »Aber es wird dem großartigen Magja eine Gelegenheit bieten zu demonstrieren, wie machtvoll und verehrungswürdig er tatsächlich ist. Und wie unentbehrlich für unser aller Sicherheit. Fast so unentbehrlich wie Naydeer selbst, die hier so viel Verantwortung für das Wohlergehen Shebbetins übernimmt.«

Lhut schüttelte missbilligend den Kopf. »Der Nachtling kann nichts dafür, dass Naydeer in ihrer Mine kein Warnsystem hat. Warum sollte er jetzt den Preis zahlen? Nur weil wir Menschen uns nicht die Mühe machen, unsere Dinge in Ordnung zu halten, muss er sterben?«

»Ja. Genau. Was denn sonst? So denkt Naydeer eben: Es gibt ein Problem? Werden wir gewalttätig! Töten wir! So löst man doch Probleme, oder?«

9

Manaam erwartete Cahuan in seinem Garten. Er war in lange fließende Gewänder gekleidet, die auf einer Seite bis hinauf zum Schenkel geschlitzt waren, so dass Manaams schlanke Beine immer wieder zwischen den dunklen Stoffen hervorlugten, wenn er sich bewegte. Mit langen, eleganten Schritten ging er unter einem Baum durch, von dem Blütenblätter herab regneten und sich auf sein rabenschwarzes Haar legten. Ein paar Strähnen waren aus dem seidenen Band ausgebrochen und hingen lose in seine Stirn. Er sah aus wie ein Bild in einem alten Sagenbuch, fand Cahuan. Der romantische Held, in den die Hauptfigur sich verlieben würde. Manaam blickte auf und lächelte, und der Effekt war verheerend.

»Willkommen«, sagte er mit seiner milden, freundlichen Stimme. »Wie schön, dass du gekommen bist.«

»Die Freude ist ganz meinerseits«, erwiderte Cahuan wahrheitsgemäß. Dann schüttelte sie schmunzelnd den Kopf. »Ich glaube, du hast keine Ahnung, wie hinreißend du aussiehst.« Sie strich mit dem Finger über seine Lippe.

Überraschung lag in Manaams Gesicht, doch dann kam das Lächeln zurück, wärmer und tiefer als zuvor. »Nein. In der Tat. Ich war ausnahmsweise mit den Gedanken woanders.« Manaam führte Cahuans Hand an seine Wange und strich über ihre samtige Schmetterlingshaut, während er ihr in die Augen sah. »Aber vielen Dank für den Hinweis.«

Cahuan schlang den Arm um seine Taille, während sie zum Haus schlenderten. »Ich glaube, ich sollte die seltenen Gelegenheiten nutzen, an denen ich dich zu sehen bekomme. Oder vielleicht öfter solche Berichtssitzungen zur Kuschellaube abhalten? Als der Hauptspender solltest du immer gut informiert sein, denke ich.«

Manaam stöhnte. »Oh nein. Bitte informiere mich nicht besser als üblich. Du hast keine Ahnung, zu wie vielen wichtigen Angelegenheiten ich ständig auf dem Laufenden gehalten werde. Allein die Dinge, die meine Minen betreffen, türmen sich zu Bergen. Ganz zu schweigen von allem, was es auf der Welt sonst noch geben mag.«

Cahuan folgte ihm lachend in den Salon, wo sie ihren Bericht abstattete. Die paar offenen Fragen, die sich seit ihrem letzten Treffen ergeben hatten, waren rasch geklärt. In der Tat waren sie so flott und so zufrieden mit allem und mit einander, dass es naheliegend schien, noch ein bisschen was dran zu hängen. Und hinauf in Manaams Schlafzimmer zu gehen.

Mit einem Kuss, einer Berührung, einem Spiel nach dem anderen schwebten sie langsam davon, ließen Pflicht und Ruf und Geschäftigkeit für eine kleine Weile hinter sich. Um einen Ausflug zu machen in eine Oase der Sorglosigkeit, der Sinnlichkeit und des Glücks. Um einen Moment von Leichtigkeit und Entspannung zu finden, von Loslassen und Genuss. Eine Heimkehr. Eine Atempause.

Cahuan lächelte, ein weiches, langsames Lächeln der Erfüllung, gewürzt mit Hedonismus.

*

Als die goldene Nachmittagssonne sich allmählich zum Horizont neigte, wurde auch das Licht in Manaams Zimmer weich und mild.

Warm und erschöpft streckte Manaam sich auf seiner Matte aus, die zerknüllten Laken um die Beine. Cahuan lag halb über seiner Brust, eine Hand in seinem Haar.

»Was für ein Segen«, murmelte Manaam zufrieden. »Das hier ist eine seltene Wohltat, kein Zweifel. Liebesspiel ist so rar in meinem Leben!«

Cahuan zeichnete genussvoll die Linie seines Schlüsselbeins nach. »Wirklich? Ich kann das kaum glauben. Du bist so schön, so verlockend. Das müssen doch auch andere bemerkt haben. Hat wirklich niemand von den Tsechen dich verführen können? Sie sind doch deine Leute, oder? Du scheinst immer zu ihnen hin zu blicken. Sicherlich wird es einige unter ihnen geben, von denen du dich angezogen fühlst?«

»Nein.« Manaams Antwort schwebte ungewiss über Cahuans Rücken. »Nein.« Seine Stimme wurde schwer. »Natürlich mag ich manche mehr als andere. Aber so alles in allem, nein. Sie sind meine Leute, und sie sind es nicht. Sie sind diejenigen, mit denen ich auskommen muss. Nicht diejenigen, die ich gewählt hätte. Aber ich muss nehmen, was das Leben mir bringt. Und was es mir gebracht hat, ist dieser kleine Zirkel der feinen Gesellschaft in den Bergen.«

Cahuan hob eine Braue. »Wie, du kannst nicht wählen? Wieso denn nicht? Ja, sie erwarten etwas von dir. Aber letztlich kannst du doch leben, mit wem du willst. Du musst doch nicht auf ihre Erlaubnis warten?«

»Doch«, gab er bitter zurück. »Das muss ich.«

Ein Schmetterling flog vom Fensterbrett auf und wurde plötzlich von einer heftigen Windbö aus der Bahn geworfen. Manaam starrte finster auf die Leere, die zurück blieb.

»Wenn ich mich zu weit von der Herde entferne, werde ich bestraft. Diese Leute haben Macht in Shebbetin. Viel hängt von ihnen ab.«

Cahuan richtete sich auf einem Ellbogen auf. »Selbst für dich?«

Die Falten auf Manaams Stirn vertieften sich. »Selbst für mich. Ja, ich bin einer der mächtigsten Menschen in Shebbetin. Der mächtigste vielleicht, abgesehen von Naydeer. Aber Trotzdem. Die größte Macht liegt immer noch bei der Gruppe als Ganzes, bei der Gemeinschaft aller Tsechen. Keine Einzelperson kann dagegen an. Auch ich nicht.«

Cahuan vergrub die Hand tiefer in seinem Haar, zog unschlüssig an einer Strähne. »Ich verstehe die Macht von Gruppen. Irgendwie. Und dann doch auch wieder nicht. Warum bist du so abhängig von ihnen? Was genau könnten sie tun?«

Manaam seufzte. »Schwer zu sagen. Was genau? Es ist eine Summe aus vielen Dingen, denke ich.« Er strich Cahuans Wirbelsäule entlang, sachte und suchend, so als ob von dort eine Antwort kommen würde. »Solange sie mir wohlgesonnen sind, kann ich auf ihre Unterstützung hoffen. Nicht nur für wohltätige Zwecke. Selbst Kleinigkeiten wie die Post, wo wir einen Kurier gemeinsam haben. So viele Dinge meines Alltags sind mit den Tsechen verwoben, dass ich kaum zurechtkommen würde, sollten sie mich je ausschließen. Geschweige denn bekämpfen.«

Manaam versuchte, sein Bein zu bewegen, aber es war in den Laken gefangen. »Dieser kleine Zirkel hier hat seine eigenen Regeln. Wer du zu sein hast, wie du zu sein hast. Die feine Gesellschaft diktiert nicht nur dein Verhalten, sondern auch deine Gedanken, deine Identität. Jede Abweichung wäre ein Affront. Ich dehne bereits die Grenzen des Erlaubten. Alle wissen, wie ich meine Minen betreibe und warum. Es wird akzeptiert, oder toleriert, solange ich nicht den Eindruck erwecke, es anderen aufzwingen zu wollen. Ich kann ein bisschen exzentrisch sein, ein bisschen wohltätig. Das ist noch in Ordnung.«

Er leckte sich über die Lippen. »Aber wenn ich noch weiter ginge, wäre es bedrohlich, und ich würde abgestraft. Und so balanciere ich ständig zwischen dem, was ich für richtig und was ich für machbar halte.«

Harte Krallen kratzen über das Dach und verrieten die Nähe eines unsichtbaren Raubvogels. Manaam räusperte sich. »Sollten die Tsechen jemals denken, dass ich eine echte Bedrohung darstelle, könnten sie beinhart werden.« Er hielt inne. »Glaube ich. Aber bisher kam es nie so weit. Ich habe mich noch immer brav wie ein richtiger Tseche verhalten.« Eine bittere Note hatte sich in seine Stimme geschlichen. Sein Körper schien steif und kalt geworden zu sein. Cahuan regte sich, schlang ihr Bein fester um das seine und stahl sich damit zwischen die verknoteten Laken hinein. Sie waren alle aus Seide.

Manaams Blick glitt in der Ferne. »Vielleicht ist das nur Feigheit. Oder Abhängigkeit von meinem Luxus. Vielleicht suche ich nur nach einem Vorwand, um nichts an meinem Leben ändern zu müssen.«

Er wandte den Kopf und sah Cahuan direkt an. »Aber vielleicht ist es auch wirklich besser, wenn ich mich einfüge. Auch für die Sache. Vielleicht bin ich viel effektiver, kann viel eher etwas zum Wandel beitragen, wenn ich meine relative Machtposition bewahre. Auch wenn es mich hundert kleine Verrate kostet, jeden Tag.«

Cahuan blickte in seine dunklen Augen und schwieg. Dann rückte sie näher und legte sich ganz auf ihn, Haut an Haut, von Kopf bis Zeh. Die Rundungen ihres Körpers schmiegten sich an die seinen, ummantelten ihn mit Wärme und Weichheit.

Manaam schlang seine Arme um sie, in einer tiefen Umarmung, als würde er Schutz geben oder suchen. Er seufzte tief. Und seine Augen fielen zu.

* * *

Eine leichte Brise wehte vom Hochland herunter und brachte den Geruch von blühenden Wildkräutern mit sich. Enim, der den ganzen Tag in der Mine an einer Traption gearbeitet hatte, streckte sich genüsslich, als er unter den freien Himmel hinaus trat. Unter dem Rosa und Gold der Dämmerung blickte er hinaus über das Gewirr der Dächer Shebbetins, über das Schlösschen, das sich langsam auf die Nacht vorbereitete.

Enim begann leise zu summen. Er würde diesen Abend Freuden und Vergnügungen widmen, beschloss er. Während er den schmalen Pfad hinab stieg, überlegte er, was genau das beinhalten könnte.

Vielleicht würde er – doch da gellte ein schriller Schrei durch die Luft. Gefolgt von einer donnernden Explosion, deren dumpfes Echo in den Bergen vibrierte.

Enim kauerte auf dem Boden und blickte fieberhaft um sich.

Er sah den Nachtling zuerst, einen großen schwarzen Schatten, der über dem Tal seine Kreise zog.

Doch dann kam die Magie.

Auf dem gegenüberliegenden Hügel schwebte eine menschliche Gestalt langsam in die Lüfte, umflossen von einer wogenden Robe und einem unwirklichen blauen Licht.

Der Nachtling machte kehrt und griff an. Im Sturzflug attackierte er den Magja mit einem markerschütternden Geheul. Enim hielt sich die Hände über die Ohren, starrte aber wie gebannt weiter auf den Kampf.

Feuer schoss aus dem Stab des Magjas, eine rotglühende Zunge, die sich um den Nachtling wand und seinen Schrei in einem giftigen Zischen erstickte. Der Nachtling fiel ab, fing sich aber auf halbem Weg zum Boden und stieg mühsam, mit schwerem, drohendem Flügelschlag, wieder an.

Der schwarze Schatten gewann an Höhe, während der Magja mit tiefer, voller Stimme Beschwörungen sprach, laut wie ein alter Gong, der durch das ganze Tal hallte. Das unheimliche Strahlen seines Körpers wurde stärker, heller, ein kaltes, klares Sternenlicht, das ihn umhüllte und trug.

Der Nachtling griff erneut an. Mit furchtbarem Kreischen warf er sich auf den Magja. Aber die Flamme, die ihn traf, war so enorm und überwältigend, dass der Nachtling darin vollkommen unterging. Ein jämmerliches Wimmern erfüllte die Luft, als das Feuer in sich zusammensank. Der Geist eines Nachtlings war am Himmel zu sehen, ein leuchtender Umriss, eine Spur von Glut, die sich langsam zu Boden senkte. Stücke brachen ab, fielen herunter, und der gesamte Körper löste sich auf in ersterbende Funken, ins Nichts.

Totenstille herrschte.

Der Magja schwebte über den Bergen, in vollkommener Ruhe, umhüllt von einem nun milden weißen Licht. Nur sein wehendes Haar und die wallende Robe bewegten sich wie in einer ehrfürchtigen Brise.

Langsam glitt der Magja zu Boden. Das Licht floss herab, bildete einen matten Silbersee und verschwand.

Enim starrte in die Dunkelheit. Er konnte nichts mehr erkennen in der vollkommenen Schwärze, die nun den Hang verschluckte. Die ohrenbetäubende Stille hallte in seinem Kopf nach wie ein Echo.

Enim wartete.

Doch da kam nichts mehr.

*

Benommen trat Enim in die Kuschellaube.

Natürlich wussten dort schon alle von dem magischen Kampf, von dem strahlenden Zauberer und dem besiegten Nachtling. Es war laut genug gewesen. Und auch sichtbar genug. Dieser spezielle Hang konnte von den meisten Ecken Shebbetins aus gesehen werden, und der schwebende Magja von praktisch überall.

Lasa, Lunin und ein paar andere Kinder spielten Nachtling und Magja, aber ohne jede Spur von begeisterter Überdrehtheit. Sie schienen genauso überwältigt wie Enim, genauso sehr zwischen Wunder und Verwirrung, offener Frage und verdecktem Schrecken.

Dankbar nahm Enim von Lhut eine Flasche Wasser und eine warme Umarmung an.

»Was war das?«, fragte Enim. Obwohl es völlig offensichtlich hätte sein müssen. Es war ja immerhin im Vorhinein angekündigt worden: Pramus, ein mächtiger Magja, hatte im Auftrag Naydeers den Nachtling mit magischem Feuer vernichtet.

Nichtsdestotrotz schien auch Lhut zu finden, dass die Dinge unklar waren. Und verstörend. Er setzte sich neben Enim und seufzte. »Ich weiß nicht.«

»Wer ist Magja?«, fragte Enim. »Pramus.«

Lhut zuckte mit den Schultern. »Ich weiß nicht sehr viel über ihn. Er steht Naydeer nahe, das ist sicher. Er scheint viel auf Reisen zu sein. Für Naydeers Belange? Für seine eigenen? Wer kann das sagen.«

Lhut zog die runde Polsterung von seinem Bein und fühlte darin herum, bevor er seinen maßgeschneiderten Hausschuh wieder anzog. »Als Kind war Pramus am Hof der Feudalen, ein Lehrling der alten Magjas. Ich denke, er war wohl auf bestem Wege, einer von ihnen zu werden und mit Blitz und Donner über das Volk zu herrschen. Aber dann kam der Wandel und die Magjas verloren ihre Macht. Der Wandel hat Pramus seinen Kindheitstraum genommen, und seine Zukunft. Aber Pramus lässt sie nicht ziehen. Er lebt all das trotzdem, so gut es geht. Und tut, was er kann, um die alte Ordnung wieder herzustellen. Glaube ich jedenfalls.«

Eine tiefe Furche hatte sich auf Lhuts Stirn gebildet. »Die Leute erzählen alles Mögliche über ihn. Dass er Dämonen beschwört. Oder verbannt. Dass er Menschen in Unterwerfung zwingen kann, sie versklaven, in magischer Treue binden. Dass er Menschen beschützt.«

Lhut rutschte unruhig zur Seite. Er räusperte sich. »Er wirkt mächtige Zauber, wie gerade eben. Aber auch in den Minen. Die Felsen schmelzen in seinem Licht, und die Berggeister fliehen. Niemand weiß, welche Kräfte er wirklich hat.«

Enim schwenkte nachdenklich seine Flasche. Das klare Wasser kreiselte, tanzte aus seiner Unsichtbarkeit heraus, enthüllte sich in Gewicht und Bewegung. Ein Lichtfunken ließ sich einfangen.

Enim legte den Kopf auf die Seite. »Ich habe Freund in Varoonya. Er hat gelebt mit alte Magja. Für Lernen. Er macht Illusionen, mein Freund«, fügte Enim erklärend hinzu und hob den Kopf. »In Theater.«

Lhut griff sich eine Decke und schlang sie um seine Taille. Dann hielt er inne. »Illusionen?« Er blickte hinüber zu Kaya, die ihrer Unterhaltung zugehört hatte. Kaya starrte zurück.

»Man kann einen Nachtling nicht mit Illusionen bekämpfen«, sagte Lhut mit monotoner Stimme. »Das würde niemals funktionieren.« Er schob die Decke mit einem kräftigen Stoß in seinen Rücken.

Kayas Augen wurden schmal. »Es war verdächtig günstig gelegen. Ein Ort und eine Stunde, wo es alle sehen. Genau so, wie man es inszenieren würde.«

Lhut drehte sich zu Enim um.

»Könnte dein Freund so etwas machen? Der Illusionist?«

Enim überlegte. Versuchte, es sich vorzustellen. »Ja«, sagte er schließlich. »Ich glaube. Yoor kann Bilder so machen. Sehr echt. Sehr wirklich.«

Enim zögerte. »Aber. Ich sehe Yoor nur in Theater. In kleines Raum. Hier ist anders. Sehr groß. Diese Donner kann hören in ganzes Tal. Und Licht auch. Alles das ist viel mehr, als man kann brauchen oder aushalten in ein Zimmer.« Enims Brauen zogen sich zusammen. »Ich weiß nicht, wie schwierig ist, alles mehr laut und hell zu machen. Nicht sehr schwierig, vielleicht. Aber was ich weiß zu Illusionen? Nicht viel.«

»Genug, würde ich sagen.« Kaya wandte sich an Lhut. »Ein Nachtling würde niemals so eine Attacke gegen einen Menschen fliegen. Nicht im offenen, weiten Raum. Also hat Pramus entweder Magie verwendet, um den Nachtling anzulocken und zu einem Angriff zu bringen.«

»Oder …?«

»Oder«, sagte Kaya mit schneidender Stimme, »der Nachtling war genauso sehr Illusion wie der Kampf.«

10

Bunte Fahnen flatterten über den Dachgärten von Varoonya. Begonnen hatte das alles vor langer Zeit, als die Menschen Wäscheleinen quer über die Gassen spannten, von einem Haus zum anderen, um Bettlaken und Lunghi zu trocknen. Irgendwann aber hatte die Begeisterung über den visuellen Effekt dieser Praxis überhand genommen, und die Menschen fingen an, Stoffe aller Art an Türmchen und Balkonen und jeder erdenklichen Ecke anzubringen. Und so war Varoonya bis heute voll von Sonnensegeln und Schmucktüchern, wehenden Bändern und gefälschten Signalflaggen. Und mittendrin, wie schon in der guten alten Zeit, echte, frisch gewaschene Socken und Röcke, die im Winde wehten und ihre unsichtbaren Nebel ausatmeten.

Der Palast war da keine Ausnahme.

Nasse Tuniken und gelbe Tischtücher winkten durch das Fenster in die große, sonnendurchflutete Schreibstube hinein, in der sich eine junge Frau am Kopf kratzte und damit ihre Locken weiter zerzauste.

»Shebbetin«, murmelte sie.

Sie begann, zwischen den Papieren in ihrem Regal herumzuwühlen und die unteren Schubladen aufzuziehen. Schließlich fischte sie eine Landkarte heraus, die sie auf dem Fenstersims ausbreitete.

Ihr Kollege kam zu ihr herüber und begann zu erklären, welche Probleme es mit den Dörfern am Rande der Sümpfe gab, vor allem zur Regenzeit, weil sie so weit auseinander lagen und kaum zu erreichen waren. Bis die junge Büre zu verstehen begann, welche verschiedenen Lösungsvorschläge es dafür gab und welche neuen Fragen damit aber auch jeweils wieder auftauchten, war es schon reichlich spät geworden, und beide Büren waren der Meinung, dass sie das Gespräch besser bei einer guten Tasse Tee abschließen sollten.

Sie schlenderten gemeinsam in Richtung Erfrischungen davon und schubsten die Landkarte im Vorübergehen zurück ins Regal.

*

»Pfff.«

In einer der ältesten Schreibstuben des Palastes, einer kleinen schachtelförmigen Holzkammer mit dem Flair eines Dachbodens, schob ein hagerer Mann die Papiere ungeduldig an den hintersten Rand seines Tisches.

Hier, dachte er irritiert, war wieder einmal jemand, der nicht wusste, wie die Dinge funktionierten. Oder der sich einfach nur wichtig machen wollte. Sehr wahrscheinlich war das, in der Tat, dass es eine ganze Region in Yurvania gab, die noch nie jemand bemerkt hatte. Wo der Wandel nicht stattgefunden hatte und die Leute litten wie im Feudalzeitalter.

Wenn das wirklich so wäre, dann hätte doch sicherlich im Laufe der letzten vierzig Jahre irgend jemand so einen schlauen Brief wie diesen hier geschrieben, damit der Rat aktiv würde? Niemand außer dem Verfasser selbst würde glauben, dass dieses Schreiben der erste heroische Versuch seit dem Wandel war, ein vergessenes Volk ans Licht zu bringen. Lächerlich. Es gab keine vergessenen Völker. Denn wenn es so wäre, dann wüssten wir das doch.

Der Büre zog einen anderen Bericht von seinem Stapel.

Etwas Vernünftiges diesmal, so hoffte er.

*

»Das klingt ernst.«

Der Mann, der in seinem dunklen Kaftan und silbernen Dhoti unter den Wappen der verschiedenen Gilden saß, wirkte wie aus einem Ölgemälde mit dem Titel ›Die glorreichen Büren im Palast zu Varoonya‹. Mit behäbiger Würde reichte er die Papiere hinüber zu seiner Kollegin. Aber die nahm sie nicht. Sie nickte nur. »Ja. Es klingt schlimm. Und ungewöhnlich. Deshalb dachte ich, ich gebe es dir.«

Das rief ein tiefes Brummen hervor. »Warum denn mir? Ich kann damit auch nicht besser umgehen als du. Ich wüsste nicht, was ich machen soll in einer völligen Abwesenheit jedweder Struktur, wie er es hier zu beschreiben scheint. Ich kann bestehende Dienste überprüfen, ja. Sie am Laufen halten. Sie sogar verbessern. Aber ganz neu beginnen, mit nichts? Mitten im Nirgendwo? Ich wüsste nicht, wo ich anfangen soll.«

Seine Kollegin nickte. »Dann lass es uns an Lenoren weiterreichen. Sie kann sich darum kümmern. Oder es an den Rat als Ganzes spielen.«

*

Lenoren blätterte durch die Papiere, die sich in ihrer Abwesenheit auf ihrem Schreibtisch angesammelt hatten.

Das Protokoll der letzten Ratssitzung.

Die vorläufige Tagesordnung für das Baldachin-Treffen, mit Kommentaren von zwei anderen Ratsmitgliedern.

Irgendwas über die Berge.

Ein Brief mit Unterschriften von einhundert Almechas, zur Rolle der Akademie.

Lenoren begann, die Tagesordnung des Baldachins zu überfliegen, während sie in ihr Mittagsbrötchen biss. Sie beschmierte das Papier mit fettigen Fingern und machte es nur noch schlimmer, als sie versuchte, es abzuwischen.

Ein Kopf schaute zur Tür herein. »Kommst du? Wie fangen gleich an.«

»Hmm«, nickte Lenoren mit vollem Mund. Sie legte die Papiere auf einen wachsenden Stapel und eilte hinaus.

* * *

»Und damit endet die Geschichte!«

Pulan klappte ihr Buch triumphierend zu und pfiff lautstark durch die Zähne. Sie hatte die ganze Erzählung mit perfekter Aussprache vorgelesen. Enim war beeindruckt.

»Du kannst jetzt sagen ganzes Buch mit dein Kopf, ja?«, scherzte Cahuan in immer besserem Kokisch. »Du nicht musst schauen Buch nicht eins! Vollkommene Erzähle du!«

»Ja, wir wissen ganz Buch ganz Geschichten! Voll! Und schreiben alle Buch ganz Tafel auch!«, strahlte Som ebenso stolz. Sie drehte eine Pirouette, die all ihre Bänder fliegen ließ und ihre Tunika in einen rauschenden Farbenwirbel verwandelte.

In der Kuschellaube war die Kommunikation in Kokisch immer schon fließend im Sinne von enthusiastisch gewesen. Nun machte sich zunehmend auch Grammatik im Gespräch breit.

Enim musste ihnen unbedingt ein zweites Buch besorgen.

Auch wenn er selbst nicht so arg weit gekommen war mit den vanischen Büchern, die sie ja hatten. Seine schriftlichen Fähigkeiten waren immer noch jämmerlich, wenn überhaupt. Aber das Reden fiel ihm mittlerweile leicht, sogar inklusive Grammatik, und insofern war Enim hoch zufrieden. Er fühlte sich jetzt wieder wie er selbst, wenn er sprach. Ein bisschen wie sein jüngeres Selbst vielleicht, das mit seinen Eltern sprach. Aber selbst dieser Beigeschmack verschwand allmählich, je mehr er sich in sein neues Zuhause eingewöhnte und damit auch in diese neue alte Sprache.

In weniger als zwei Monden hatte Enim sich ganz gut in Shebbetin eingelebt. Nach Manaams Einladung zum Abendessen war Enim nicht nur der privaten Postgruppe der Tsechen beigetreten, sondern hatte auch Aufträge zur Arbeit an Traptionen in den Minen bekommen, ganz wie geplant. Enims Anwesenheit in der Kuschellaube war auch schon zur Selbstverständlichkeit geworden, vor allem, seit er in ein Zimmer gleich auf der anderen Seite der Gasse gezogen war.

Enim winkelte die Beine an und lehnte sich gemütlich gegen die Wand, während er einen Schluck aus seiner Wasserflasche nahm. Das alles fühlte sich langsam wirklich wie eine Heimat an.

Außer ... dass rund um ihn immer noch Not und Elend herrschten.

Enim hatte seinen Frieden mit dem ganzen Leiden geschlossen, aber nur unter der Bedingung, dass es vorübergehend war. Demnächst schon zu Ende. Jeden Augenblick mussten die ersten Heilkundigen eintreffen, oder zumindest die ersten Büren. Oder, als absolutes Minimum, ein Brief, der Enim mitteilte, dass all das unterwegs war. Wie lange konnte es dauern, bis zumindest eine Person aus zumindest einer Schreibstube ihm antwortete?

Aber bisher – nichts.

Außer Kindern, die weiterhin in Werkshütten kauerten. Und Bergleuten, die ihre Gesundheit verloren.

* * *

Helle, steile Sonnenstrahlen fielen in den Hof der Kuschellaube. Die meisten Kinder schienen noch irgendwo im Schlösschen herum zu tollen, aber demnächst wären sie sicher alle wieder da zum Essen.

Kaya half den drei zuständigen Buben, die großen Töpfe mit Kartoffeln abzuladen. Dann stakste sie mit steifen Schritten hinüber zu Cahuan.

»Ich frage mich, ob euer gnädiger Spender sich jemals bereitfinden wird, die Kinder etwas anderes als Kartoffeln essen zu lassen, tagaus, tagein. Aber ich verstehe natürlich, dass er sich das im Moment nicht leisten kann. Wenn er der Kuschellaube mehr Münz geben würde, dann müsste er vielleicht ab und zu auf seine teuren Weine verzichten, und das ist denn doch ein zu großes Opfer. So wie er wohl auch eine riesige Villa ganz für sich allein braucht, wohingegen Dutzende Kinder locker in einen einzigen Raum passen, Tag und Nacht.« Sie zog eine verächtliche Grimasse.

Cahuan seufzte. »Ja. Wir wissen das. Manaam tut viel, aber er ist nicht perfekt. Und er opfert sich nicht auf. Er gibt, was ihm leichtfällt, aber er will selbst immer noch ein angenehmes Leben führen.«

Kaya explodierte. »Ja, und ich will auch ein angenehmes Leben führen! Und auch tausende andere, die jetzt in Minen und Werkshütten dahinsiechen! Manaam mag sich für erhaben und großzügig halten, weil er die Güte hat, uns mit seiner gnädigen Unterstützung zu bedenken – aber in Wirklichkeit leben er und seinesgleichen immer noch auf unsere Kosten! Die Leute vergeuden ihr Leben in dunklen Tunneln, wo sie die Sonne nicht sehen. Kinder kauern über Werkbänken und machen keinen Mucks, damit andere sich noch mehr Schmuck kaufen können, ohne dass es sie viel kostet. Na, ich weiß, wer den Preis dafür zahlt! Und nicht zu knapp!«

Pulan stand sprachlos mitten im Hof, einen Teller in der Hand. Sie starrte Kaya an und pfiff leise durch die Zähne. »Na ja«, sagte sie langsam und rieb sich über ihr kurzes Haar. »Schon. Leute, die Schmuck kaufen, sollten dafür bezahlen. So viel, dass es für gute Löhne und Gesundheit und freie Kinder reicht. Sonst sollten sie es nicht kaufen.« Pulan zögerte. »Aber ist das Manaams Schuld? Er versucht doch, das Richtige zu tun, oder? Seine Minen sind besser als andere. Und er erhält die Kuschellaube. Das hier ist doch alles seine Münze, oder?«

Kaya schnaubte. »Ha! Seine Münze. Wessen Münze ist denn das, bitte schön? Wo kommt sie denn her? Die Bergleute sind es, die die Diamanten aus der Mine holen. Dann verkauft Manaam sie und steckt die Münz ein. Nur einen kleinen Teil gibt er in Form von Löhnen zurück. Und einen noch kleineren Teil in Form der Kuschellaube. Er wird durch Ausbeutung reich und gibt Almosen zurück!«

Cahuan schüttelte ungeduldig ein Geschirrtuch aus. »Ja. Und all die anderen Tsechen werden durch Ausbeutung reich und geben keine Almosen zurück. Also?«

»Also sind die anderen Tsechen noch schlimmer«, fauchte Kaya. »Was nicht bedeutet, dass Manaam im Recht ist. Er sonnt sich im Licht seiner Wohltätigkeit. Aber er ist immer noch ein Plünderer.«

Kayas Augen funkelten. »Außerdem: Wie kommt es denn überhaupt, dass er ein Tseche ist? Warum besitzt er die Mine, und nicht Lhut? Lhut hat einen guten Kopf. Ich bin sicher, er könnte eine Mine ausgezeichnet führen. Warum gehört diese Mine nicht ihm, oder mir oder dir oder irgendwem anderen? Was hat Manaam getan, um ein Bergwerk und einen Silberlöffel in der Wiege zu verdienen? Was haben alle anderen getan, um das nicht zu verdienen? Hat Manaam sich das jemals gefragt?« Kaya kickte einen kleinen Stein quer über den Hof.

»Vielleicht hat er das«, sagte Cahuan leise. Aber Kaya hörte es nicht. Cahuan seufzte. »Kaya. Wir haben dieses Gespräch schon hundert Mal geführt. Und wir sind uns sogar einig, glaube ich. Manaam ist besser als andere, aber er und alles sollte noch viel, viel besser sein.« Cahuan zog ihre Haare in den Nacken. »Ich frage mich, wie wir es schaffen, immer wieder darüber zu streiten. Nur weil ich sage, Manaam ist besser als andere und du sagst, alles sollte noch viel besser sein. Ja, und ja zu beidem. Und sogar auch: Ja von uns beiden. Drum: Können wir es irgendwann ruhen lassen?«

* * *

Die Mine war dunkel, ein pechschwarzes Loch inmitten der Nacht. Enim war allein unter der Last des Berges, der über ihm thronte. Totenstille herrschte. Enim fühlte die Präsenz der immensen Masse, der ewigen Steine, der Tiefen der Welt. Er räusperte sich, vorsichtig, so als wollte er die Ruhe nicht stören, die Mächte der Erde nicht wecken.

Aber es ging nicht anders.

Sorgfältig stellte Enim sich in Position. Er öffnete die Lippen und ließ die erste archaische Runensilbe herausrollen, voll und rund, mit kratzenden Konsonanten am Ende, die durch die stille Luft schabten.

Es zerbrach den Zauber.

Es wob einen neuen.

Enims Stimme wurde laut, bestimmt, doch seine Aussprache blieb vollkommen präzise, absolut bewusst. Die Linien eines Pentagramms begannen vor ihm in der Luft zu glühen. Enim hatte die Arme hoch erhoben. Eisenklauen verwandelten seine Fingerspitzen in dünne Krallen. Er ergriff die Ecken des Pentagramms, zog flammende Linien in die Dunkelheit, bis nach hinten zur rauen Steinwand, die ein Gespinst aus feinsten Glasfäden hielt. Im flackernden Schein schimmerten unzählige Kristalle wie helle, klare Funken.

Enims Beschwörung war fast zu Ende. Mit exakt dem letzten Ton der letzten Rune brachte Enim den Dorn seines Fingers zu dem Kristall im Zentrum der alten Traption. Das Pentagramm verschwand. Doch der Stein strahlte hell auf, und das gläserne Labyrinth erwachte zum Leben. Enims konzentrierter Blick folgte dem Feuer, das durch die unsichtbaren Fäden floss, zarte Arabesken entlangglitt und die schlafenden Zaubersprüche in jedem der Kristalle zum Leben erweckte.

Schließlich war das ganze Gewebe erleuchtet, hing wie ein goldener Schleier voller Sterne vor dem grauen Fels. Die Bergwand hielt eine riesige Matte aus fragilen Verbindungen, deren warmes Licht in den Stollen hinein fiel und dann langsam verblasste.

Enim atmete aus. Er trat einen Schritt zurück. Ein Lächeln kam auf seine Lippen, fast unwillkürlich. Enim tat nichts, um es zu stoppen. Er war glücklich.

Seine Magie hatte in die Wirklichkeit hinaus gefunden.

Enim zog seinen Zauberstab aus dem Gürtel und trat zu dem filigranen Gespinst an der Wand. Er tippte auf den Kristall in der Mitte und sprach ein einziges Wort.

Die riesigen Stahlrohre entlang der Wand seufzten tief auf. Dann husteten sie. Und dann, nach einem Wirbel aus Staub und trockenen Blättern, begann frische, klare Bergluft in den Tunnel zu strömen.

*

Enim teile seinen Triumph mit der Kuschellaube.

Über einen Mond hatte er an dieser Sache gearbeitet. Eine riesige alte Traption aus Luftröhren, die im Prinzip funktionierte, aber veraltet und verkommen war. Enim hatte sich sachte und gefühlvoll in sie hineingedacht, ihr inneres Wirken verstanden und ihren Zusammenbruch.

Er hatte erahnt, wie neue Formen der Magie sich einfügen könnten, wie die letzte Kreation von Traptionen mit den ehrwürdigen Resten in der Wand des Bergwerks harmonieren würden.

Er hatte sich extrem gewissenhaft vorbereitet. Alles aufgebaut, die neuen Teile so sorgfältig und genau eingebracht, wie er nur konnte. Und nun, endlich, hatte er der Traption den Funken gegeben. Und es hatte geklappt.

Glückstrahlend lümmelte Enim im Grün des Kuschelhofes und gab mit noch einer weiteren seiner Großtaten an. Obwohl er schon befürchtete, dass er diese hier nicht zurück bekommen würde. Sie erwies sich als viel zu populär.

Ein kleiner runder Holzball krabbelte über den Boden. Dann schoss er mit ziemlichem Tempo los und piepste laut, eine Menge aufgeregter Kinder hinter sich. Alle, die nicht mit Davonrennen, Nachjagen und Schreien beschäftigt waren, stellten sich in der Ecke an, damit auch sie einmal an die Reihe kämen, die Traption zu berühren und zu starten.

»Ich habe sie gemacht«, erklärte Enim, »damit ich sicher in den verlassenen Minenschächten arbeiten kann. Ich schicke sie vor mir hinein. So dass sie alle schlafenden Nachtlinge aufweckt und ihnen die Chance gibt, zu verschwinden, bevor ich über sie drüber stolpere.«

Als Erschöpfung die rasende Horde zu einer zumindest vorläufigen Pause verführte, nahm Enim den Deckel der Traption ab.

Lasa schaute eifrig über seine Schulter. Ein feines Gespinst aus durchsichtigen Fäden glänzte im Abendlicht.

»Schau, hier.« Enim zeigte auf einen Kristall inmitten der ätherischen Wolke. »Das ist der Kraftstein. Daher bekommt die Magie all ihre Macht.«

Lasa hängte sich halb über Enims Rücken, während sie das Innenleben der Traption erforschte. »Warum hat der Stein Kraft?«

»Weil wir sie hineingelegt haben. Ein paar spezialisierte Almechas haben das getan. Sie wohnen draußen in den Sümpfen, wo es keine Felder oder Dörfer gibt. Dort lassen sie Traptionen über das Land fliegen, die Lebenskraft aus den Pflanzen saugen und dann im Kristall aufbewahren. Vim heißt diese Kraft.«

»Die Traptionen können fliegen?«

»Ja. Dafür brauchen sie auch Vim. Aber sie sammeln viel, viel mehr, als sie selber brauchen. Und den ganzen Rest schicken die Almechas dann zu uns.«

Lasa überlegte sich das. »Aber wie hat es angefangen? Als der erste Kraftsammler der Welt fliegen wollte, gab es noch keine Vim-Steine, weil noch niemand gesammelt hatte. Also wie konnte es jemals losgehen?«

Enim hatte mit dieser Art von Logik nicht gerechnet. Er legte den Kopf schief. »Ich weiß nicht. Ich war nicht dabei. Es ist so lange her, dass ich noch nicht einmal geboren war.«

Er schüttelte Lasa von seinem Rücken und drehte sich um, um dem Mädchen in die Augen sehen zu können. »Es waren Zauberkundige abseits der Akademie, die das erfunden haben. Damals, vor dem Wandel, war die Akademie voll alter Magjas, die Dämonen beschworen. Aber hinter ihrem Rücken begannen Menschen, von denen die Magjas nie gehört hatten, eine völlig andere Art der Magie zu erfinden. Mit Pflanzen und Kristallen, und Pentagrammen, die so genau waren, dass nicht ein Körnchen Kreidestaub an der falschen Stelle lag. ›Exaktheiten‹ wurden diese Zauberkundigen bald genannt, und heute beherrschen sie die Akademie.«

Enim hob die offene Holzkugel hoch und ein Funke kalten Feuers fing sich im Kraftstein. »Vor über hundert Jahren haben die Exaktheiten das Geheimnis des Vim-Sammelns ergründet. Aber wie sie es gemacht haben, ganz zu Beginn, in ihren geheimen Zirkeln, das weiß ich nicht.«

11

Die junge Frau war nicht mehr stämmig. Und sie war auch keine Minenarbeiterin mehr. Nicht seit dem Tag mit dem Nachtling. Nicht seit ihrem zerfleischten Bein.

Auch ihre Schwester hatte seither keinen Fuß mehr in ein Bergwerk gesetzt. Sie war Tag und Nacht an der Seite der Älteren geblieben, hatte sie gepflegt und versorgt, und sie mit schierer Willenskraft am Leben gehalten. So schien es zumindest den Nachbarn, die ab und zu mit einem Eintopf vorbeikamen.

Es funktionierte, eine Zeit lang. Die Frau war nicht gleich gestorben. Woche um Woche laborierte sie halb wach vor sich hin, geschwächt von Blutverlust und offenen Wunden. Aber nun war das Fieber gestiegen. Ihr verletztes Bein war rot und eitrig, bis zur Unkenntlichkeit geschwollen. Keine Heilerin war gekommen, um es abzunehmen.

Schweißperlen standen auf der Stirn der Kranken. Sie murmelte wild, ein konfuses, angstvolles Stammeln, unterbrochen von atemlosem Schreien, das ruckartig abbrachen. Ihre Brust zitterte, ein Röcheln, das es nicht mehr bis zu einem Husten schaffte. Ihre Augen glänzten.

»Na, komm.« Das Mädchen tupfte die Stirn ihrer Schwester mit einem feuchten Tuch ab. Ihr Gesicht war grimmig, entschlossen, die Miene eines Menschen, der gegen alle Vorhersagen an der Hoffnung festhielt. Nicht bereit, aufzugeben.

»Na komm, Schwester. Komm. Hier. Du schaffst das. Ich brauche dich. Ich liebe dich.«

Aber da. Ein letztes raschelndes Atmen, ein letztes Zittern, das über ihren Körper lief. Und die Augen ihrer Schwester wurden leer, tot.

* * *

»Es dauert schon zu lange.«

Enim rutschte unruhig hin und her. »Warum haben wir noch nichts gehört?« Er rieb mit der Hand über seinen Arm. »Ich könnte noch einmal nach Varoonya schreiben. An jede Stubengruppe, und sie bitten, zumindest den Empfang meines Berichts zu bestätigen. Und mir zu sagen, wie lange es dauern wird, bis etwas geschieht.«

Enim schüttelte den Kopf. »Aber ich bin zu ungeduldig. Oder vielleicht zu unsicher, dass dies der richtige Weg war. Denn falls nicht, und falls die Leute in Varoonya mir erklären müssen, was ich stattdessen tun soll, und jede Frage-Antwort dauert über zwei Monde – dann ist das einfach zu lang. Darum denke ich, dass ich besser hinfahren sollte. Persönlich. Um das zu klären.«

Enim strich sich die Haare aus der Stirn. »Ich habe den größten Kontrakt, den ich als Almecha hier hatte, vollendet. Alle anderen können warten. Die Zukunft von Shebbetin ist schließlich viel wichtiger. Viel dringender.«

Die Morgenluft über dem Hochland war frisch und würzig, und zahllose Blütensternchen nickten zufrieden im Gras. Die kleine Quena pflückte ein paar wenige auserwählte und steckte sie Lhut hingebungsvoll ins Haar. Cahuan blinzelte, als die Sonnenstrahlen über ihr Gesicht strichen und mit dem schillernden Goldgrün ihrer Wangen spielten.

Die Abreise hing in der Luft wie ein Nebel, erfüllt von einem Lichtbild der Hoffnung, aber auch vom Hauch einer Kühle, die unter die Haut kroch.

»Enim.« Cahuans Stimme war leise, zögerlich. »Du fährst nach Varoonya. Wo du herkommst. Wo deine Familie und deine alten Freundinnen leben. Wo es Wissen und Amüsements und eine große, verlockende Stadt gibt und massenhaft Trapstätten mit interessanter Arbeit.«

Sie suchte Enims Blick. »Wirst du zurück kommen? Egal, was passiert?«

Ein Falke kreiste hoch über ihren Köpfen. Dann tauchte er in den drehenden Wind und schoss davon, ein kleiner schwarzer Pfeil, der in den Wolken verschwand.

Enim sah Cahuan direkt in die Augen. »Ich weiß nicht, wie es wird.« Er hielt inne. »Ich weiß nicht, wie lange ich bleibe. Aber wenn ich jetzt nach Varoonya gehe, dann tue ich es für Shebbetin. Und ich werde das nie vergessen. Das verspreche ich.«

* * *

Die Pferde schnaubten ungeduldig und schüttelten die Mähnen über dem glänzenden Fell. Flott trabten sie auf der breiten Landstraße dahin. Enim presste die Nase gegen das Fenster der Kutsche. Da! Er konnte schon den Palasthügel über dem träge fließenden Roon aufragen sehen, und die weißen Häuser Varoonyas, die in den Strahlen der Abendsonne leuchteten.

Als die Kutsche auf den Remisenplatz ratterte, war das Licht bereits ganz aus dem Himmel geschwunden. Enim stieg aus und atmete tief durch. All die Gasthöfe hatten die Tore ihrer Ställe weit geöffnet. Pferde wieherten, Hufe schlugen aufs Pflaster und Menschen riefen und drängten in alle

Richtungen. In den vertrauten Gerüchen Varoonyas fühlte Enim sich gleichzeitig glücklich und seltsam und voller Heimweh.

Er drehte sich ziellos um sich selbst, sah auf die Häuser und das Treiben des Platzes. Es schien ewig her zu sein. Es fühlte sich bekannt an, aber auch unwirklich, fremd. Es war ein Heimkommen, aber in eine Heimat, die es nicht mehr gab. Enim war zurückgekommen, doch die Welt, in der er früher gelebt hatte, war verschwunden. Er würde sie nie wieder mit den gleichen Augen sehen. Zu viel war geschehen, das nie zuvor Teil seiner Realität gewesen war.

Enim schüttelte leicht den Kopf, wie um ihn zurecht zu rücken. Sein Herz schmerzte. Seufzend schulterte er sein Gepäck und machte sich auf den Weg. Er würde es zuerst bei Yoor versuchen.

Enim ging den Hügel der Altstadt hinauf, folgte den schmalen, verwinkelten Straßen, bis auch die letzte der Gassen zu einem sandigen Pfad wurde, der zwischen struppigem Gebüsch und nacktem Fels dahinbalancierte. Yoors Haus war ein Ausreißer, ein kleiner Abtrünniger, der gerade noch mit einem dünnen Faden mit Alt-Varoonya verbunden war. Es drückte sich unterhalb des Palastes in den Hügel, gerade bevor der in fast senkrechter Linie abfiel hinunter zum Fluss. Ein kauziges Heim, das sich mit einer Seite an Fels und Stein presste, mit der anderen praktisch in der Luft hing. Es war schmal, damit es nicht vom Hang herunter fiel. Aber es war charmant, und sogar in seiner seltsamen, etwas lächerlichen Lage frönte es all der pompösen Verspieltheit, die auch seine Geschwister in der Stadt auszeichnete.

Enim klopfte ans Tor.

Es gab sogar ein Bad. Dankbar sank Enim ins warme Wasser, während Yoor den kleinen Abstellraum in ein Gästezimmer verwandelte. Enim stieß einen tiefen, zufriedenen Seufzer aus, als er sich ein weiteres Keks vom Teller neben der Wanne angelte. Die Welt war schön. Er war zu Hause.

Glücklich und erholt, aber doch auch eifrig und ungeduldig stieg Enim schließlich aus dem Wasser und kam, in Yoors Sarong gewickelt, hinüber in den Salon.

Der Raum war vom sanften Schein magischer Laternen erhellt. Kleine Teppiche voll floraler Muster lagen hier und da auf dem Holzboden. Yoor saß an seinem Lieblingsplatz, einer Mischung aus Erkerfenster und Balkon, mit Scheiben, die sich ganz beiseite falten ließen. Eine Balustrade aus Schmiedeeisen wölbte sich weit in den Himmel hinaus, bevor sie zu ihrer Halterung oben an der Wand zurückkehrte. Noch mehr als der Rest des Hauses schien der Erkerbalkon in der Luft zu hängen, einen endlos weiten Sternenhimmel über sich, die breite Flussschleife des Roon tief darunter.

Ein paar Boote schaukelten auf den Wellen und warfen ihre Lichter in den dunklen Spiegel des Wassers.

Yoor wand sein silbriges Haar lose im Nacken zusammen und ließ ein nachtblau schimmerndes Bein in den Himmel baumeln.

Er lächelte Enim einladend zu.

Aber gerade als Enim sich zu ihm setzen wollte, kam Torly herein. Ein überraschtes Lächeln drückte Grübchen in ihre braunen Wangen. Enim umarmte sie stürmisch. Torly zwinkerte ihm zu, als sie sich von ihm löste. »Enim! Sag, was ist mit dir passiert, dort in den Bergen? Ich sehe, du bist mit mehr Leidenschaft und weniger Schüchternheit zurückgekehrt?«

Enim wurde rot, wieder viel mehr sein altes Selbst. »Nun ja. Vielleicht bin ich leidenschaftlicher geworden. Oder jedenfalls leidenschaftlich in Bezug auf andere Dinge.«

Sie machten es sich im Himmel über dem Fluss gemütlich, und Enim begann zu erzählen. Von der Schönheit der Berge und der Menschen. Von Shebbetin. Von den verlorenen Leben in den Minen und den Werkshütten. Von der Heilung, die so dringend gebraucht wurde, und die nicht kam.

Yoor und Torly hörten ihm zu. Tief und ehrlich, die ganze lange Zeit. Sie wandten sich nicht mittendrin ab um stattdessen von ihren eigenen Angelegenheiten zu erzählen. Nein, sie blieben bei ihm und bei seiner Geschichte. Und ließen sich von ihr berühren. Obwohl sie nichts davon mit eigenen Augen gesehen hatten, die Menschen nicht getroffen, die Toten nicht bestattet hatten. Trotzdem. Sie hörten ihn. Und verstanden.

12

Spätnachts lagen Torly und Yoor schweigend zusammen im Bett, verloren in ihren Gedanken, in den Erinnerungen an Enims Worte. Und verloren, ganz allgemein. Eng aneinander geschmiegt suchten sie vergeblich nach einer Antwort auf die Frage, wie es sein konnte, wie dies Teil der Welt war, in der sie lebten.

Aber in der Früh erholten sie sich bereits wieder. Als Enim noch tief und fest schlief, brachte Yoor schon Tee für zwei ans Bett, heiß und würzig, zusammen mit knusprigen Hörnchen und Sahne. Die ersten Sonnenstrahlen stahlen sich seitlich durchs Fenster über dem Fluss und es schien schwer möglich, schlecht gelaunt zu sein.

Yoor öffnete die Flügel weit und ließ den Morgen über seine nackte Haut tanzen, die als Antwort blassblau und rosa zu schimmern begann, genau wie der Himmel draußen. Yoor kuschelte sich wieder zu Torly ins Bett und lehnte sich gemütlich gegen die Rückwand, während sie nippten und knabberten und in die goldenen Wölkchen hinausschauten.

Ihre Gedanken waren noch immer bei Enims nächtlicher Erzählung, auch wenn ihre Stimmung unweigerlich zu ihrem üblichen Niveau zurück pendelte. Sie erzählten sich wieder und wieder, was Enim gesagt hatte und versuchten, das irgendwie für sich einzuordnen.

»Es klingt wirklich so, als wäre der Wandel überhaupt nie in die Berge gekommen«, fasste Torly zusammen und strich ihre schwarzen Locken hinters Ohr.

»Ja«, sagte Yoor nachdenklich. »Enim hat das auch so formuliert.«

Der Gedanke begann Yoor zu kitzeln. Je mehr er die Worte in seinem Mund herumdrehte, umso mehr zupften sie am Rande seines Bewusstseins. Da war etwas ... Etwas, dem er nachgehen wollte.

»Der Wandel hat die Berge nicht erreicht«, wiederholte Yoor sinnierend. »Hat er nicht. Noch nicht. Aber er wird es!« Yoor setzte sich im Bett aufrecht hin. »Das ist es! Hier wartet eine Legende. Die uns ruft und vielleicht auch andere rufen wird.«

Der Erzähler in ihm startete einen Versuch. »Der Wandel hat die Berge nicht erreicht. Aber er wird es. Er muss es! Und wir werden ihn dorthin bringen. Wir können die Geschichte unseres Landes erneut erleben. Und nicht bloß irgendein Stück Geschichte, nein! Das beste, schönste, glorreichste Stück, den absoluten Höhepunkt! Den Wandel. Und wir werden Geschichte nicht nur selbst erleben, nein, wir werden sie schreiben! Sie Wirklichkeit werden lassen. Keine Tat ist größer, würdiger, als diese!«

Yoor wandte sich an Torly. »Unter all dem Glimmer und der Glorie, die ich hier unweigerlich einbringe, liegt aber doch eine echte Wahrheit. Es gibt festen Boden hier, unten drunter. Oder nicht?«

Torly wiegte den Kopf hin und her.

»Ja. Den gibt es«, urteilte sie.

»Na also.« Yoor war jetzt Feuer und Flamme. »Den Wandel in die Berge zu bringen ist extrem wichtig. Und gleichzeitig ganz einfach. Schließlich unterstützen mittlerweile alle Leute den Wandel aus ganzem Herzen. Oder hast du jemals von irgendwem etwas anderes gehört? Nein. Also. Es kann eigentlich überhaupt nichts schiefgehen. Wie denn? Alle sind dafür. Und so wird der Wandel diesmal genauso wichtig und glorreich sein wie das erste Mal, nur glücklicherweise viel, viel einfacher zu bewerkstelligen«, schloss Yoor mit Genugtuung.

»Und sollte es wider Erwarten doch noch Schwierigkeiten geben, so werden wir zur Stelle sein.« Yoor begann zu schauspielern, noch während er im Bett saß. »Wie edle Ritter werden wir da sein, um für das Gute und Wahre zu kämpfen.« Er demonstrierte das mit einer grandiosen Geste, doch dann unterbrach er sich. »Ach, nein. Nein. Die Ritter haben ja gegen den Wandel gekämpft statt dafür, richtig? Ich entschuldige mich vielmals. Ich habe uns wieder einmal mit unseren Feinden verwechselt. Tut mir leid. Also dann eben keine Ritter. Nur wir, die edlen Hebammen des Wandels.« Yoor neigte sein Haupt zum feierlichen Gruße.

»Sei versichert«, hob er erneut mit seiner Erzählung an, »wir werden heldenhaft im Dienste der Geschichte stehen! Wir werden querfeldein reiten, in wildem Galopp. Wir werden alles tun, was nötig ist. Was immer das sein mag. Was ist es denn eigentlich?« Yoor wandte sich an Torly, die Augenbrauen fragend in die Höhe gezogen.

Torly wickelte die Decke fester um ihr Bein. »Ich weiß es nicht. Und Enim schien sich auch nicht sicher. Wir müssen herausfinden, was zu tun ist.«

Yoor überlegte sich das. »Herausfinden, was zu tun ist. Ist das eine typische heldenhafte Aktivität?«

»Keine Ahnung.« Torly schleckte einen Finger ab und pickte Krümel von ihrem Teller auf. »Aber vielleicht waren es auch gar keine Heldinnen, die den Wandel das erste Mal herbeigeführt haben. Vielleicht waren es ganz normale Leute, die nicht einmal sicher waren, was zu tun ist.«

»Hm«, gab Yoor nachdenklich zurück. »Gut möglich.« Er strich sich eine schneeweiße Strähne aus der Stirn. »Das ist sogar noch besser, in gewisser Weise. Ich glaube, ich bin gerne einer der normalen Leute. Die nicht einmal wissen, was zu tun ist. Und es dann herausfinden, oder es jedenfalls irgendwie trotzdem tun.«

Vorsichtig manövrierte er zwischen Tellern und Tassen hindurch, bis er sich ganz an Torly kuscheln konnte. Seine Hand strich ihren nackten Arm entlang, während er sich an ihren vollen, runden Körper schmiegte. »Nun, meine Geliebte? Wollen wir Enim unsere Hilfe anbieten, als edle Hebammen? Um heraus zu finden, was zu tun ist? Und es sogar zu machen?«

Torly strich mit der Wange über die samtige Schmetterlingshaut von Yoors Stirn. Das Morgenlicht floss sanft über sein Haar, küsste es mit einem Schimmer aus Perlen und Eis. »Ja«, flüsterte Torly in sein Ohr. »Das werden wir. Wir geloben, den Wandel zu unterstützen, aus ganzem Herzen.«

* * *

Der Palast von Varoonya ruhte im Bewusstsein seiner eigenen Schönheit und Wichtigkeit auf dem Hügel über dem Roon. Die breiten Stufen, die zum Haupttor führten, leuchteten in der Morgensonne, als Enim zu den großen Doppelflügeltüren hinauf stieg, die weit offen standen. Sie wirkten gleichzeitig einladend und irgendwie einschüchternd. Aber Enim war diese Art von Architektur gewohnt. Die Akademie der Magischen Künste, die sich gleich an den Palast anschloss, hatte die gleiche Art von Ehrfurcht gebietenden Säulen und Portalen. Also zumindest in dieser Hinsicht war Enim ohne Scheu und konnte sich frei in der Eingangshalle umschauen.

Rund um ihn schritten Menschen in farbenfrohen Gewändern emsig ein und aus, die Arme voller Bücher und Rollen und Papierstapel. Hohe Fenster ließen Sonnenlicht auf den Boden fallen und Funken in den gläsernen Kronleuchtern glitzern.

Enims Blick glitt suchend durch den Raum und blieb an der langen Seitenwand hängen. Dort stand eine Galerie von reich geschnitzten Kabinen aus dunklem Holz, bewohnt von behänden Leuten, die in den Fenstern auftauchten und verschwanden wie die Figuren in einer alten Uhr. Aha!

Enim stellte sich vor einer der Kabinen an und wurde schon bald heran gewunken. Er legte die Umschläge, die er vorbereitet hatte, auf das Fensterbrett und begann zu erklären. Das waren seine Berichte aus den Bergen, zusammen mit–

»Schon gut«, winkte der geschäftige Büre ab. »Ich leite es nur weiter. Steht klar drauf, an wen es geht? Ja, wunderbar. Das passt so. Ich reiche es ein.«

»Und, äh, dann, wie werde ich von ihnen hören?«, schob Enim rasch nach. »Ich habe einen Brief beigefügt, in dem ich um ein persönliches Gespräch bitte und–«

»Ja, ja«, sagte der Bewohner des Fensters. »Ich sehe, du hast hier deine Adresse angegeben. Da werden sie dich kontaktieren.« Und er blickte an Enim vorbei zur nächsten Person in der Warteschlange.

»Aber werden sie das?« Enim bemühte sich, so viel Platz wie möglich vor dem Fenster einzunehmen. »Letztes Mal haben sie es nicht getan. Gibt es vielleicht noch andere Wege, die Leute zu kontaktieren?«

„Ja, natürlich." Der Büre deutete über Enims Schulter zur anderen Seite der Halle. »Treffen, die für alle zugänglich sind, kommen auf blassblaues Papier. Schau einfach, ob du etwas findest, was für dein Thema passt.«

Enim drehte sich um. Ein breites Grinsen legte sich über sein Gesicht, als ihm klar wurde, was er da sah. Das war es! Er hatte es doch gewusst! Natürlich gab es im Palast offene Türen für alle. Natürlich war es so eingerichtet, dass die Menschen jederzeit Anliegen vorbringen konnten, oder Probleme aufzeigen und Ideen präsentieren.

Mit raschen Schritten ging Enim durch die Halle zu einem riesigen Gitterbrett, das über und über mit bunten Zetteln bespickt war.

Jede Zeile war ein Tag, wurde Enim bald klar. Die unterste Zeile war heute. Blassblau hieß offen für alle. Enim ignorierte all die weiteren Farben und Symbole, die bestimmt unglaublich sinnreich waren für die anderen Leute, die rund um ihn standen, nach vorn drängelten oder davon eilten.

Er wippte unruhig auf den Zehenspitzen, als er mit schmalen Augen die Reihen nach blassblauem Papier absuchte. Da!

›Innovation – neue Ideen‹, stand auf dem kleinen Zettel.

Enim war nicht sicher, ob es wirklich eine neue Idee war, alle Regionen Yurvanias in die öffentlichen Dienste einzubinden. Aber irgendwie passte es schon.

Das würde er nehmen!

*

Am Abend war der Saal voller Menschen. Hunderte drängten sich auf dem abgewetzten Parkett und lümmelten auf den Simsen der großen Palastfenster, um die Präsentationen zu Innovation und neuen Ideen zu hören.

Hier im Plenum gab es nur ganz kurze Ankündigungen. Jede Person konnte vor der gesamten Menschenmenge ein, zwei Sätze zu ihrem Thema sagen. Danach würden sich alle Präsentierenden in die verschiedenen Ecken und Räume aufteilen, und die Interessierten konnte dorthin gehen, wo sie noch mehr hören und Nachfragen stellen wollten.

Enim stand in der Schlange, die sich langsam ruckelnd auf das Redepult zubewegte. Er drehte den Bericht in seinen Händen zu einer engen Rolle und tippte damit gegen seine Fingerspitzen. Seine Augen leuchteten. Er sah die Konzentration in den Gesichtern der Anwesenden, spürte ihren regen Geist, ihren Wissensdurst. Ahnte die Vielfalt, die hier versammelt war, von Handwerkerinnen und Gärtnern, Eltern und Almechas, und vor allem: von Büren aus den unterschiedlichsten Ecken des Palastes. Dies war der richtige Ort, kein Zweifel. Wie gut, dass Enim nach Varoonya gereist war! Nun konnte er es selbst sagen, vor all den Menschen hier. Und dann würden genau die Richtigen zu ihm kommen, genau diejenigen, die helfen konnten.

Enim trat einen Schritt vor, ein letztes Mal. Dann war er dran.

Er stieg auf das Redepult.

Aller Augen waren auf ihn gerichtet.

Enim räusperte sich. Als er sprach, waren seine Worte klar und präzise wie ein Zauberspruch, und seine Stimme trug mit tiefer Bestimmtheit bis in die letzten Winkel des Raumes.

*

Durch die hohen Fenster des Palastes schien nun der Mond herein. Magische Laternen erhellten die Korridore, die erfüllt waren von Schritten und Stimmengewirr. Mit emsigem Pausengemurmel strömten die Leute von einem Raum zum anderen, von einer Präsentationsecke zur nächsten.

Enim verlagerte sein Gewicht auf den anderen Fuß. Seine Blicke folgten den bunten Roben und den angeregten Gesichtern, die an ihm vorbei drängten.

Es gab so viele Menschen! So viel Interesse, Begeisterung und Offenheit. Aber auch wirklich viele Themen und Vorträge. In der ersten Runde war niemand zu ihm gekommen, um mehr über die Berge zu erfahren. In der zweiten auch nicht. Aber vielleicht jetzt, in der dritten, der letzten?

*

Langsam wurde es still im Palast. Nur noch ein paar vereinzelte Gestalten standen hier und da in den Gängen. In der leeren Eingangshalle zog ein alter Büre die unterste Reihe bunter Zettel aus dem Gitterbrett. Wieder ein Tag vorbei. Wieder eine Latte von Besprechungen, die zu Geschichte wurden.

Der nächste Tag ruckelte ganz nach unten.

Enim trat aus dem Schatten hervor. Mit konzentriertem Blick durchsuchte er die unterste Reihe nach blassblauem Papier. Und die darüber, und darüber. Er würde zu allen diesen Treffen hingehen, zu allen. Irgendeines musste ja das richtige sein! Und ihn zu den Leuten bringen, die er brauchte.

* * *

Die Nacht hatte sich über Alt-Varoonya gelegt wie schwarzer Samt, reich bestickt mit magischen Lichterketten in allen Farben, die kaum das Dunkel durchbrachen, aber doch wie sanfte Glühwürmchen in ihrer eigenen Schönheit erstrahlten. Die leuchtenden Bänder folgten den Windungen schmaler Gassen, rankten sich verspielt an Häusern empor, rund um ein Türmchen hier, eine Wendeltreppe da. Sie wiesen den Nachtwandelnden nicht nur den Weg, sondern erschufen auch ein schimmerndes Gemälde für sie, von einer alten Stadt voll pompöser Villen und geheimer Gärten, voll gezähmter Tiere und verwirrender Menschen. Ein zart geknüpfter Teppich, der unzählige und unerhörte Geschichten erzählte.

Doch auch im Inneren der Häuser wurden Geschichten gesponnen.

Im Singenden Phönix fiel der Vorhang über der Bühne.

Langsam, noch halb träumend, kamen die Menschen zurück aus einem Reich der Visionen und lockenden Mysterien. Ein letzter Hauch Magie schwebte vorbei wie Nebeldunst, der sich in den Tiefen des Raums verlor.

Doch dann schwoll die Musik noch einmal an und füllte die geöffneten Herzen, als sich der Vorhang wieder hob und Yoor erschien. Noch halb in der Trance der Anderwelt gefangen sang das Publikum Yoor förmlich an. Jubelrufe und Freudentriller perlten inmitten des Applauses. Die Menschen winkten und lachten, und ein paar weinten auch, aber nur ganz wenig. Sie wischten sich eine Träne aus dem Auge und stimmten wieder in den Tumult mit ein, auch wenn schon bald ein neuer glitzernder Tropfen an ihren Wimpern hing.

Yoor verneigte sich. Er grüßte, drehte Pirouetten und warf Kusshände, bis er mit ein paar letzten Tanzschritten wieder hinter dem fallenden Vorhang verschwand. Im Abgang der Bühne lächelte Yoor noch genau so strahlend wie zuvor. Er liebte das Theater, die Illusionen, die Magie. Er liebte die Epen, die er erzählte, die Zauberwelten, die er erschuf. Er liebte es, wenn die Leute ihn liebten. Er fühlte sich einfach wirklich, gänzlich, vollkommen am richtigen Platz. Seine Augen glänzten.

Als Yoor auf die Straße hinaus trat, stand ein leuchtender Halbmond über den Dächern. Wie üblich warteten ein paar Leute am Hinterausgang auf ihn, diejenigen, die ihn noch sehen wollten, bevor er ging.

Yoor badete genussvoll in ihrer Gegenwart. Er lachte und plauderte, ließ sich küssen und umarmen, berühren und befragen. Zufrieden schlenderten die Leute davon. Zuletzt war nur noch eine einzelne Frau da. Yoor kam sie vage bekannt vor, als hätte er vor Monden schon einmal mit ihr gesprochen. Er erinnerte sich an ihre warme Stimme, ihre zierliche Figur, das typische Zopfgewirr ihrer Frisur. Und lebte sie nicht mit einem Ratsmitglied zusammen?

»Ich habe eine Bitte«, sagte Qin Roh. »Wahrscheinlich nichts, was du wirklich machen möchtest. Aber wer weiß? Ich dachte, ich frag einfach mal.«

* * *

»Was ist das?«

Enim schaute über die Schulter der Almecha in die offene Holzschale, in das Labyrinth durchsichtiger Fäden und verzauberter Kristalle. Hinter ihm brummte und summte das geschäftige Treiben des Chaosateliers, der Hochburg goldener Erinnerungen aus seiner Studienzeit.

»Es ist eine Schatulle, wie man sie für das Votum verwendet.« Sie stellte die Traption vorsichtig ab. »Aber diese Dinger sind fürchterlich langsam. Und es heißt, dass es unmöglich ist, eine unbegrenzte Anzahl an Einträgen mit ihnen aufzunehmen.«

»Unmöglich, unmöglich«, brummelte ein anderer von Enims Bekannten, auch er ein Stammgast im Chaosatelier. »Wir haben es schon fast geschafft. Wir müssen nur noch etwas finden, um die Grunidews auszubalancieren. Die sind einfach heikle Zauber, und irgendetwas stimmt noch nicht mit ihrer Kristallumgebung.«

Enim strich eine große Pergamentrolle auf dem Tisch glatt und ließ seine Blicke über ein komplexes Muster feiner Linien wandern, über Pfeile, Pentagramme und winziges Gekritzel. Langsam bekam er eine Idee davon, was alle hier gerade zu machen versuchten.

»Könntest du ein paar Waruneems vorbereiten?« Enims Freundin schaute kaum über ihre Schulter zurück, während sie mit ihm sprach, ihre Aufmerksamkeit ganz bei den Glasfäden, die sie mit ihrem Zauberstab durch die Tiefen der Holzschale zog.

Enim nickte unsichtbar hinter ihrem Rücken und holte eine Schachtel mit Kristallen zu sich heran. Er wusste nicht, ob seinen befreundeten Almechas klar war, dass er mondelang weg gewesen war, in einer anderen Welt, geradezu. Die Almechas lebten schließlich ganz in ihrer Welt, einer speziellen, eigenen, und Enims Erzählung schien darin keinen Platz gefunden zu haben.

Aber Enims Präsenz im Chaosatelier, hier, jetzt: das fand sofort einen Platz. Wie alle vorbei streunenden Almechas wurde er fraglos in die laufenden Projekte integriert, und das war großartig.

Da Enim nicht wusste, wie lange er in Varoonya sein würde – und hoffentlich sogar überhaupt nicht lange – wollte er sich nicht an eine fixe Arbeit in einer Trapstätte binden.

Aber das Chaosatelier war perfekt. Immer voller Leute und Ideen und neuer Erfindungen. Voller Versuch und Irrtum und Begeisterung. Und voller Möglichkeiten, sich irgendwie nützlich zu machen. Wann immer Enim keine Treffen im Palast hatte, zu denen er gehen konnte, oder wann immer er sich erholen wollte und wieder einfach nur ein Almecha sein, würde er hierher kommen.

* * *

Die Präsentation in der Bürenstube hatte länger gedauert als üblich. Auch länger als geplant. Eilig liefen die Leute aus dem Raum und erfüllten die Korridore des Palastes mit dem Getrappel verklingender Schritte.

Enim sah sich um, auf der Suche nach jemandem, der noch mehr über die Berge würde hören wollen, noch Fragen stellen, oder einen Bericht mitnehmen.

Aber als eine dünne, schwarz gekleidete Gestalt in einer Wolke aus wallender Robe auf ihn niederfuhr, wäre er fast geflohen. Die Wand stärkte ihm den Rücken. Enim zwang sich, zu entspannen. Er atmete tief durch.

Die alte Frau vor ihm hob eine Augenbraue, so hoch, dass sie schon unter ihren weißen Haaren verschwand. Ihr Blick war eiskalt.

Gebieterisch streckte sie die Hand nach Enims Bericht aus. »Gib her!«

Enim zögerte. Genau dazu war er hier. Es gab nichts, was er dringender wollte. Aber … dennoch. In diesem Fall fühlte es sich nicht so an, als würde sein Bericht in die richtigen Hände kommen, einen Schritt näher heran an seine Bestimmung. Sondern ganz im Gegenteil. Als würde Enim ihn direkt dem Henker ausliefern.

Die Energie, die die Frau verströmte, war beunruhigend.

Enim schluckte.

Ohne ein weiteres Wort riss sie ihm den Bericht aus der Hand. Mit hoch erhobenem Kopf, eine Aura kalter Macht um sich, segelte sie aus dem Zimmer wie eine schwarze Fregatte auf der See der drängelnden Menge.

13

Yoor hatte den Boden fertig gewischt und drehte sich um, um Enim warm anzulächeln. »Bist du sicher, dass du nicht mit auf die Feier kommen willst? Lenoren wird bestimmt da sein. Es ist immerhin der Geburtstag ihrer Tochter. Du könntest dort mit ihr sprechen. Oder auch mit anderen Leuten, wie Qin Roh zum Beispiel, Lenorens Partnerin. Der ich ja auch schon deinen Bericht gegeben habe.«

»Nein«, sagte Enim, unangenehm berührt. »Du weißt, wie ich das sehe. Es ist nicht richtig. Dies ist eine private Feier, und du bist eingeladen, nicht ich.«

Enim verschwand in der Küche und kam mit einem Topf voll dampfenden Dahls wieder heraus. »Es ist wunderbar, wenn Lenorens Tochter von dir begeistert ist und du zugestimmt hast, ihr Geburtstagsgeschenk zu sein. Aber um wichtige Anliegen beim Land vorzubringen, muss es andere Wege geben. Welche, die verlässlich sind, und offen für alle. Es kann nicht von zufälligen Bekanntschaften mit den Familien von Ratsmitgliedern abhängen. Das geht einfach nicht.«

Ein Sonnenstrahl brach durch die Wolken und zeigte auf die weißen Segel, die unten auf dem Roon ihren Weg suchten. Enim sah ihnen zu und dachte an die vielen Besprechungen, bei denen er nun schon gewesen war, und wie sie immer nicht ganz passend schienen für sein Anliegen. Wie alle Leute elegant um ihn herum manövrierten, so wie zielstrebige Seglerinnen um einen unerwartet im Fluss auftauchenden Felsen.

Enim seufzte. Er schüttelte die Erinnerung an den schwarzen Geier, der auf seinen Bericht niedergeschossen war, aus seinen Gedanken. »Ich werde es bald heraushaben. Irgend jemand von diesen vielen Büren wird die Sache aufgreifen oder mir den rechten Weg zeigen, und dann wird alles ziemlich schnell gehen. Ganz sicher.«

Enim nickte seinen eigenen Worten bestärkend zu, während er Yoor würzige Linsen auf den Teller häufte. »Aber du, geh zur Feier und genieß es!«

* * *

›Wir sprechen uns.‹

Sogar diese kleine Notiz ärgerte Lenoren. Auch wenn sie nicht recht sagen konnte, warum. Abgesehen davon, wer sie geschrieben hatte. Wem sonst würde es gelingen, einen herablassenden Befehlston in drei Worten auf einem winzigen Papier unterzubringen?

Lenoren seufzte. Vielleicht war das auch bloß ihre Einbildung. Sie war müde, überspannt. Sie sollte nach Hause gehen. Und sich morgen mit diesen Dingen herumärgern.

Lenoren warf einen kurzen Blick auf den Bericht, an den die Notiz geheftet war. Er kam ihr vage vertraut vor. Hatte sie das schon einmal gesehen? Irgendwas über die Berge. Lenoren hob die erste Seite hoch. Immerhin war es ein sehr kurzer Bericht, dachte Lenoren mit einem schiefen Grinsen. Das war doch eine gute Nachricht.

Aber trotzdem. Sie würde das bis morgen liegen lassen. Sie musste jetzt einfach heim. Außerdem konnte sie auf keinen Fall zu spät zu Nins Geburtstagsfeier kommen. Ihre Tochter würde ihr das nie verzeihen. Man wurde schließlich nur ein Mal vierzehn.

*

Der Hof in Lenorens Haus war kreuz und quer mit Wäscheleinen überspannt, von denen große, bunte Tücher bis zum Boden herabhingen. Ein ausgeklügeltes Arrangement, das das ganze Areal in ein farbenfrohes Labyrinth verwandelte, voll versteckter Ecken und Nischen, voller Sackgassen und überraschender Durchbrüche. Nin hatte das mit ihrer Clique aufgebaut. Für mehr Privatsphäre, hatte sie erklärt. Und weil es gut aussah. Und außerdem alles mehr zu einer Feier machte.

Während die Erwachsenen nun mit Gläsern in der Hand am Rand standen und redeten, waren die Jungen allesamt in den Tiefen des Labyrinths verschwunden, eifrig dabei, sich zu verirren, zu verstecken, zu jagen und zu finden. Nin drehte sich ungestüm zu ihrer Freundin um – und erstarrte.

Ein Sternenregen war über dem Labyrinth niedergegangen. Musik, fast unhörbar, schwebte in der Luft, wurde langsam lauter, stärker, fordernder. Auch die Funkenwirbel im Himmel formten nun Muster, bewegten sich lockend, bittend, drängend in eine Richtung.

Alle Jugendlichen hatten es gesehen. Eifrig folgten sie dem Ruf und stießen ungeduldig Stoffbahnen beiseite, wenn sie nicht schnell genug einen Weg außen herum finden konnten.

Als brodelnder Haufen tauchten sie vor den Augen der Erwachsenen auf, deren Gespräche inzwischen auch erwartungsvoll verstummt waren. Die Musik schwoll an. All die Sterne flossen zusammen in einen großen Wirbel aus Licht und Farbe, eine leuchtende Wolke, asu der Yoor hervor trat.

Seine lange, fließende Robe ließ die Konturen seiner Beine durchscheinen und die nackte Haut seiner Schultern in sanften Blautönen hervor schimmern. Langsam und feierlich kam Yoor näher. Die Jugendlichen standen reglos, eng zusammengerückt zu einem Haufen mit Nin ganz vorne, in einer Position, in die sie halb gegangen, halb geschoben worden war. Ihre Augen leuchteten, doch ihre Schultern waren steif und ihre Finger zu einem festen Knoten verkrampft.

Yoor kam auf sie zu. Er blieb mit respektvollem Abstand vor ihr stehen, ehrfurchtsvoll und andächtig wie ein Pilger vor seinem Schrein. Yoor verneigte sich tief, mit so viel Bescheidenheit und gleichzeitig so viel hinreißender Anmut, dass Nin der Atem stockte. Als er sich aufrichtete, hielt er eine Blume in Händen, geboren aus Glas und magischem Licht. »Darf ich dir dies Geschenk darbringen, Krönung des Tages«, kam seine Stimme, weich, melodisch, elfenhaft. »Und mit ihm einen Segen, der dich leiten mag auf all deinen Pfaden, für heute und immerdar.«

Als der Mond schon hoch und rund am Himmel stand, war Yoor immer noch von einer lebhaften Gruppe junger Leute umgeben. Nin vor allem hatte schon längstens alles, was mit Yoor zu tun hatte, mit Feuereifer aufgesogen, und als Enims Bericht durch Qin Roh überbracht worden war, hatte Nin ihn praktisch auswendig gelernt. Und dürstete nach mehr. Also erzählte Yoor die Legende der Berge.

Mit der Stimme eines Barden sprach er von der Mission, die hier auf sie wartete. Vom Rad der Geschichte, das sie drehen mussten, um die Not des Volkes zu lindern, um Freiheit, Recht und Liebe zum Durchbruch zu verhelfen. Um den Wandel in die Berge zu bringen. Dies war die Zukunft, die in die Welt kommen wollte, die nach ihnen rief, sehnsuchtsvoll, eindringlich. Dies war ihre Bestimmung. Sie waren diejenigen, auf die das Schicksal gewartet hatte. Der Lauf der Welt entfaltete sich nicht nur vor ihnen, sondern in ihnen, durch sie hindurch. Wenn sie denn den Mut und die Weisheit hätten, die die Aufgabe verlangte.

Nins Herz klopfte bis zum Hals. Kein Zweifel.

Das war ihr Ruf.

*

Lenoren runzelte die Stirn, als sie hinter der kleinen Gruppe rund um Yoor vorbei ging und einzelne Worte an ihr Ohr drifteten. Was? Schon wieder die Berge?

Ihr Blick fiel auf ein paar Papiere, die jemand beim Buffet hatte liegen lassen, zwischen den Joghurts und dem Fruchtsalat.

Und da gab Lenoren auf. Dieser Bericht verfolgte sie bis nach Hause, ja?

* * *

›Wir sprechen uns.‹

Der Zettel fiel zwischen den Seiten heraus und landete auf Lenorens Schreibtisch, inmitten eines Arrangements aus Teetassen, Keksen und Tintenschalen. Lenoren pflückte ihn heraus und dachte unwillkürlich an die Person, die ihn geschrieben hatte.

Zurres war mittlerweile eine graue Eminenz im Palast geworden, eine unbekannte Machtgröße, die sich subtil aber unaufhaltsam in alle Angelegenheiten einschleuste, die sie für sich auserwählte.

Zurres war auch eine pensionierte Vrume, eine, die Gewalt im Namen des Staates ausgeübt hatte, in den seltenen Fällen, wo so etwas bewilligt wurde. Und eine pensionierte Geheimgarde, fügte Lenorens innere Stimme giftig hinzu, eine, die im Namen des Feudalstaates brutale, furchtbare Gewalt ausgeübt hatte, ununterbrochen.

Lenoren lehnte sich zurück. Es war offizielle Politik des Wandels, den Leuten ihre Vergangenheit nicht vorzuhalten. Ihnen einen Neubeginn zu ermöglichen.

Und Zurres hatte offenbar nicht nur die Seiten gewechselt, in jenen stürmischen Tagen des Wandels. Sie war auch seither treu und redlich im Dienste der Vrumen tätig gewesen, zu Schutz und Stärkung der neuen Werte.

So hieß es zumindest. Auch wenn man das nicht glauben mochte, wenn man sie so sah, dachte Lenoren bitter.

In dem Moment rauschte eine Erscheinung in Schwarz durch die Tür, mit wogender Robe und eiskaltem Blick.

* * *

Eine kleine runde Messingschale stand auf dem Tisch. Als die Vorsitzende sachte mit dem Holz dagegen schlug, füllte der reine Ton des Gongs den Saal und verklang langsam zu einer wohltuenden Stille. Mit einem Seufzer der Erleichterung schlossen die Ratsmitglieder für einen Moment die Augen.

Doch Lenorens Gedanken wirbelten noch wie ein unruhiges Wildwasser. Jetzt war die Ratssitzung endlich fast zu Ende, aber sie hatten Stunden um Stunden damit verbracht, über den Baldachin zu sprechen.

Und dabei den Pfad der Tugend verlassen. Ratsmitglieder sollten eigentlich ihre persönliche Meinung immer als ergänzungsbedürftig sehen, als ein kleines Puzzlestück, das darauf wartete, mit den Sichtweisen anderer Menschen komplementiert zu werden, damit letztendlich ein Gesamtbild entstehen konnte, ein vollendetes Mosaik. Die Ratsmitglieder sollten aufrichtig, klar und bescheiden sein in ihrem Sprechen, und tief in ihrem Zuhören.

Aber stattdessen, musste Lenoren zugeben, hatten sie feurige Plädoyers gehalten und andere mitzureißen versucht. Für regionale Integration, eine

Schwesternschaft all der Lande entlang des Roons, für Freundschaft und blühenden Handel. Für eine Erweiterung des Horizonts, auf dem Boden so sehr wie in allen Höhenflügen des Geistes.

Genauso hitzig waren allerdings die Plädoyers in die andere Richtung gewesen. Für die Unabhängigkeit Yurvanias, für eine Freiheit, die nicht verschluckt werden durfte von einem übermächtigen Moloch mit ungewisser Zukunft.

Dass der Baldachin in den letzten Jahren so sehr an Macht und Bedeutung gewonnen hatte, feuerte die Leidenschaft der einen und der anderen Seite offenbar nur umso mehr an.

Und so waren sie alle abgerutscht von dem Ideal des tiefen Zuhörens, des Lauschens auf die Form, die die Zukunft annehmen will. Und hatten versucht, ihre eigene Meinung durchzudrücken. Auch Lenoren, musste sie zugeben.

Aber na gut. Es hatte trotzdem noch irgendwie funktioniert, oder? Sie waren immerhin doch zu einem Gesamtbild gekommen. Und zu einer Vereinbarung, wie Yurvania in das kommende Treffen des Baldachin gehen würde. Keine perfekte Position, fand Lenoren. Aber auch nicht schlecht, und immerhin noch mit genug Spielraum, um auf Dinge eingehen zu können, die sich während des Treffens entwickeln mochten. Also insgesamt gut genug.

Aber jetzt war es wirklich Zeit für eine Pause. Für frische Luft und ein Strecken der Glieder.

Aber nein. Noch waren sie nicht fertig. Ein paar kleine Punkte standen noch auf der Tagesordnung.

Allfälliges.

»Zur Region der Berge«, las die Vorsitzende mit schleppender Stimme vor. »Details sind im Anhang der Sitzungspapiere. Möchte jemand zu diesem Antrag sprechen?«

Lenoren richtete sich mühsam auf. »Ja.«

* * *

»Oh!« Enim starrte auf das Schreiben in seiner Hand. Dann auf die große, formelle Pergamentrolle. »Oh.«

Er setzte sich.

Torly nahm ihm den Umschlag aus der Hand und zog weitere Papiere heraus. Sie begann zu lesen, während Yoor das Pergament auf dem Erkerbalkon glattstrich. Enim trat zu ihm und ließ seinen Finger über die reich verzierte Inschrift gleiten.

›Beorderter Gesandter für die Region der Berge.‹

Er war ernannt worden. Er, Enim.

Enim schüttelte schwach den Kopf. »Was ist das jetzt?«

Rund um ihn drängten dunkle Wolken unruhig und regenschwer über den Himmel. Ein Vogel klammerte sich mit dünnen Füßen an das Schmiedeeisen der Balustrade, trippelte zögernd auf und ab, unsicher, ob er sich in den stürmischen Wind werfen sollte.

Enim strich sich mit der Hand durchs Haar. »Ich hatte nicht vor, mir eine Stelle zu verschaffen. Ich wollte, dass das Land in die Berge kommt. Und jetzt schickt das Land mich?«

Enim biss sich auf die Lippe. »Was genau soll ich denn tun?«

Torly blickte auf die Zettel in ihrer Hand. »Na ja, es steht hier mehr oder weniger.«

Mit einem Schritt war Enim bei ihr.

14

Nach und nach kehrten die Farben in die Welt zurück. Was schwarz in schwarz, grau in grau gewesen war, gewann im frühen Morgenlicht wieder seine eigene Natur. Grüne Ranken über weißem Stein, rote Flaggen vor dem blauen Himmel, goldgelbe Blüten in irdener Terrakotta. Ein Hahnenschrei mischte sich in das Konzert erwachender Singvögel, gefolgt vom Krähen eines menschlichen Kleinkindes.

Torly und Yoor schleppten ihr Gepäck im Zickzack zwischen Pferden und rumpelnden Karrenrädern über das Pflaster. Während sie noch verwirrt zwischen Kofferbergen und eiligen Reisenden umherblickten, hatte Enim den Abfahrtsplatz ihrer Kutsche schon gefunden. Erleichtert plumpsten sie auf die Sitzbank. Gerade noch rechtzeitig, bevor es losging.

»Konntest du wirklich all deine Auftritte verschieben, Yoor?«, fragte Enim besorgt. »Ich habe ein etwas schlechtes Gewissen. Wie kann ich euch so kurzfristig verschleppen?«

»Keine Angst«, gab Yoor zurück. »Varoonya wird eine Weile ohne mich auskommen. Nicht ohne Bedauern, natürlich. Nicht ohne ein Gefühl des Verlustes. Und einer Sehnsucht, die sich aufstauen wird bis zu ihrer fulminanten Entladung im Moment meiner Wiederkehr«, schloss Yoor zuversichtlich. »Außerdem verschleppst du uns nicht. Wir sind freiwillig gekommen, um zu sehen, wo du hinfährst. Und natürlich, um dem Ruf des Schicksals zu folgen.

»Aber«, wandte Yoor sich mit erhobenen Brauen an Torly, »konntest du wirklich all deine Seminare verschieben, meine Liebe?«

»Nein, konnte ich nicht«, grinste Torly. »Aber keine Angst. Die Akademie der Magischen Künste wird eine Weile ohne mich zurecht kommen. Und die Entfaltung meiner Kräfte wird nicht leiden. Ich kenne sogar einen wunderbaren Magier, der sagt, er habe seine Zauber ebenso sehr außerhalb wie innerhalb der Akademie erworben. Also. Keine Sorge. Ich bin noch immer auf dem Pfad zu wahrer Größe.«

»Das bist du zweifelsohne«, stimme Yoor zu. »Das sind wir alle. Was könnte großartiger sein, als am Rad der Geschichte zu drehen? Und den Wandel in die Berge zu bringen. Außerdem, sobald wir über Toan hinaus sind, werden wir querfeldein reiten, in wildem Galopp. Das habe ich Nin auch schon erzählt. Es hat ihr sehr gefallen. Und«, wandte er sich an Enim, »sie setzt großes Vertrauen in dich als Beorderten Gesandten.«

Selbst in der Enge der Kutsche gelang es Yoor, Enim eine Hand auf den Rücken zu legen, in einer Geste irgendwo zwischen Schulterklopfen und Ritterschlag. »Du hast Nins Segen.«

* * *

Es war dunkel. Es war spät. Er hätte genauso gut bis morgen warten können. Aber Enim konnte der Versuchung nicht widerstehen. So müde er auch war vom langen Ritt durch die Berge, er wandte sich doch von seinem lockenden Bett ab und ging über die Straße, um kurz, nur ganz kurz, bei der Kuschellaube hinein zu schauen.

Alles schlief.

Aber Cahuan lag gleich bei der Tür und erwachte.

»Enim!«, flüsterte sie einen Freudenschrei, als sie ihn in der Dunkelheit umarmte.

»Ich bin wieder da. Reden wir morgen«, murmelte Enim, leise genug, um die Kinder nicht zu wecken. »Ich habe zwei Freunde mitgebracht.«

* * *

Die Kuschellaube krabbelte langsam aus den Federn, streckte und rekelte sich, und begann, mit dem Trubel von Aufstehen und Frühstück zu summen. Enim schaukelte eine schlecht gelaunte kleine Quena auf der Hüfte und sang ihr Guten-Morgen-Lieder vor. Er rieb seine Schulter an Cahuans und freute sich an dem allgemeinen Gewusel. Es war unglaublich, wie sehr er sich an das alles gewöhnt hatte. Wie sehr es ihm gefehlt hatte.

Lhut saß noch allein in einer Ecke, still und zurückgezogen. Seine Finger drehten eine Holzperle nach der anderen an seinem Armband, während seine Lippen ein lautloses Gebet sprachen, eine innige Beschwörung. In seinen Augen lagen die Weite des Ozeans und die unendlichen Tiefen, in die, nach und nach, der Schmerz hinunter sank. Um Lhut froh genug, frei genug, auf den spielenden Wellen schwimmen zu lassen.

Sein Blick kehrte aus der Ferne in die Gegenwart der Kuschellaube zurück.

Enim hockte sich zu ihm und lehnte sich zufrieden an seine breite Schulter, während er Torly und Yoor zuzwinkerte, die in der anderen Ecke saßen und die Atmosphäre in sich aufsaugten.

»Du bist jetzt also ein Beorderter Gesandter? Des Landes?« Lhut legte den Kopf schief.

Enim nickte. »Das bedeutet, ich stehe in den Diensten des Rates von Varoonya. Und bin beauftragt, einen Bericht über die Situation in Shebbetin zu schreiben, damit der Rat informiert ist und die nötigen Schritte setzen kann.«

»Gut.« Lhut hielt inne. »Aber haben wir das nicht gerade gemacht? Du hast doch einen Bericht nach Varoonya geschickt, an Rat und Schreibstuben, damit sie informiert sind und handeln können?«

Enim räusperte sich. »Ja. Aber meine Schreiben waren wohl doch zu kurz und allgemein. Ich habe jetzt ein paar andere Berichte mitgebracht, Beispiele dafür, was dem Rat vorgelegt wurde. Damit ich eine bessere Vorstellung davon habe, wie so etwas aussehen soll.«

»Gut«, sagte Lhut noch einmal, aber es klang eher gedankenverloren als begeistert.

Enim breitete entschuldigend die Hände aus. »Ich schätze, wir müssen es einfach mehr als ein Mal sagen. Mehr als zwei Mal sogar. Aber so schnell werden wir ja wohl nicht aufgeben?«

* * *

»Ist es so schwer zu begreifen, dass es uns gibt?« Kaya war am Kochen. »Kapieren sie das nicht? Oder ist es ihnen einfach egal?«

Sie begann, im Hof auf und ab zu gehen. »Was wir brauchen, sind nicht bessere Berichte. Es sind bessere Ratsmitglieder! Welche, die verstehen, was Sache ist. Und die handeln!«

Enim rieb sich den Hinterkopf. »Nun ja. Es wird ja einen neuen Rat geben. Aber ich bin nicht sicher, ob das hilft.«

Kaya fuhr herum. »Es wird einen neuen Rat geben?«

»Ja, natürlich. Zu Sonnwend ist ja das Votum. Und danach wird der neue Rat gebildet.«

Kayas Blick schweifte in die Ferne. Ihr Finger pochte gegen die Narbe an ihrer Schläfe. »Es gibt ein Votum«, sagte sie in den Wind, ihre Stimme leise, monoton. »Und wir wissen es nicht. Wir haben nie einen Rat erwählt, und nie auch nur das Geringste vom Rat gesehen, was uns hier in Shebbetin geholfen hätte. Deshalb hat es uns nie gekümmert.«

»Wie meinst du, ihr habt nie einen Rat erwählt?«, fragte Enim. Dann biss er sich fast auf die Zunge. Er wandte sich ab. »Die Menschen in Shebbetin waren nicht Teil des Votums?« Seine Lippen waren blass geworden.

Kaya sagte nichts. Sie starrte nur blindlings vor sich hin.

»Die Tsechen waren dabei«, murmelte Lhut schließlich. »Glaube ich jedenfalls. Sie können nach Behrlem reiten. Wo das Votum für Shebbetin stattfindet.« Lhut verstummte.

Das Schweigen lag schwer und grau um ihre Füße wie ein Nebelsee.

»Wir haben es nie gewusst«, sagte Kaya schließlich, noch immer in derselben fernen, abwesenden Stimme. »Wir haben uns nie gekümmert. Aber«, fügte sie hinzu, und ihr Blick füllte sich wieder mit Leben, »vielleicht tun wir es diesmal.«

Ihre Worte wurden laut und klar.

»Diesmal nehmen wir teil! Wir gehen zum Votum!«

Sie legte den Kopf in den Nacken, rief in den Himmel.

»Wir werden die richtigen Menschen in den Rat bringen! Uns selbst!«

*

Zwei der Kinder marschierten mit wichtiger Miene und raschem Schritt die Treppe zur Kuschellaube hinauf. Enim lehnte sich zur Seite, um ihnen Platz zu machen. Er war ohnehin schon am Ende seiner Übersetzung, oder seines Versuches zu erklären, was Kaya vorgeschlagen hatte.

»Oh«, hauchte Torly.

Aber Yoor war sofort Feuer und Flamme. Er sprang auf, und sein ganzer Körper unterstrich seine Rede, auch wenn er diese nur auf Kokisch halten konnte.

»Ja! Wunderbar! Das machen wir! Wir gründen unser eigenes Bündnis! Wenn wir selbst im Rat sind, dann weiß der Rat, dass es Shebbetin gibt. Das Volk wird uns an die Macht bringen! Und wenn wir erst einmal die Erwählten sind, dann haben wir es in Hand, alles zu tun! Dann ist die Welt frei! Es lebe das Bergbündnis!«

Yoor schien eine Flagge im Wind zu schwenken oder vielleicht auch auf einem rasenden Pferd dahin zu galoppieren. Einige der Kinder blickten interessiert auf.

Torly prustete. Sie wandte sich an Enim. »Wissen wir überhaupt, wie man ein Bündnis für ein Votum registriert?«

Enim breitete seine Hände aus. »Nein. Natürlich nicht.«

Yoor blickte zu ihnen hinunter. »Egal! Wir finden das raus! Oder?« Sein Blick suchte Torlys.

Torly legte den Kopf schief. »Hm. Na ja.«

Die beiden wichtigen Kinder marschierten wieder aus der Kuschellaube heraus. Eines hielt eine Stoffpuppe in den Armen, das andere ein Buch und ein Tambourin.

Torly fuhr sich mit der Hand durchs Haar. »Hm. Irgend jemand in Varoonya muss das ja eigentlich wissen.« Sie wickelte eine abtrünnige Locke um ihren Finger. »Und wir fahren ohnehin bald zurück.«

Das Leuchten ihrer Augen wurde stärker. Entschlossen hob sie den Kopf.

»Ja. Wir machen das!«

* * *

»Ich glaube nicht an ein goldenes Morgen.«

Manaam ließ die Hand von Cahuans Schulter gleiten und sah aus dem Fenster. Draußen auf der Straße wartete Cahuans Tretkarren darauf, dass sie ihre Runde mit Erledigungen fortsetzte.

Manaams Miene verfinsterte sich. »Ich kann mir nicht vorstellen, dass sie in den Rat kommen. Und ich glaube auch nicht, dass das Land hier auftaucht und dafür sorgt, dass alles gut wird.«

Er stand mit dem Rücken zu Cahuan, den Blick in den Bäumen der Allee.

»Du weißt aber«, murmelte Cahuan, »dass all die Dinge, die Kaya bisher getan hat, vollkommen unmöglich klangen, als sie das erste Mal davon sprach.«

Manaam schnaubte. Er ließ die Stirn gegen die Scheibe fallen.

»Vielleicht.«

Er drehte sich zu Cahuan um und schüttelte den Kopf. »Ich bin niemand, der nach den Sternen greift. Aber ich will andere nicht daran hindern, es zu versuchen. Und sollten sie es jemals schaffen, entgegen all meinen Erwartungen, so werde ich überglücklich sein.«

Seine Lippen verzogen sich zu einem wehmütigen Lächeln. »Aber das Äußerste, was ich in diesem Fall tun kann, ist offen zu bleiben. Für den Hauch einer Möglichkeit, den leisen Schimmer der Hoffnung. Wach zu bleiben. So dass, falls eines Tages doch eine Sternschnuppe in meine Reichweite fallen sollte, ich da bin, um sie zu fangen.«

Manaam strich sich eine Haarsträhne aus der Stirn. »Aber ich möchte gerne jetzt etwas tun. Etwas, was tatsächlich geht. Wo ich weiß, wie.«

Mit sanften Fingern umfing Manaam eine kleine runde Pflanzschale auf dem Fensterbrett. »Natürlich wäre es viel besser, wenn das Land käme und auf einen Schlag wunderbare Lauben für alle Kinder schafft.«

Manaam berührte die zarten Blätter, die aus der Erde der Schale sprossen. »Aber was ist, wenn das Land nie kommt? Dann gibt es gar nichts. Außer dem, was wir selbst erschaffen, in kleinen Schritten, so gut wir können. Lass uns zumindest ein paar Kindern ein gutes Zuhause geben. Hier und jetzt.«

Er sah Cahuan fest in die Augen.

»Komm. Versuchen wir es. Wir gründen eine zweite Kuschellaube!«

* * *

In der Kuschellaube war der Tag voll im Gange. Torly und Yoor hatten sich eingefügt, so gut sie es konnten, auch ohne ein Wort Vanisch zu sprechen.

Aber die Kinder halfen ihnen. Mit Händen und Füßen und manchmal mit etwas Kokisch. Pulan unterbrach ihr Werk und gab Torly eine Erklärung, während ihre Freundin noch das hintere Ende des Brettes hielt, das Pulan unter den Arm geklemmt hatte.

»Wir bauen Karren. Wie das«, deutete Pulan hinüber zum Handkarren der Kuschellaube. »Aber halb so groß. Das hier ist Boden.« Pulan hob ihre Achsel und mit ihr das eingeklemmte Brett. »Aber wir müssen denken. Der Karren halb so groß. Also was für Bretter wir brauchen? Halb groß? Oder genau groß, aber halb als viele? Was ist halb groß, überhaupt?« Pulan pfiff durch die Zähne. Sie schien Torly völlig zu vergessen, als sie sich wieder mit ihrer Freundin zu einem Maßband und einer Kreidetafel hockte und versuchte, das auszutüfteln.

Die Kleinste, Quena, rieb mit den Fingern über die Buchstaben, die in die Wand geschnitzt waren, und füllte die jeweils nebenstehenden Zeichnungen mit Kreidestaub. Später ging sie hinüber zu Lunin und sah zu, wie er einen Text auf eine Tafel schrieb. Seine Zwillingsschwester Lasa las ihm dazu unter großen Mühen aus einem Buch vor, und beide schauten regelmäßig zwischen Buchseiten und Kreidetafel hin und her um sicherzustellen, dass alle Worte so aussahen, wie sie sollten.

In der Ecke hinter ihnen war die alte Frau, die Torly bereits beim Kräutersammeln in der Wiese gesehen hatte, mit drei Kindern aus dem Schlösschen dabei, Matten aus Gras zu weben.

Lhut war im Hof auf den Händen gegangen und hatte damit eine Reihe von Kindern inspiriert, ihn nachzuahmen oder zumindest mit den Füßen in der Luft gegen die Mauer zu lehnen. Er hatte sie jedoch verlassen, als ein Mädchen in einen Streit geraten war und weinend zu ihm gelaufen kam. Lhut saß mit ihr auf einer Decke, hielt sie in den Armen und murmelte ab und zu beruhigend in ihr Ohr. Irgendwann hatte sie fertig geweint und war nun, noch immer in Lhuts Umarmung, dabei zu ergründen, was genau ihr da zugestoßen war. Und ob sie sich entschuldigen sollte oder was sonst getan werden könnte, damit die Dinge wieder in Ordnung kämen.

Som tanzte mit ihrer bunten Tunika voller Bänder und Federn vor Yoor her und erklärte ihm die Kuschellaube. Auf Kokisch.

»Das hier«, sagte sie und zeigte auf die Treppe, die an der Seitenwand des Hofes zu einer Tür auf halber Höhe führte, »ist Familie Schneider. Drei Schneider, ein Baby. Baby hier mit uns selten Tage. Wir tragen und essen und spielen.« Som zeigte Babytragen vor und kam dabei fast schon an Lasa und Lunin in ihrem Rollenspielmodus heran.

»Schneider Haus sehr toll. Viele Bänder. Viele Farben.« Sie hob die Stoffflecken ihrer Tunika und sah Yoor bedeutungsvoll an. »Wenn sie sagen ja, ich gehe und schaue.« Som kniff ein Auge zu und fokussierte auf eine lange Bahn unsichtbaren Stoffes, den sie mit ihren Scherenfingern in einer präzisen Linie zuschnitt. »Ich lerne«, fügte Som stolz hinzu.

»Und auch! Familie Schneider immer hier. Wir können sie schreien, wenn Lhut und Cahuan nicht hier und schreckliche Dinge geschehen.«

Yoor lächelte, den Blick auf die Tür zur wunderbaren Welt hilfreicher und kompetenter Schneiderinnen geheftet.

Cahuan flickte Kleider, gemeinsam mit einem Sechsjährigen, der immer wieder den Faden verlor und zu Cahuan hinüber schaute, um sich zu erinnern, wie man einen Stich machte.

Torly setzte sich zu Enim und fragte ihn nach den Ursprüngen der Kuschellaube.

Enim erklärte, so gut er konnte.

»Normalerweise haben die Kinder natürlich zumindest drei oder vier Eltern, auch hier in Shebbetin. Eltern bleiben Eltern, auch wenn sie keine Geliebten mehr sind. Neue Eltern kommen hinzu, wenn Beziehungen sich entwickeln. Und so gibt es meist ein gutes, starkes Netzwerk, wo die Kinder immer jemandem haben, zu dem sie gehen können. Aber wenn Kinder schon zu Beginn nur ein, zwei Eltern hatten und auch diesen letzten noch etwas zustößt – wo sollen sie dann hin? Wenn es überhaupt keine Präsenz des Landes gibt.«

Enims Miene war düster. »In den Bergen gehen Eltern schneller verloren als anderswo. Sie sterben, durch Unfälle, harte Arbeit, kalte Winter. Manche gehen weg. Andere verzweifeln. Drum, wenn es schon zu Beginn kein gutes Netzwerk gab, dann stehen Kinder manchmal allein da.«

Enim holte tief Luft. »Cahuan hat die Kinder eines Freundes bei sich aufgenommen, als er starb. Und dann andere, die sie kannte. Und dann Kinder, die Leute zu ihr brachten, weil sie von der Kuschellaube gehört hatten.«

Cahuan fing Enims Blick auf. Sie hatte mit halbem Ohr zugehört. »Ja. Das wie es war. Das wie wir sind.« Sie nickte dem Jungen an ihrer Seite aufmunternd zu. Er hatte gerade den Faden wieder gefunden, und Cahuan lächelte warm, so als ob die traurige Geschichte doch noch zu einem guten Ende gekommen wäre.

Torly schaute auf die Kinder rund um sie und verstand, warum.

Irgendetwas an der Kuschellaube fühlte sich richtig an.

Ganz tief, fundamental richtig.

15

Quena war schon eingeschlafen, ihre kleinen Arme um Lhuts Schulter geschlungen. Cahuan kuschelte sich an Lhuts andere Seite und vergrub ihr Gesicht in der Beuge seines Nackens. Sie seufzte glücklich. Lhut war groß und fest und unglaublich vertraut. Das war der Mann, mit dem sie all diese Tage voller Kinder durchlebt hatte, all die Nächte voller Schmerz und Hoffnung.

Cahuan küsste ihn sanft auf die Wange. Lhut brummte zustimmend, und eine warme Welle schwappte durch Cahuan, so dass sie ihn gleich nochmals küsste, voll und weich auf die Lippen. Sie schmiegte sich an ihn, ließ die Rundungen ihres Körpers in die seinen finden. Sie legte den Arm quer über seine Brust, die Hand auf Quenas Rücken, und fühlte den Atem der kleinen Lunge auf und nieder gehen. Cahuan seufzte tief. Das hier war ihr Zuhause. Ihre Heimat. Ihre Familie. Sie schloss die Augen und spürte das Glück wie einen rot-goldenen Strom durch ihren Körper fließen.

Lhut drehte den Kopf und zischte, als ein scharfes Zucken ihn durchfuhr. Seine Schultern spannten sich. Er versuchte, seinen keuchenden Atem zu beruhigen, aber es fiel ihm schwer.

»Hilfst du mir?«, flüsterte er in Cahuans dickes Meerfrauenhaar.

»Hmm.« Ihr Nicken rieb gegen seine Haut. Sie legte sanft die Hand auf das Ende seines Schenkels.

Lhut atmete tief aus, mit bewusster Anstrengung. Als sein schläfriger Geist den Zauberbann des Tages fahren ließ, stieg der Schmerz wieder auf, der ewiglich fortlebte im Phantom seines Beins, in der Erinnerung seines Körpers an das, was ihm entrissen worden war.

Lhut begann zu flüstern. Cahuan stimmte ein, ließ ihre verwobenen Stimmen anwachsen zu einer Beschwörung, einer ernsten, machtvollen Kantate, die ein Muster in die Wellen der Nacht schrieb. Das Lied eines Ozeans, in dem der Schmerz den ganzen Tag versunken lag, sich aber mit dem Kommen der Dunkelheit wieder in einen Drachen verwandelte, der nach oben schwamm, hungrig, rastlos, bis er mit einem wütenden Schrei durch die Oberfläche brach. Sein mächtiger Schwanz schlug in die schaumspritzenden Wellen.

Doch über den Wassern schwebte ein Gebet, ein Gesang von Sehnsucht und Vertrauen, von Not und Reise. Geborgen in seinem Zauber driftete Lhut davon, stieg auf in die stillen Träume des Universums, in die Umarmung der Sterne.

* * *

Sie hatten gewusst, was sie erwartete. Enim hatte sie immerhin gewarnt. Und trotzdem. Als Torly und Yoor die Werkshütte hinter sich ließen, waren sie still. Sehr still.

Dunkle Wolken verhüllten den Himmel und tauchten das Hochland in düsteres Zwielicht. Ein böiger Wind fuhr durch das Gras und peitschte Enims Haare in sein Gesicht.

»Manche sagen«, brach Enim zögernd das Schweigen, »dass ein Zauberbann über diesen Hütten liegt. Schwarze Magie.«

Finstere Berge blicken auf sie herunter.

»Es gibt einen alten Magja hier. Pramus. Die Leute haben gesehen, wie er die Hütten mit giftigem Nebel füllt. Beschwörungen murmelt und das Werkzeug der Kinder in einen Trank taucht. Oder ein Zeichen auf ihre Stirn malt. Sie sagen, er verwendet Magie, um den Juwelen einen ganz besonderen Glanz zu verleihen. Ein Leuchten wie in den Augen eines glücklichen Kindes. Den Funken der Begeisterung, der Jugend, des Lebens. Er stiehlt ihn, sagen sie. Aus den Seelen der Kinder. Und schließt ihn ein im Herz der Diamanten.«

Struppige Büsche klammerten sich an den Berghang, ihre dünnen, knorrigen Äste vom Wind gepeinigt.

»Du hast mit alten Magjas gelebt, Yoor. Du weißt mehr über sie als wir alle. Könnten sie solche Mächte haben?« Enims Augen waren voller Fragen, voller Zweifel.

Yoor sah beim Gehen hinunter auf seine Füße. Seine Miene wurde finster. Er schlang die Arme um die Brust, fest, als würde er versuchen, nicht zu frieren.

»Nein.« Seine Stimme war kaum mehr als ein Flüstern. »Nein. Und doch: Ja.«

Er schluckte. »Es waren nicht mehr als ein paar Monde, die ich als Zauberlehrling im Turm jener Magja verbracht habe. Trotzdem hätte ich fast nicht mehr heraus gefunden. Obwohl das ja nur eine vereinzelte Ruine war, ein winziger Zirkel, ein Schatten ihrer alten Herrschaft. Und dennoch. Die Macht selbst dieses Bruchstücks war so groß, so überwältigend, dass sie mich fast verschlungen hätte. Wir waren nur eine Handvoll Novizen. Aber alle dort hatten sich im Bann des Zaubers aufgelöst. Wir waren nur noch da, um der Meisterin zu dienen. Es gab keinen anderen Grund, keinen anderen Zweck mehr auf der Welt. Sie entschied, was gut war und was schlecht. Wer du warst und was zählte. Ich fürchtete sie, liebte sie, kreiste um ihre Mitte mit all meinem Sehnen, Denken und Fühlen, versuchte zu spüren, was sie meinte, zu tun, was sie wollte. Und scheiterte, unweigerlich, und hasste und verachtete mich dafür. Ich wollte Sühne leisten, indem ich ihr noch eifriger ergeben war, noch bedingungsloser gehorchte.«

Yoors Brauen zogen sich zusammen. »Mein Leben bestand aus Angst, aus der Furcht, die Meisterin zu verärgern und die Dämonen aufzubringen, die auf mich hernieder fahren würden, um mich zu vernichten. Die Launen der Meisterin und die Wut der Hölle wurden zu ein und demselben. Und die ganze Welt löste sich darin auf.«

Yoor hob den Kopf und blickte mit schmalen Augen in die Ferne, zu der zerfurchten Linie des Horizonts, wo die Berge auf den Himmel trafen.

Er schlang seine Arme noch etwas fester um die Brust. »Obwohl ich wusste, dass die Magja Illusionen erschuf. Obwohl ich gekommen war, um genau das zu erlernen. Und es auch tat. Trotz alledem. Die wahre Macht der Meisterin lag nicht in der sichtbaren Vision, in dem Bild, das sie beschwor. Sie lag in allem gemeinsam. Im furchtbaren Gemäuer jenes Turms; in der Stunde der Nacht, zu der sie dich weckte. In der Art, wie sie dich warten ließ, auf Knien kauernd. Bis du dich danach sehntest, ihr zu Füßen zu fallen.«

Yoor leckte sich über die Lippen. »Erst dann erschien die Vision. Der Dämon.« Donner grollte in der Ferne. »Die Magja erschuf eine ganze Welt, eine Realität, die so mächtig war, dass du gar nicht anders konntest, als darin zu leben. Und auf die einzige Art und Weise zu handeln, die diese Welt dir erlaubte.«

Yoor holte tief Luft. »Drum: Ja. Ja. Ich habe gesehen, wie alte Magjas Magie anwenden, die machtvoll genug ist, um Kinder an eine Werkshütte zu fesseln. Um in ihre Seelen zu schreiben, dass ihnen Hölle und Teufel drohen, wenn sie es auch nur wagen zu zweifeln. Und dass sie Juwelen polieren müssen, bis ihr eigener Lebensfunke darüber vergeht.«

*

Das Gewitter brach los. Enim, Torly und Yoor rannten im Sturzregen zurück zur Stadt und flüchteten sich in die erste offene Taverne, die sie finden konnten.

Nass und zerzaust kauerten sie sich auf den ungeheizten Kang, eine Decke um die Hüfte geschlungen, eine heiße Suppentasse in der Hand. Dicke Regentränen rannen an den Fensterscheiben herunter. Yoor schaute hinaus auf den windgepeitschten Hang, zurück zur Werkshütte.

Das Lachen, das immer in der Tiefe seiner Augen zu liegen schien, war einer Schwere gewichen, dem Abbild stürmischer Wolken und dunkler Erinnerungen.

Er biss sich auf die Lippe. »Der Turm der Magja war die furchtbarste Prüfung meines Lebens. In vielerlei Hinsicht. Vor allem, weil ich im Begriff war, mich selbst zu verlieren. Selbst als ich schon aus der Burg entflohen war.«

Yoor starrte in den Dampf seiner Suppe. »Ich wusste nicht mehr, wer ich war. Was mir widerfahren war. Ich wusste, dass ich meine Macht gefunden hatte, die Magie, die in mir lebendig ist. Ich hatte die Sprache der Träume erlernt, das Beschwören von Visionen, obwohl die Magja es mich nie gelehrt hatte. Aber die Gabe war so stark in mir, dass sie bei der geringsten Berührung hervor brach. Ich wusste, dass dies meine Berufung ist. Aber ich war entsetzt, abgestoßen, während ich gleichzeitig unwiderstehlich angezogen wurde. Diese Kunst, die doch die meine war, war abgrundtief böse. All die Magjas im Laufe der Zeiten haben Menschen mit ihr gefesselt, geknechtet, unterworfen. Die Unterdrückung von Jahrhunderten war in diese Praxis eingeschrieben. Jede Geste, jede einzelne Rune schien vor Erinnerungen an Folter und Unrecht zu triefen. Ein Erbe der Herrschaft. Ich hatte solche Angst. Wer würde ich sein? Würde ich in die Muster alter Schrecken verfallen, sobald ich diese Magie auch nur anrührte?«

Yoor zog die Decke fester um seine Hüften. »Ich wusste nicht, was ich tun sollte.«

Er hob den Arm. Von seiner blauschimmernden Hand stieg ein Reigen goldener Funken auf und tanzte über das Fenster. »Und so habe ich mich hierhin gewandt. Zu leichten Freuden und Genüssen. Ich habe das schwere Erbe aus dem Kerker geholt, hinauf ins Sonnenlicht. Auf eine helle, offene Wiese, an einen verspielten, leichtfüßigen, warmherzigen, naiven und machtlosen Ort. Ich wollte, dass es in jeder Hinsicht das Gegenteil jenes Turms wurde. Um die Magie hier neu geboren werden zu lassen, unschuldig und frei.«

* * *

Die Kuschellaube war dabei, die Spuren des Frühstücks zu beseitigen. Enim fiel auf, dass er noch einmal zurück in sein Zimmer musste. Er hatte vergessen, die Papiere mitzunehmen, seine Beispiele dafür, wie Berichte an den Rat aussehen sollten. Torly und Yoor, die gemütlich zwischen den Kindern auf dem Boden herumkugelten, wollten sie gemeinsam mit ihm durchgehen.

Enim kam bis zu seiner Tür. Doch dann hielt er abrupt inne. Aus seinem Zimmer drang ein Kratzen, ein Schaben. Ein lauter Knall, und noch einer, mit dem Gegenstände hart auf dem Boden aufschlugen.

Enim stand erstarrt da, die Hand auf der Klinke. Dann bückte er sich und schaute durch das Schlüsselloch. Einen Moment später riss er die Tür auf.

»Du!«, zischte er. »Wrollic!«

Ein pelziges kleines Wesen, nicht größer als seine Hand, richtete sich neben einer umgefallenen Milchflasche auf. Rundum lag der gesamte Inhalt von Enims Schränken und Regalen in heillosem Durcheinander.

Wie der Blitz schoss die kleine Gestalt davon, schlug einen Haken um Enim und verschwand jenseits der Gasse im Hof der Kuschellaube. Dort schwang sie sich auf das Geländer der Seitentreppe und hielt sich mit winzigen Armen fest, während der Körper ruhig herunterbaumelte.

Enim, der in wilder Jagd gefolgt war, blieb ein paar Schritte entfernt stehen. Der Wrollic sah ihn mit großen runden Augen und einem Ausdruck extremer Unschuld an.

Enim knurrte.

»Ja«, brummelte er, »du hast nichts Böses getan. Nicht, dass du wüsstest, zumindest.«

Der Wrollic legte den Kopf auf die Seite und zuckte ein rundes Öhrchen in Enims Richtung. Sein buschiger Schwanz schwang langsam hin und her, liebkoste genüsslich das Geländer, oder machte sich bereit zum Sprung.

Enim pflanzte sich breitbeinig vor ihm auf und kreuzte die Arme über der Brust. »Na«, sagte er mit leicht drohendem Unterton, »wirst du jetzt etwas für mich tun? Außer hier abzuhängen und süß auszusehen?«

Der Wrollic neigte den Kopf auf die andere Seite und zuckte nochmals mit den Ohren. Mit den Armen und Beinen seiner Bauchseite hielt er sich am Geländer fest. Das jeweils andere Paar, die Arme und Beine auf der Rückenseite, spielten müßig mit den Stangen und mit der Luft dazwischen.

Dann stürzte er sich in zahlreichen Pirouetten gen Boden, ein pelziger Strudel aus Kopf und Schweif und Pfötchen, um schließlich an der Seite wieder empor zu schießen, die Länge der Treppe entlang zu fliegen und sich wie der Wind zwischen die Stangen zu weben. Der Wrollic flog und flitzte, brauste und kreiselte, ein unmöglicher Wirbel aus Leichtigkeit und Anmut, ein atemberaubendes Schauspiel, ein schwereloser Tanz.

Dann kam der Wrollic zur Ruhe. Kopfunter baumelte er vom Handlauf, an dem er sich mit gerade mal einem Fuß festhielt. Er presste all seine Arme fest gegen den Körper, bis er ganz steif und hart aussah, und neigte den Kopf leicht auf eine Seite.

»Wow«, hauchte Enim voller Bewunderung. »Das war großartig. Ich bin beeindruckt.« Er neigte den Kopf in einer Nachahmung des Wrollics. »Ehrlich gesagt, selbst der Anblick, wie du da abhängst und süß aussiehst, ist schon ganz schön was. Das macht es doch ein klein wenig wett.«

Der Wrollic schwenkte seinen Schweif, während er Enim nachdenklich betrachtete. Dann verengten sich seine Augen zu schmalen Schlitzen, als er den Kopf zurücklegte und in ein hohes, meckerndes Gelächter ausbrach.

Enim schnaubte, aber auch in seine Miene hatte sich ein Grinsen gestohlen.

»Ja«, gab er zu. »Vielleicht ist das letztendlich alles ein großer Spaß. Aber trotzdem. Mach das nicht wieder, in Ordnung? Komm einfach so auf Besuch, ohne all das Chaos.«

Der Wrollic gluckerte noch amüsiert vor sich hin und tanzte dann wieder durch das Geländer, gemächlicher diesmal, melodiöser.

Dann fiel er aus Enims Blickfeld. Verwirrt sah Enim hinunter. Er suchte den Boden ab, schaute zwischen seine Füße, hinter seinen Rücken. Kein Wrollic.

Doch als er den Blick wieder hob, kehrte das Schmunzeln in Enims Gesicht zurück. Auf halber Höhe zwischen Treppe und Dach hing eine kleine Pelzgestalt in der Wand.

»Da bist du«, sagte Enim, und der Wrollic quittierte das mit einem leichten Lachen und einem sofortigen Verschwinden.

Kurz darauf tauchte er auf dem Dach wieder auf, wo er begann, aus Leibeskräften am Stroh zu zerren.

»Nein!«, rief Enim. »Lass das! Du kannst unser Dach nicht kaputt machen! Wir brauchen das, damit es nicht hinein regnet, weißt du?«

Der Wrollic hielt inne. Er starrte zu Enim hinunter, das Stroh noch immer fest im Griff seiner vielen Händchen.

»Du kannst aber einmal hinein beißen«, bot Enim an, kompromissbereit. »Am unteren Ende, wenn's geht.«

Der Wrollic beugte sich zum Stroh hinunter, die Augen fix auf Enim gerichtet. Dann kam eine winzige rosa Zunge hervor und schleckte über die Halme.

»Ja! Wunderbar! Das ist perfekt!«, lobte Enim gefühlvoll. »Genau das, was du mit allen Versuchungen machen solltest, die dir unterkommen. Gib ihnen einen feinen Kuss, und dann lass sie in Ruhe. So werden wir alle glücklich.«

Der Wrollic lachte, gab dem Stroh einen herzhaften Klaps und verschwand über den First. Enim reckte den Hals und suchte das Dach ab. Neben ihm tat Som, die gerade wie ein lebender Farbklecks aus der Tür getrudelt war, das Gleiche. Sie bückten sich, schauten auf den Boden, in die Ecken. Kein Wrollic.

Aber alle Kinder hatten es nun mitbekommen und waren extrem aufgekratzt. »Ein Wrollic! Wie toll! Wie wunderbar!« Alle suchten den Hof aufs Neue ab. »Vielleicht ist er noch irgendwo! Kommt er zurück? Warum hast du uns nicht geholt! Was hat er gemacht? Wird er wiederkommen?«

Auch Cahuan war in den Hof hinausgetreten und zog ihr dickes grünschwarzes Meerfrauenhaar in den Nacken.

»Wrollic! Wrollic!« Einige Kinder riefen mit leiser, schmeichelnder Stimme oder mit lauter, klingender Stimme oder mit irgendetwas dazwischen und darüber hinaus. Sie zeigten und winkten, hüpften und liefen, krabbelten und suchten. Falls der Wrollic wirklich noch irgendwo in der Nähe war, konnte ihm die Aufregung unmöglich entgangen sein.

»Wir könnten ihm ja Wasser und Kartoffeln auf die Stufen stellen. Vielleicht würde er dann wiederkommen und hier essen, und dabei nicht einmal Chaos stiften.« Som blickte hoffnungsvoll zu Cahuan auf.

»Das ist ein netter Gedanke.« Cahuan legte dem Mädchen einen Arm um die Schulter. »Aber ich bin nicht sicher, ob das funktionieren würde. Soweit ich weiß, müssen Wrollics gar nichts essen. Sie müssen nur alles kosten. Sie leben von der Erfahrung. Sie müssen überall ihre Nase reinstecken. Alles anfassen und abschlecken. Alles riechen und schmecken und abschmusen. Überall hinaufklettern, hineinkriechen und wieder herauskommen. Das ist ihr Leben. Auch in einer Wiese würden sie in jede Pflanze hinein beißen, Nektar von jeder Blüte trinken. Aber nur ein Mal. Dann ziehen sie weiter. Deshalb leeren sie wohl auch alle Schubladen aus. Sie brauchen keines der Dinge, die da drinnen sind. Aber sie müssen wissen, was es ist. Müssen alles herausnehmen, abfingern, ausprobieren, nur ein einziges Mal.«

» ›Nur ein einziges Mal‹ sind die Schlüsselwörter in diesem Satz, würde ich sagen«, brummelte Enim in Gedanken an sein verwüstetes Zimmer. »Hoffen wir, dass du recht hast.«

Aber Som hatte kein Interesse daran, es auf ›ein einziges Mal‹ zu begrenzen. Ganz im Gegenteil. »Aber dann«, schlug sie eifrig vor, »könnten wir doch immer etwas Neues für den Wrollic auf die Treppe legen. So dass es immer etwas anderes zu sehen, zu fühlen, zu schmecken gibt. Immer etwas, wofür es sich lohnt, wieder zu kommen.« Wie zur Illustration zupfte sie an den zahllosen bunten Bändern und Lappen ihrer Tunika.

»Vielleicht.« Cahuan lächelte. »Du kannst es ja versuchen. Vielleicht interessiert sich der Wrollic für die Dinge, die du da hinlegst. Oder für dich, wenn du dich so sehr um ihn bemühst. Man kann sich mit ihnen anfreunden, glaube ich, auf eine sehr lose, offene, freiheitsliebende Art.«

* * *

Im äußersten Randviertel Shebbetins flogen Staubteufel durch die Gassen, getrieben vom böigen Wind. Sie erstickten den Atem der Menschen, ließen sie husten und ihr Gesicht verbergen. Beißende Gerüche stiegen von Müllhaufen am Straßenrand auf, Dunstwolken aus Pest und Cholera.

Ein räudiger Hund humpelte davon, den Schwanz zwischen die Beine geklemmt. Sein erbärmliches Winseln blieb zurück, hing wie ein Omen über dem Geröllhaufen, hinter dem ein kleines Mädchen kauerte und ihr Gesicht in der Armbeuge ihres Bruders versteckte.

Vorsichtig lugte der Junge über Unkraut und Steine hinweg. Er blickte hinüber zu einer armseligen Hütte, aus der wütendes Geschrei drang. Dann ein Rumpeln, ein Knall. Die Tür flog auf und ein Mann stampfte mit wilder Entschlossenheit heraus, ein drahtiges Mädchen von etwa zehn Jahren hinter sich her zerrend.

Er schrie ihr direkt ins Gesicht. »Halt die Klappe, Yunda! Sei dankbar, dass du in die Werkshütte kommst! In der Mine würdest du so enden!« Er hob den Stumpf seines linken Arms. »Oder tot.«

Seine rechte Hand umklammerte Yundas Arm mit stahlhartem Griff. Mit roten Augen und einem dünnen, verkniffenen Mund ließ Yunda sich von ihm davon schleppen.

*

Schreckensstarre Stille erfüllte die Hütte. Alle Kinder hatten die Hände auf den Werkbänken, die Finger verschränkt, die Köpfe gesenkt.

Sie konnten den Magja nicht sehen. Nicht genau. Aber sie wussten genug. Durchlebten erneut den Albtraum ihrer eigenen Initiation und knieten steif, reglos, schweigend.

Rauch quoll auf, füllte die Lungen der Neuen mit beißender Bitterkeit. Eine grimmige Beschwörung rollte von der Zunge des Magja, archaische Worte der Macht, harsch und rau, befehlend und gnadenlos.

Yunda zitterte, als sie fühlte, wie der Feuerring von ihrem Scheitel über ihren ganzen Körper hinunter sank, bis hin zu der Stelle, wo ihre Füße mit magischen Ketten an den Boden gefesselt waren. In den Tiefen der Erde konnte Yunda den Dämon sehen, der sie holen würde, sollte sie jemals versuchen zu fliehen.

Aber Yunda war eine Hexe. Sie wusste sich gegen schwarze Magie zu wehren! Die Hände in ihren Taschen vergraben, wand Yunda die Finger um ihren Daumen und drückte fest zu. Mit gebeugtem Kopf auf den Knien liegend wirkte sie von außen gesehen wie ein schreckensstarres, gebrochenes Kind, voller Angst und Gehorsam. Aber unter ihren gesenkten Wimpern waren die Augen voller Feuer.

16

Sphärenklänge füllten den Hof der Kuschellaube, die Musik des unendlichen Kosmos. Die Kinder gingen eins nach dem anderen davon, den Kopf hoch erhoben, ihre Schritte voll elfenhafter Anmut. Mit einem unsichtbaren Stern auf ihren Stirnen, der sie als Heil bringende Druidinnen der Feenwelt auswies.

Als das letzte Kind wieder im Haus verschwunden war, löste sich ihr Pfad aus Sternenstaub auf und sank in den Boden zurück. Yoors Ohren wurden wieder rund, bedeckt von langem, perlweißem Haar.

Torly kam und küsste seine Wange. Ihre Stimme war weich. »Das war wunderschön, mein Schwan. Diese Kinder werden sich noch lange daran erinnern, wie kostbar sie sind, wie machtvoll und magisch.«

Ein helles Leuchten lag in Yoors Augen. Er verbeugte sich tief und anmutig. »Zu euren Diensten. Hier bin ich, der Magier eurer Träume, bereit, eure Herzen zu bezaubern, eure Sinne zu verwirren und eine goldene Sonne zu verschenken, die auf ewig in euren Seelen leuchten möge.«

Torly lachte. Sie küsste ihn erneut. »Yoor. Du bist schon ziemlich in dich verliebt, oder?«

»Oh ja, das bin ich.« Yoor hob grazil eine blauschimmernde Hand. »Wie denn auch nicht?« Er drehte eine kleine Pirouette. »Bin ich nicht hinreißend? Und selbst wenn ich es nicht wäre: Es gibt andere gewichtige Gründe, mich unendlich gern zu haben. Denn ich neige dazu, andere so sehr zu lieben wie mich selbst. Deshalb: je höher dieses Niveau, umso besser für alle, oder? Ich sollte mich wirklich so sehr lieben, wie ich nur irgend kann.«

Torly legte den Kopf schief.

Yoor strich mit dem Finger ihre Kinnlinie entlang. »Ich könnte mir natürlich Sorgen machen«, gestand er zu. »Über Eitelkeit, zum Beispiel.« Er zwinkerte. »Aber ich mache das lieber nicht. Stattdessen ziehe ich es vor, von Herzen zu lachen und hemmungslos zu tanzen, und die Schönheit der Welt laut hinaus zu schreien, genauso laut wie meine eigene. Wir können alle gemeinsam wunderbar sein, oder nicht? Also warum sollte ich mich einschränken. Warum sollte ich mich nicht rückhaltlos lieben?«

Yoor zog Torly zu sich heran und schunkelte sie sanft zu einer Melodie, die nun wie ein Parfüm um seinen Körper schwebte. »Und dich auch«, murmelte er. »Und den Wind und den Mond.«

Torly lachte leise und führte ihn in einem langsamen Tanz quer über den Hof.

Cahuan stand in der offenen Tür der Kuschellaube. Die Laterne neben ihr ließ einen Goldschimmer über ihre Haut laufen, die ansonsten im Dunkel der kommenden Nacht ein tiefes Moosgrün angenommen hatte.

»Schau doch zum Beispiel Cahuan an«, bewunderte Yoor die Erscheinung aus der Ferne. »Nur Schönheit, außen wie innen.«

In dem Moment trat Cahuan hinaus in den Hof, jede Bewegung ihres runden Körpers anmutig wie ein Fluss, der sich sanft und genüsslich durch die Landschaft schlängelt.

Torly nickte an Yoors Schulter. »Ja. Ich habe mich sofort zu ihr hingezogen gefühlt.« Sie glitt geführt von der Musik dahin. »Aber wir reisen in ein paar Tagen ab«, erinnerte Torly sowohl Yoor als auch sich selbst. »Nähre keine Träume in deinem Herzen!«

»Aber ich will Träume in meinem Herzen nähren!« Yoor seufzte hingebungsvoll. »Und wer würde das bei Cahuans Anblick nicht tun? Ihr Strahlen segnet alle in ihrer Nähe. Mich. Dich. Die Kinder. Lhut. Wahrlich, je länger ich hinspüre, umso mehr merke ich, dass ich Lhut fast ebenso sehr verehre.«

»Yoor!«, prustete Torly. »Verliebst du dich wirklich in alle Menschen, denen du begegnest?«

»Ich habe ein großes Herz«, sagte Yoor gewichtig.

»Das hast du.« Torly küsste ihn auf die Nase. »Und du hast einen Hang zum Flirten.«

Yoor schmollte. »Wenn dem so wäre, dann wäre ich doch sicherlich die ganze Zeit mit Küssen von unzähligen Leuten überschüttet. Bin ich aber nicht, wie du siehst. In der Tat, die Hälfte der Menschen, die ich anbete, erfährt nicht einmal von meiner Leidenschaft.«

»Ja. Und die andere Hälfte landet mit dir im Bett, oder?«

Yoors Lippen zuckten. Er strich mit dem Finger sanft über Torlys Hals. »Wilde Gerüchte, fantastische Fieberträume«, murmelte er. »In Wahrheit sind es nicht mehr als mit dir.«

Torly zwinkerte ihm zu. In ihre dunklen Augen lag ein Lächeln, das aus den Tiefen ihres Herzens kam. »Geh und verbreite deine Liebe, mein Schwan. Du bist dafür geboren.«

Yoor hob ihre Hand an seine Lippen.

»Ja. Dafür sind wir alle geboren.«

* * *

»Natürlich sollst du deinen Bericht schreiben!«

Kaya blickte über ihre Schulter zurück und nickte Enim vehement zu. »Wir brauchen das doch! Wenn wir erst im Rat sind, müssen wir den Leuten ja etwas in die Hand geben können. Es kann nicht alles nur mündlich sein. Noch dazu mit meinem Kokisch. Also ja, auf jeden Fall: schreib deine Berichte! Die sind ganz wichtig!«

Kaya schürte sorgsam die Glut im Ofen, darauf bedacht, die sanfte, gleichmäßige Hitze zu erzeugen, die die Trockengitter brauchten. Die Leute, die den Ofen für den Tag gemietet hatten, würden jeden Moment wieder kommen, mit weiteren Körben voller Pilze und Beeren. Diskrete Düfte von Sommer und Reife mischten sich mit dem Geruch des Feuers.

Kaya richtete sich auf und kreuzte die Arme über der Brust. »Aber wenn das, was wir hier machen, wirklich Macht besitzt, dann bringt es uns in Gefahr.« Ihre Miene verfinsterte sich. »Wenn Naydeer eine Tonne Stein auf uns niederregnen ließ, weil wir die Zustände in einer Mine anprangerten – was wird sie tun, wenn wir ganz Shebbetin umwälzen wollen?«

Enim erstarrte mitten in der Bewegung, Trockengitter in der Hand. »Du denkst doch nicht …?«

»Doch.« Kaya schloss die Ofentür mit einem Knall. »Zumindest denke ich, dass wir auf alles vorbereitet sein sollten. Wenn wir wirklich den Wandel nach Shebbetin bringen und die ganze Struktur hier umdrehen, all die Ungleichheit und Unterdrückung, dann wird Naydeer nicht einfach daneben sitzen und zuschauen. Ich weiß nicht, was sie tun wird. Aber sie wird nicht nichts tun.«

Kaya sah Enim direkt in die Augen. »Lass uns im Geheimen arbeiten, so lange wie irgend möglich. Wir werden den Leuten erst dann vom Votum erzählen, wenn wir richtig loslegen können. Und du, sag niemandem, dass du ein Gesandter bist. Arbeite weiter als Almecha. Mit nur ein paar Aufträgen, so dass du noch genug Zeit für die Berichte hast. Aber wenn du den Schein aufrecht hältst, dann wird Naydeer nicht misstrauisch werden. Und weder dich noch uns bedrohen.«

* * *

Im Laufe des Tages hatten sich die Wolken zu großen, dunklen Türmen zusammengezogen, regenschwer und spannungsgeladen. Ungeduldig drängten und stießen sie sich quer über den Himmel, drückten hart gegen den Wind, jammerten und seufzten, und konnten doch ihre Last nicht fallen lassen.

Aber ein anderer Sturm brach los.

»Du Tourist!«, fauchte Kaya Yoor an. »Du nicht wissen! Nicht verstehen! Du hier nicht leben! Du hier kommen kleine Tage, alles schauen, und dann gehen nach Hause haben nettes Leben. Du denken alles eine große Witz. Du lachen und tanzen. Aber das hier keine Witz! Das echt! Für echt Leute! Hier wichtig, richtig tun!«

Yoors Ohren glühten. Er schaute auf den Boden zwischen seinen Füßen und schwieg. Dann blickte er auf, an Kayas Gesicht vorbei. »Was, wenn ich das Richtige tue und dabei lache und tanze? Ist das nicht gut genug?«

17

Der nächste Tag war warm, durchflutet von Licht und den Aromen des Hochlands. Alle Kinder trieben sich draußen herum, liefen durchs Schlösschen bis zu den ersten Wiesen, oder turnten durch den sonnigen Hof.

Som hockte auf einem umgedrehten Blumentopf, die kleine Quena auf dem Schoß. Sie nickte Yoor ermutigend zu, und prompt ließ er seine Stimme anschwellen. Pulan pfiff eine hohe, süße Rhapsodie oben drüber, während Lasa einen darunter liegenden Rhythmus klopfte und schnalzte.

Den Blick fest auf Soms Augen geheftet, versuchte Yoor, mit dieser Musik mitzugehen, die so natürlich aus den Kindern herauskam. Langsam fand er seinen Weg in den verzogenen Takt, in die seltsamen Harmonien, die all diesen Bergweisen gemein schienen. Fast schon fühlte Yoor sich in dieser Musik zu Hause.

Doch als Kaya den Hof betrat, kam er kurz aus dem Tritt. Seine Stimme wurde dünn. Unruhig flogen seine Blicke zu Kaya hinüber, dann wieder zurück in die Deckung. Das Lied fand ein Ende.

Kaya nickte Yoor kurz zu und ging vorbei, nach hinten zu Lhut. Yoor nickte kurz zurück, wenn auch nur in Kayas Rücken.

Er sah ihr nach.

Dann zuckte er mit den Schultern.

Zu Som gewandt stimmte er probehalber ein paar Töne an. Som suchte den richtigen heraus und brach in ein stürmisches Sommerlied aus, wodurch sie Lasa und Yoor sofort mitriss. Pulan konnte das Stück nicht leiden, aber nach ein paar schimpfenden Vogelpfiffen stimmte sie dann doch wie eine trällernde Flöte mit ein.

Lunin kam vorbei, um zu tanzen und schon bald war Yoors Stimme so warm und reich, so voll und glücklich wie eh und je.

* * *

Eine Rute peitschte auf das Geländer und ihr Geist auf die Rücken aller Kinder in der Hütte. Sie zuckten zusammen. Sie wanden sich unter der Erinnerung, die dieselbe Rute in ihre Haut gebrannt hatte, in ihre jungen Körper, ihre zarten Seelen.

Yunda biss sich auf die Lippe. Es tat weh. Das Fleisch war noch geschwollen, dort, wo vor Kurzem die Hiebe in ihrem Gesicht statt auf ihrem Rücken gelandet waren, als Yunda unter dem ersten Schlag herumgefahren war.

Jetzt schaute keines der Kinder auf. Nicht einmal Yunda.

Sie hielten alle den Blick gesenkt, sahen nichts außer den winzigen Steinen, den filigranen Drahtschlingen, die ihr Leben gefangen hielten.

* * *

»Wir brauchen neue Münz. Sonst kann es keine zweite Kuschellaube geben.«

Manaam drehte sich zu Cahuan um. »Ich selbst kann für eine Weile aushelfen. Aber auf lange Sicht brauchen wir mehr Unterstützung.« Er flanierte im Salon auf und ab, wobei die kurzen Seidenhosen, die er trug, seine wohlgeformten Beine gut zur Geltung brachten. »Ich werde deshalb ein Fest für einige Tsechen geben und auch dich einladen, als besonderen Gast. Ich bin sicher, es wird die Tsechen interessieren. Selbst wenn sie nur kommen, um den Schmetterling zu bestaunen. Sie werden kommen. Und wenn sie dich sehen, werden sie sich verlieben und bereit sein, Münz für die Kinder zu geben.«

Cahuans Körper wurde steif. »Was?«, fragte sie entgeistert. »Soll ich da etwa als Schmetterling posieren? Um die Leute zu umgarnen?«

Ihre Stimme war brüchig. »Ich bin keine exotische Attraktion, die sie anstarren können. Kein fantastisches Tier, das auf ein Podest gestellt wird, um ein Publikum zu amüsieren. Warum sollte ich mich als Lockvogel präsentieren?«

Ihr Gesicht war blass geworden unter dem grünen Meeresschimmer. »Hier sind Kinder in Not. Ist das nicht Grund genug, ihnen zu helfen? Warum sollten diese Leute noch einen extra Schmetterling brauchen, um das zu tun, was so offensichtlich richtig ist? Wenn ich braune Haut hätte, würden sie die Kinder sterben lassen?« Cahuans Stimme bebte.

Manaam stand völlig reglos, den Blick auf Cahuan geheftet. Cahuan starrte wütend zurück. All ihre Muskeln waren hart und angespannt, ihre Fäuste geballt, die Fingerknöchel blass.

Dann sanken ihre Schultern herab. Ihr Rücken wurde weich. Mit einem tiefen Seufzen kam sie zu Manaam und lehnte sich an.

Manaam empfing sie steif. Seine Hand legte sich in einer eckigen, ungelenken Bewegung auf ihren Arm.

»So ist das für dich?« Seine Stimme war rau.

Cahuan nickte zittrig. »Ja. Anscheinend. Ich hasse es.« Sie wandte sich ab und machte einen kleinen Schritt zur Seite. »Aber ich werde mich vielleicht damit abfinden. Wenn es nun einmal notwendig ist. Ich mag es hassen, aber es wird mich nicht umbringen. Und die Kinder brauchen unbedingt ein Zuhause. Und wenn das der Weg ist ... Manchmal muss man eben über den eigenen Schatten springen. Oder ein Opfer bringen.«

Cahuan versuchte, tapfer zu lächeln, aber es gelang ihr nicht recht. Sie sah furchtbar aus.

Manaam schluckte. »Es tut mir leid«, murmelte er. »Ich hatte keine Ahnung, dass du es so schrecklich finden würdest.«

Er wandte sich ab, fahrig und unruhig. Seine Finger waren ineinander verknotet, seine Schultern steif. »Deine Reaktion ist sehr heftig«, sagte Manaam heiser. »Es wirkt fast so, als ob eine Menge aufgestauten Leides dahinter steckte. Direkt unter der Oberfläche, mit so viel Druck, dass es bei der leisesten Berührung ausbricht wie ein Vulkan.«

Manaam verschränkte die Arme über der Brust. »Ich frage mich«, sagte er mit belegter Stimme, »ob ich damit vielleicht irgend etwas zu tun habe?«

Feine Linien zogen sich um seinen Mund. »Ich gebe die Münz für die Kuschellaube. Wenn ich dich zu mir bitte für eine Besprechung, kannst du nicht wirklich anders, als zu kommen. Aber wenn du einmal da bist, berühre ich dich auch und küsse dich. Ab und zu beschließen wir den Abend mit einem Liebesspiel. Ich frage mich: War dir jemals irgend etwas davon zu viel? Fühlst du dich verpflichtet, mich bei Laune zu halten, mir mehr zu geben, als es deinem eigenen Wollen entspricht? Für die Münz und die Zukunft der Kinder?«

Er suchte Cahuans Blick, verzweifelte Frage und drängende Hoffnung in den Augen.

Cahuan starrte sprachlos zurück. Dann kam sie rasch zu ihm und legte den Arm um seine Schultern.

»Manaam«, sagte sie leise. »Nein. Nein. Niemals. Ich habe dich nie geküsst, ohne es aus tiefstem Herzen zu wollen. Und wenn du morgen deinen ganzen Reichtum verlieren solltest, wäre ich immer noch mit dir befreundet, so innig wie zuvor. Und ich würde noch immer das Liebesspiel mit dir suchen, genau wie jetzt.« Sie küsste ihn leicht auf die Wange. Dann lehnte sie sich zurück, um ihm in die Augen zu blicken.

Manaam sah sie an, lange und schweigend. Schließlich senkte er den Kopf. »Ja.« Er atmete tief durch. »Das hoffe ich.« Mit einem langen Seufzer ließ er seine Stirn an ihre Locken sinken, tauchte seine Nase in den wohligen Geruch ihrer Haut.

Dann trat ein schiefes Lächeln in seine Züge. »Andererseits, wenn du wirklich das Gefühl hättest, mir schmeicheln und nach dem Mund reden zu müssen, dann würdest du genau das Gleiche sagen. Weil es ganz offensichtlich das war, was ich hören wollte. Also wie kann ich jemals sicher sein?« Aber das Lächeln lag unvermindert auf seinen Lippen, und sein Körper blieb weich.

Cahuan schubste ihn spielerisch mit der Hüfte und zog seinen rutschenden Ärmel hinauf über die entblößte Schulter. »Du wirst es nie erfahren. Für diesen letzten Zweifel gibt es nur eine einzige Medizin: Unabhängigkeit.«

Sie trat einen Schritt zurück, ohne seine Hand loszulassen. »Wenn all die Münz nicht mehr von deiner Entscheidung abhinge. Wenn sie klar beiseite gelegt wäre, nur für die Kinder. Wenn dieses kleine Vermögen ihnen gehören würde, oder mir als ihrer Mutter, dann wäre ich nicht mehr von dir abhängig. Ich könnte frei entscheiden. Und dann würdest du wissen, wie ich zu dir stehe, ohne jeden Zweifel.«

Ein Lichtstrahl fiel durch das Fenster und sandte einen Goldschimmer über Cahuans Wange, der irgendwo im dunklen Grün unter ihrem Kinn verschwand. Manaam stand schweigend da, ohne sich zu rühren. Dann legte er den Kopf in den Nacken und stöhnte. »Ah. Du bist ein Dorn in meinem Fleisch.« Ein Funkeln lag in seinen Augen, als er Cahuan wieder ansah. »Aber ein guter. Die Nadel einer Heilerin, vielleicht?«

Er leckte sich über die Lippen. »Schlägst du also vor, dass ich mich von meinen Privilegien verabschiede? Macht und Reichtum an andere weitergebe?« Seine Augen drifteten in die Ferne, während er dem Echo seiner eigenen Worte lauschte. Er fuhr mit dem Finger über das kunstvolle Holzgitter, das das Fenster zierte, und kam schließlich ganz zum Grund.

Manaam tippte mit der Fingerkuppe gegen einen Tintenstein, der auf dem Sims lag. »Ich werde es nicht tun«, sagte er leise. »Ich werde an meinem Reichtum festhalten. Ich genieße ihn zu sehr.« Ein unruhiges Feuer brannte in seinen Augen. »Ich weiß, dass ich kein Recht auf dieses Vermögen habe. Ich habe geerbt, das ist alles. Ich habe nichts getan, was andere nicht auch getan haben, um es zu verdienen. Es ist nicht gerecht.«

Er strich mit seidenem Schuh über das Parkett. »Aber jetzt ist es einmal so. Ich bin reich. Und auch wenn das nicht richtig ist allen anderen gegenüber, so ist es doch sehr angenehm. Und ich meine damit nicht einmal das schöne Haus und das gute Essen. Das auch. Aber vor allem die Freiheit, meine eigenen Entscheidungen zu treffen. Ich liebe diese Freiheit, und ich habe nicht vor, sie aufzugeben, sie an jemand anderen zu überreichen. Ich glaube nicht, dass ich die Kraft habe, so zu teilen. Ich werde es nicht tun.«

Er sah Cahuan noch einmal direkt in die Augen, mit einem etwas fiebrigen Blick. »So. Da hast du es. Die Wahrheit.« Er senkte den Kopf.

Cahuan schwieg. Ihre Augen ruhten auf Manaam, auf seiner gefurchten Stirn, seiner blassgoldenen Haut, der losen Haarsträhne, die über sein Ohr fiel. Sie stand bei ihm, reglos, in vollkommener Stille.

18

Pulan und Som schaufelten reifen Kompost aus dem alten Abtritt, während Torly und Cahuan den Sitz auf die neue, leere Kiste verfrachteten. Zwischen halb vollen Pflanztrögen auf dem Boden waren die kleine Quena und zwei andere Mädchen dabei, einen Erdling zu erschaffen, wobei die Körperform eine nahe Verwandtschaft mit dem weit verbreiteten Schneemann vermuten ließ.

Yoor, noch voller Krümel und dunkler Streifen nach ausgiebigem Gebuddel, versuchte mittlerweile, Lasa und Lunin zu zeigen, wie man Visionen erzauberte. Die Energie ihres Rollenspiels war schon so dicht dran, fand er, so dicht! Zusammen mit ihrer Begeisterung für magische Illusionen mussten sie einfach irgendwann den Dreh rauskriegen.

»Wir haben keinen Vim-Stein!«, rief Lasa plötzlich und schlug sich mit der Hand auf die Stirn. »Es kann ja überhaupt nicht funktionieren! Wir brauchen Kraft für die Magie.«

Mit ausgestrecktem Arm kam Lasa auf Yoor zu, in der sicheren Erwartung, dass nun ein verzauberter Kristall in ihre Hand gelegt würde.

Aber Yoor verstand nicht. Es war alles auf Vanisch gewesen. Enim kam ihm zu Hilfe.

»Ah«, nickte Yoor. »Aber Vim-Steine sind nur für Traptionen.«

Enim blieb, um für ihn zu übersetzen, während Yoor Bilder zwischen seine Worte webte.

»Die Magie, die ich wirke, bezieht ihre Kraft aus Gefühlen. Aus Leidenschaft, Erinnerungen, Wünschen. Aus Überzeugungen und Ängsten.«

Wellen der Emotion wogten durch Yoors Musik, schlugen schaumgekrönt an einen Fels. Sie spiegelten sich in den Augen eines einsamen Pilgers, eines sterbenden Schwans. Flüchtige Bilder vom Kuss der Liebenden wandelten sich zu Reitern im wilden Galopp, zu einem im Wind davon wehenden Schleier. Ein verlorener Tempel in der Wüste wurde zu einem Buch, das zu Staub zerfiel, aus dem eine Bambusrolle spross. Sie trieb wilde Blüten, mit schwerem Duft und mit Nektar, der wie Tinte zu Boden troff.

»Jede Geschichte, die ich erzähle, erwächst aus Geschichten, die vor ihr gekommen sind. Träume leben in Träumen. Sie müssen frei sein, von einem zur anderen fließen, sich wandeln und wachsen. Blühen, und ihre Samen auf den fruchtbaren Boden einer anderen Seele fallen lassen.«

Lasa und Lunin hatten sich selbst in Yoors Visionen hinein gepflanzt. Mitten im Traumbild waren sie zu geschichtstriefenden Pergamentrollen herangewachsen und tintig herunter geregnet, um in ihrem nächsten Leben ein Drachenei zu werden. Als die geschlüpften Drachen von ihrem Flug rund um den Hof wiederkehrten und sich auf den Seiten eines Buches zur Ruhe betteten, ließ Yoor die Musik sanft und leise werden, wie die ewige Symphonie des Kosmos.

»Alle Träume und Gedanken, die je waren, leben in uns weiter. Sie formen uns, und wir formen sie, mit jedem Wunsch, jedem Wort, jeder Regung unseres Herzens. Wir sind immer in ihrem Leben, und sie in dem unseren.«

Lasa und Lunin lagen auf dem Rücken und schauten hinauf in den Sternenhimmel, aus dem Yoors Stimme zu ihnen herunter driftete. »Ich biete mich ihnen an als ihr Freund, ihr Lehrling, ihre Hebamme. Das ist die Magie, die ich webe. Der Stoff der Traumwelt, erfüllt mit der Macht von Sehnsucht und Erinnerung.«

*

Der Wurmturm der Kuschellaube bekam auch seine Aufmerksamkeit. Lhut und zwei der Mädchen schüttelten ein Sieb mit Mehlis über einer Schüssel und beschlossen, wer zurück in den Turm zum Wachsen kam, und wer gegessen werden sollte. Eine Reihe kleinerer Kinder sah zu und gab Meinungen ab, auch darüber, ob vielleicht gar niemand gegessen werden sollte, sondern alle groß werden und davon fliegen.

Auf einer Bank inmitten der Bohnenranken schmiegte Torly sich an Yoor. »Ich wünschte, meine Lernlaube wäre so gewesen wie hier.«

Yoor neigte den Kopf zur Seite. »Hm. Es ist wunderschön. Voller Liebe. Aber … es gibt keine Lehre, oder?«

Torly zuckte mit der Schulter. »Und? Das Wesentliche ist doch das Lernen, nicht das Lehren. Die Kinder hier lernen alles. Sie lernen rechnen – und hämmern – weil sie einen Karren bauen wollen. Sie lernen schreiben und lesen, weil sie sehen, wie andere begeistert aus einem Buch abschreiben. Sie lernen, Musik und Mittagessen zu machen, miteinander auszukommen und auch noch mit den Nachbarn zu verhandeln. Und vor allem: eigene Ideen und Projekte zu haben und sich für das Leben zu begeistern. Ich denke, sie lernen hier alles, was sie brauchen.«

Yoor neigte den Kopf zur anderen Seite und dachte an sein eigenes Aufwachsen in der Lernlaube, an stundenlanges Stillsitzen einer Gruppe mühsam gezähmter Kinder, die der offiziellen Lehre lauschten, statt ihrer eigenen Begeisterung nachzugehen.

Er nickte nachdenklich.

Da kam Cahuan zu ihnen und Torly beugte sich ungestüm vor, um sie zu umarmen. »Danke. Für alles. Du bist wunderbar. Und die Kuschellaube auch.«

Cahuan küsste Torly und lächelte warm. »Gut ihr hier.« Ihre Stirn runzelte sich. »Und wir bald haben mehr Kuschellaube. Vielen Kinder brauchen sehr viel. Wir bald können machen für sie.«

Cahuan schob ihr schweres Haar in den Nacken. »Aber jetzt Münze. Manaam macht Fest mit Tsechen für das. Und ich gehe sein schön dort. Damit alle schauen und mögen.« Sie zog eine fürchterliche Grimasse.

Yoor verstand nicht. »Aber das ist doch gut, oder?«

Cahuan grunzte unhöflich. »Ich nicht mag machen zeige Schmetterling.«

Yoor riss die Augen auf. »Nicht?« Schock und Unglaube standen ihm ins Gesicht geschrieben. Fassungslos starrte er Cahuan an, suchte einen Anker in ihrem Blick.

»Du magst es nicht«, wiederholte er mit leerer Stimme, wie ein monotones Echo. »Du magst es nicht. Du zeigst dich nicht gern. Du gibst nicht gerne an. Du stellst dich nicht gern zur Schau.« Er schüttelte den Kopf. »Wie kann man denn das nicht mögen? Das ist doch das Natürlichste der Welt! Selbstverständlich, dachte ich immer. Schicksalhaft, geradezu, die Bestimmung der unfassbar Schönen. Das Leben der Schmetterlinge.«

Yoor war sichtlich erschüttert. Aber eine Spur des üblichen Glanzes kehrte langsam in seine Augen zurück. »Du solltest es einmal versuchen.« Er stand auf und demonstrierte, wie es war, auf einer Bühne zu stehen und sich vor einem hingerissenen Publikum zu verbeugen. Der Applaus toste. Unsichtbare Rosen landeten zu seinen Füßen. Yoor wandte sich zu Cahuan um. »Es ist famos! Ich lebe so. Und ich habe es noch nie bereut.«

Cahuan prustete, aber sie lächelte auch. Sie schüttelte nachdenklich den Kopf. »Ich noch nie denke. Nicht so. Dass es kann sein gute Sache. Ich denke natürlich ich hasse. Leute starren auf mich. Aber, wahr. Vielleicht ich kann mögen, Leute starren auf mich.« Cahuan klang nicht sehr überzeugt.

Yoor neigte den Kopf. »Sie starren dich nicht an. Sie bewundern dich. Und mit gutem Grund. Du bist wirklich wunderbar. Und schön. Und die Menschen sehen das und sind froh.« Yoor zuckte mit den Schultern. »Es ist leicht, für dich und mich, Menschen glücklich zu machen. Sie schauen uns nur an, und schon freuen sie sich. Das ist gut, oder?«

Cahuan spielte mit dem Stein in ihrer Hand.

»Wie du willst, natürlich«, schloss Yoor.

Cahuan wiegte zweifelnd den Kopf. »Ich weiß nicht, ob ›wie ich will‹. Ich kann nicht machen fühle neu nur weil ich sage: ›Fühle neu!‹ Nur weil ich höre gute Idee.«

Sie strich mit der Hand über ihren Arm. »Aber du gibst mehr als gute Idee.« Sie sah Yoor an, sah seine leichte Anmut, seine strahlende Selbstliebe. Erinnerte sich, wie er lachte, flirtete, improvisierte. Durch eine glitzernde Vision tanzte, sich zur Schau stellte und Geschenke machte. Wie er eine Fülle an Bewunderung und Liebe verteilte und empfing und das alles grenzenlos, hemmungslos genoss.

»Du gibst mir Beispiel. Echte Leben.«

* * *

Langsam verblassten die Farben am Himmel. Pulan pfiff leise vor sich hin, während sie eifrig an ihrem Handkarren bastelte. Som und Lunin werkelten gleich daneben. Sie hatten sich einen Wrollic-Baum ausgedacht, der an der Hofmauer lehnen konnte und unglaublich viele Möglichkeiten bot, auf und ab zu tanzen, Saltos zu schlagen, hinein und hinaus zu kriechen und dabei immer neue aufregende Dinge in winzigen Nestern zu entdecken. In denen man auch schlafen konnte, wenn man klein und pelzig war und sich einrollte.

Mit gerunzelter Stirn blickte Enim von Kaya zu Lhut und klopfte mit der Ferse gegen die Treppenstufen, auf denen er saß. Er seufzte tief und wechselte zurück ins Kokische. »Ich weiß wirklich nicht, was wir hier schreiben sollen.« Er fuhr sich mit der Hand durchs Haar. »Was soll der Bericht für die Sicherheit der Minen fordern? Wie viel ist genug? Es ist eine gefährliche Arbeit, und wird das auch bleiben. Wie viele Unfälle würden wir hinnehmen? Werden wir die Toten sehen und denken, es ist in Ordnung, weil doch immerhin ein paar Maßnahmen gesetzt wurden, die es weniger wahrscheinlich machten?«

Sie waren schon lange bei diesem Thema, hatten es hin und her gedreht, und waren mit keiner der Wendungen zufrieden gewesen.

»Es ist gefährliche Arbeit«, sagte Yoor in einer fernen, abwesenden Stimme, fast in einem Singsang. »Es ist hart und dreckig und ungesund.« Er summte ein wenig weiter, eine wortlose Litanei für den Wind. Dann stimmte er in den Refrain wieder ein. »Es ist gefährlich. Es wird gefährlich bleiben. Wenn es bleibt.«

Er schlug sich mit der Hand auf den Schenkel. »Das ist es!« Alle fuhren zusammen.

»Es wird gefährlich bleiben. Wenn es bleibt. Aber: Muss es bleiben?« Yoor sah sie an, herausfordernd, triumphierend. »Nein! Wir können die Minen zusperren! Dann muss niemand mehr darin arbeiten. Niemand wird verletzt, niemand ist in Gefahr.« Seine Augen leuchteten. »Natürlich gibt es dann keine neuen Diamanten mehr. Aber ist das ein Problem? Nein!«

Er legte die Hand aufs Herz. »Ich liebe Juwelen. Und ich habe in der Vergangenheit welche gekauft. Aber ich brauche sie nicht wirklich. Nicht, um glücklich zu sein. Nicht, um schön zu sein. Und nicht, um geliebt zu werden.«

Yoor öffnete die Hände wieder zur Welt. »Und all das gilt auch für andere Leute. Wir können alle geliebt werden, auch ohne Juwelen. Auch ohne Menschen hinabzuschicken in Finsternis und Gefahr. Wir können die Minen hier schließen. Sie produzieren bloß Diamanten.«

Alle starrten Yoor an. Niemand sagte ein Wort.

Schließlich räusperte sich Cahuan. »Aber«, sagte sie, »was Leute in Shebbetin dann tun?«

Yoors Brauen hoben sich. »Na«, sagte er, »ich arbeite ja auch nicht in der Mine. Und ich habe immer genug zu tun. Andere Leute doch bestimmt auch?«

Er winkte vage mit der Hand. »Sie könnten Zeit mit ihren Kindern verbringen, zum Beispiel. Das wäre gut. Auch mit Freundinnen und Geliebten.« Yoor erwärmte sich immer mehr für das Thema. »Außerdem sollten die Häuser renoviert werden. So dass auch das Schlösschen Herde haben kann. Und Wasserleitungen. Und Licht. Und inzwischen muss man sowieso die Küchen in Betrieb halten und das Badehaus. Kartoffeln anbauen, Pferde füttern, den Zaun reparieren. Ein Lied singen, ein Spiel spielen und hübsche Visionen erzaubern, die die Leute freuen. Wahrlich, ich kann mir nicht vorstellen, dass uns Menschen die Dinge ausgehen, die wir tun können.«

»Nein.« Cahuan rieb sich den Hinterkopf. Auf der anderen Hofseite pfiff Pulan sich Lunins Hilfe herbei, und der Junge ließ seine Stoffpuppe für eine Traumfahrt im unfertigen Karren sitzen, während er die Bretter zum Hämmern festhielt.

Kaya klatsche eine Hand auf ihren Schenkel. »Wie Leute haben Essen?«, stieß sie hervor. »Das Frage!«

Yoor breitete die Arme aus. »Kein Problem! Das Essen wird ja nicht weniger, wenn wir die Minen schließen. Vielleicht sogar mehr, weil es jetzt mehr Leute gibt, die es anbauen können. Und mit den Häusern ist es genauso. Und mit Büchern und allen Dingen. All das sollte mehr und einfacher werden, weil es mehr Menschen gibt, die dazu beitragen können.«

Er schlug die Hände zusammen. »All die Menschen, die aus den Minen befreit wurden. Die können sich dann um Essen und Kinder kümmern, statt bloß um Diamanten!«

19

Manaams Stimme bebte mit unterschwelligem Gelächter. »Alle Minen schließen? Damit die Leute statt an Diamanten an nützlichen Dingen arbeiten können? An Kinderlauben und guten Häusern?«

Er schüttelte schmunzelnd den Kopf und zog Cahuan zu sich heran. »Der hat echt was, dein Freund«, sagte Manaam aber doch, anerkennend. »Und er hat sogar recht, in gewisser Weise. Das wäre in der Tat eine ganz fundamentale Lösung für unsere Probleme. Ich will ihm da gar nicht widersprechen.« Ein Zucken spielte weiterhin um Manaams Mundwinkel, unwillig, sich davon zu machen.

* * *

Die Kuschelstube war in blasses Morgenlicht getaucht. Ein paar Kinder hatten beschlossen, heute nicht aufzustehen und lagen in einem schläfrigen Haufen hinten in der Ecke. Doch die meisten folgten schon eifrig der einen oder anderen ihrer Leidenschaften.

Neugierig betatschte Lasa Enims Weste und die vielen Rundungen, die unzählige kleine Schätze im Inneren vermuten ließen. »Sehr fesch«, lobte Lasa, und lenkte den prustenden Enim damit hinreichend ab, um unbemerkt hinten in seinen Gürtel zu greifen und eine Phiole heraus zu ziehen.

»Was ist das? Machtvolle Zaubertränke?« Sie hielt das Fläschchen gegen das Licht und blinzelte kritisch in das durchscheinende Grün.

Enim nahm es wieder an sich. »Nicht zum Trinken. Darin können bloß Kristalle schwimmen, die gerade einen Zauberspruch empfangen.«

»Die magischste Badewanne der Welt«, kommentierte Lasa. Sie zupfte Enims Kappe von seinem Kopf und hatte im Nu das Papier in der doppelten Naht gefunden und heraus gefischt. »Du bist so ein guter Lehrer«, kicherte sie. »Du machst mich immer so neugierig! ›Finde das Geheimnis in meinen versteckten Taschen!‹ «

»Freut mich, wenn ich dir gefalle«, gab Enim zurück und setzte seine Kappe wieder auf. »Auch wenn die Taschen nicht wirklich geheim sind. Es ist bloß praktisch, Sachen am Körper zu tragen. Außerdem gehen sie da nicht verloren, falls ich nicht gerade an jemand gerate, der mich rundum abfingert.«

Lasa war ganz in die Betrachtung der feinen Linien versunken, die das Papier bedeckten. »So baut man also Traptionen?« Ihre Stirn runzelte sich. Doch nach einer langen Stille drückte sie Enim den Plan wortlos in die Hand und sauste davon, um einem anderen Gespräch zuzuhören. Erwartungsvoll hockte Lasa sich neben die Treppe, die von der Schneiderei hinunter in den Hof führte. Oder vom Hof hinauf in die Schneiderei, wenn man es so betrachtete.

Und der Schneider, der dort stand, betrachtete es so. »Tut mir leid«, sagte er in bestimmtem Ton zu Som, »aber das kommt nicht in Frage. Du kannst keinen Wrollic hier in den Hof locken. Wenn in der Schneiderei das Unterste zuoberst gekehrt wird von einem Wusel, der alles interessant findet und wissen will, wie Knöpfe purzeln und was eine Schere macht – Nein. Das geht einfach nicht.«

Den Wrollic einfach aufgeben ging aber auch nicht, zumindest nicht für Som. Und so liefen die Verhandlungen weiter.

Es könnte ja sowieso ein Wrollic in die Schneiderei kommen, gab Som zu bedenken. So wie er auch in Enims Zimmer gekommen war, ganz von allein. Wrollic-Chaos war einfach ein allgemeines Risiko des Lebens, mit dem man zurechtkommen musste. Die leichte Erhöhung der Wahrscheinlichkeit aufgrund ihrer Lockrufe – na gut. Som gestand das ein.

Der Schneider redete geduldig weiter. Schließlich lud er Som sogar zum Abendessen mit den Schneiders ein, so dass alle in der Familie etwas dazu sagen konnten.

Som kam mit strahlenden Augen zurück zu Cahuan. »Ausgezeichnet!«, rief sie, hoch zufrieden mit der ersten großen diplomatischen Mission ihres Lebens.

Sie begann, die besten Punkte an ihren Fingern herunter zu zählen. »Erstens werde ich regelmäßig helfen, die Schneiderei zu putzen. So dass ich alles kenne und gegebenenfalls helfen kann, wieder aufzuräumen. Zweitens können wir den Schneiders vielleicht jetzt schon Zeit ersparen, die sie im Ernstfall verlieren würden. Indem wir ihnen ihr Mittagessen gemeinsam mit unserem bringen, zum Beispiel. Oder indem ihr Baby öfter bei uns ist.«

Som schaute zu Cahuan auf. »Ich habe aber gesagt, dass ich da erst mit dir reden muss. Und mit anderen Kindern, um zu sehen, ob genug mitmachen würden. Ich meine, dann wirklich das Essen holen, das Baby füttern und so weiter.«

Som präsentierte stolz ihren dritten Finger. »Und ich werde mir ein Wrollic-Schutz-Konzept für die Schneiderei ausdenken. Vielleicht können wir überall kleine Glöckchen anbringen, die Alarm läuten, wenn ein Wrollic die Schubladen aufzieht. Ich werde etwas zusammenbasteln!«

Som drehte eine Pirouette, so dass ihre zahllosen bunten Bänder sie freudig umwirbelten. »Ist das nicht toll? Ob der Wrollic nun zurück kommt oder nicht, ich denke, wir haben uns auf jeden Fall ein bisschen mehr mit den Schneiders angefreundet. In ihrer losen, offenen, freiheitsliebenden Art«, kicherte sie.

* * *

Es war dunkel im Tunnel. Das einzige Licht kam von den Lampen, die die Bergleute vor die Stirnen gebunden hatten. Staubwolken quollen zwischen ihnen empor, ein dicker Nebel, der ihre Mitmenschen zu vagen Gestalten in einem kränklich gelben Dunst verkommen ließ.

Quinetopu hustete.

Ein leerer Waggon rollte heran und hielt vor ihm wie ein offenes Maul, ein stiller Befehl. Quinetopu hob gehorsam den Eimer und leerte eine weitere Ladung Abraum in den Waggon, wodurch erneut eine Staubwolke aufwirbelte.

Schweißperlen standen auf Quinetopus Gesicht. Das Blut, das sein Husten auf dem Ärmel zurückgelassen hatte, sah er nicht. Seine dünne Gestalt war zittrig, sein Gang unsicher, als er von den Schienen zurücktrat. Im Gleichklang mit seiner Truppe hob Quinetopu den nächsten Eimer. Seine Arme schmerzten unter dem Gewicht. Sein Herz flatterte in der Brust wie ein Vogel im Käfig. Ihm schwindelte. Der Eimer glitt aus seinen Händen, als Quinetopu sich mit eisernem Griff an den Wagenrand klammerte, knochige Finger, die mit aller Macht an der Welt festhielten. Aber die Welt zerfloss. Quinetopu fiel in die Dunkelheit.

»Er atmet.« Eine Bergfrau hatte Quinetopu gefangen, gerade bevor sein Kopf auf dem Stein aufgeschlagen wäre. Sie bettete ihn sanft auf den Boden und hob fragende Blicke zu dem Mann neben ihr. »Weißt du, wohin wir ihn bringen sollen?«

Quinetopus schlaffe Gestalt schien mit dem Felsen zu verschmelzen, ein dünner, staubfarbener Geist.

Der Bergmann kniete neben ihm nieder und ergriff seine Hand. »Alle aus seiner Familie sind tot. Er hat zwei kleine Jungen, das ist alles, was noch über ist.«

»Zwei Jungen. Alt genug, um sich um ihn zu kümmern?«

Der Mann legte den Kopf schief. »Nein.« Seine Miene verfinsterte sich. »Jung genug, um jemand zu brauchen, der sich um sie kümmert.«

* * *

Yoor hatte keinen Zweifel. Die Minen zu schließen war eine gute Idee.

Enim sah ein, dass es richtig wäre. Im Prinzip. Aber …

Yoor drehte ein, zwei Pirouetten, bevor er sich wieder neben Enim setzte. »Man muss nur schauen, dass in der Tat alle immer noch zu essen haben, und auch etwas Sinnvolles zu tun.«

»Und wie soll das gehen?«

»Alle Wege, die funktionieren, sind in Ordnung.« Yoor zuckte unbekümmert mit den Schultern. »Man könnte zum Beispiel den Leuten immer noch ihre Münz geben. Genau wie jetzt. Nur, dass sie dafür in Kinderlauben arbeiten statt in Minen.«

»Und wo kommt die Münz her?«

Yoor zeichnete einen perfekten Kreis in die Luft. »Nun, großteils geben die Leute sie untereinander weiter. Eine Bäckerin gibt sie dem Maurer für ihr Haus, und der einem Vater für die Lernlaube, und die kauft damit Brot. Die Münz verbraucht sich ja nicht. Unendlich viele Leute können sie nacheinander nutzen.«

Er drehte sich halb zu Enim um. »Aber es kommt darauf an, wofür wir die Münz geben. Ich, zum Beispiel, habe immer wieder Juwelen gekauft. Die Münz, die ich bisher für solche Dinge verwendet habe, kann ich in Zukunft anderen Zwecken widmen.«

Yoor reckte den Zeigefinger. »Es geht nicht nur um ein kleines bisschen. Um ein winziges Eckchen Kinderglück und ansonsten weithin Juwelen. Nein. Die ganze Münz, die bisher für Diamanten hierher gekommen ist, muss weiter fließen. Alles, was ich früher für Glitzerkram ausgegeben habe, gebe ich nun für Kinder. Und es kommt immer noch nach Shebbetin.«

Yoor hob seine Hände und schob mit großer Kraft eine unsichtbare Last von rechts nach links. »Wenn wir unsere gesamte Münze neu verwenden, ist auch die gesamte Struktur anders.« Er nickte zufrieden. »Die ganze Situation ist dann neu. Gestaltet im Sinne der Menschen.«

Er stemmte die Arme in die Hüfte. »Es ist einfach das Richtige. Und alles, was es dafür braucht, ist: Wir müssen es tatsächlich tun!«

20

Ein kleiner pelziger Kopf lugte unter dem Dachvorsprung hervor, die Ohren gespitzt. Yoor hielt den Atem an. Vorsichtig ließ er einen Strom goldener Sterne nach oben driften.

Mit großen, runden Augen sah der Wrollic zu, wie sie vorbeiflogen. Dann schoss er vor wie der Blitz und schnappte sich einen aus der Luft. Ein goldenes Leuchten an die Brust gepresst, stürzte er Salto schlagend in den freien Fall, drehte unter dem buschigen Schweif eine anmutige Pirouette und flog, eh man sichs versah, schon wieder die Wand hinauf. Wo er unter dem Dach verschwand, den Funken in der Hand.

Yoor stand mit offenem Mund da. »Das ist unmöglich«, flüsterte er.

»Ich auch sehe!«, erklärte Som. »Wrollic Sterne fangen!«

»Aber das geht nicht.« Yoors Stimme war fast unhörbar. »Es ist eine Illusion. Niemand kann eine Vision einfangen.«

Ein meckerndes Lachen kam aus dem Stroh des Daches. Dunkle runde Augen glänzten zu Yoor herunter.

Yoor biss sich auf die Lippe. Er hob eine Hand an die Brust und verneigte sich, seine Worte ein überwältigtes, bezaubertes Wispern. »Wer bist du?«

Yoor blinzelte hinauf zum Wrollic. Er wagte kaum, sich zu rühren. »Bist du gekommen, um mich zu lehren? Mir etwas zu zeigen, was ich mein Leben lang übersehen habe?«

Der Wrollic lachte leise, küsste den Stern und tanzten leichtfüßig über den Dachfirst davon.

* * *

Manaam lehnte an einer reich geschnitzten Säule seines Salons. Seine Hände spielten müßig mit einem Pinsel, ließen ihn gemächlich durch seine schmalen Finger laufen. »Ich habe meine rechtliche Beraterin gefragt.«

Er malte ein unsichtbares Zeichen auf seine Handfläche. »Und das ist das Ergebnis: ein Kinderbeutel. Ähnlich wie die Heilbeutel, die wir schon haben. Die Tsechen, die zusagen, werfen ihre Münz in den Kinderbeutel. All die Münz wird dann für das Wohl bedürftiger Kinder verwendet. Aber wie genau, das entscheidet die Person, die den Beutel offiziell hält. Du, zum Beispiel.« Die Augen noch halb gesenkt, blinzelte Manaam vorsichtig zu Cahuan hinüber. »Wie klingt das?«

Cahuan rührte sich nicht. Schweigend sah sie Manaam an. Schließlich stahl sich ein Lächeln auf ihre Lippen, und in ihre Augen. »Hast du nicht gesagt, du würdest es nicht tun?«

Manaam errötete. Er wandte sich brüsk ab und ging hinüber zum Fenster. Seine Stimme war rau. »Ich habe es auch nicht getan. Ich habe meine Position und meinen Reichtum nicht aufgegeben. Nur ganz wenig.«

Er drehte sich zu Cahuan um. »Aber, ja. Du würdest eine stärkere Position haben. Stärker mir gegenüber und gegenüber allen anderen, die hoffentlich noch beitragen werden.«

Cahuan machte einen kleinen Schritt auf Manaam zu, und dann noch einen, bis sie ganz dicht vor ihm stand. Sie legte eine Hand auf seine Wange, die andere hinter seinen Kopf und zog ihn in einen Kuss, erst leicht und zart, dann tief und warm. Als sie ihn entließ, funkelte Sonnengold in ihren tiefen grünen Augen. Doch ihre Stimme war ruhig und sachlich. »Ich finde, es klingt sehr gut.«

Manaam wirkte zerzaust und ein wenig kurzatmig. Ein schiefes Lächeln hing an seinen Lippen.

»Aha«, sagte er. »Das freut mich zu hören.«

Irgendwie waren sie wieder in Manaams Schlafzimmer gelandet. Und bei einem gemeinsamen Fest der Sinnlichkeit. Cahuan kringelte sich um Manaams Beine, während er auf der Matte saß und sie beide mit frischen Beeren fütterte. Das Tuch um seine Schultern rutschte mit jeder Bewegung hin und her und herunter, und Cahuan genoss die ständig neuen Blicke auf Manaams nackte Haut.

Sie summte zufrieden. »Wird das jetzt eine neue Gewohnheit?«

Manaam lachte. »Vielleicht. Ich gebe zu, es sieht in letzter Zeit ein bisschen danach aus.« Er ließ sich eine weitere Beere aus den Fingern küssen. »Aber dein Leben ist ohnehin voller Liebe, oder?«

Cahuan umarmte sein Knie. »Ja. Aber es ist sicher nicht voller Liebesspiel. Lhut und ich können zu Kaya gehen, aber wir machen das selten. Und in der Kuschellaube … wann immer ich dort jemanden küsse, erkennen ein paar der Kleinen die Zeichen der Zärtlichkeit und kommen dazu, um auch etwas abzubekommen. Und natürlich binde ich sie mit ein. So bin ich dann bald inmitten einer großen Gruppenumarmung mit haufenweise Kindern, was sehr schön ist, und sehr liebevoll, aber gleichzeitig auch das definitive Ende jeder erotischen Zweisamkeit, die ich vielleicht ins Auge gefasst hätte.«

Manaam grinste. Cahuan schnaubte, aber schloss sich ihm dann doch an, mit einem wehmütigen, aber glücklichen Lächeln. Sie raffte sich hoch und kuschelte sich in seine Arme.

Manaam strich sanft mit der Wange über die ihre. »So oder so, du bist voller Liebe«, sagte er leise. »Und du hast für mich immer die Wahrheit repräsentiert. Wahre Zuneigung, wahre Freundschaft. Aber auch Wahrheit in anderen Dingen. Darin, was wir alle hier brauchen. Gerechtigkeit, oder wiederum Liebe, in unserer Gesellschaft.« Manaam zog sie ganz nahe zu sich heran, Brust an Brust, und lehnte seinen Kopf gegen den ihren. Er spielte mit den dicken Haarsträhnen auf ihrem Rücken und schaute hinaus in die Ferne.

»Nicht Wahrheit, vielleicht«, sagte er nach einer Weile. »Vielleicht ist es nicht Wahrheit, die du für mich repräsentierst. Sondern eher ... ein Ideal.« Er hauchte einen Kuss auf ihr grün-gold schimmerndes Ohr. »Ein Ideal davon, wie die Dinge sein sollten. Wie wir miteinander sein sollten. Wie, oder wer, ich sein sollte.«

Ein schmerzliches Grinsen verzog sein Gesicht. »Und da wird es ungemütlich.« Manaam strich mit der Hand ihre Wirbelsäule hinunter. »Nicht nur bei der Idealversion meines Selbst, der ich nicht entspreche. Oder jedenfalls nicht ganz. Nein, es ist bei allem anderen im Grunde das Gleiche. Du gibst mir das Ideal, den Leitstern. Die Richtung und die Motivation. Wann immer ich dich treffe, möchte ich losstürmen, hin zu dem Stern, dem Ideal. Alles besser machen. Und besser sein. Aber ich kann nicht. Ich stoße schnell an meine Grenzen. Und wenn ich nicht gehen kann, dann will ich nicht unglücklich sein damit, wo ich bin. Es ist zu anstrengend. Ich könnte das nicht durchhalten.«

Manaam senkte den Blick und barg seine Wange in Cahuans Hand. »Das ist vielleicht ein anderer Grund, warum ich dich bisher nicht so oft getroffen habe. Es ist zu schwer, immer wieder an ein Ideal erinnert zu werden, das ich doch nicht erreichen kann. Ich muss mich erholen. Wenn ich keine Veränderung bringen kann, will ich in Frieden sein damit, wie die Dinge sind. Selbst wenn sie sehr falsch sind.«

Cahuans Augen waren dunkel, als sie Manaams Gesicht suchten. Sie strich ihm eine Haarsträhne aus der Stirn, berührte zärtlich seine Haut.

»Ich liebe dich.«

Manaam prustete fast los. Er schüttelte den Kopf, mit einem leisen Lachen. »Cahuan!« Er zog sie ganz nah zu sich heran. »Was für eine Antwort ist denn das?«

Cahuan lächelte in seine Schulter. »Wahrheit?«, schlug sie vor. »Wenn auch nicht ideal, scheint's.«

Manaam lachte noch einmal leise auf. Er umarmte sie warm, vergrub seine Finger tief in der schwarz-grünen Mähne ihres Haares.

»Vielleicht ist es sogar ideal«, sagte er leise. »Vielleicht hast du da genau den Kern der Frage getroffen. Oder den der Antwort.«

21

»Die Minen wurden schon immer von Geistern heimgesucht.« Unter der breiten Krempe seines Hutes glänzten Pramus' Augen Naydeer an. »Die Bergleute wissen das. Die Wesen der Anderwelt fühlen sich gestört durch das Hämmern und Graben, durch das respektlose Eindringen der Menschen in ihr Reich. Sie wehren sich. Und wie viele Leben haben so schon ihr bitteres Ende gefunden!«

Pramus richtete sich hoch auf und strich mit der Hand über seinen langen Bart. »Und jetzt, wo ein leibhaftiger Dämon in Behrlem erschienen ist, braucht es mehr denn je den Schutz der Magie. Alle werden das einsehen.«

Pramus schritt im Salon auf und ab, mit langen, mächtigen Schritten, die gestickte Silberrunen in den Falten seiner Robe aufleuchten ließen. »Wir waren nachlässig. Es gibt schon eine ganze Reihe neuer Bergleute, die nicht durch das Ritual gegangen sind. Es könnte gefährlich werden. Wir sollten rasch handeln.«

Er drehte sich zu Naydeer um.

Sie stand ihm schweigend gegenüber, ihre Miene starr und ausdruckslos.

Dann neigte sie zustimmend den Kopf.

* * *

Es war still in der Hütte. Alle Kinder waren schon eingeschlafen. Und der Hüttenmeister auch. Hoffte Yunda zumindest.

Vorsichtig kroch sie unter der Galerie hervor, hin zu ihrer Werkbank. Sie kauerte sich darunter, den Fuß an exakt der Stelle, wo der Magja ihn hingestellt hatte, damals bei ihrer Initiation. Ihre Hände zitterten leicht, aber in ihren Augen lag wilde Entschlossenheit.

Sie zog einen Lehmklumpen aus der Tasche, fuhr sacht mit dem Finger über die Rundungen. Sie kniff die Augen zusammen, konnte aber die Konturen in der Dunkelheit kaum sehen. Doch ihr Gespür sagte ihr, dass es passte. Es war die Form einer menschlichen Hand, die Finger fest um den Daumen geschlossen.

Yunda biss sich auf die Lippen. Hoch konzentriert hob sie ihr Amulett an den Knöchel, beschrieb einen Kreis genau dort, wo die magischen Ketten sie fesselten. Es war schwierig, die ganze Umrundung in einer einzigen Bewegung zu machen, ohne abzusetzen. Aber schließlich hatte sie es geschafft.

Der Kreis war geschlossen.

Die Ketten waren geöffnet.

Yunda hielt den Atem an. Gebannt starrte sie auf den Boden. Kein Abgrund tat sich auf. Kein Dämon hob sein Haupt.

Ein stiller Triumphschrei schallte durch Yundas Herz. Jetzt wäre alles gewonnen! Sie robbte hinüber zur Hintertür, wo sie den Hüttenmeister hatte kommen und gehen sehen. Hier war der Riegel auf der Innenseite. Auf Knien liegend hob Yunda ihn an. Das Tor schwang auf, gerade mal einen Spalt, und Yunda zwängte sich hindurch wie eine Katze.

Die Nacht war rau und stürmisch. Dunkle Wolkenfetzen wurden vom harten Wind über den Himmel gepeitscht.

Yunda rannte, so schnell sie konnte. Sie fiel hin, stand auf und hastete weiter durch die Dunkelheit, den endlosen Hang hinunter.

Ihr Knie tat weh. Ihre Lunge brannte.

Konnte sie da die Schreie des Hüttenmeisters im Wind hören? Doch schon war sie bei den ersten Häusern der Stadt angekommen. Wie ein schwarzer Schatten flog Yunda um die Ecke – und landete direkt im Bauch eines großen, massigen Mannes.

* * *

Manaam hatte die Papiere selbst vorbei gebracht, auf einem seiner kurzen persönlichen Besuche in der Kuschelstube.

Nun blätterte Torly in Rechtstexten, die sie nicht lesen konnte. Alles auf Vanisch. Ein erster Entwurf.

Mit einer nur ganz leicht entschuldigenden Geste zog Lhut das unterste Papier aus Torlys Händen und las Enim und Cahuan die Passage vor, auf die er sich in ihrer Diskussion gerade bezog.

Yoor blickte über Torlys Schulter. »Ein Kinderbeutel.« Er begann, auf einem Bein zu hopsen und dabei den Oberkörper mit weit ausgebreiteten Armen von links nach rechts zu schwenken, wie ein Tänzer, der sich gemächlich überlegte, ob er vielleicht davonfliegen sollte. »Ein großer, runder Beutel«, wiederholte Yoor traumverloren. »Hmmm. Hm.« Er hielt plötzlich inne und drehte sich zu Torly um. »Sag mal. Ist das dann für alle?«

Torly blickte überrascht auf. »Der Beutel? Na ja, nein. Nicht für alle. Nur für Kinder in Not.«

»Ich meine, werden alle Leute Münz hineinwerfen können?« Ein heller Glanz trat in Yoors Augen. »Wir müssen Manaam fragen. Das wäre genau das Richtige! Genau, was wir brauchen. Für Varoonya. Wir werden den Leuten dort von Shebbetin erzählen, und natürlich wollen dann alle beitragen. Aber wie? Was sollen sie tun?«

Yoor breitete die Arme aus. »Das hier ist perfekt! Die Leute können mit dem Wandel schnell und einfach anfangen. Nicht nur das Bergbündnis erwählen. Sondern auch: direkt die Struktur verändern. Schluss mit Juwelen! Wirf die Münz in den Kinderbeutel!« Er klatschte in die Hände. »Für Kuschellauben statt Diamanten!«

* * *

»Die Bergleute würden da nie zustimmen.« Kaya schüttelte den Kopf. »Sie wollen die Minen sicher nicht schließen. Das ist immerhin ihr Leben. Ihre Arbeit. Und so schrecklich das Dasein in den Minen auch ist: Es ist besser als nichts.«

Der Wind spielte in den Blättern des Kuschelhofes, drehte und wendete sie und ließ sie mit einem leichten Seufzen fahren.

»Vielleicht könnte man sie fragen? Du kennst doch so viele.« Enim rieb sich mit der Hand über den Arm. »Sie könnten doch einmal untereinander beraten. Nachdenken, ob das nicht das Beste wäre.«

Cahuan blickte von ihrem Schnitzzeug auf. »Ja. Ich glaube, es würde viel gemeinsamen Ratschlag unter den Bergleuten brauchen. Den wir nur anstoßen können. Aber ich denke auch: Solange die Leute keine Alternative sehen, werden sie an ihrem Elend festhalten. Und nur die paar kleinen Verbesserungen fordern, die sie sich vorstellen können.«

Lhut schob die schlafende Quena sachte auf seine andere Schulter. »Dann erzählen wir ihnen von einer Alternative! So lange, bis sie beginnen, sich ihre eigene auszumalen.«

Er neigte den Kopf auf die Seite. »Ich kann das machen. Ich habe es schließlich selbst durchlebt. Ich war in der Mine. Und jetzt bin ich draußen, und glücklich in meinem neuen Leben angekommen. Wenn nun genug Münz für andere Arbeit hereinfließt, dann haben noch mehr Menschen die Chance, zu wechseln. Zu Kindern, oder zum Beispiel zu einer Bäckerei, wenn der bisherige Bäcker in eine Kuschellaube geht.«

Ein heftiges Rumpeln kam aus dem Gewusel hinten im Hof, gefolgt von aufgeregtem Stimmengewirr. Lhuts Blicke waren sofort bei den Kleinen, aber dann sprach er ruhig weiter. »Ich habe den Übergang auf die harte Tour gemacht.« Er strich über den Rand seines Schenkels. »Das müssen die anderen zum Glück nicht. Sie können auf ihren eigenen zwei Beinen hinausgehen, raus aus der Mine, hinein in eine bessere Arbeit, ein schöneres Leben. Meine Welt ist so viel reicher geworden, so viel wärmer und liebevoller. Ich kann allen davon erzählen.«

* * *

Eine erste Ahnung von Licht schlich sich in den endlosen Sommerhimmel, nicht mehr als ein fahler Schimmer über dem östlichen Horizont.

Yoor gähnte hemmungslos, als er zu den Ställen des Gasthofs hinüber stolperte. Im weichen Schein einer Laterne hatte Torly bereits die Pferde gesattelt. Yoor reichte ihr eine der Taschen, während er die andere auf dem Rücken seiner eigenen Stute festband. Müde lehnte er sein Haupt gegen den Nacken des Pferdes und wurde mit einem aufmunternden Schnauben an seinem Ohr belohnt.

Yoor und Torly stiegen in den Sattel. Die Luft war frisch, und die Pferde auch, schien's. In Erwartung eines langen Ritts über das Hochland tänzelten sie munter und ungeduldig über den Hof.

Aber als Torly auf die Gasse hinaus ritt, schoss ein Schatten hinter der Ecke hervor. Ihre Stute bäumte sich wild auf, Augen weit, Nüstern gebläht.

»Ho. Ho. Ganz ruhig.« Torly war mit Mühe im Sattel geblieben. Nun suchte sie mit schmalen Augen die Finsternis ab, wo sich ein schwarzer Umriss gegen die Wand gepresst hatte. »Hallo?«

Eine düstere Silhouette löste sich von der Mauer und verwandelte sich im Laternenlicht in Kaya. »Guten Morgen!« Ein schiefes Grinsen lag auf Kayas Gesicht. »Ich kommen richtige Moment, ja? Großes Überraschung!«

Torly schnaubte. »Ja, große Überraschung. Für unsere Pferde ganz besonders, aber selbst für uns.«

Yoor und Torly ließen sich wieder zu Boden gleiten.

Kaya winkte mit einer Ach-was-Geste ab. »Ich nur kommen sagen Adieu.« Sie drückte Yoor ein Bündel in die Hand, nicht mehr als ein zusammengeknotetes Tuch. Yoor hielt es mit einem fragenden Blick an seine Nase.

»Trockene Beere aus Berge. Für euch, für Varoonya. Damit ihr erinnern.« Kayas Augen glänzten. »Wir brauchen euch.«

Ihre Stimme wurde leise, eindringlich. »Wir bringen Bergbündnis, und Wandel in Shebbetin!«

Ein schelmisches Grinsen kam in ihre Züge, als sie Yoor einen schiefen Blick zuwarf. »Du machen Bergbündnis, und ich sagen du doch kein Tourist nicht. Du machen sehr gut, und ich auch sogar sagen Entschuldigung.« Ihre Augen wurden schmal. Sie drückte Torly und Yoor den Arm, in einem kurzen, festen Griff.

»Danke. Viel Glück!«

22

Der Wagen holperte über das Pflaster der engen Gassen von Varoonya und Yoor schmiegte sich enger an Torly, um besser aus dem Fenster schauen zu können.

Aber schon waren sie da. Die Kutsche hielt.

Es war eine laue Sommernacht, und trotz der späten Stunde war die Luft noch erfüllt vom Klang der Hufe und Räder, vom Gemurmel der Reisenden und Rufen aus den Gasthöfen. Lichterketten in allen Farben schimmerten rund um den Remisenplatz, umspielten Tore und Gassen, Türmchen und Balkone.

Yoor blickte sich unsicher um. Die magische Stickerei der Nacht hieß ihn mit ihrem sanften Leuchten willkommen, schenkte ihm das Bild eines verwinkelten Geheimnisses, einer verführerisch zwinkernden Schönheit.

»Danke«, murmelte Yoor. »Aber ich mir nicht mehr sicher, was Schmuck und Schönheit anbelangt.«

Torly lud das Gepäck zu ihren Füßen ab und Yoor zog sie zu sich heran. Suchend, fast bittend blickte er in ihre Augen. »Was ist nun mit dem Glauben, auf dem ich mein Leben aufgebaut habe? Dem Vertrauen in den Wert von bezaubernden Visionen, von charmanten Amüsements?«

Torlys Blicke folgten den leuchtenden Fäden aus Bernstein und Rosenrot, die die Ecke des Platzes umrahmten. Sie lehnte sich an Yoor und vergrub die Finger in seinem Haar.

»Die Menschen, die dies hier angebracht haben«, sagte sie bedächtig, »mussten dafür nicht leiden. Sie haben weder ihr Leben noch ihre Gesundheit riskiert. Das ist der Unterschied. Und auch du wirst nur umso strahlender und lebendiger, je mehr Visionen du erschaffst. Die Schönheit, die du kreierst, erwächst nicht aus Elend.«

*

Torly war zu ihrem Schlafsaal in der Akademie gegangen, um dort zu beweisen, dass sie noch lebte und dazugehörte.

Und so kam Yoor allein nach Hause.

Der Erkerbalkon hieß ihn willkommen, mit einem Himmel voller Sterne und einem Fluss voll schaukelnder Laternen.

Aber die Schlafzimmertür blickte ihn drohend an.

Yoor wusste nur zu gut, was dahinter auf ihn wartete. Seine Schritte wurden langsam, zaghaft.

Mit grimmiger Entschlossenheit legte er schließlich die Hand auf die Klinke und trat ein.

Drinnen war es dunkel. Nur eine dünne Mondsichel blickte durch das Fenster und warf einen gespenstisch fahlen Hauch in den Raum. Zum Glück hatte Yoor eine magische Laterne entzündet, und der sanfte, goldene Schein brachte tröstliche Wärme mit sich.

Aber trotzdem.

Yoor leckte sich über die Lippen, als er die Laterne abstellte und sich vor seinem Spiegeltisch aufbaute. Mit einem Ruck zog er die Schublade auf.

Das Kästchen war noch da. Wie zuvor. Aber es wirkte nun fremd, bedrohlich.

Zögerlich griff Yoor hinein.

Sein Blick fiel in den Spiegel, während er eine Kette in sein perlweißes Haar legte. In der Mitte seiner Stirn ruhte ein funkelnder Diamant. Yoor wand sich. Er sah sein eigenes Abbild, die blau schimmernde Haut. Den eisigen Glanz des Steins.

Übelkeit erfasste ihn, und sein Körper krümmte sich zusammen, als würde er sich gleich übergeben.

Mit einem Griff riss sich Yoor den Diamanten von der Haut.

Die Kette hing in seiner Hand wie eine dünne, giftige Schlange. Yoor hielt sie so weit weg von sich wie nur irgend möglich.

Er beobachtete sie.

Sie tat nichts. Sie hing schlaff am Ende seines ausgestreckten Arms, als wäre sie harmlos. Aber der verräterische Glanz war immer noch da, hart und kalt.

Vorsichtig griff Yoor nach einem Leinensäckchen in der Schublade.

Die Kette sank gehorsam hinein.

Yoor atmete tief aus.

Dann langte er erneut in die Lade und holte eine Brosche nach der anderen heraus, jeden Ring, jeden Reif, jedes goldene Kettchen. Langsam füllte sich das Säckchen. Wie ein Beutel, dachte Yoor. Ein voller, runder Beutel. Voll mit Kindern und Lebensglück.

Das Lächeln kehrte in sein Gesicht zurück, und auch in seine Augen, in die Tiefe seines Herzens.

* * *

»Hallo«, sagte Torly zu dem Büren.

Die Eingangshalle des Palastes summte mit emsigem Gemurmel und dem gedämpften Rhythmus zahlloser Schritte. Aus der kunstvollen Schnitzerei des Kabinenfensters zwinkerte ein hölzerner Kobold zu Torly herunter, und ein verführerischer Elf zeigte ihr zwischen wundersamen Blüten die nackte Schulter. Torly riss den Blick vom schlanken Schenkel des Elfen und wandte sich bewusst wieder dem Büren zu, der sie erwartungsvoll anblickte und mit den Fingerspitzen gegen das Holz trommelte.

»Ich wüsste gerne, was es braucht, damit ein neues Bündnis am Votum teilnehmen kann«, begann Torly. »Muss man sich registrieren? Wie und wo? Gibt es ein Dokument, wo das alles erklärt wird, mit jedem Schritt bis hin zum eigentlichen Votum selbst?«

Der Büre sah sie an, ohne zu antworten.

Die Stille zog sich hin.

Am Fuße der Luke hockte ein Troll auf einem hölzernen Stein, das Kinn nachdenklich in die Hand gestützt. Ein regloser Fluss wand sich um seine Füße. Unwillkürlich berührte Torly das stille Wasser mit dem Finger.

Der Büre tunkte den Pinsel in die Tusche.

»Kannst du mir hier eine Adresse hinterlegen, bitte?«

* * *

Lenoren war mit den anderen Ratsmitgliedern beim Treffen des Baldachin, und ihre Tochter machte inzwischen guten Gebrauch von dem Haus in Varoonya. Die Regenzeit hatte begonnen, und während draußen die Sintflut über Dächer und Gassen der Altstadt nieder ging, kuschelte Nin mit ihrer Clique auf einem Haufen Kissen und schaute mit großen Augen zu, wie das Hochland von Shebbetin sich von ihrem Zimmer aus in unendliche Weiten dehnte.

Yoor zeigte ihnen keine grandiose metaphorische Darbietung, wie er sie so oft auf die Bühne brachte, sondern einen persönlichen Bericht, eine bescheidene, leidenschaftliche Erzählung darüber, was er erfahren hatte.

Nin sah Lhut lachen und Kaya mit der flachen Hand gegen die Karrenwand schlagen. Sah Tote, die vor die Mine getragen wurden und einen Falken, der hoch droben in einem Himmel aus Flieder seine Kreise zog. Kinder mit knochigen Schultern und großen, leeren Augen, die angstvoll an einer Werkbank kauerten, bis die Wände ihrer Hütte zum Hof der Kuschellaube wurden, wo Cahuan gerade ein großes Wasserfass rollte, einen goldgrünen Schimmer auf ihren Armen. Ein Wrollic tanzte vorbei, gefolgt von einer gurrenden, lockenden Som und einer tapsenden kleinen Quena.

Yoor ließ die Visionen schwinden. Seine Worte verklangen.

Aber Nin war schon sicher. Jetzt mehr denn je. Dies war ihr Ruf.

* * *

Yoors Beine zuckten unter der Decke.

§§§ Die Berge waren verzaubert. Yoor wusste das. Auch wenn sie einfach nur aussahen wie ein weites, offenes Hochland voll blühender Wildkräuter. Aber Yoor konnte die Anderwelt in ihnen spüren.

Das Gras sah aus wie Gras, aber es wob unbekannte Muster voll geheimer Bedeutung, voller Absicht. Es flüsterte ihm zu, flüsterte mit dem Wind und den Bergen. Gab Botschaften weiter. Die raschelnden Halme erzählten von Yoor, liefen ihm voraus über den Hang, enthüllten seine Gegenwart. Wer auch immer hinter dem Kamm lag, unsichtbar, unerkannt, Yoor konnte sich nun nicht mehr verbergen.

Yoor stieg weiter bergan. Das Gras murmelte beruhigend. Es tröstete ihn jetzt. Begleitete ihn, half ihm. Es war ein Freund. Oder?

Yoor fühlte das Pochen seines Herzens. Der Himmel über ihm war von einem dunklen Blau, so tief und weit, dass der unendliche Raum darin erzitterte wie von einem fernen Klang, einem enormen Gong. Einem unheimlichen Ruf, der zu Yoor kam. Dies war sein Appell. Er musste oben über den Kamm. Yoor wusste das jetzt. Er musste hinauf und sehen, was auf der anderen Seite lag.

Yoor kämpfte sich die Steigung hinan. Seine Füße wurden schwerer und schwerer, hinunter gezogen vom Gewicht der Erde. Mit unendlicher Anstrengung machte Yoor den nächsten Schritt. Sein Atem kam stoßweise.

Ein harscher Wind blies ihm ins Gesicht. Als er sich der Kuppe näherte, wurde es ein Sturm, der ihn fast umwarf, zurückdrängte, hinunter zwang. Yoor wandte sich ab und schob sich mit der Schulter voran bergauf, gegen die Strömung, gegen einen reißenden Wildbach.

Plötzlich hörte der Wind auf.

Es war vollkommen still.

Yoor stand oben am Grat und schaute hinaus über die Lichtung, die sich vor ihm erstreckte. Ein Elf, ein Prinz, ein junger Mann von unglaublicher Schönheit saß auf einem umgestürzten Baum und weinte. Kristallklare Tränen liefen über seine Wangen, während seine Schultern von unhörbarem Schluchzen geschüttelt wurden. Kein Laut durchbrach das Schweigen. Die unheimliche Stille erstickte alles.

Die Füße des Elfen standen auf einem toten Kind. Ein Mädchen, grau vor Staub, ihr Gesicht verschmiert, ihre Kleider dreckig und zerrissen über einer Haut voller Schrammen. Ihre Beine waren unnatürlich verdreht. Um ihre Schulter schlang sich der Riemen eines Bergwerkkorbes, noch voller Geröll. Steine lagen auf der Brust des Mädchens, auf ihren Händen, in ihrem Haar. Auf dem Gesicht, das mit einem Juwel geschmückt war. Einem klaren, reinen Diamanten, der in der Mitte der Stirn ruhte. §§§

Mit einem Ruck erwachte Yoor. Die Stille der Nacht umfing ihn. Er schloss noch einmal die Augen. Dann stand er abrupt auf und erschuf das letzte Bild seines Traums wieder und wieder. Er warf Illusionen in die Dunkelheit seiner Kammer, ließ sie kommen, gehen, sich verändern.

Den Prinzen, sein seidiges Haar, seine anmutigen Glieder, umflossen von den elfenhaften Gewändern. Glänzende Tränen auf seinen Wangen.

Das Mädchen unter seinen Füßen.

Die Berge, der Himmel, die Weite. Sterne, die aus unendlicher Ferne uraltes Licht herunter sandten.

Das Gras, das flüstert, webt, erzählt. Das immer da ist.

Das Mädchen, das aufwacht, ein Wutgeheul in das Echo der Felsen schreit und davonläuft.

Ein Juwel, das zu Boden fällt. Oder ins Wasser, um langsam in der Tiefe zu versinken.

Yoor spürte nicht, wie die Zeit verging. Er war ganz in seinen Visionen gefangen, ließ sich von ihnen davontragen. Langsam wurde der Nachthimmel um Yoors Haus blass, dann golden.

Yoor lächelte. Das Gras hatte sich beruhigt. Es wiegte sich noch immer im Wind, aber es war einfach nur Gras. Da war keine Dringlichkeit mehr, keine Drohung, keine geheime Botschaft. Es sprach noch immer mit ihm, aber leise. In einem Streicheln, einem Wiegenlied.

Yoor lag auf dem Boden, in der Wiese seiner Illusionen, und schloss die Augen. Rund um ihn wogten die grünen Halme, bis sie nach und nach verblassten, durchsichtig wurden und verschwanden.

Yoors Atem war langsam und ruhig. Mit Mühe drückte er sich auf einem Ellbogen hoch und krabbelte zurück ins Bett. Er zog das Kissen über seinen Kopf und mit ihm eine Dunkelheit, in der er tief und traumlos schlief.

*

Eine Brise voller Blätterrascheln und Vogelgesang floss in warmen Wellen durch das offene Fenster, und kräftige Sonnenstrahlen kitzelten Yoor an der Nase. Er drehte sich im Bett um, wandte sich dem Licht und den Klängen zu, dankbar für die Zeichen von Leben nach der unheimlichen Stille, der lautlosen Welt des weinenden Prinzen. Er hielt seine Augen noch einen Moment lang geschlossen.

Dann angelte er sich das Papier neben seinem Bett und begann zu schreiben. Über die Szenen, die Abfolge. Die Musik und die Stille. Die Reihenfolge, in der die Dinge auftauchten. Oder wie sie sich verändern könnten.

Yoor spürte, wie hier etwas in die Wirklichkeit drängte. Wie dieser Traum wuchs und erblühte, und seine Früchte ihrer Bestimmung entgegen reiften.

Das war es, was ins Theater kommen sollte! Was die Welt sehen würde.

23

Ein Umschlag war in Yoors Haus eingetroffen, mit zwei eng beschriebenen Blättern darin. Und einer kleinen Notiz, auf der stand: ›In Beantwortung eurer Anfrage. Mit den besten Grüßen aus den Schreibstuben des Rates‹.

»Prächtig!« Begierig nahm Torly Yoor die Papiere aus der Hand.

»Ja.« Yoor schenkte ihr ein schiefes Lächeln. »Ich habe es durchgelesen und fast ein Zehntel davon verstanden. Dieser Text besteht hauptsächlich aus Verweisen auf andere Dokumente. Mir scheint, dies hier ist weniger die Antwort auf unsere Frage als unsere Leseliste für die nächsten Wochen.«

»Wunderbar«, antwortete Torly völlig unerschrocken. »Die Bibliothek hat mich ohnehin nur selten gesehen dieses Jahr. Es ist hoch an der Zeit. Ich darf mit charmanter Begleitung rechnen, nehme ich an?« Sie sah Yoor mit einer vornehm hochgezogenen Augenbraue an.

»Sehr charmant«, bestätigte Yoor mit funkelnden Augen und einer tiefen Verbeugung.

*

Feine Staubkörnchen schwebten durch den Lesesaal wie winzige Elfen, die vom Fenster zum Laternenlicht flogen, um sich gemächlich zwischen den alten Wälzern zur Ruhe zu setzen.

Torly hatte den Kopf in die Hände gestützt. Rund um sie häuften sich Pergamente, offene Bücher, ein paar Bambusrollen und diverse lose Blätter, die teilweise zwischen die Buchseiten geklemmt waren, vielleicht als Lesezeichen, vielleicht auch nur als Teil der allgemeinen Unordnung.

Torly fuhr sich mit den Fingern durchs Haar, um es zurück in den Nacken zu streichen. Ihr Blick blieb jedoch fix auf die Zeilen vor ihr gerichtet und hob sich erst, als eine Bewegung am anderen Ende des Tisches ihre Aufmerksamkeit forderte.

Yoor hatte seinen Stuhl zurückgeschoben und war im Begriff, hinaus zu gehen. Über die Schulter hinweg strahlte er sie an. Torly folgte.

Yoor erwartete sie in dem geräumigen Foyer.

»Na?«, fragte Torly. »Hast du etwas gefunden? Etwas Gutes?«

»Ja!« Yoors Augen leuchteten. »Das hoffe ich zumindest. Das glaube ich. Ich kann es kommen sehen!« Er begann, auf und ab zu gehen, während er ausladend gestikulierte. »Es ist immer noch im Hochland. Die Berge sind weit, groß, unendlich. Und in ihnen geschieht der Wandel. Ich werde das natürlich nicht so nennen, aber da sind–«

»Yoor!«, unterbrach Torly. »Was redest du da? Wo bist du? Hast du überhaupt einen dieser Texte gelesen? Oder hast du die ganze Zeit von Magie und Visionen geträumt?«

Yoor hielt überrascht inne. Einen Moment lang starrte er sie sprachlos an. Dann senkte er den Blick. »Ich habe in der Tat«, gestand er, »die ganze Zeit von Magie und Visionen geträumt. Es tut mir leid. Nein. Es kann mir nicht leid tun.« Ein glückliches Strahlen stahl sich unweigerlich wieder in seine Miene. »Es wird großartig. Du wirst sehen.«

Etwas gedämpfter fuhr er fort: »Aber ich entschuldige mich dafür, dass ich dich mit all diesen Dokumenten allein lasse. Mit all diesen Klauseln und Paragrafen. Ich bin wirklich keine Hilfe.«

Er kratzte sich am Hinterkopf. »Vielleicht sollte ich mich offiziell von dieser Aufgabe abmelden. Anstatt einfach nur weiter deine Hoffnungen zu enttäuschen. Und wenn du Unterstützung brauchst, dann lass sie uns anderswo suchen. Aber ich kann das hier nicht. So leid es mir tut. Ich kann ein Künstler sein, ein Träumer, ein Magier. Aber kein Rechtsgelehrter.«

Yoor trat einen Schritt auf Torly zu und lehnte den Kopf an ihre Schulter. »Aber wer wird dann all diese Nachforschungen anstellen? Kannst du das machen? Allein? Du scheinst ein unglaubliches Talent dafür zu haben. Du konzentrierst dich ja stundenlang, ohne den kleinsten Mucks. Haben wir eine verborgene Gabe an dir entdeckt? Eine heimliche Leidenschaft?«

Torly lachte. »Na, ich würde es nicht gerade eine Leidenschaft nennen. Aber ja, stimmt, es macht mir viel mehr Spaß, als ich gedacht hätte. Auch wenn es schwierig ist. Es ist ein bisschen wie ein Rätsel, eine Schatzsuche. Du findest einen ersten Hinweis, und wenn du ihm nachgehst, kommst du an einen völlig unbekannten Ort, einen fernen, unzugänglichen womöglich, den du kaum zu finden weißt. Aber wenn du einmal dort bist, kannst du triumphieren! Und deinen nächsten Hinweis in Händen halten, der dich zu neuen Ufern ruft. Es ist ziemlich aufregend!«

Ihre Finger vergruben sich in Yoors perlweißem Haar. »Auch wenn ich lieber mit dir gemeinsam auf Schatzsuche gehen würde.« Sie seufzte. »Aber vielleicht ist es besser so. Bleib du bei dem, was du kannst. Und was du liebst.«

Torly richtete sich hoch auf und legte ihre Hände auf Yoors Schultern. »Du hast meinen Segen. Gehe hin und sei ein Träumer!«

Sie küsste ihn auf die Stirn. Als sie zurücktrat, lag ein Funkeln in ihren Augen. »Während ich mich in mysteriösen Zeichen und alten Schriften vergraben werde. Um letztendlich glorreich daraus hervorzugehen, gekrönt mit der Macht, das Bergbündnis zu rufen und am Rad der Geschichte zu drehen!«

Torly schenkte ihm ein draufgängerisches Zwinkern. Dann verschwand sie wieder im Labyrinth der staubigen Pfade, auf denen die Vergangenheit die Gegenwart erschuf.

* * *

Tief im Inneren der Mine lagen die Bergleute auf Knien, dicht gedrängt, die Hände verkrampft an der Brust. Ihr Atem war flach.

Der Magja stand mit hoch erhobenen Armen vor ihnen. Eine raue, fremde Stimme kam aus seiner Kehle, ein archaischer Gesang, eine machtvolle Beschwörung, die schwarzen Rauch aus den Falten seiner Robe quellen ließ. In schweren Wellen kroch die Finsternis über den Boden, bis zu den knienden Menschen, und tauchte sie in einen düsteren Nebelsee.

Plötzlich zuckte ein Lichtblitz über sie hin, schlug mit gleißender Helligkeit in den Felsen direkt über dem Magja, der wie ein unwirklicher Schattenriss über ihnen thronte. Ohrenbetäubender Donner hallte durch den Tunnel.

In der drückenden Stille, die folgte, wurde der Rauch auf dem Boden leichenblass, ein dünnes, gespenstisches Weiß, das den Stein selbst aufzulösen schien und ihn fahl und durchscheinend machte.

Der Blick der Bergleute fiel in unendliche Tiefen unter ihnen, in einen Abgrund, aus dem schattenhafte Gestalten hervor schwammen.

Sie erschauderten.

Der Fels selbst schien zu knurren, zu grollen. Und während die Decke des Tunnels zu leuchten begann wie glühende Kohlen, drängte von unten das Dunkel in Richtung der Menschen.

»Sprecht mir nach!« Die Stimme des Magja hallte durch den Tunnel wie ein göttlicher Befehl.

Und die Bergleute gehorchten, ein konfuser, zerrütteter Chor.

Das feurige Glosen löste sich von der Decke und sank als goldener Schein über die Scheitel der Menschen, dann über ihre Schultern. Mit jedem Wort reichte er ein wenig tiefer, um ihre Körper schützend zu umhüllen.

Die hungrigen Geister der Berge klommen aus der Tiefe empor. Gierige Hände streckten sich durch das Gestein, griffen mit dünnen Krallen nach oben, zogen einen entstellten Schädel hinterher. Nur zwei Schritte vor dem Magja brach eine erste knochige Klaue durch den Boden.

Panik durchflutete die Stimmen der Bergleute. Hastig und heiser vollendeten sie ihren Schwur. »… mein Leben zu binden und zu halten, in ewiger Treue zu dieser Mine und ihrer Tseche.« Genau mit ihrem letzten Wort sank die goldene Glut der Luft ab bis zum Boden, berührte den kalten Stein und sandte Lavawellen hinab zu all den Spukgestalten, die dort ihren Aufstieg wagten.

Die Bergdämonen heulten auf. Schmerzgekrümmt warfen sie sich herum, wimmerten und schrien, stürzten ab in die Tiefe.

Mit aufgerissenen Augen starrten die Bergleute auf das bodenlose Loch, das sich weit unter ihnen auftat, um all das Grauen zu verschlingen.

* * *

»Warum, glaubt du, betreibe ich einen Ofen für Warmlinge?«

Kaya grinste Lasa breit an, während sie ihr half, die letzten Winterbeeren von den Ranken im Kuschelhof zu pflücken. »Ich komme so quer durch die ganze Stadt. Mit meinem Karren fahre ich alle Viertel ab, rede mit allen Leuten. Ich lerne sie kennen, sie lernen mich kennen, und manchmal lernen sie sich sogar untereinander besser kennen. Auch wenn sie natürlich alle schon ihre Freundinnen und Nachbarschaften haben. Ein ganzes Netz aus Verbindungen, aus Menschen, die alle wen kennen, der wen kennt. Und ich habe so viele Eingangstüren in dieses Geflecht!«

Lasa machte einen unsichtbaren Tretkarren startklar und Kaya schaufelte gehorsam heiße Steine hinein. »In den Monden vor Sonnwend, wenn es so bitter kalt wird, werde ich sogar mehrere Runden am Tag fahren. Was kann es Besseres geben, um eine Botschaft zu verbreiten? Ich treffe jeden Tag hunderte Leute! Und kann ihnen allen vom Votum erzählen und vom Bergbündnis!«

»Au ja!« Lasa war Feuer und Flamme. »Ich helfe dir. Du brauchst Unterstützung.« Und damit startete sie auch schon durch mit ihrem luftigen Tretkarren. »Warmlinge, Warmlinge!«, rief sie aus voller Lunge. »Kommt, Leute, kauft Warmlinge und hört die neuesten Nachrichten! Sehr gute Nachrichten! Sehr wichtige Nachrichten!« Sie hielt bei Lunin an und begann, ihm heiße Steine samt heißer Neuigkeiten zu verkaufen.

Kaya sah ihr zu. »Im Grunde hat sie recht. Wir brauchen mehr Menschen. Ich kann nicht die Einzige sein, die es allen erzählt.«

Pulan pfiff nachdenklich durch die Zähne. »Wir könnten auch gehen«, schlug sie mit einem fragenden Seitenblick auf Cahuan vor. »Wenn wir oft genug gehört haben, wie Kaya es macht, könnten wir auch selber mit den Leuten reden.«

Cahuan wiegte den Kopf hin und her und drehte sich mit gehobenen Augenbrauen zu Lhut um. Der zuckte mit der Schulter. »Ja. Warum nicht. Versuchen wir's. Ich will auf jeden Fall auch mitmachen. Wir schaffen es sicher nicht jeden Tag. Aber wenn genug Kinder anbieten, inzwischen zu Hause die Dinge am Laufen zu halten, können manche von uns gehen und über das Votum sprechen.«

Pulan und Som wechselten einen Blick und nickten entschlossen. »Wir sind dabei.«

Kaya sah sie mit stolzer Miene an, so als ob sie eigenhändig Mut und Begeisterung in diese jungen Seelen getragen hätte. Was zum Teil ja vielleicht sogar der Fall war.

Aber Kayas Gedanken wanderten schon weiter zur nächsten Chance, die sie hatten. »Wenn die Treffen losgehen, können wir dort auch weitere Leute rekrutieren. Da werden sich welche melden. Oder auffallen. Welche, die wir fragen können.«

Kayas Finger trommelten einen flotten Marsch auf ihren Schenkel. »Ja.« Ihre Augen glänzten. »Ich glaube, wir schaffen das.« Sie stand auf. »Sobald das Bergbündnis seine Fahne in Varoonya hisst, legen wir los!«

24

Auf ihrer Suche nach dem Schatz des Wissens drang Torly allmählich in ungewisse Gefilde vor. Zunächst stieg sie bloß die hintersten Leitern der entlegensten Galerien hinauf. Doch bald schon war sie in vergessenen Korridoren, in Archiven unter den Katakomben und knarrenden kleinen Kammern auf dem Dachboden.

In einer von diesen hatte sie sich heute niedergelassen, einer alten Leseecke, aus der das Mobiliar entfernt worden war. Ausgeliehen, wahrscheinlich, bis zu dem Moment, wo sich jemand erinnerte, wo das alles ursprünglich hergekommen war. Aber egal. Die Bücher waren noch da, zumindest dasjenige, das Torly brauchte. Sie zog es heraus und nieste. Zufrieden setzte sie sich im Schneidersitz auf den Boden und breitete ihren Wälzer im trüben Licht der Dachluke auf eine Truhe.

Während sie las, wickelte sie versonnen eine Locke um ihren Finger und zog daran im Rhythmus ihrer Gedanken.

Doch plötzlich stockte sie. Sie rückte näher heran und nahm das Buch in die Hände, um die Passage noch einmal zu lesen. Und noch einmal. Mit leeren Blicken starrte sie in die Ferne.

Dann fischte sie ein Blatt aus ihrer Tasche und begann hastig zu schreiben.

*

Vorsichtig lugte Torly durch den Türspalt.

Drinnen schien alles ruhig. Keine Gespenster, die aus den Schatten stiegen. Keine Drachen, die ihre Flügel spreizten. Keine weiten, endlosen Berge. Nur Yoor, der in seinem Erkerbalkon saß und in den regenschweren Himmel hinaus blickte.

Torly klopfte vorsichtig an den Türrahmen.

Yoor wandte den Kopf und lächelte. »Komm herein. Ich bin bereit, menschliche Gesellschaft zu empfangen.«

»Welch glücklicher Moment.« Torly kuschelte sich zu ihm und steckte die Nase in seinen Duft.

Aber dann setzte sie sich auf und sah ihn an. »Ich weiß, du hast dich offiziell zurückgezogen aus der großen Schatzsuche des Rechts. Aber … ich fürchte … wir sind in Schwierigkeiten.« Sie sah ihn fragend an. »Willst du es hören?«

»Ja.« Yoor richtete sich auf. »Bitte. Versuch es. Ich werde mein Bestes geben.«

Torly zog ihre Papiere heraus, las dann aber doch nicht vor. Stattdessen versuchte sie, es so zu erklären. Oder gleich zum Punkt zu kommen. »Es ist alles ziemlich verwirrend. Aber soweit ich verstehe, wird hier verlangt«, sie tippte auf die oberste Seite, »dass fünftausend Menschen die Registrierung des Bergbündnisses unterstützen. Wir müssen eine Liste mit all ihren Namen abgeben.«

Torly senkte den Kopf. »Und zwar in zehn Tagen.«

Vorsichtig blinzelte sie zu Yoor auf.

»Fünftausend Unterschriften«, sagte er. »In zehn Tagen.«

Torly nickte beklommen. »Wir haben spät angefangen, so kurz vor dem Votum. Jetzt ist alles schon sehr knapp.« Sie umarmte ihr Knie. »Ich bin sicher, Kaya könnte in Shebbetin fünftausend Unterschriften bekommen. Sogar mehr. Aber jetzt? So schnell? In der Zeit können wir nicht einmal einen Brief nach Shebbetin und zurück schicken. Und in Varoonya bekommen wir das nie zusammen. Oder?« Torly sah Yoor zweifelnd und hoffnungsvoll an.

Yoor lehnte sich zurück. Im Himmel rund um ihn begann der Regen zu fallen, winzige Tropfen, die unaufhaltsam dem Ruf der Schwerkraft folgten. Yoor seufzte und rutschte weiter ins Zimmer, weg von den kühlen Sprühnebeln.

»Darf ich mal sehen?«

Torly gab ihm das Papier, auf das sie so besorgt geklopft hatte.

Yoor las mit gerunzelter Stirn. Dann begann er noch einmal von vorne. Und von vorne. »Ach!« Er ließ das Blatt sinken. »Ich bin so froh, dass ich mich von dieser grässlichen Prüfung verabschiedet habe. Ich komme nicht einmal durch den ersten Absatz.« Er versuchte es noch einmal. »Was ist ›äquivalentes Gewicht‹?«

»Was?«

»Hier steht: ›mit der Unterstützung der Registrierung des besagten Bündnisses mit äquivalentem Gewicht fünftausend signierender Personen, die nach allen relevanten Regelungen berechtigt sind, am Votum im Sinne dieser Bestimmungen teilzunehmen‹.«

Yoor sah Torly fragend an.

Torly nahm das Blatt zurück und las mit zusammengekniffenen Augen.

»Keine Ahnung«, zuckte sie schließlich mit den Schultern. »Ich schätze, ich habe den Ausdruck einfach abgelegt, zusammen mit ›alle relevanten

Regelungen‹ und ›im Sinne dieser Bestimmungen‹. Wenn ich versuchen würde, das alles nachzuschlagen, wäre ich bald eine Mumie in einer staubigen Dachkammer oder irgendeinem muffigen Archiv. Die Bibliothek ist eine Falle, weißt du?« Torly grinste. Ihre Lebensgeister waren einfach nicht lange zu unterdrücken. Sie trommelte einen flotten Rhythmus mit den Fingerspitzen.

»Du hast recht«, fuhr Torly fort. »Oder nehmen wir einmal an, dass du recht hast. Dass es wirklich noch irgendwo einen Hoffnungsschimmer gibt. In ›äquivalentem Gewicht‹, zum Beispiel. Oder in Varoonya.«

Sie hüpfte auf. »Du kannst hier bleiben und eine Vision davon erschaffen, wie morgen bei Sonnenaufgang fünftausend Leute in Varoonya für das Bergbündnis unterschreiben. Oder wie wir mit einem Wimpernschlag nach Shebbetin fliegen. In der Zwischenzeit gehe ich und finde heraus, was ›äquivalentes Gewicht‹ bedeutet.«

Torly zog ihren großen Regenumhang vom Haken. »Aber falls ich zurück komme und sage, dass ich als nächstes ›alle relevanten Bestimmungen‹ nachschlage, dann bitte, halte mich auf. Ich bin noch jung, und ich will leben.« Mit einem letzten Augenzwinkern war sie verschwunden.

Yoor sah ihr nach, ein warmes Lächeln auf den Lippen.

*

Torly schüttelte Nebel und Regentropfen aus ihrem Umhang, bevor sie ihn zum Trockenen an den Haken hängte. Yoor lehnte im Erkerbalkon, ein Bein im Himmel, genau wie zuvor. Aber er hatte inzwischen Abendessen gekocht.

Voll Heißhunger tauchte Torly begierig ihre Nase in den Topf. Während sie sich eine dampfende Portion auf den Teller schaufelte, sah sie erwartungsvoll zu Yoor hinüber.

»Ich habe wunderbare Visionen erträumt, genau wie du vorgeschlagen hast«, berichtete er. »Leider muss ich zugeben, dass die reale Umsetzung innerhalb der nächsten zehn Tage etwas schwierig erscheint. Deshalb würde ich sagen, falls du etwas Hoffnungsfrohes zu berichten hast: Fangen wir lieber damit an.«

»Habe ich«, murmelte Torly mit vollem Mund. Sie schluckte hinunter und verlangsamte ihren Fortschritt beim Essen zugunsten ihres Berichts. »Ich habe meine Cousine gefragt. Deren Freundin eine Rechtsgelehrte ist. Und die sagt: Es geht darum, zu beweisen, dass ein Anliegen relevant ist. Und wenn fünftausend Leute sagen, es ist wichtig, dann ist es wichtig genug.« Torlys Augen glänzten. »Oder wenn jemand, der zumindest fünftausend Leute vertritt, das Gleiche sagt, dann reicht das auch.«

Torly zeigte mit dem Löffel auf Yoor. »Das heißt: Wenn zumindest ein Ratsmitglied für das Bergbündnis unterschreibt, haben wir gewonnen!«

Sie strahlte ihn an. Und warf sich auf ihr Essen.

Yoor schaute ihr verständnislos zu. »Ein Ratsmitglied?« Er rieb sich über das Kinn. »Ein Ratsmitglied. Aber die sind doch alle selber Teil eines Bündnisses. So sind sie ja in den Rat gekommen. Weil sie auf der Liste ihres Bündnisses waren. Also warum würden irgendwelche Ratsmitglieder ein anderes Bündnis unterstützen als ihr eigenes? Würden sie nicht, oder?«

»Nein, würden sie nicht«, gab Torly zu. »Du hast den Finger direkt auf den wundesten Punkt dieser Strategie gelegt.«

Sie gönnte sich noch einen großen Löffel köstlichen Currys. »Aber das ist alles, was wir haben«, sagte sie zufrieden. Da es keine andere Option gab, schien Torly zu implizieren, müsste diese eine Option sich wohl verpflichtet fühlen, ihr den Gefallen zu tun.

Yoor nickte vage. »Aha.« Seine Stimme schwamm suchend durch den Raum. »Was machen wir also?«

Torly hob die Augenbrauen. »Na, es gibt nur einen Weg, oder?«

* * *

Die dunklen Wolken brachen auf, und ein paar goldene Sonnenfinger zeigten durch die Palastfenster auf altes Holz und kunstvolle Teppiche. Lenoren ignorierte all die anmutige Schönheit, als sie die Tür hinter sich mit dem Fuß zustieß und stöhnend in ihren Stuhl sank. Es war ein langer Tag gewesen. Ein Tag voller Treffen und Gespräche, voll ausgetauschter Notizen, voll weiterer Sitzungsrunden.

Lenoren sprach gern mit Leuten. Wirklich gern. Aber manchmal war es auch einfach genug für einen Tag.

Sie lehnte sich zurück und rieb sich die Augen, dann den Ellbogen. Da hatte ihre geliebte alte Tunika heute einen Riss abbekommen. Nicht mal nur eine geplatzte Naht; nein, das hier würde einen richtigen Flicken brauchen. Lenoren seufzte. Sie kramte in ihrer Tasche und fand noch eine Stulle. Und die Wasserflasche war auch halb voll. Na immerhin.

Als Lenoren zu essen begann, brachte ihr das heftige Zustimmung aus der Bauchgegend ein und ein zunehmendes Gefühl von Wohligkeit im ganzen Körper. Sie summte ein wenig vor sich hin. Im Grunde war der Tag nicht so schlecht gewesen. Anstrengend, ja, aber sie hatten doch einiges erledigt. Gut erledigt, dachte Lenoren. Insofern war es das Ganze schon wert gewesen.

Sie zog einen Stapel Papiere aus der Tasche und legte ihn auf den Tisch, nicht ohne vorher noch schnell Krümel und Wassertropfen beiseite zu wischen. Ihre Unterlagen. Am besten sortierte sie die gleich durch, solange sie sich noch erinnern konnte, was was war und warum. Sie nahm ein Dokument nach dem anderen in die Hand und erschuf mehrere kleine Unterstapel sowie einen großen unordentlichen Haufen auf dem Boden.

Mit erheblichem Tempo näherte sie sich dem unteren Ende.

Was war das? Ach, noch Sachen vom Baldachin-Treffen. Na, das war doch eine schöne Art, den Tag abzuschließen, dachte Lenoren. Nicht nur, weil das Treffen des Baldachins vorbei war und insofern in einem schönen Kontrast stand zu Dingen, die sich für morgen auf die Tagesordnung drängten. Sondern auch, weil es gut gelaufen war. Fand Lenoren. Sie hatten einen Konsens erreicht, was die Stimmrechte der Länder innerhalb des Baldachins anbetraf. Eine wichtige Entscheidung. Und es würde nach der Zahl der Einwohnenden gehen, genau wie Lenoren es sich gewünscht hatte. Lenoren grunzte zufrieden und gab widerwillig zu, dass Zurres' Taktieren wieder einmal funktioniert hatte, so unsympathisch und vorgestrig Lenoren diese Vorgehensweise auch finden mochte.

Na jedenfalls, jetzt würde es eine Volksziffrung geben, in allen Regionen des Baldachins. Ein Haufen Arbeit, dachte Lenoren. Büren würden durchs ganze Land reisen, von überfüllten Städten bis zu einsamen Gehöften, und jede einzelne Person aufschreiben, die da lebte. Zum Glück gab es Leute in den Schreibstuben, die dafür zuständig waren, das zu organisieren. Leute, die nicht Lenoren waren.

Mit einem zufriedenen Seufzen biss Lenoren in ihre Stulle und legte die Füße auf den Tisch, während sie durch die allerletzten Papiere blätterte.

* * *

Fast alle von Nins Eltern waren versammelt und hatten noch eine Reihe weiterer Kinder mitgebracht. Es war eines dieser großen Familienessen. Dennoch war Nins Aufmerksamkeit ganz auf Lenoren gerichtet.

»Yoor braucht unsere Hilfe«, verkündete sie. »Nicht nur er, sondern alle. Die Berge rufen nach uns!«

»Tatsächlich?«, fragte Lenoren geistesabwesend, während sie quer über den Tisch nach einer weiteren Ladung Gemüse angelte.

»Ja, tatsächlich!« Empörung troff aus Nins Stimme. »Wenn du aufgepasst hättest, dann wüsstest du das mittlerweile! Die Berge brauchen uns dringend, sie rufen schon seit Jahrzehnten, und niemand hört sie! Und du bist im Rat und solltest das wissen, und außerdem etwas tun!«

Lenoren seufzte unhörbar.

»Zum Glück kannst du jetzt gleich etwas unternehmen, und es ist nicht einmal schwierig«, fuhr Nin fort, wieder etwas versöhnlicher.

»Das sind ja gute Neuigkeiten.« Sorgsam hielt Lenoren ihren sarkastischen Unterton im Zaum.

»Ja.« Nin nickte lebhaft. »Yoor wird morgen zu dir in den Palast kommen. Ich weiß jetzt nicht, um wie viel Uhr.«

»Ich auch nicht«, murmelte Lenoren.

»Er wird es dir selber erklären. Du musst ihr Dokument unterschreiben, damit das Bergbündnis beim nächsten Votum dabei sein kann. Sie können es ohne diese Unterschrift nicht tun, verstehst du?«

»Ach nein?« Lenoren hob eine Augenbraue, aber nur ein ganz kleines bisschen. »Na, dann brauche ich ja nichts weiter zu tun, als auf Yoors Besuch zu warten.« Als sie ihr Glas auffüllte, fing sie dankbar das leichte Zwinkern auf, das Qin Roh ihr mit mitfühlender Elternmiene von der anderen Seite des Tisches herüber schickte.

* * *

Lenoren schenkte Torly und Yoor eine höfliche Verbeugung, als sie sie verabschiedete. Ja, natürlich könnten sie die Dokumente bei ihr lassen. Lenoren würde sich melden, falls ihr noch etwas Hilfreiches dazu einfiel.

Zurres lehnte sich in ihre Ecke zurück. Aus schmalen Augen sah sie den beiden nach, wie sie durch den Salon der Erfrischungen davon gingen, in dem Lenoren sie empfangen hatte. Oder wo die beiden Lenoren abgefangen hatten, wenn man es so sehen wollte.

Der Salon war wie immer erfüllt von einem Gemurmel irgendwo zwischen Entspannung und Geschäftigkeit. Die Leute schlenderten auf und ab, nippten an Gläsern neben dem Wasserbrunnen, holten sich einen heißen Tee und eine Knabberei. Das Summen informeller Gespräche driftete durch den Raum, untermalt vom gleichmäßigen Plätschern des Brunnens.

Zurres mochte den Salon. Er war höchst nützlich. Sie stand auf.

Lenoren zuckte zusammen, als ein schwarzer Schatten sich unvermittelt über ihren Nacken beugte. Doch Zurres pflückte bloß ein paar Weintrauben aus der Schüssel neben Lenorens Schulter.

»Es ist gut gelaufen, letztlich, mit dem Baldachin, nicht?«, zischte sie in einer Art und Weise, die Lenoren alles andere als ›gut‹ denken ließ.

»Könnte noch auf viele Arten nützlich sein«, fuhr Zurres unaufhaltsam fort. »Die Volksziffrung, zum Beispiel. Was, wenn herauskäme, dass in irgendeiner entlegenen Gegend viel mehr Leute wohnen als gedacht? Das gibt mehr Stimmen im Votum. Zu schade, dass niemand von uns Zeit haben wird, dort zu werben. Man kann nur hoffen, dass irgendeine kleine lokale Gruppe aktiv wird. Die würden natürlich niemals selbst in den Rat kommen. Aber das heißt, dass all die Stimmen, die sie sammeln, zum Schluss einem anderen Bündnis zugeschlagen werden. Und falls es das unsere ist, wäre das ein Gewinn.«

Eine letzte Weintraube fand ihr Ende zwischen Zurres' Zähnen. Lenoren meinte ein leichtes Knacken zu hören. Irritiert wandte sie sich um, doch noch ehe sie den Mund aufmachen konnte, stob Zurres in einem Wirbel aus schwarzer Robe davon.

*

Lenoren saß am Schreibtisch und drehte die Papiere des Bergbündnisses in ihren Händen hin und her. Und die Worte der grauen Eminenz in ihrem Kopf. Lenoren schnalzte irritiert mit der Zunge. Musste Zurres das machen? Konnte sie nicht einfach direkt und geradeheraus reden, und dabei halbwegs aufrichtig wirken? Wir waren hier schließlich nicht in der Zeit vor dem Wandel, wo Komplotte und Intrigen vielleicht normales Verhalten gewesen waren.

Na, wie auch immer. Also was war es jetzt, was Zurres ihr hatte mitteilen wollen?

Dass hier ein schöner und einfacher Weg war, das Bündnis des Kranich beim Votum besser abschneiden zu lassen, vermutlich. Indem man ein lokales Bündnis die Werbung machen ließ.

Eine Idee, die Zurres Lenoren genau in dem Moment präsentierte, da ein lokales Bündnis Lenorens Unterstützung suchte. Und ihre Tochter sie bei Frühstück und Abendessen bearbeitete und Lenoren selbst sowieso starke Sympathien für das Anliegen hegte.

Lenoren grunzte, unsicher, ob sie auf Zurres wütend war, auf sich selbst oder auf Nin und diese unbedarften Leute vom Bergbündnis. Oder auf die Welt im Allgemeinen, weil sie so unübersichtlich und kompliziert war, statt einfach und handhabbar.

Obwohl – in dem Fall war sie vielleicht ohnehin handhabbar? Immerhin wiesen alle Indizien in die gleiche Richtung.

Jedes Bündnis musste bei der Registrierung angeben, an wen die Stimmen gehen sollten, falls das Bündnis selbst es nicht in den Rat schaffen sollte. Lenoren brauchte bloß sicher zu stellen, dass an dieser Stelle der Kranich genannt wurde. Das war alles.

* * *

Ein dicker Brief war in Yoors Haus angekommen. Vom Palast.

Mit großen Augen drehte Yoor sich zu Torly um. »Stell dir vor.« Er schüttelte sachte den Kopf, als wollte er sicherstellen, dass er wach war. »Lenoren hat unterschrieben. Hat sie wirklich.« Yoor winkte mit dem Umschlag in seiner Hand, ganz vorsichtig, so als drohte der plötzlich zu Staub zu zerfallen. »Lenoren, getreues Mitglied im Bündnis des Kranich, hat für das Bergbündnis unterschrieben. Und es damit ins Leben gerufen.«

Torly griff nach den Papieren. Sie sah genauso ungläubig drein wie Yoor. Sie drehte und wendete das Dokument, so als würde es sich damit weiter erklären.

»Da ist eine Notiz dabei.« Yoor zog sie zwischen Torlys Fingern heraus und begann zu lesen. »Es freut Lenoren, uns diese Dokumente zusenden zu können. Sie hat Rechtsgelehrte drüber gehen lassen und ein paar kleine

Änderungen gemacht. Falls alles in unserem Sinne ist, dann brauchen wir es nur noch rechtzeitig einzureichen. Beste Grüße und viel Glück!«

Torly starrte auf die Papiere in ihrer Hand. »Nun, uns freut es auch, dass Lenoren uns diese Dokumente zusenden konnte.« Ihre Stimme schwankte. Sie fuhr sich mit der Hand über das Kinn. »Sowas. Wer hätte je gedacht, dass das funktioniert?«

Yoor prustete los. »Na, du dachtest das! Du hast uns doch da durch gelotst!«

»Ach ja?« Ein koboldhaftes Grinsen stahl sich in Torlys Züge. »Stimmt. Natürlich habe ich das gedacht. Oder – gewusst!«

25

»Die Flagge ist gehisst!« Kaya schlug Enim so fest auf den Rücken, dass er den Brief in seinen Fingern zerknitterte. Kayas Augen glänzten gefährlich. »Es geht los! Nun treten wir aus dem Schatten! Alle werden uns sehen!« Ihre Augen wurden schmal. Ihre nächsten Worte waren nur noch ein zischendes Flüstern.

»Auch Naydeer.«

* * *

Der kleine Hof lag mitten im Schlösschen, hinter hundert Wendungen eines steinernen Labyrinths, und so pfiff dort zumindest der Wind nicht mehr so scharf. Und all der Regen wurde sorgsam von den Dächern in die Zisternen geleitet, statt in Kayas Nacken.

Kaya ignorierte die letzten Warmlinge in ihrem Karren, die wohl niemand mehr kaufen würde, wenn sie hier stehen blieb, anstatt weiter zu ziehen. Aber sie hatte allen Grund.

Kaya wippte auf den Zehen und ließ ihren Blick über die Menschen schweifen, die noch bei dem Karren geblieben waren, um ein wenig zuzuhören, ein wenig mitzureden. Direkt vor ihr stand ein dünner alter Mann mit einer hellen Fellmütze, die wie ein riesiger weißer Haarschopf über seinem dunklen Gesicht thronte. Und tatsächlich waren die wenigen Locken, die darunter hervor schauten, durch und durch silbern.

Slunyew. So hatte er sich vorgestellt. Nun brummte er mit einer tiefen, heiseren Stimme in die versammelte Runde. »Natürlich werden sie es wissen. Du kannst ja im Schlösschen nicht einmal hüsteln, ohne dass jemand es merkt und weiter sagt.« Er machte eine ruhige Handbewegung. »Na und? Dann wissen sie es halt.« Slunyew stand mit beiden Beinen fest auf dem Boden, gelassen wie ein Baum.

Neben ihm hüpfte ein Junge nahezu vor Begeisterung. »Sollen sie ja auch!«, rief der Bursche lauthals. »Alle sollen es hören, und kommen! Wir machen eine Versammlung! Zum Votum!«

Ein bulliger Mann neigte zweifelnd den Kopf zur Seite, sagte aber nichts. Ein anderer stahl sich unauffällig davon.

Eine Frau in einem dicken braunen Wollschal warf noch eine Frage ein, während sie auf ihren Schuh blickte und rhythmisch mit dem Ballen gegen den Boden stieß. Ihre Tochter hatte die Arme über der Brust verschränkt und durchbohrte Kaya mit fragenden Blicken.

Langsam kroch die Nacht in die verwinkelten Gassen des Schlösschens.

Slunyew klappte die Seiten seiner Fellmütze über die Ohren. Sein ruhiges Brummen wob sich gleichmäßig unter die anderen Stimmen, ein leiser, beständiger Bass, der Boden unter allen Füßen bot.

Als Kaya heimging, waren Zeit und Ort für die Versammlung fixiert.

* * *

Cahuans Blick ruhte auf dem massigen Körper von Herun, der in der Ecke saß und leise sang. Quena war in seinem Schoß eingeschlafen, ihr verdrücktes Engelsgesicht an seinen Bauch gepresst, die kleinen Finger um Heruns Daumen gewunden. Sie seufzte im Schlaf.

»Gehen wir ins Bett«, wisperte Herun den Zwillingen zu, die mit halb geschlossenen Augen neben ihm saßen. Herun trug Quena nach hinten. Die Zwillinge kuschelten sich daneben und waren eingeschlafen, noch bevor Herun sie alle richtig zugedeckt hatte. Da und dort im Raum murmelte ein schläfriges Kind. Drei der Jungs hockten noch neben der Tür und flüsterten sich Geheimnisse ins Ohr.

Herun stieg vorsichtig zwischen den auf dem Boden liegenden Kindern hindurch. »Ich gehe jetzt«, sagte er leise zu Cahuan. »Aber ich kann nächste Woche für vier Tage wiederkommen, wenn euch das passt?«

»Ja.« Cahuan lächelte. »Das wäre großartig. Du bist richtig gut!«

Herun errötete leicht. »Danke. Ich bin auch wirklich gerne da. Es ist schön zu sehen, wie ihr das hier macht. Wie ihr miteinander seid. Ich lerne viel bei euch.« Er kauerte sich neben Cahuan und umarmte sie. »Bis nächste Woche dann.« Er winkte noch einmal zurück in die Kuschellaube und duckte sich aus der Tür.

»Er ist wirklich etwas Besonderes.« Lhut sah Herun nachdenklich hinterher. »Von all den Leuten, die wir bisher gebeten haben, eine Zeit lang mit uns zu arbeiten, waren viele gut, und auch nett. Aber Herun ist außergewöhnlich.«

Lhuts Augen wurden schmal. »So viel wird von einem einzelnen Menschen abhängen. Von seinem Herzen, seinem Geist, seiner Kraft.«

Er hob den Kopf und sah Cahuan direkt in die Augen.

»Haben wir unseren Helden gefunden?«

* * *

In einer schmalen Kammer inmitten des Schlösschens stand Yunda vor einer Spiegelscherbe, die sie im Regal gegen die Wand gelehnt hatte.

Ein dünnes, drahtiges Mädchen schaute zu ihr zurück. Eines mit ganz kurzen Haaren und einem riesigen violetten Schal, den sie wie einen Sari um ihren Körper geschlungen hatte. Sie kam Yunda bekannt vor. Und auch ganz unbekannt. Sie sah völlig anders aus als das Mädchen, das in jener Nacht mit flatternden Haaren und um die Beine schlagenden Hosen aus der Werkshütte gerannt war. Völlig anders. Hoffte Yunda. Und doch …

Sie presste sich flach gegen die Wand neben dem Fenster und lugte hinaus auf die Gasse. Eine Frau ging vorbei. Dann zwei Männer, in die andere Richtung. Keiner von ihnen war der Hüttenmeister. Oder jemand, den sie kannte, der sie erkennen würde.

Vorsichtig beugte Yunda sich etwas weiter vor. Wie lange würde es wohl dauern, bis der Meister es aufgab, nach ihr zu suchen? Sehr lange?

Es war ja nicht so, als ob ihm inzwischen die Kinder ausgehen würden. Die gab es immer zuhauf. Er hatte bestimmt inzwischen schon ein neues besorgt, das Yundas Platz einnahm. Und die anderen waren wohl alle noch da. Es kam schließlich nicht alle Tage vor, dass ein Kind aus den Hütten davonlief. Aber sie hatte es getan! Yunda reckte stolz die Brust.

Und jetzt war sie hier. Bei Herun.

Herun, der versprochen hatte, ihr zu helfen, als sie in wilder Flucht in ihn hineingerannt war. Der sie verstecken würde, solange es nötig war, und ihr selbst danach noch Essen und ein Dach über dem Kopf geben. Yunda wickelte sich enger in ihren violetten Schal und steckte die Nase hinein, um die Spuren von Heruns Geruch, die noch darin hingen, zu schnuppern.

Dann hob sie den Kopf und machte einen kleinen Sprung, ein Mittelding aus einem Tanzschritt und dem Ausfall einer Fechterin. Damit stand sie wieder vor dem Spiegel und warf einen fordernd forschen Blick hinein.

* * *

Mit geübten Bewegungen half Kaya Lhut, aus dem Schubkarren zu steigen und sich auf den Tisch zu setzen. Kaya blickte sich um und nickte zufrieden. Das hier würde funktionieren.

Slunyew hatte den Tisch wie ein improvisiertes Podest an die Wand gerückt und alles andere aus dem Raum entfernt, damit genug Platz wäre. Und den würden sie tatsächlich brauchen, so wie es aussah. Das Zimmer war nicht groß, und schon jetzt standen die Menschen dicht an dicht. Und immer weitere drängten noch zur Tür herein. Slunyews raues Brummen hieß alle willkommen.

»Alles klar?«, fragte Kaya Lhut. »Bist du bereit, aufrührerische Reden zu schwingen und alle Fragen zu beantworten?«

Lhut grinste und nickte.

»Dann überlasse ich dich mal deiner Versammlung«, fuhr Kaya fort, »und mache mich auf zu meiner. Ich komme nachher wieder hier vorbei und hole dich ab. Viel Glück!« Sie küsste ihn.

»Som und ich kommen mit dir, Kaya«, informierte Pulan sie und pfiff bekräftigend durch die Zähne. »Wir haben Lhut jetzt schon zweimal gehört und wir würden gerne wissen, wie du es machst. Ob du etwas anderes sagst.«

»Nicht allzu anders, hoffe ich.« Kaya zwinkerte ihr zu.

»Aber ihr werdet ja sehen.«

* * *

Herun winkte eine Abschiedsrunde quer durch die Kuschellaube und trat hinaus in die feuchte, matschige Gasse.

Große dunkle Augen beobachteten ihn. Herum merkte es. Er wurde langsamer, und dann noch langsamer. Schließlich kam er schon fast zum Stehen. Er schien nirgendwo hinzublicken, nur ein bisschen hier oder da, auf seine Schuhe, die Dächer, den Himmel.

Schließlich gab es eine kleine Bewegung hinter der Straßenecke. Und ein dünner, dreckiger Junge von etwa sieben Jahren schaute hervor. Vorsichtig musterte er Herun, bevor er weiter hervorkroch und sich an der Wand entlang drückte, bis er nur noch wenige Schritte entfernt war.

Herun sah den Jungen noch immer nicht direkt an. Stattdessen blickte er auf den Boden, wippte ein wenig auf den Fersen.

»Jaja«, murmelte Herun. »Genau. Ich gehe grad noch einmal hinein und komme mit etwas Essen zurück.« Mit dem Jungen im Augenwinkel machte er langsam kehrt und ging zurück in die Kuschellaube.

Enim hatte all das von seinem Fenster aus gesehen. Und stand nur mit schmalen Augen und einem Jucken in seinem Unterbewusstsein an der Scheibe. Irgendetwas an dieser Szene … irgendetwas an diesem Jungen … was war es?

Da kam ein zweiter Schatten hervorgekrochen, von genau der gleichen Ecke, wo der Junge sich versteckt hatte. Ein kleines Mädchen.

Und plötzlich wusste Enim es wieder. Das war die Kleine, die ihn angefallen hatte in seinen ersten Tagen in Shebbetin, in jenem schrecklichen, unheimlichen Randbezirk. Diesem Ort voller Gewalt und Verzweiflung. Sie hatte ihn gebissen, bis ihr Bruder gekommen war, um sie wegzuzerren.

Das waren die zwei. Diese beiden Kinder.

Jetzt waren sie hier. Hier, wo Herun auf sie wartete, ruhig und geduldig, und sich ihnen annäherte wie einem scheuen Tier. Sich von ihnen beschnuppern ließ, sich kennenlernen ließ, bis die zwei genug Vertrauen hatten, um näher zu kommen. Um Essen von ihm anzunehmen.

Um zuzulassen, dass er mit ihnen sprach. So wie jetzt.

Enim sah, wie Herun mit einer Schale kalter Kartoffeln zurückkam. Er stellte sie auf ein Fensterbrett, wo der Junge sie sofort schnappte und seiner Schwester eine herausgab. Beide zogen sich zurück zum Essen, aber wie sie dort gegen die Hauswand gedrückt hockten, erlaubten sie Herun doch, sich ein Stück weiter weg daneben zu hocken. Und mit ihnen zu reden, leise, den Blick hinaus auf die Straße gerichtet, aber die Aufmerksamkeit immer bei ihnen, ganz bei ihnen.

26

Ein kalter Wind pfiff von den Bergen herunter und rüttelte an den Fensterläden. Die Nacht war nicht mehr fern.

Mit einer geübten Geste zog Kaya die lange Schaufel aus dem Ofen und warf die letzte Ladung Warmlinge in den Tretkarren. Sie drückte den Deckel fest auf die dicken, gedoppelten Außenwände.

»Fertig.« Sie drehte sich zu Slunyew um, der mit einem zustimmenden Brummen seinen Umhang zuknöpfte. Ein tiefes Leuchten kam in Kayas Augen, als sie ihn anschaute. War es einfach Glück gewesen, dass der erste Mensch, der auf ihre Votumswerbung eingestiegen war, sich auch als der beste erwiesen hatte? Und seither jeden Tag ein Stück mehr in ihr Team hinein wuchs?

Stolz und glücklich klopfte Kaya auf den Karrenrand. »Du fährst heute wieder zu den Vierteln im Süden, richtig?«

»Ja.« Slunyew schaute noch einmal in den Karren, um sicher zu stellen, dass Kaya ihn nur halb voll gemacht hatte, so dass das Treten für ihn nicht zu schwer wurde. Mit einem Nicken band er seine Fellmütze über die Ohren. »Ich war vor über einer Woche dort, und damals ist es recht gut gelaufen. Die Leute waren interessiert. Auch vorsichtig und skeptisch. Aber doch interessiert. Mal sehen, wie weit es inzwischen gediehen ist. Ob sie untereinander gesprochen haben. Über das Votum. Darüber, ob sie eine Versammlung abhalten wollen. Nur, um weitere Informationen zu bekommen, natürlich. Niemand muss sich im Vorhinein zu irgendetwas verpflichten. Du weißt schon. Also, ich fahre mal hin und schaue. Und werde dir dann berichten!« Slunyew schenkte Kaya ein breites Grinsen, bevor er sich auf den Karren schwang und in die Nacht davon radelte.

Kaya stand in der offenen Tür. Ein Windstoß fuhr herein und ließ eine Staubwolke vor der Ofenklappe aufglühen wie einen feurigen Geist.

* * *

Der graue, drückende Himmel ließ selbst die prachtvollen Villen der Tsechen trübe und feindselig aussehen.

In ihrem Studierzimmer schritt Naydeer langsam über das Parkett, die Hände im Rücken verschränkt, die Miene hart.

Der junge Mann erstattete Bericht. Er war blass, selbst für jemanden mit so heller Haut, und seine Frisur schien so minutiös arrangiert, als hätte er eine besondere Magie gewirkt, damit auch nicht ein einziges Haar aus der Reihe fallen konnte. Er blickte zu Boden. Seine spärlichen Gesten waren eckig und abgehackt, seine Stimme heiser und monoton.

Schließlich kam er mit seinem Rapport zum Ende. Er räusperte sich und verharrte in seiner steifen, hölzernen Pose.

Naydeer stand vor dem Fenster und blickte hinaus. Draußen heulte der Wind durch den Garten und riss mit Gewalt an den Ästen.

Naydeer wandte sich um. Ihre Stimme war kalt, ausdruckslos. Doch ihre Worte erreichten den jungen Mann ohne Fehl.

»Schick jemanden, Joonster.«

* * *

Herun klopfte an die Tür des Nachbarhauses. Ein fünfjähriger Junge öffnete einen Spalt und lugte hinaus in die Kälte.

»Hallo.« Herun strich dem Jungen über den Kopf, als er hereinkam. »Wie geht es deinem Vater?«

»Noch immer genauso.« Der Kleine deutete auf das Bett.

Herun trat einen Schritt näher. Mit besorgten Blicken musterte er den dünnen, zerbrechlichen Mann, der darin lag, sah die graue Haut, den flachen Atem. »Quinetopu?«, flüsterte Herun.

Die Augenlider des Kranken flatterten. Seine Hand zuckte, als wollte er sie heben, zum Gruße vielleicht. Doch sie fiel gleich wieder schlaff zurück. Herun seufzte. Genau so hatten sie Quinetopu aus der Mine nach Hause gebracht. Es wurde nicht besser.

Herun drehte sich um. »Holst du deinen Bruder?«, fragte er den Jungen. »Ich habe euch allen frische Warmlinge und eine Mahlzeit mitgebracht. Ihr Kinder könnt essen, während ich Quinetopu mit seiner Suppe helfe.«

* * *

Herun ließ seine massige Schulter gegen die Wand der Kuschelstube fallen. Er rieb sich mit der Hand übers Gesicht. »Quinetopu war immer schon zart«, sagte er mit schwerer Stimme zu Cahuan. »Er ist nicht der Typ für ein Bergwerk. Er hält das nicht aus. Harte Arbeit und dann noch harte Winter, das ist einfach zu viel. Er hätte ein Büre werden sollen, oder sonst etwas, wo er an einem Tisch sitzen kann um zu arbeiten. In einer warmen Stube, mit ausreichend Essen. Aber so hatte er nichts von alledem. Und hat sich in der Mine langsam aber sicher zu Tode gearbeitet.«

Herun seufzte. Er stieß sich von der Wand ab. »Ich fürchte, diesmal wird er sich nicht mehr erholen. Und wenn er stirbt, sind seine beiden Jungen allein.«

Er zeichnete mit dem Fuß ein Muster auf den Boden. »Außer, natürlich, dass sie bei mir sein werden.« Herun blickte auf und sah Cahuan direkt in die Augen. »Wir können nicht länger warten. Wir brauchen eine neue Kuschellaube. Jetzt.«

* * *

Der eisige Wind war tagelang durch das Tal gebraust und hatte Shebbetin in einen Ort verwandelt, an dem die Menschen mit hochgezogenen Schultern und grimmigen Blicken aneinander vorbei hasteten, ohne sich wirklich zu sehen. Erst jetzt ließ sein Heulen nach und menschliche Laute gewannen langsam wieder die Oberhand.

Die kleine Quena und beide Zwillinge hatten sich verkühlt und beklagten sich in ihrem fiebrigen Zustand laut und ausdauernd über ihr Leiden. Lhut und Cahuan versuchten, sie zu trösten und gleichzeitig dafür zu sorgen, dass sich nicht alle anderen ansteckten. Zu allem Überdruss hatten außerdem Pulan und Som eine Art Beziehungskrise, die sich in einem Wechsel von heftigem Streit und frostigem Schweigen ausdrückte und Anspannung bis in den letzten Winkel der Kuschellaube kriechen ließ. Schließlich hatte Cahuan die beiden zu jeweils einer Freundin im Schlösschen geschickt, um zu fragen, ob sie diese Nacht dort schlafen könnten. Und vier von den kleineren waren ohnehin schon drüben bei den Ältesten.

Aber trotzdem. Es war einer von diesen Tagen.

Cahuan war ausgelaugt und richtig froh, am Abend hinaus gehen zu können, um Manaams Ruf Folge zu leisten. Zum Glück war Kaya nach ihrer letzten Runde mit dem Karren in die Kuschelstube gekommen und stärkte Lhut den Rücken.

Cahuan ließ sich Zeit auf dem Weg durch die Stadt, schaute hinauf in den Abendhimmel, atmete tief durch und war dankbar für die vergleichsweise laue Luft. Als sie bei Manaams Haus ankam, war sie schon deutlich erholter.

Sie hockte sich auf die Fensterbank im Salon und blickte Manaam erwartungsvoll an. »Ich dachte, wir sind schon durch mit den Rechtstexten für den Kinderbeutel. Ist dir noch etwas aufgefallen?«

»Ja«, sagte Manaam steif. »Mir ist noch etwas aufgefallen. Und ich wünschte, ich müsste es nicht zur Sprache zu bringen.«

Er stand hinter einem hohen Polstersessel und hielt sich an der Lehne fest. »Es geht allerdings nicht um die Rechtstexte. Die sind in Ordnung, soweit ich sehe.« Er hielt inne. »Es geht um die Feier mit den Tsechen.«

Der Sessel schabte über den Boden als Manaam ihn unruhig vor und zurück rückte. »Es ist ohnehin offensichtlich. In gewisser Weise. Und dennoch. Ich habe es bisher nicht beachtet. Aber ich kann es nicht länger vermeiden. Denn selbst wenn ich bei der Feier irgendwie ausweichen könnte – das Thema würde uns doch wieder einholen. Früher oder später.«

Er warf Cahuan einen unsicheren Blick zu. »Vielleicht weißt du es ohnehin schon, hast es längst durchschaut.« Seine Finger vergruben sich in dem feinen Tuch, der als Überwurf über dem Sessel lag. »Aber vielleicht auch nicht. Vielleicht hast du es ebenso sehr übersehen, ebenso sehr verdrängt wie ich. Und wirst jetzt, wenn es dir klar wird, über alle Maßen getroffen sein.«

Manaam drehte sich weg und zog dabei versehentlich das Tuch vom Sessel. Eine Polsterung mit abscheulichem Muster kam darunter zum Vorschein. Manaam knüllte den Überwurf zu einem losen Ball zusammen und warf ihn zurück auf den Sitz. »Ich hoffe, dass es dich nicht zu sehr schockiert. Dass du dich nicht von mir abwendest.« Er senkte den Kopf. »Ich weiß es nicht. Aber das Beste, was ich tun kann, ist, ehrlich zu dir zu sein. Und dir zu sagen, wer ich bin, und was ich tun werde. Selbst wenn es … nicht schön ist.«

Er verstummte.

Cahuan glitt von der Fensterbank und kam zu ihm herüber. Sie stand ganz nahe bei ihm, die Hand auf seiner Schulter. Manaams Arm legte sich um ihre Taille. Aber sein Körper war steif. »Ja, genau«, sagte er. »Darum geht es.«

Er machte einen Schritt zurück. »Wir sind uns sehr nahe. Aber ich werde in der Öffentlichkeit nicht zu dir stehen. In Gesellschaft der anderen Tsechen werde ich mich benehmen, als wäre ich einer von ihnen, mit ihren Werten, ihren Gewohnheiten. Und ich werde mich sogar tatsächlich so fühlen, in gewisser Weise. Ansonsten würde ich es nicht durchhalten. Ich bin kein großartiger Schauspieler. Ich kann keine Haltung an den Tag legen, die ich nicht auch wirklich in mir trage. Ich muss es fühlen, um es ausdrücken zu können.«

Er leckte sich über die Lippen. »Und diese Haltung wird eine der gnädigen Herablassung sein. So wie die anderen Tsechen sie zeigen, und auch von mir erwarten werden. Eine distanzierte Überheblichkeit. Ich werde reden und handeln, und sogar denken und fühlen, als wäre ich Teil einer irgendwie überlegenen Gruppe von Menschen. Ich werde so tun, als ob all mein Reichtum ein untrüglicher Beweis dafür wäre, dass er mir zusteht. Dass ich ihn wert bin, und du nicht.«

Er fuhr sich durch die Haare, und zwischen den tintenschwarzen Strähnen glänzte das Gold seines Ohrrings hervor. »All das wird in einem Kleid aus Höflichkeit und guten Manieren daher kommen, aber nichtsdestotrotz nur dazu dienen, die Hierarchie noch einmal klar zu stellen. Nicht nur, dass ich reich bin und somit offensichtlich würdig, ich bin sogar so großzügig, unterlegene Wesen wie dich freundlich zu empfangen. Wie schön von mir. Und wie viel mehr Grund für dich, mich zu verehren und dich selbst für minderwertig zu halten.«

Manaam blickte hinunter auf seine Füße. Seine Kehle war trocken. »So. Das ist, was ich tun werde. Ich werde in der Öffentlichkeit nicht zu unserer Freundschaft stehen. Ich werde dich wie eine Fremde behandeln, die mir nicht das Wasser reichen kann. Ich werde nicht zeigen, dass ich dich für ebenbürtig halte. Oder dass ich dich liebe.«

Er warf Cahuan einen scheuen Blick zu, dann senkte er wieder die Lider.

Cahuan setzte sich. Vorsichtig hockte sie an der Ecke des Sessels, neben dem zerknüllten Tuch. Ihr Finger zeichnete das Muster der Polsterung nach.

Dann zuckte sie mit den Schultern. »Du sagst ›in der Öffentlichkeit‹. Aber es sind ja bloß die anderen Tsechen. Was machen die mir aus?«

Ihr Mundwinkel zog sich abschätzig herab. »Die Tsechen sind nicht die Welt. Sie sind nicht einmal ›die Öffentlichkeit‹. Sie sind bloß ein paar Leute, wie alle anderen auch. Und: Sie sind deine Leute, nicht meine. Ich sehe sie nicht jeden Tag. Ich bin nicht in ihrer Gedankenwelt gefangen. Es ist mir klar, dass ich mit ihnen nicht übereinstimme. Sie gehen implizit davon aus, dass nicht alle Menschen gleich sind, sondern dass sie selber in irgendeiner Weise wichtiger und wertvoller sind als andere. Ich sehe das nicht so, und ich finde Leute, die so denken, nicht sehr attraktiv. Insofern liegt mir nicht besonders viel an den Tsechen. Oder an ihrer Meinung.«

Cahuan ergriff die Lehne des Sessels, genau dort, wo vor kurzem noch Manaams Finger gelegen hatten. »Sie haben Macht über dich, über deine Wahrnehmung und dein Selbstbild. Aber nicht über mich. Ich werde nicht von ihrem Urteil definiert.«

Sie gab der Lehne einen nachlässigen Klaps und stand auf. Breitbeinig stellte sie sich vor Manaam hin. »Zum Glück verbringe ich mein Leben mit Leuten, die absolut keinen Zweifel daran haben, dass alle Menschen wertvoll und ebenbürtig sind. Ich lebe unter Gleichen, mit der größten Selbstverständlichkeit, und das ist ungeheuer beruhigend und befreiend. So will ich sein. Das ist meine Welt und meine Wahrheit. Und ich erlebe sie jeden Tag als real.«

Sie lehnte sich auf die Fersen, wiegte sich langsam vor und zurück wie eine sanfte Meereswelle. Dann ließ sie ihr ganzes Gewicht wieder fest auf dem Boden ruhen. »Mit diesem Fundament in meinem Inneren kann ich es vielleicht verkraften, einen kurzen Moment in der Gegenwart komischer Leute zu verbringen. Wenn ich schon im Voraus weiß, welche Weltsicht sie haben, und dass ich die nicht teile. Dann kann ich innerlich Distanz wahren und werde nicht mitgerissen.«

Cahuan legte den Kopf zur Seite. »Insofern ist es gut, dass du mich warnst. Denn es hätte mich unvorbereitet getroffen, trotz allem, was ich schon über dich weiß, über deine Stellung unter den Tsechen, über die Regeln dieser kleinen, engen Gesellschaft.«

Ihre Augen wurden schmal. »All das summiert sich im Grunde zu genau dem, was du gerade gesagt hast. Und doch habe ich diese Schlussfolgerung nie bewusst gezogen.«

Das Licht draußen wechselte mit den ziehenden Wolken. Schatten aus Goldgrün flossen über Cahuans Wange. »Aber jetzt kann ich mich ja wappnen. Und dafür sorgen, dass ich unverletzt bleibe.«

Ihre Augen funkelten.

Manaam sah sie wortlos an. Dann hob er ihre Hand und drückte sie gegen seine Brust. »Danke.« Seine Stimme war rau. »Etwas Besseres hätte ich mir nicht wünschen können.« Er hob ihre Fingerspitzen an seine Lippen.

»Ich bin unendlich froh und erleichtert.« Zärtlich strich er Cahuan durchs Haar und vergrub seine Hand in der Zuflucht der schwarz-grünen Wellen, die wie Seetang über ihren Rücken fielen. Seine Augen waren warm, doch ein wehmütiger Schmerz kräuselte immer noch die Winkel. »Wie so oft frage ich mich, ob das ganz richtig ist. Ob ich hier nicht eine Bürde, die ich selbst nicht tragen kann, einfach zu dir hinüber schiebe.«

Manaam hob die Brauen. »Wieso bist es wieder einmal du, die eine Lösung bringt? Warum kann ich nicht selbst einen anderen Weg finden und mein Leben so einrichten, dass ich in Einklang mit meinen Werten und Gefühlen bin?«

Er seufzte. »Aber ich schaffe es nicht. Zumindest im Moment nicht. Ich stehe einfach da, wo ich stehe. Und nirgendwo anders. Das Beste, was ich noch tun konnte, war, ehrlich mit dir zu sein.« Er zwinkerte. »Und das ist ja schon mal nicht schlecht. Ich sollte mir doch jedenfalls dafür gebührend Anerkennung zollen.« Manaam holte tief Luft. »Für den Rest bist du diejenige, die den Weg ebnet. Die frei und stark ist statt schwach und gefangen.«

»Hm. Ja.« Cahuans Stimme war melodisch wie ein Glockenspiel. »Doch ich kann dir sagen, du bist jederzeit willkommen im Land der Freien. Die Türen der Armut stehen dir offen. Alles, was du verlieren würdest sind Dinge, die ich schon jetzt nicht habe.«

Die Hand in ihrem Haar machte eine kleine Bewegung in Richtung Faust. Manaam stöhnte. Er zog Cahuans Kopf zurück, um ihr ins Gesicht zu blicken. Ihre Augen waren grün wie ein Waldteich, durchzogen von Streifen aus Sonnenlicht. Und ganz unten in der Tiefe lag, wie ein versunkener Schatz, ein warmes, unergründliches Lächeln.

27

Der Abend hüllte Varoonya in Nebel, Regen und Dunkelheit. Aber im Singenden Phönix dehnte sich die Weite des Berglandes unter einem Himmel voll magischer Farben. Auf einer Lichtung saß ein elfenhaft schöner Prinz, über dessen Wangen glitzernde Tränen liefen. Zu seinen Füßen lag ein totes Mädchen, das plötzlich erwachte, den Diamanten von seiner Stirn schüttelte und sich Macht und Schicksal entgegen stellte.

Eine mythische Sage von Mut und Wunder, von Feen und Menschen, von Leid und Reise entfaltete sich, steigerte sich fast bis zur Unerträglichkeit, bevor sie sich in einer bombastischen Explosion entlud und gemeinsam mit der Musik wie ein breiter, langsamer Strom in Richtung Trost und Heilung floss.

Die Menschen atmeten aus, umarmten sich, genossen den Balsam des Wohlgefühls nach all der Anspannung. Der Applaus murmelte in mächtigen, ruhigen Wellen durch den Saal. Als sich schließlich der Vorhang noch einmal hob, trat Yoor heraus mit einer schwungvollen Verbeugung, einem verlockenden Lächeln, einem anmutigen Gruß. Und einem Versprechen: Er würde später noch ins Foyer kommen, um über seine Kunst zu sprechen, über sein Leben und seine Zeit in den Bergen.

Also blieben die Leute.

Sie machten es sich in der abgewetzten Eleganz alter Möbel gemütlich, nippten an ihren Teegläsern, schlenderten durch den Raum und ließen sich bei einem Tisch am Rande in ein Gespräch verwickeln.

Nin stand mit funkelnden Augen auf ihrem Posten. Ihre Leidenschaft schloss nahtlos an das heroische Ringen an, das gerade in magischen Lichtwellen über die Bühne gerauscht war. »Wer will schon Diamanten haben!« Nins Mundwinkel waren verächtlich herabgezogen. »Da siehst du doch aus wie eine Feudale!« Ihre Stimme bebte mit unterschwelliger Emotion. »Und du bist ja auch wirklich wie eine Feudale, in dem Moment. Du trägst da das sichtbare Zeichen einer bestimmten Macht: der Macht, andere zu unterdrücken. Sie in Dunkelheit und Gefahr herum kriechen zu lassen, nur zu deinem persönlichen Amüsement.« Nin schüttelte sich. »Die

Feudalen dachten, so etwas lässt einen gut aussehen.« Sie spuckte fast schon auf den Boden. »Widerlich. Und sowas von peinlich. Wer würde denn heute noch so dastehen wollen?«

Der junge Mann vor ihr nahm einen kleinen Leinenbeutel vom Tisch und drückte mit nachdenklicher Miene gegen die volle Rundung.

»Genau!« Nin deute mit dem Zeigefinger auf den Beutel oder direkt auf die Brust des Mannes. »Es gibt jetzt nämlich etwas Besseres. Einen Weg! Nicht nur das Bergbündnis, sondern auch das hier! Wir können direkt die Struktur verändern. Und die Kinder aus den Werkshütten befreien, jetzt gleich! Was könnte es Wichtigeres geben? Oder Natürlicheres? Als sicher zu stellen, dass alle Kinder gut aufwachsen können?«

Der junge Mann hatte kein Beispiel zur Hand. Und auch keine weiteren Zweifel. Sein Herz und sein Verstand waren schon gewonnen. Ja, selbstverständlich. Er würde das, was er zur Verfügung hatte, mit den Kindern in Shebbetin teilen, jeden Mond. Was denn sonst? Wir leben hier schließlich alle gemeinsam.

* * *

Mit einem Ruck wachte Torly auf, die Augen vor Schreck geweitet. Es war stockdunkel. Wolken hing tief über Varoonya und machten die Nachtluft schwül und schwer.

»Yoor!«, flüsterte Torly.

»Hm.« Yoor stellte klar, dass er schlief.

Torly biss sich auf die Lippen. Ihre Hand krampfte sich in das Kissen.

Yoor merkte es und fand sich bereit, aufzuwachen. Ein klein wenig zumindest. »Hmm?«, fragte er und suchte tapsend nach Torlys Hand.

Sie griff sofort zu. »Yoor! Ich habe das Wichtigste vergessen! Ich war so mit dem Bergbündnis beschäftigt, mit der Unterstützung und der kurzen Frist – dass ich es völlig übersehen habe!«

Yoor versuchte, ein Auge zu öffnen. Torly war nur ein unbestimmter Schatten in der Nacht. Aber ihre Stimme kam klar und deutlich zu ihm. Sie rüttelte geradezu an seinen Schultern.

»Wir haben die Menschen vergessen! Sind sie beim Votum überhaupt dabei? In Shebbetin? Bisher waren sie es nie!«

* * *

Die Tsechenhütte lag seitlich, gegen den Berghang gedrückt. Man konnte von dort gut zum Mineneingang hinüber sehen, auch wenn die Hütte selbst halb im Gebüsch verborgen war.

Der letzte der Bergleute steckte seine Münz für die Woche ein und stapfte hinaus. Sein bulliger Körper verdunkelte kurz die Tür, als er sich unter dem niedrigen Balken hindurch ins Freie drückte.

Joonster blieb zurück. Jahre in Naydeers Diensten hatten ihn gelehrt, wann es sich lohnte, noch ein wenig zu verweilen. Und wie die Körper der Menschen ihre Absichten verrieten.

Mit penibler Sorgfalt schloss Joonster seine Bücher und arrangierte sie zu einem geraden Stapel. Er wischte einen Staubkrümel vom Tisch. Er blickte in den kleinen Spiegel und schob ein einzelnes Haar zurecht, das an die falsche Stelle zu rutschen drohte.

Da kam schon das Klopfen. An der Hintertür, zu der man durch den alten Minentunnel ungesehen hinkommen konnte.

Joonster öffnete.

»Ich war jetzt bei zwei der Treffen«, murmelte die Bergfrau, die Augen zu Boden geschlagen. »Und sie haben beide Male das Gleiche gesagt. Wie genau sie sich auf das Votum vorbereiten wollen.«

Joonster fischte eine weitere Münze aus der Tasche.

* * *

Es war kalt im Schlösschen. Heruns Atem hing als kleine Wolke in der Luft, während er die Warmlinge unter der Decke kontrollierte. Sie strahlten alle noch angenehm gegen seine Handfläche.

Aber Quinetopus Gesicht war grau und hager, die Wangen eingefallen, mehr noch als an dem Tag, an dem sie ihn aus der Mine getragen hatten. Seine Augen schienen zu groß, und zu tief versunken. Er hatte schon lange nicht mehr gesprochen, seine beiden Kinder nicht wirklich angeschaut. Quinetopu schien gefangen in einem Traum oder in einer großen Leere. Er wirkte dünn, ätherisch, wie ein Schatten seines früheren Selbst. Ein Wesen der Anderwelt, das schon halb über die Schwelle gedriftet war.

Seine kleinen Jungen hatten sich zu ihm ins Bett gekuschelt, küssten seine Wangen, vergruben ihre Gesichter in der Beuge seines Nackens. Herun war bei ihnen, seine großen Hände auf den Rücken der Kinder.

Quinetopus Atem war flach und unregelmäßig. Ein leichtes Rasseln hatte sich hinein geschlichen. Er versuchte zu husten, doch sein Körper war zu schwach. Er zitterte bloß vor Anstrengung.

Seine Söhne rutschten noch näher heran, hielten ihn fest, pressten ihre kleinen warmen Körper an den seinen. Schickten ihm die Kraft ihrer Herzen, ihre Sehnsucht, ihren Schmerz. Heiße Tränen fielen auf Quinetopus Wangen.

Herun begann zu singen, ein sanftes, langsames Wiegenlied. Einen wortlosen Gruß, ein Requiem.

Und Quinetopu hörte es. Er spürte die Liebe seiner Kinder, ihre Not. Doch er konnte ihnen nichts mehr geben. Das Leben würde weiter gehen, ohne ihn. Er konnte nichts anderes mehr tun als zu vertrauen.

Und loszulassen.

28

Der Regen war früh gekommen an diesem Tag und hatte dafür schon bald wieder aufgehört. In den Abendstunden streckten sich Streifen aus Gold und Lavendel zwischen den letzten taubengrauen Wolken.

Enim duckte sich durch den Torbogen des Kuschelhofes, als er aus dem Augenwinkel eine Bewegung sah. Er blieb stehen. Das winterliche Licht fiel matt und weich auf das Stroh der Dächer, und eine leichte Brise trug Schneegeruch von den Bergen herunter. Enim atmete tief durch.

Da war es wieder.

Ein kurzer Blitz, und weg. Und da.

Ein Hauch von Pelz huschte über das Dach, fiel federleicht zu Boden, flog die Treppe hoch und tanzte in anmutigen Schleifen um das Geländer.

»Oh, hallo, Wrollic.« Enims Stimme war sanft und leise. Er legte die Hand aufs Herz und verbeugte sich. »Du bist hier willkommen. Mehr als willkommen sogar. Heiß begehrt. Du hast uns alle bezaubert mit deiner Schönheit.«

Der Wrollic lachte leichthin. Er tanzte auf dem Geländer auf und ab, wirbelte dann in atemberaubenden Pirouetten um die Stäbe, ein Bild rasender Schwerelosigkeit, bis er wieder langsamer wurde und in gelassener Eleganz hin und her flanierte.

»Ja, genau«, bestätigte Enim. »Diese Art von Schönheit.«

Der Wrollic kicherte. Dann flog er hinunter zum Boden, kringelte sich um Enims Knie und war schon wieder oben auf dem Geländer, eh Enim sichs versah.

»Oh«, hauchte Enim. »Meiner Treu. Danke. Ich dachte immer, deinesgleichen kommt fast nie zu Menschen, um sie zu berühren.« Seine Stimme war noch immer ein Flüstern. »Ich fühle mich hoch geehrt.«

Der Wrollic schenkte Enim ein sinnliches Gurren, aber nur ganz kurz. Dann hopste er auf die Wand und weiter aufs Dach, wo er bis hinauf zum First lief, bevor er sich noch einmal umdrehte und zu Enim hinunter schaute. Der Wrollic stolzierte auf dem Horizont hin und her, tanzte einen letzten Abschiedswink und verschwand.

Enim fühlte sich wie frisch geküsst. Mit roten Ohren und weichem Herzen öffnete er die Tür zur Kuschellaube.

Drinnen waren die Kinder eifrig dabei, Cahuan zu helfen.

»Ich werde bei einem Theaterstück mitmachen«, hatte sie ihnen erzählt. »Ich spiele eine wundersame Meerfrau, die in unsere Welt kommt, um ihre eigene zu retten. Sie kommt aus einer anderen Wirklichkeit, aber sie drängt das niemandem auf, der nicht bereit ist, es zu hören. Sie lässt die Leute glauben, was sie wollen. Und wenn die Menschen versuchen, die Meerfrau festzubinden mit den Regeln dieser Welt, bleibt sie immer dem treu, wofür sie – autsch!«

Cahuan hob eine Hand an die Stelle, wo Pulan und Som gerade die x-te Variante von anderweltiger Haartracht ausprobierten, die Cahuan absolut nymphenhaft aussehen lassen würde. Falls ihre grüne Haut dafür zum Beispiel nicht ausreichen sollte.

»Entschuldigung«, sagte Pulan mit einem bedauernden Pfiff. »Wir müssen hier bloß ein bisschen fester anziehen, damit sich nachher auch keine Strähnen lösen. Wir machen es bloß noch einmal auf der anderen Seite. Es wird nicht arg weh tun, keine Sorge«, beruhigte sie Cahuan.

Völlig beruhigt fuhr Cahuan mit ihrer Geschichte fort, für die Kinder, die noch zuhörten, anstatt sich mit der Verschönerung ihrer Person zu beschäftigen. »Manaam wird auch dabei sein. In dem Stück gibt es jede Menge arroganter Feudaler, und Manaam spielt einen von ihnen. Aber sein Herz ist gut, selbst wenn er das nicht zeigen kann.«

Pulan zog das Haar auf der anderen Seite fest, aber diesmal etwas vorsichtiger, so dass es bloß ein wenig ziepte, statt richtig weh zu tun. Cahuan beschränkte sich auf ein leises Ächzen.

»Hast du schon deinen Text auswendig gelernt?«, wollte Lasa wissen. Sie war Feuer und Flamme für Theater.

»Nein, hab ich nicht«, gestand Cahuan. »Leider gibt es gar keinen Text. Das würde es viel leichter machen. Aber es ist alles improvisiert, weißt du? Es gibt bloß den allgemeinen Rahmen und die Charaktere, und dann müssen wir alles andere spontan erfinden. Ziemlich schwierig.« Sie seufzte.

»Überhaupt nicht schwierig!«, widersprach Lasa. »Wir machen das immer so. Du wirst schon sehen. Sobald du richtig spielst, kommt alles von ganz allein. Wir zeigen's dir!«

*

Als Cahuan aus dem Wasser stieg, wurde ihr Fischschwanz zu langen Beinen, doch ihr ganzer Körper strahlte noch immer die Anmut des weichen, ruhigen Flusses aus. Die Menschen am Ufer begrüßten sie mit Freude und Ehrfurcht und streuten Blütenblätter und Kräutersalat über ihr Haupt. Die Schifferin Lasa schenkte Cahuan einen wunderbaren Strohstern.

Aber Büre Lunin hegte einen finsteren Plan. «Willkommen, oh schöne Nachbarin«, säuselte er mit einer erstickend süßlichen Stimme. »Ich weiß, dass du für die Reichtümer dieses Landes gekommen bist. Um mit ihnen Wunder zu wirken, dort, wo die Not am größten ist. Ich höre deinen Ruf. Lass mich dir ein Zeichen meiner Macht schenken. Edle Metalle, die du nie vergessen wirst. Die dir für immer bleiben werden, wohin du dich auch wendest.«

Cahuan griff nach seiner ausgestreckten Hand, doch sie fand sich sogleich in Ketten gelegt, schwere Schellen, die sich um ihre Handgelenke schlossen. Cahuan erstarrte, Panik in den Augen und Schmerz in ihrem Herzen, voll fassungslosen Unglaubens angesichts dieses Verrats.

Aber dann erinnerte sie sich. Dass sie magisch war und frei. Dass sie alle Geschenke auf genau die Art und Weise empfangen würde, die ihr richtig schien.

Sie lächelte Büre Lunin freundlich an. Mit der fluiden Anmut eines Oktopusses schlüpfte sie mit dem rechten Arm aus der Handschelle heraus und drückte den Ring auf den linken. Wie zwei fröhliche Armbänder klingelten die alten Fesseln dort um ihr Handgelenk.

Cahuans tiefer Blick ruhten auf Lunins Gesicht. »Danke.« Ihre Stimme floss ruhig und ungestört aus ihr heraus, wie ein Fluss, der einen hineingefallenen Stein umspülte.

Der Büre Lunin starrte auf die Wasserfrau. Auf ihre Ketten, ihren Arm, ihre Freiheit. »Äh …« Langsam gewann er die Sprache wieder. »Natürlich. Die Freude ist ganz meinerseits.«

Er bot sein nächstes Geschenk dar, einen Ring um ihren Hals, den Cahuan sofort wie ein kostbares Collier auf ihre Schlüsselbeine sinken ließ, ein Schmuckstück, das niemals die Macht hatte, sie zu binden.

Cahuan strahlte. Die Wassernymphe hatte die Kunst gemeistert! Sie war frei, alle Gaben und Geschenke anzunehmen und sich niemals darin gefangen zu fühlen.

* * *

Der Bergmann saß auf dem kalten Boden und warf einen unsicheren Blick hinüber zu Herun, der ihn hierher gebracht hatte. Aber dann wandte er sich gleich wieder Yunda zu. Er drückte fest die Daumen, ganz wie sie ihn geheißen hatte, und sah mit schmalen Augen und steifem Rücken zu, wie das Mädchen ihren Lehmklumpen hervorholte. Sie hielt ihn in den hohlen Händen wie einen Gral, wie ein heiliges Amulett. Ihre Lippen wurden dünn, ihr Blick konzentriert. Mit einer runden, fließenden Bewegung, ohne Absetzen, führte sie den Klumpen rund um seinen Knöchel, bis sie genau dort landete, wo sie angefangen hatte, an der zarten, empfindlichen Stelle seiner Achillessehne.

Yunda setzte sich auf und betrachtete sorgsam das Amulett in ihrer Hand. Es war noch intakt. Die komplette Form einer menschlichen Hand, die Finger fest um den Daumen geschlossen.

Yunda atmete tief aus. »Da. Es ist vollbracht. Du bist jetzt frei.« Stolz und Erleichterung lagen in ihrer Stimme. »Der Dämon kann dir nichts mehr anhaben. Und trotzdem bist du nicht an Naydeer gebunden. Du arbeitest in ihrer Mine, aber du gehörst ihr nicht und musst ihr nicht ergeben sein.«

Der junge Bergmann berührte vorsichtig seinen Knöchel, fast ehrfurchtsvoll. Und doch war da noch Zweifel in seiner Stimme. »Bist du sicher?«

Yunda hob würdevoll ihr Haupt. »Ja. Ich habe mein eigenes Leben auf diese Art gerettet. Ich habe den Dämon unter der Werkshütte gesehen und auch die Kette, die mich an ihn band.« Ein feuriges Leuchten lag in ihren Augen. »Aber ich habe den Bann gebrochen! Ich bin entkommen, und kein Dämon hat mich je gefangen! Und der Hüttenmeister auch nicht.«

Yunda sprach mit der Gewissheit eines Menschen, der die Kraft der Magie in seinen Adern spürt. »Es war derselbe Magja, der dich gefesselt hat, derselbe Zauber. Und dies ist der Weg in die Freiheit.«

Yunda wandte sich dem Bergmann zu, aufrecht und feierlich. In ihren Händen lag die irdene Faust. Mit der Geste einer segnenden Göttin brachte Yunda sie dem Bergmann dar, als eine heilige Gabe, ein mächtiges Amulett.

Vorsichtig nahm der das Teil entgegen, hielt es in der offenen Hand, die Finger der anderen wie ein schützendes Dach darüber gebreitet.

Yunda sah ihm fest in die Augen. »Du kennst den Weg nun. Alles, was du brauchst, ist ein starkes Herz.«

Sie lehnte sich vor und flüsterte verschwörerisch in sein Ohr. »Du kannst es anderen Bergleuten zeigen. Denen du vertraust. Sie alle können sich selbst befreien, einer nach der anderen, im Geheimen. So dass der Magja nie von unseren Mächten erfährt.«

29

Die große dicke Daunendecke lag auf dem Boden der Kuschellaube, und mehrere Kinder tunnelten darunter herum, gruben sich zwischen Beinen und Warmlingen ihren Weg. Quena tauchte an einem Ende auf und krabbelte auf Enims Schoß, den kleinen Arm ausgestreckt, um den Brief zu zerknüllen, mit dem Enim durch die Luft wedelte. »Unsere Schreiben müssen sich überkreuzt haben. Torly hat diese Antwort geschickt, bevor meine Frage sie überhaupt erreichen konnte.« Enim ließ die Blätter los, und Quena nahm sie zufrieden an sich.

Enim gestikulierte mit leeren Händen weiter. »Torly hatte tatsächlich vergessen zu fragen, wie die Menschen in Shebbetin am Votum teilnehmen können. Aber inzwischen war sie schon im Palast, um das heraus zu finden. Und wir haben Glück!«

Quena war fertig mit Zerknüllen und ging nun dazu über, die Blätter auf dem Boden wieder glatt zu streichen, was leider die eine oder andere abgerissene Ecke mit sich brachte.

»Stellt euch vor!« Enim strahlte. »Wenn irgendwer zum Baldachin gefahren wäre mit dem alleinigen Ziel, uns hier zu helfen, sie hätten nichts Besseres tun können als das!« Enim schüttelte den Kopf. »Es ist doch erstaunlich, wie die Dinge manchmal laufen. Wie Hilfe aus einer Ecke kommt, von der du es am wenigsten erwartet hättest.«

»Was für ein Baldachin?«

»Na, der Baldachin.« Enim sah Cahuan an und machte eine vage Handbewegung. »Die Union, die Yurvania mit den anderen Ländern entlang des Roons hat. Da machen sie Regeln, für mehr Kooperation und Handel und Freundschaft. Und ab und zu treffen sich Delegierte in bunten Zelten auf einer großen Wiese, um das alles zu besprechen.«

Cahuan sah ihn skeptisch an.

»Na jedenfalls«, fuhr Enim hastig fort, »bei ihrem jüngsten Treffen haben sie das hier beschlossen!« Er tippte triumphierend auf Torlys Brief.

»Genau das Richtige für uns!«

Quena tippte ebenfalls auf den Brief, ebenso triumphierend. Enim nickte ihr ermutigend zu. »Es wird eine Volksziffrung geben! In allen Ländern des Baldachins. In jeder einzelnen Region, jeder hintersten Ecke. Auch in den Bergen. Auch in Shebbetin.« Enim zog ein Knie an und schickte damit einen kalten Lufthauch unter die gemeinsame große Decke. »Die Büren werden kommen und eine ordentliche Liste machen, von allen Menschen in Shebbetin. Nicht nur von den Tsechen. Von allen, wirklich allen.«

Enim zog die Decke mit einer Hand wieder hinunter, während er mit der anderen weiter gestikulierte. »Und wenn die Büren nach Varoonya zurück kommen, dann wird ihre Liste automatisch die sein, die auch für das Votum herangezogen wird. Für ein Votum, das in Shebbetin selbst abgehalten wird, wegen der Anzahl der Leute hier.«

Enim lehnte sich zufrieden gegen die Wand.

»Also, alles gut. Alles erledigt.«

* * *

Kaya hielt Torlys zerknitterten und zerrissenen Brief in Händen. Sie konnte ihn natürlich nicht lesen, weil er auf Kokisch geschrieben war. Aber sie konnte ihn kämpferisch vor Enims Nase schwenken.

»Das ist der Schlüssel!« Kayas Stimme war scharf, eindringlich. »Wenn es so ist, wie du sagst, dann ist die Volksziffrung der Dreh- und Angelpunkt. Alles hängt davon ab.«

Tiefe Furchen zogen sich über Kayas Stirn. »Wenn die Volksziffrung hinhaut, dann gibt es ein Votum in Shebbetin. Mit allen.« Sie ballte die Faust. »Wenn hingegen auch nur die kleinste Kleinigkeit schiefgeht und die Volksziffrung kippt–« Kayas Augen wurden schmal. »Dann wäre Naydeer sehr viel glücklicher.«

Enims Kehle wurde trocken. Er leckte sich über die Lippen und warf Lhut einen fragenden Blick zu.

Doch auch Lhuts Miene war finster.

Kaya lehnte sich vor, die Arme fest über der Brust verschränkt. Ihre Worte waren nicht mehr als ein Zischen. »Wir werden nicht auf Naydeers Finten warten. Diesmal machen wir den ersten Zug. Bevor sie überhaupt daran denkt. Jetzt!«

* * *

Der erste Schnee des Jahres hatte am Abend zu fallen begonnen, aber als Enim in den frühen Morgenstunden aufbrach, fühlte er nur noch den kalten Wind in seinem Gesicht. Sein Pferd folgte dem verschneiten Bergpfad, mehr von Instinkt und Erinnerung geleitet als von dem schwachen Schein der Laterne.

Langsam und zögerlich kroch die Dämmerung in den weiten Himmel des Hochlandes, verwandelte ihn von pechschwarz in mitternachtsblau. Und dann in ein blasses Türkis, mit einem leichten, ätherischem Nebeldunst in der Mitte. Der Wind ließ nach. Schließlich, endlich, kam die Sonne über den Grat.

Und plötzlich ritt Enim hinaus in ein blendendes Strahlen, ein endloses Feld aus glitzernden Kristallen. Die Berge leuchteten in unerträglichem Weiß, und das ganze Land war gebadet in Gold und Elfenschleier.

Ein Wunder war über die Welt hereingebrochen. Alles erstrahlte in himmlischem Licht. Enim atmete tief ein und johlte lauten Freudengesang über die Erde. Auch wenn der Frost in seine Haut biss und die gleißende Sonne seine Augen blendete. Solange dieses Feuerwerk aus Glanz und Schönheit rund um ihn explodierte, konnte Enim gar nichts anderes fühlen als Triumph.

Es war ein Omen.

Seine Mission würde gelingen!

*

Im Gasthaus von Hebenir war Enim der Letzte, der morgens aus den Federn kroch. Und der Erste, der dankbar war für das milde Klima des Tieflandes und die Kürze des Ritts von hier nach Behrlem. So schön die verschneiten Berge auch sein mochten, sie waren doch wirklich kalt, und die Reise weit.

Aber hier unten in den sanften Hügeln rund um Behrlem war es anders. Und auch Behrlem selbst war warm, gemütlich und anheimelnd, mit all dem Charme einer ländlichen Kleinstadt. Enim fand das Schreibehaus sofort. Es saß behäbig am Rande der Plaza, mit einer breiten Veranda und stolz erhobenen Dachgiebeln, umgeben von Blumenkisten.

Enim klopfte.

Eine ältere Frau mit dunkler Haut und einem vollen, runden Körper begrüßte ihn freundlich. Nenimoria, stellte sie sich vor, und bot Enim gleich eine Tasse Tee und einen Ohrensessel beim Fenster an. Sie stellte die Kanne sorgsam auf ein kleines Spitzendeckchen.

»Ich bin wegen der Volksziffrung hier«, brachte Enim schließlich sein Anliegen vor. »Um zu fragen, wie genau es ablaufen wird. Vor allem in Shebbetin.«

Nenimoria sah Enim an. »Shebbetin«, wiederholte sie vage und tätschelte die weißen Locken auf ihrem Kopf.

»Ja«, beharrte Enim. »Shebbetin. In den Bergen. Es gehört zur Region Behrlem, wenn ich es recht verstehe. Und daher wird die Volksziffrung für Shebbetin wohl hier organisiert, im Schreibehaus von Behrlem?«

»Oh, ja. Ja«, beeilte Nenimoria sich zu sagen, als sie Enims besorgtes Gesicht sah. »Keine Bange. Wir machen das. Die Volksziffrung. Sogar oben in den Bergen. Ojorsven wird extra hinauf reiten, den ganzen langen Weg. Um die Volksziffrung zu machen, höchstpersönlich, dort hinter den Bergen.«

Enims Miene hellte sich auf. »Oh, wunderbar! Kann ich dann vielleicht mit Ojorsven sprechen?«

»Nein, leider. Ojorsven ist in Toan. Er muss richtig viel reisen im Dienst, der arme Ojorsven. Aber Toan ist in Ordnung, sagt er. Eine nette Stadt, wirklich. Und in ein paar Tagen ist er ja wieder hier. Jedenfalls, du kannst inzwischen mit mir sprechen. Das passt schon. Ich werde ihm alles erzählen.«

Enim überlegte. Und dann begann er zu erklären, so gut er konnte. Wie der Großteil der Menschen in Shebbetin immer ausgeschlossen war, vom Votum, aber auch vom Zugang zu Wissen und Heilung und sogar von Briefen und Nachrichten aus dem Rest Yurvanias. Dass es Not und Elend gab und dass das Land gebraucht wurde, um Dienste einzurichten, und jedenfalls, dass die Volksziffrung ein Knackpunkt war bei alledem und unbedingt gut laufen musste. Und niemand vergessen werden durfte.

Nenimoria hörte Enim mit wachsender Unruhe und Besorgnis zu. Zum Schluss versicherte sie ihm hoch und heilig, dass sie alles richtig machen würden. Keine Sorge. Ja, sie würden in die Berge kommen, direkt nach Shebbetin, und würden jede einzelne Person beachten. Ojorsven hatte extra eine Traption bekommen dafür, eine Schatulle, wo alle Leute aufgelistet wurden und gar nichts verloren gehen konnte. Es würde alles in Ordnung sein. Ojorsven würde bald zu ihnen kommen. Enim brauchte sich keine Gedanken zu machen. Sie hatten alles gut im Griff und die Volksziffrung würde genau so laufen, wie sie sollte.

Enim seufzte erleichtert auf. Er bedankte sich ausgiebig bei Nenimoria, und sie versicherte ihm nochmals, dass sie ganz besonders sorgfältig sein würden. Sie begleitete Enim sogar noch zur Tür.

Nenimoria sah Enim nach, als er über die Plaza davon ging. Das Herz tat ihr weh. ›Der arme Kerl‹, dachte sie. ›Es ist so schwer, jung zu sein. Und so weit weg von zu Hause noch dazu. Kein Wunder, dass er verwirrt und verängstigt ist. Und nicht weiß, wie die Dinge laufen und wie er sich auf alles einen Reim machen soll. Aber‹, tröstete sie sich, ›er wird es schon schaffen. Mit der Zeit. Selbst wenn er dort oben in den Bergen wohnen muss. Er ist ein starker Junge und hat ein gutes Herz. Er wird seinen Platz schon finden und gut zurecht kommen mit dem Leben.‹

Nenimoria nickte sich bestätigend zu. Und auch wenn eine Spur von Sorge und Mitleid in ihr verblieb, so gewann doch ihre gute Stimmung allmählich wieder die Oberhand.

Als sie hinein ging, um sich noch eine Tasse Tee zu machen, summte sie schon wieder mit dem dampfenden Kessel mit.

30

Goldene Lichter und prachtvolle Roben füllten Manaams Ballsaal. Zarte Düfte durchzogen die Luft, stiegen aus ziselierten Räucherschalen und mischten sich mit den Klängen der Laute im Hintergrund. Kunstvolle Häppchen wurden auf Silbertellern herum gereicht, und ihre Reise formte eine weitere Stickerei in einem komplizierten Gewebe aus Gesten und Gesprächen, aus Höflichkeit und Konvention.

Cahuan schlüpfte lächelnd zwischen Beleidigungen hindurch. Sie bahnte sich ihren Weg durch den Empfang, wo ihr, in einem Rascheln aus Seide und Nebenbemerkungen, gnädige Herablassung gemeinsam mit dem allerfeinsten Wein angeboten wurde.

Das warme Licht spielte auf Cahuans Haut, ließ goldene Schimmer über das Grün laufen und erinnerte Cahuan an die Nymphe. Cahuan wusste wieder, dass sie in einer weiten, offenen, fluiden Welt lebte, gemeinsam mit ihren Liebsten. Ihr wahres Zuhause. Dies hier war nur ein kurzer Besuch bei Fremden, ein Ausflug in ein seltsames Reich, das großteils aus Schein und Trug bestand, aber dessen Bewohnerinnen sie nicht verstören würde, indem sie ihnen ihre eigene Wahrheit aufdrängte. Wenn diese Menschen in einer Illusion leben wollten, so war das ihre Sache. Cahuan war hier zu Gast. Gekommen, um dankbar alle Gaben zu empfangen, die ihr zweifelsohne geschenkt würden, um damit ihre eigene Heimat zu nähren.

Cahuan neigte anmutig den Kopf zum Gruß. Ihr Lächeln war warm, ungekünstelt und insgesamt einfach hinreißend. Die Tseche neben ihr konnte gar nicht anders, als mit ehrlicher Freude zurück zu lächeln.

* * *

Das Steinhaus sah genau so aus wie alle anderen im Außenviertel. Klein, dreckig, verlottert. Drinnen lag Schutt auf dem Boden, und dazwischen leere Flaschen und die Reste zerbrochener Möbel.

Zwei Kinder kauerten in der Ecke und schauten misstrauisch auf die beiden Männer, die sich küssend in den Armen lagen und dabei gefährlich schwankten. Plötzlich machte einer der beiden einen Schritt zurück und ließ den anderen auf den Boden knallen. Ein raues, trunkenes Lachen mischte sich unter gemurmelte Flüche einer hasserfüllten, rachsüchtigen Stimme. Der Gefallene richtete sich auf, ein Stuhlbein in der Hand. Mit lautem Geheul griff er an und erhielt einen Tritt in den Bauch, was beide Männer wieder zu Boden warf. In einem wirren Knäuel aus Gliedern wälzten sie sich hin und her, hämmerten aufeinander ein, fluchten und schimpften oder grollten in tierischen Urlauten.

Mit weit aufgerissenen Augen starrte das kleine Mädchen in der Ecke sie an. Dann begann sie zu schreien und mit winzigen Fäusten auf ihren Bruder einzuschlagen, während Tränen über ihre Wangen liefen. Er riss sie an den Haaren zurück, als sie ihn beißen wollte.

Ihre Mutter schrie sie an. »Ihr Idioten! Ihr nutzlosen Bälger!« Ihre Hand winkte ungelenk in Richtung der kämpfenden Männer. »Warum tut ihr denn nichts!« Ihre Worte verschwammen zu einem Lallen. Sie hob einen Stein hoch und zielte auf ihre Kinder.

Olfwer und seine Schwester rannten zur Tür.

* * *

Alle Spuren der Feier waren schon aus dem Salon getilgt. Nur eine Schüssel vollreifen Obstes und ein paar knusprige Leckereien zeugten noch von der vergangenen Pracht.

Als Cahuan eintrat, kam Manaam ihr mit zwei großen Schritten entgegen. »Cahuan! Du warst großartig. Wie hast du das nur hinbekommen?«

Sie schenkte ihm ein Lächeln. »Ich hatte eine Menge Hilfe. Auch von dir, mit deiner Warnung. Aber auch von Yoor, und Lasa und Lunin. Mit alledem im Rücken konnte ich meinen Weg finden. Und ja, danke. Ich bin in der Tat stolz darauf, wie ich es geschafft habe, dem Pfad des Leides zu entkommen und sogar fast noch Spaß an der Sache zu haben.«

Cahuan legte den Kopf schief. »Auch wenn ich so einen riesigen Aufwand nicht oft betreiben könnte.« Sie überlegte. »Aber vielleicht müsste ich das ja gar nicht. Jetzt, wo ich den Bogen raus habe, kann ich es vielleicht recht einfach wiederholen? Falls das je nötig sein sollte. Was ich ja doch eher nicht hoffe.«

Manaam strich ihr eine Strähne aus der Stirn. »Mal sehen. Jedenfalls bin ich enorm erleichtert zu hören, dass du unbeschadet aus dieser Sache hervorgegangen bist, und unsere Beziehung auch.«

»Ja.« Cahuan schlang den Arm um seine Taille und sah ihn mit brennender Ungeduld in den Augen an. »Und? Was ist jetzt mit den Kindern? Werden wir eine neue Kuschellaube für sie haben?«

Manaam biss sich auf die Lippe. Er wiegte den Kopf hin und her. »Eine Reihe an Tsechen haben Zusagen gemacht. Aber einmalige. Wir brauchen fortlaufende. Schließlich dauert es Jahre, bis ein Kind groß wird. Ich hoffe doch, dass die Tsechen das verstehen.«

Seine Finger verwoben sich mit Cahuans und suchten dort Halt. »Wir sind schon ganz nah dran. Ganz nah. Aber es braucht langfristige Zusagen. Und außerdem: die Münz aus Varoonya, die alles werden kann, oder nichts.«

* * *

Yoor saß an seinem Schreibtisch, umgeben von Papieren und Formalien. Mit gerunzelter Stirn hielt er inne. Reglos schwebte der Pinsel über seinem Brief. Dann tunkte Yoor ihn erneut in die Tuscheschale und schrieb weiter.

Nin hatte sich auf die Matte gekuschelt. Yoors Decken hielten sie warm und umhüllten sie mit gestickten Ranken und Wunderblumen, mit Drachen und Feenwesen. Müde spielten ihre Finger mit dem kleinen Leinenbeutel. Das raschelnde Papier sang ein Wiegenlied, ein wortloser Trost, eine Hoffnung.

Nins Augen fielen zu.

§§§ Wie eine große, wundersame Raupe krabbelte die Diamantbrosche über eine Dornenranke. Das Geäst war schwarz und kahl, ohne Anzeichen von Leben. Spitz und herzlos ragten die dünnen Nadeln ins Grau. Ein Silberfunken fing sich auf dem Rücken des Diamanttiers, ein Stern der Kälte oder der Hoffnung im trostlosen Zwielicht.

Mühsam umrundete die Raupe einen weiteren scharfen Dorn. Doch dann hatte sie es geschafft. Erschöpft, schwer und schwanger kroch sie in den Leinenbeutel, der sie auf dem toten Geäst erwartete. Mit letzter Kraft bettete sie sich auf dem darin liegenden Golddukaten zur Ruhe.

Der Beutel schloss sich um sie wie ein Kokon. Vollkommene Stille umfing sie wie ein großes Mysterium, wie die Sicherheit, die den Raum für das letzte Wagnis öffnete. Die Raupe löste sich auf. Ihr Selbst zerfloss, wurde eins mit dem Gold der Münze, mit der Leere des Seins, mit der Essenz der Welt. In völligem Nicht-Wissen wandelte sie sich zu einem neuen Wesen, war noch immer die Gleiche, und auch ihr vollkommenes Gegenteil.

Langsam gewann die vage Masse von Lebenskraft im Kokon an Form, an Gestalt und Körper. Ein Lachen drang heraus, ein Krabbeln und Kichern und Wutgeschrei.

Ungestüm drängte das neue Leben hinaus, zwängte sich durch den Spalt, brach die Hülle auf. Aus dem zerfallenden Kokon flog eine wilde Horde von Kindern, kugelte kunterbunt über die Äste, klatschte und sang, quietschte und jammerte bis grüne Blätter aus allen Zweigen sprossen und sich im Sommerwind zu wiegen begannen. §§§

Nin drehte sich im Schlaf um, und ein tiefes, endloses Seufzen stieg aus ihrer Brust, ein Atemzug, der davon driftete in die Weiten der Welt.

* * *

Die beiden letzten Mädchen nahmen ihre Linsenschüsseln von Cahuan entgegen und manövrierten damit vorsichtig zurück zu ihren Freundinnen.

Herun rieb die Wollmütze auf seinem Kopf vor und zurück. Er sah Cahuan nicht an, als er sprach. »Yunda lebt schon die ganze Zeit bei mir, seit sie aus der Werkshütte geflohen ist. Olfwer und seine Schwester können auch nicht bleiben, wo sie jetzt sind. In diesem grässlichen Viertel, in einem Haus voller Gewalt. Mittlerweile vertrauen sie mir. So sehr, dass sie kommen würden. Und sie müssen unbedingt raus, so schnell wie möglich.«

Herun seufzte tief. »Quinetopu ist gestorben. Wo sollen seine beiden Buben nun hin? Wir müssen ein neues Zuhause für sie schaffen! Für alle diese Kinder. Ich kann keines von ihnen fortschicken. Wen denn? Wen? Welches dieser Kinder sollten wir im Stich lassen?« Herun schüttelte seinen großen Kopf. »Keines. Kein einziges. Ich könnte es nicht.« Er legte Cahuan die Hand auf den Arm. »Wir brauchen die neue Kuschellaube. Jetzt.«

»Ja.« Cahuan wand sich. »Wir sind schon fast so weit. Fast.«

* * *

Die Arme fest um die Brust geschlungen, ging Cahuan im Salon auf und ab.

Manaam klopfte mit den Fingerspitzen gegen den Türrahmen. »Ich erwarte ihn jeden Augenblick. Mit den konkreten Summen.« Er leckte sich über die Lippen. »Yoors letztes Schreiben hat den Brief ja schon angekündigt. Und es klang hoffnungsfroh. Vielversprechend. So, als wäre es ihnen wirklich gelungen.«

Mit einem raschen Schritt trat er auf Cahuan zu. »Vielleicht haben sie die Menschen in Varoonya tatsächlich erreicht. Und ihr Verständnis von Schönheit verändert, von Glitzersteinen um ihren Hals hin zum Strahlen der Kinder in der Welt.«

Er nahm Cahuans Hand und führte sie an seine Brust. »Wenn die Menschen ihre Münz dem widmen, was wirklich wichtig ist, dann wird es genug sein. Ganz sicher.«

Es klopfte an der Tür. Manaams Sekretär kam herein und stellte ein kleines Tablett voller Briefe auf den Tisch. »Danke.« Manaam sah den Mann kaum an, so eilig machte er sich über die Post her. »Ah!« Seine Stimme war heiser, als er einen der Umschläge herausfischte.

»Das ist er?« Cahuan drängte sich dicht hinter ihn. Sie umklammerte seinen Arm, während sie ihm über die Schulter schaute.

Manaam riss den Brief auf.

Cahuans Blick glitt über eine Menge unleserlicher Zeichen und Zahlen. Alles auf Kokisch.

Manaams Schultern waren angespannt. Mit schmalen Augen und flachem Atem überflog er die Zeilen. Er biss sich auf die Lippe.

»Und?«, hauchte Cahuan.

Manaam atmete tief aus. Er drehte sich zu ihr um.
Ein tiefes Leuchten lag in seinen Augen. »Ja!«
Er zog sie an sich und drückte sie so fest, dass ihr die Luft wegblieb.
»Wir haben es geschafft! Es ist genug. Die Kinder kriegen ein Zuhause!«

* * *

Cahuan tanzte durch den Schnee.

Aus einem heimeligen kleinen Häuschen mit rauchendem Schornstein kamen zwei weitere Gestalten heraus und warfen gemeinsam mit Cahuan Schnee in Luft, bis die Sonne sich in den wirbelnden Kristallen verfing und sie alle in einer goldenen Wolke badete.

* * *

Es war Zeit zu feiern.

»Aah«, seufzte Cahuan, als sie sich in der warmen Wanne zurück lehnte. Blütenblätter und Kräuter schaukelten auf den sanften Wellen. Sie fischte ein paar heraus und rieb sie zwischen den Fingern, ließ den aromatischen Duft lockend ihre Sinne umschmeicheln.

Zwischen halb geschlossenen Lidern blinzelte Cahuan in Manaams Baderaum, zu den Kerzen, die sich auf dem Holzboden spiegelten, zur Feuerstelle, deren leises Prasseln sich zum Plätschern des Wassers gesellte. Ein glimmendes Stäbchen neben ihr ließ Rauchzeichen aufsteigen, kleine Dunstgespenster, die sich mit jedem Luftzug neu formten und verloren. Sie antworteten mit ihren Körpern auf die Fragen, die das Feuer und jeder Luftzug ihnen schickte, wie ein ewiges Orakel, wie ein Wiegenlied.

Cahuan lehnte den Kopf zurück gegen den Wannenrand.

Sanfte Fingerkuppen klopften an die Tür.

»Hmm«, summte Cahuan ihr Willkommen.

Und wurde gehört. Die Tür öffnete sich einen Spalt und Manaam schlüpfte herein, einen großen Weidenkorb in der Hand. Für einen Moment blieb er neben den Flammen stehen und Cahuan sah, wie das flackernde Licht auf seiner Haut spielte. Manaam trug Kniebundhosen und ein weites, weißes Hemd, das sich in bauschigen Bogen um seine Handgelenke schloss. Darunter war er nackt, schien Cahuan.

Manaam zog eine Flasche aus dem Korb. Als er einschenkte, fing sich das Feuer im dunklen Wein und tanzte wie ein tiefes, halb-verborgenes Mysterium in seinem Inneren. Manaam ließ sich neben dem Bad auf ein Knie nieder und reichte Cahuan ihr Glas. Sie schwenkte es leicht, ihre Blicke auf dem Sonnenuntergang, der darin gefangen war.

Zu ihrer Überraschung verschränkte Manaam seinen Arm mit dem ihren, Elle an Elle, und sah ihr in die Augen. »Wir haben es geschafft. Die Kinder haben ein Zuhause.«

Cahuan erwiderte sein tiefes Lächeln. »Ja. Es ist gut. Die Liebe ist zu uns gekommen, endlich.«

Ihre Gläser klangen aneinander wie zwei reine Glocken. Sie hoben den Wein an ihre Lippen, Arm in Arm, Stirn an Stirn.

Cahuan spürte dem süßlich erdigen Geschmack nach, der über ihre Zunge floss und langsam einen sanft glühenden Pfad die Kehle hinab zog.

Sie ließ sich zurück sinken ins warme Wasser. Zwischen den Wimpern hindurch blinzelte sie zu Manaam hinüber, dessen schlanker Körper unter seiner Kleidung zu erahnen war. Strähnen dunklen Haares waren ihm in die Stirn gefallen, und seine warmen braunen Augen ruhten auf Cahuan.

Cahuan wusste, was er sehen musste. Ihr selbst war aufgefallen, welchen Effekt das rötliche Licht des Feuers auf ihrer Haut hatte. Sie schien nur noch aus Gold zu bestehen. All das Grün war zu leichten Schatten geschwunden, Ahnungen von Jade zwischen Hügeln aus Bronze. Ihre Schmetterlingshaut schimmerte und glitzerte im Halbdunkel des Raumes, fing die Lichterfunken des Feuers.

Manaams Blicke glitten über Cahuans Gesicht, ihre nackten Arme. Die Spiegelung der Kerzenflammen im Wasser und die dahintreibenden Blütenblätter, die die darunter liegenden Geheimnisse verbargen und enthüllten.

Manaam beugte sich langsam vor, ließ seine Lippen auf den ihren ruhen, bevor er sie sacht und warm küsste. Er schmeckte nach Wein, genau wie sie, und Cahuan genoss seine Nähe, seine sinnliche Berührung.

»Du bist ein Geschenk«, flüsterte sie, als er sich zurückzog.

»Du auch.« Seine Stimme war rau. Er ließ seine Blicke noch einen Moment auf ihrem Gesicht verweilen. »Nein, mehr als das. Du bist eine Göttin, in Wirklichkeit«, murmelte er in ihr Ohr. »In einer ganz dünnen Verkleidung. Aber ich habe sie durchschaut. Ich weiß, du wohnst im Himmel, oder vielleicht im Meer, und bist nun zu uns gekommen, um Liebe unter die Menschen zu bringen. Und du tust es zielstrebig, mit vollem Erfolg.«

Cahuan schmunzelte. »Ja. Das ist wohl meine Mission. Und die meiner getreuen Diener.« Sie zog Manaams Kopf zu sich heran und hauchte einen segnenden Kuss auf seine Stirn.

»Hmm.« Manaams Augen hielten ein geheimes Lächeln. »Ich glaube, heute ist der Feiertag der Göttin. Zeit für eine Zeremonie.«

Er wandte sich um und zog ein Stück Tuch aus dem Korb, das er ins Wasser tauchte. Dann begann Manaam, Cahuans Finger mit dem weichen und doch rauen Gewebe zu massieren. Wieder und wieder tunkte er den Stoff ein, so dass er jedes Mal voll und warm zu Cahuans Haut zurückkehrte.

Er rieb über ihre Handfläche, zog und drückte jeden einzelnen Finger, jedes zarte Gelenk. Hundert winzige Muskeln entspannten sich unter seiner

Liebkosung, wurden weich und schwer. Langsam wandte Manaam sich dem Handgelenk zu, dem Unterarm, dem Ellenbogen. Cahuan lehnte sich gegen den Wannenrand und verschmolz mit der Wärme des Wassers, dem Flackern des Feuers, der zarten Beharrlichkeit von Manaams Berührung.

Ein tiefes Seufzen stieg aus ihrer Brust. »Oh ja.«

Manaam sah sie an, ein zufriedenes Lächeln auf den Lippen. Gemächlich arbeitete er sich vor, erst einen Arm entlang, dann den anderen. Er rieb über einen Fuß, über jede einzelne Zehe, jeden zarten Knochen, jede empfindsame Stelle auf der Sohle. Und hinauf über die weiche Wade, das fragile Knie, die vielen Muskeln im Schenkel. Sorgsam umschmeichelte er ein Bein, dann das andere, das golden im Schein des Feuers leuchtete, das warm und schwer wurde mit dem Genuss seiner Berührung.

Manaam ließ das Bein zurück sinken und beugte sich vor zu Cahuan. Ihre Augen öffneten sich einen Spalt, betrachteten sein Gesicht, glitten an ihm hinunter. Manaams Hemd war an mehreren Stellen durchweicht und klebte dort an seinem Körper, halb durchsichtig vor Nässe. Der Ausschnitt am Hals endete in einem langen Spalt, den Manaam nicht verschnürt hatte. Und so fiel er manchmal mit der Bewegung auseinander, dann wieder zusammen, enthüllte und verbarg Manaam vor Cahuans Blicken, zeigte und versteckte seine nackte Brust, seinen schlanken Körper, seine zarte Haut.

»Hmm«, brummte Cahuan. »Ich glaube, ich sehe einen Anlass, noch wach zu bleiben. Und meine Augen nicht ganz so oft zu zu machen.« Sie hob einen Finger an Manaams Nacken, zeichnete die Linie seines Kragens nach, tauchte ab entlang des Spalts zwischen den Schlüsselbeinen.

Manaam fing ihre Hand ab. Er hob sie an die Lippen und küsste ihre Fingerspitzen. »Du kannst deine Augen gern offen lassen«, murmelte er. »Aber abgesehen davon schlage ich vor, dass du nichts tust, absolut nichts. Lehn dich zurück, lass dich von mir verwöhnen. Nur für heute Abend. Wenn du das möchtest?« Er sah sie fragend an.

Cahuan zögerte. Dann nickte sie mit einem leisen Lächeln. Sie warf noch einen wehmütigen Blick auf Manaams Hemd und zupfte daran, ein ganz kleines bisschen. Aber klar genug. Während Cahuan ins Wasser zurück sank, zog Manaam den durchtränkten Stoff über seinen Kopf.

Er tauchte das dicke Waschtuch nochmals ins Wasser und rieb damit über Cahuans Hals und Schultern. Sie legte den Kopf auf den Wannenrand. Die rauweiche Struktur des Gewebes und die tropfende Wärme an ihrem Hals waren köstlich. Wie auch Manaams Massage. Cahuan seufzte genüsslich, als seine Liebkosungen über ihre Schlüsselbeine hinunter zu ihrem Herzen wanderten und dann langsam und achtsam ihre Brüste umkreisten, das Gewicht hoben und schoben und langsam wieder absinken ließen, eine bewusste und sorgsame Spirale aus sanftem Druck, die Entspannung in die Tiefen ihres Körpers brachte.

Manaams Hand glitt unter Wasser weiter, über Cahuans Bauch und Taille, immer mit derselben ungebrochenen Aufmerksamkeit, derselben absichtsvollen Berührung, die Cahuans Körper mit einem leisen Schnurren willkommen hieß.

Mit einem leichten Tippen auf den Rücken lud Manaam Cahuan ein, sich an ihn zu lehnen. »Komm zu mir«, flüsterte er, als er eine halbe Umarmung anbot.

Warm und nass kuschelte Cahuan sich an seine Schulter und ließ ihren Rücken frei. Mit sanftem Druck und unerschöpflicher Großzügigkeit glitt Manaams Hand mit dem weichen Tuch auf und ab, rieb ein warmes Prickeln über Cahuans Haut, fuhr über die flachen Muskeln. Mit der anderen Hand hielt er Cahuan an sich gedrückt, ihr Kopf neben dem seinen. Manaam murmelte leise, unverständliche Worte in ihr Haar. Dann zog er sich ganz langsam zurück. Mit einem Griff hinter sich brachte er ein großes Handtuch zum Vorschein und tupfte einladend mit dem Zipfel auf Cahuans Schulter.

Cahuan lächelte und fand sich bereit, so weit aus ihrer Trance zu erwachen, dass sie in der Wanne aufstehen konnte. Sie stieg hinaus, direkt in das Badetuch und Manaams Umarmung, der sie durch den dicken, weichen Stoff hindurch trocken rieb.

Er führte sie zum Feuer und Cahuan sank willig auf die breite Matte, die direkt vor den knisternden Flammen lag.

»Am besten legst du dich auf den Bauch«, murmelte Manaam.

Cahuan drehte sich genüsslich um, das Gesicht zum knackenden Holz gedreht, die Augen geschlossen. Sie hörte Manaam hinter sich rumoren. Und dann spürte sie es.

Warmlinge, der ganz besonderen Art.

Runde, glatt polierte Steine, sorgsam auf genau die richtige Temperatur gebracht. Cahuan stöhnte auf, als sich ein warmer, erdenschwerer Kreis nach dem anderen auf ihrer Wirbelsäule niederließ. Manaam platzierte sie sorgsam, an genau den richtigen Stellen. Eine wohlige Hitze begann aus ihnen heraus zu fließen, ein rotgoldenes Licht, das durch ihre Wirbelsäule rann und von dort aus in all ihre Knochen. Und selbst Organe, die tief im Inneren ihres Körpers geborgen lagen, erreichte diese Zuwendung wie eine Heilung. Sie nahmen sie dankbar auf, weiteten sich im Schein dieser inneren Sonne, rekelten und streckten sich, als sie ganz in ihre eigentliche Gestalt hinein wuchsen, ihre wahre Form annahmen, ihren ganzen Platz ausfüllten. Cahuan genoss diese Heimkehr in ihren eigenen Körper, staunte bewundernd über die Geheimnisse in ihrem Inneren, öffnete sich diesem Mysterium. Ihr ganzes Wesen war weit und warm und zufrieden. Da war keine einzige verkrampfte Zelle mehr in ihr.

Manaam legte seine Hosen ab und streifte ein kleines Stück unsichtbar dünne zweite Haut über. Er legte sich zu Cahuan, halb auf sie, halb auf seinen Ellbogen gestützt, und küsste ihren Nacken. Dann zog er sich zurück, bis seine Hand wiederkehrte, glitschig vor duftenden Ölen.

Cahuan gab einen dumpfen, tiefen Laut von sich. Sie spürte, wie Manaams Hand ihren Rücken entlang wanderte, sorgsam die Steine umstrich, einzelne Tropfen heißen Öls zwischen sie hinein fließen ließ.

Er liebkoste ihre Zehen mit der schlüpfrigen Wärme, ihre Waden, ihre weichen, runden Pobacken. Und diesmal kostete er alles aus, was es dort zu finden gab. Seine Finger glitten hinunter in jede Kluft, in jede zarte Falte zwischen ihren Beinen, rieben durch das Öl, zogen und drückten sachte, verführerisch, einladend. Cahuans Körper, der immer noch tief in wohliger Entspannung ruhte, nahm diese Gabe ohne Zögern an, öffnete sich Manaams Liebkosungen, hieß ihn rückhaltlos willkommen.

Zufrieden mit dem Spiel seiner Hand schmiegte Manaam sich immer enger an Cahuan, mit seinem ganzen Körper, über die volle Länge. Er schob die Warmlinge beiseite. Cahuan spürte Manaams Hitze, seine Erregung, als er mit der Brust über ihren Rücken glitt, die duftenden Öle auf ihrer beider Haut verteilte, durch die verlockenden Aromen tauchte.

Cahuan fühlte seine Küsse in ihrem Nacken, seine Hüften an den ihren. Sanft ließ er sich zwischen ihre Schenkel gleiten, ließ die zarteste, heißeste Stelle seines Körpers an der ihren liegen, wie ein leichter Hauch, eine Frage, eine Sehnsucht. Er wartete noch einen Moment, fühlte Cahuans tiefe Entspannung, ihre Offenheit, ihr tiefes und ruhiges Begehren.

Ganz langsam kam er herein.

Ein dunkler, zufriedener Laut kroch aus Cahuans Kehle. Manaam hielt still, genoss es, sie um sich zu fühlen, zog den Moment in die Länge, um ihn ganz auszukosten. Dann begann er, sich in ihr zu bewegen. Sanft, gemächlich, absichtsvoll, wie eine weitere Form der Massage, eine weitere Wohltat, die er sich für ihren Körper ausgedacht hatte. Und genau so fühlte es sich für Cahuan an. Sie stöhnte hingebungsvoll, als eine neue Welle von Wohlbefinden sich in ihr ausbreitete. Darüber hinaus tat sie nichts, wie versprochen. Sie lag einfach da und badete in Wohlwollen und Genuss.

Manaam rieb und kreiste, drückte gegen ihren warmen Körper, zog sich langsam zurück, um dann erneut in sie hinein zu finden. Kleine Urlaute brachen aus ihm heraus, wie die Stimmen seines inneren Dschungels, schläfrige wilde Tiere, die rau und tief in die Nacht hinaus riefen. Sein Atem wurde schneller, keuchend, das heisere Rascheln des Waldes vor einem aufkommenden Sturm.

Manaam biss sanft in Cahuans Schulter, rieb mit den Spitzen seiner Brust über ihren heißen, glitschigen Rücken, mit seinen Hüften über ihren weichen Po.

Und wurde hinweg gerissen.

Ein brausender Orkan schoss durch seinen Körper, ließ alle Tiere des Dschungels auf einmal aufschreien, alle Blätter an allen Bäumen flattern.

Manaam rang nach Atem.

Sachte ließ der Sturmwind ihn von seinem Höhenflug herunter gleiten, ihn sanft und sicher auf der Ebene landen.

Manaam sank auf Cahuans Rücken nieder, erschöpft, erfüllt.

Still lag er da, mit rasendem Atem und pochenden Herzen. Er rutschte auf die Seite und küsste Cahuans Ohr.

Rekelnd drehte sie sich zu ihm um. Sie schlang ihr Bein um das seine und vergrub ihr Gesicht an seinem Hals, mit einem tiefen, leisen Schnurren. Ganz zart knabberten ihre Lippen über seine Haut. Dann ließ sie auch davon wieder ab und drückte sich einfach nur fest an ihn.

Ein warmes Leuchten hatte sich in Manaam breit gemacht. Müßig spielten seine Finger mit Cahuans Haar. Es gab nichts mehr auf der Welt, was er sich noch wünschte.

31

Elo stand vor der Tür. In seiner Freizeit. Alle wussten natürlich, dass er als Wache in Naydeers Mine arbeitete. Wenn er arbeitete. Was ja jetzt nicht der Fall war. Jetzt war er ganz privat in der Stadt unterwegs, nach Feierabend. Warum auch nicht? Shebbetin war eine freie Stadt. Alle konnten in den Gassen des Schlösschens spazieren gehen, wie sie wollten. Oder dort herumstehen. Es war nicht Elos Problem, wenn die Tür in seinem Rücken zu einem Raum führte, in dem für heute eine Versammlung angesetzt war. Oder? Elo verschränkte die Arme über seiner breiten Brust und lehnte sich locker gegen den Türpfosten.

Eine junge Frau in einem schwarzen Umhang kam die Gasse herauf. Sie warf einen Blick auf Elo, einen auf die Tür hinter ihm, und wurde so langsam, dass sie fast schon stillstand. Sie zögerte. Dann glitten ihre Augen ab und sie ging mit hastigen Schritten vorbei.

Ein paar Leute bogen um die Ecke, in ein lebhaftes Gespräch vertieft. Sie sahen Elo und hörten auf zu reden. Sie hörten auch auf zu gehen. Stumm starrten sie vom unteren Ende der Gasse aus herauf. Dann zogen sie sich in den Schatten eines Torbogens zurück und begannen heftig zu flüstern. Schließlich schlichen sie unauffällig durch die hinteren Höfe davon.

Alle bis auf eine.

Eine Frau mit dickem, grauem Turban trat in die Mitte der Gasse und ging geradewegs auf Elo zu, mit hoch erhobenem Kopf und langen, federnden Schritten. Ihre funkelnden Augen trafen Elos kalten Blick.

»Guten Abend«, sagte sie und glitt an ihm vorbei durch die Tür.

* * *

»Einschüchterung«, zischte Kaya. »Drohungen. Die tatsächlich in Gewalt münden können, wie wir wissen.« Sie lehnte sich vor und schaute den anderen in die Augen. »Es hat seinen Effekt. Nur noch wenige wagen es jetzt, zu Versammlungen zu kommen. Aber«, fügte Kaya mit einem wissenden Grinsen hinzu, »es kommen genau die richtigen. Leute mit Biss.«

Kaya zwinkerte Ngyrya zu, deren grauer Turban fast völlig unter dem breiten Schal verschwand, in den sie sich gewickelt hatte.

»Hmm.« Lhut rieb sich mit der Hand über den Arm. »Ja. Aber das geht nicht mehr lange. Die Leute werden gar keine Versammlungen mehr ansetzen, so wie es jetzt aussieht. Und dann gibt es selbst für die Mutigsten nichts mehr, wo sie hinkommen könnten. Es wird schwer für uns sein, neue Leute zu finden.«

»Vielleicht«, sagte Kaya, »vielleicht auch nicht. Wer weiß. Diese Drohungen machen jedenfalls allen klar, was die Lage ist. Wie wir hier leben. Es macht die Unterdrückung und die Gewalt so sichtbar. Das könnte die Menschen aufbringen. ›Was soll denn das? Wir wollen doch bloß am Votum teilnehmen, wie alle. Und dafür werden wir gleich bedroht? Das kanns ja wohl nicht sein! Was, du stößt mich? Na warte! Ich stoße gleich zurück!‹«

Kaya tippte mit einem Stock auf den Boden. »Wenn die Menschen wütend genug sind, wird sie nichts mehr aufhalten. Dann brauchen sie nicht einmal mehr Versammlungen. Dann werden sie so miteinander reden, in Einzelgesprächen. Die Nachrichten werden sich ausbreiten wie ein Buschfeuer, wenn nur die Flamme im Inneren der Menschen heiß genug brennt.«

* * *

Die Tsechenhütte duckte sich tief in die Schatten der Nacht, mit verschlossener Tür und verriegelten Fensterläden. Nur ein schmaler Lichtstreifen fiel heraus und verriet, dass drinnen noch jemand war.

Joonsters Rücken war steif. Verkrampft hielt er die Faust geschlossen, die Finger fest um den Daumen gewunden.

Die Bergfrau konnte es nicht sehen. Sie kniete zu Joonsters Füßen, konzentriert und angespannt, und führte den Lehmballen in einem runden, durchgehenden Zug um Joonsters Knöchel. Bis zurück zu seiner verwundbaren Achillessehne, wo die Geste ihren Ausgang genommen hatte.

»So.« Die Bergfrau richtete sich auf. »So machen sie das, unten in der Mine. Um den Bann des Dämons zu brechen.«

Wortlos streckte Joonster die Hand aus. Die Frau ließ das Amulett hinein fallen. Ein Klumpen, geformt wie eine menschliche Hand, die fest auf den Daumen drückte.

Joonster ließ eine Münze vor der knienden Bergfrau auf den Boden fallen. »Du wirst das Amulett zurückverfolgen. Bis zu der Person, von der es gekommen ist.«

Die Frau klaubte die Münze aus dem Staub und stand auf. Ohne einen Laut öffnete sie die Hintertür und verschwand in dem verlassenen Tunnel.

Joonster blieb reglos sitzen. Er starrte vor sich in die Dunkelheit. Dann neigte er sich vor und strich mit dem Finger über seinen Knöchel, ganz sachte, genau entlang der Linie, die die Bergfrau mit dem Amulett beschrieben hatte.

* * *

Ojorsven hasste es, in die Berge hinauf zu kommen. Dies war eindeutig die unliebsamste all seiner Pflichten als Büre von Behrlem. Ojorsven fand Reisen sowieso anstrengend. Selbst in einer gefederten Kutsche. Aber auf einem Pferderücken? Mit dem eisigen Wind, der hier oben wehte? Unerträglich! Und die Regenzeit war auch noch nicht ganz vorbei. Letzte Nacht hatte Ojorsven doch tatsächlich in einer der Schutzhütten schlafen müssen, die es entlang des Weges nach Shebbetin gab. Gerade noch rechtzeitig war Ojorsven hineingekrochen, bevor ein eisiger Regen, durchsetzt mit Hagelkörnern, auf das Hochland nieder gegangen war. Die halbe Nacht durch so ein Wetter weiter zu reiten hätte ihn das Leben kosten können, mit all den Fiebern, die man sich da einfing.

Ojorsven grummelte. Er misstraute diesen Bergen, grundsätzlich. Sie waren zu groß, zu weit, zu leer. Man fühlte sich unweigerlich klein und verloren darin. Wenn die sich da so über einem auftürmten.

Aber, na ja. Konnte man nichts machen. So war das eben. Es gehörte einfach dazu zu seiner Stelle. Und Büre in Behrlem zu sein war Ojorsven an sich außerordentlich angenehm. Er liebte seine Arbeit und das Leben, das sie ihm brachte. Es war ruhig und beständig. Es gab immer etwas zu tun, aber nie zu viel oder mit zu viel Eile. Immer etwas Neues, aber doch auch schön viel Altes und Vertrautes. Ein großer Teil seines Lebens war verlässlich und vorhersehbar. Mit Leuten, die er kannte, die ab und zu vorbeikamen und neuen Klatsch über alte Bekannte mitbrachten und die eine oder andere Anfrage. Ojorsven liebte es, auf diese Weise behilflich zu sein. Ein Dienst hier, eine Auskunft da, eine hilfreiche Leistung und schon wieder ein zufriedener Mensch. Es war eine schöne Stelle, wirklich. Alles in allem sehr angenehm und erfüllend.

Abgesehen von Dingen wie eben dieser grässlichen Reise in die Berge. Den einzigen Trost, den Ojorsven finden konnte, außer der Unvermeidlichkeit, lag in dem Empfang, der ihn unfehlbar am Ende seines langen Ritts erwarten würde. Er war nun schon lange Büre in Behrlem, und wann immer er hatte hier herauf kommen müssen, hatte Naydeer ihn aufs Vorzüglichste bewirtet. Er kannte Naydeer nicht wirklich gut, nur von ein paar seltenen Besuchen über die Jahre, aber doch zählte er sie zu den alten Bekannten, die ihm das Leben versüßten. Eine ganz besondere Frau, keine Frage. Mit einem ganz besonderen Weinkeller noch dazu. Das war nichts, was Ojorsven sich alle Tage gönnte, unten in Behrlem. Nicht einmal an einzelnen Tagen, um ganz ehrlich zu sein. Und das Gleiche mit dem Essen, und den Räumen, und der Art, wie er behandelt wurde, wie ein seltener, hoch geehrter Besuch. Also, insgesamt war das einfach ein Erlebnis. Auf das er sich freuen konnte.

* * *

Kaya schritt unruhig auf und ab. Ihr Finger rieb unbewusst über die Narbe unter ihrer dicken Wollkappe. »Wir müssen das wissen! Die Leute werden schon unruhig. Sie sind startklar. Und fragen, wann es losgeht. Was ist jetzt mit der Volksziffrung?«

Kaya drehte sich um und sah Enim scharf an. »Wo bleibt der Büre? Wir erwarten ihn hier schon die ganze Zeit!« Sie verschränkte die Arme über der Brust. »Womöglich kommt er gar nicht? Trotz aller Zusicherungen. Wie würden wir das denn merken? Wollen wir einfach hier sitzen und endlos weiter warten?«

Enim zog die Decke, die unter seine Tischplatte geklemmt war, enger um den Bauch. In dem wohlig warmen Zelt, das seine Beine barg, suchten seine Füße nach dem Warmling auf dem Boden.

»Ich weiß nicht.« Er trommelte unrhythmisch mit den Fingern auf den Tisch. »Die Büre in Behrlem hat mir keinen Tag genannt. Ich habe auch nicht danach gefragt, ehrlich gesagt. Es schien ganz offensichtlich, dass es demnächst sein würde. Sie hatten alles durchgeplant, schon bevor ich überhaupt gekommen bin. Sie hielten die Schatulle parat. Sie wussten, dass Ojorsven derjenige sein würde, der anreist. Und dass er alle Leute erfasst.« Enim sah Kaya mit gerunzelter Stirn an.

»Ich hätte gedacht, dass er längst da sein müsste.«

* * *

Am Abend seines dritten Tages in Shebbetin saß Ojorsven gemütlich auf einem großen Seidenkissen beim Feuer. Mit einem zufriedenen Seufzen betrachtete er den Pflaumenwein in seinem Glas und ließ das exquisite Aroma in seine Nase steigen. Er hatte die Köstlichkeiten und Aufmerksamkeiten, die ihm hier zuteil wurden, ausgiebig genossen. Auch die interessanten Gespräche und all die Besuche in den schönen, geräumigen Villen, die so typisch waren für Shebbetin. Die meisten Menschen wohnten schon lange hier, und die wenigen Änderungen, die es gab, hatte Ojorsven sorgsam in die Schatulle der Volksziffrung aufgenommen. So waren die Tage angenehm verstrichen, und die Abende sogar noch angenehmer.

Nichtsdestotrotz begann Ojorsven nun doch immer öfter an sein Zuhause zu denken, an seine Katze, seine Lieblingstasse, seine ausgetretenen Pantoffel. So großartig es auch war, hier verwöhnt zu werden, Ojorsven konnte nicht traurig sein, wenn es bald wieder Zeit wäre, abzureisen. Aber da war noch etwas, das an ihm nagte. Etwas in den Anweisungen zur Volksziffrung, wo er nicht ganz sicher war, ob er richtig verstanden hatte. Ob es nicht noch etwas gab, auf das er achten sollte. Nenimoria hatte ihm auch erzählt, dass irgendjemand extra zu ihr ins Schreibehaus von Behrlem gekommen war, um zu erbitten, dass sie nur ja alles richtig machten und ganz besonders sorgfältig.

»Naydeer, kann ich dich noch etwas fragen?«, nahm Ojorsven die Sache in Angriff. »Ich bin jetzt durch alle Häuser gegangen und habe all die Änderungen, die es gegeben hat, gewissenhaft aufgezeichnet. Aber ich frage mich ... Da sind doch ganz offensichtlich mehr Menschen in Shebbetin, als in den vergangenen Volksziffrungen erfasst wurden. Da ist noch eine ganze Siedlung, in der ich nie war. Die ich nur aus der Ferne gesehen habe, weil ich am Ende meiner Reise direkt hierher gekommen bin, mit gutem Grund.« Er strahlte Naydeer an. Sie strahlte zurück.

»Aber was ist mit all den Leuten dort? Gehören die nicht auch zu Shebbetin? Sollten die vielleicht in der Volksziffrung erfasst werden, auch wenn es bisher nie so war? Wer sind die überhaupt?« Ojorsven richtete seinen fragenden Blick auf Naydeer.

Mit einem freundlichen Lächeln und einem leichten Kopfschütteln füllte Naydeer sein Weinglas nach. »Ach, da mach dir mal keine Sorgen. Das ist nicht der Rede wert. Diese Leute gehören nicht wirklich dazu. Das sind Nomaden, die hier nur durchziehen. Du hast bestimmt gehört, wie es in den Bergen war, bevor wir Tsechen hergekommen sind und die Minen aufgebaut haben? Da war niemand. Nur ein paar Hirten, die ab und an mit Schafen und Lamas über das Hochland zogen.«

Ojorsven nickte. Da war ein vages Bild in seinem Kopf von rückständigen Zeiten und primitivem Leben. Von riesigen, leeren Bergen und kleinen, vereinzelten Menschen, die kaum sprachen und noch weniger verstanden, die nichts wussten vom Rest der Welt.

»Das sind sie«, fuhr Naydeer fort. »Dieses Hirtenvolk. Sie ziehen durch die Berge, und jetzt sind sie eine Weile hier, weil sie gemerkt haben, dass sie in den Minen Münz verdienen können. Aber sie bleiben nicht. Sie arbeiten eine Zeit lang, und dann wandern sie weiter. Sie sprechen nicht einmal Kokisch. Also tu es dir nicht an, im eisigen Wind hinter ihnen herzulaufen, und zu versuchen, irgend etwas aus ihnen heraus zu kriegen. Das ist nicht der Mühe wert.«

Das Bild des eisigen Windes, in dem er herumirren müsste, verfehlte seine Wirkung auf Ojorsven nicht. Vor allem, weil er es möglicherweise sehr lange tun würde. Die Siedlung sah nicht gerade klein aus. Und auch nicht wirklich nomadisch, wenn er ganz ehrlich war. Nicht so, als ob sie gestern errichtet und morgen wieder abgebaut wäre.

Das hier waren immerhin Steinhäuser.

Kleine, krumme Steinhäuser vielleicht. Aber keine Zelte.

Ojorsven brachte diese Überlegung vor.

»Ach, ja«, sagte Naydeer mit einer abfälligen Geste und einem verschwörerischen Zwinkern. »Die Häuser bleiben da. Aber die Leute gehen. Wenn sie herkommen, ziehen sie in irgendeinen leerstehenden Schuppen. Und wenn sie gehen, lassen sie alles ohne weitere Gedanken zurück. Sie haben kein Zugehörigkeitsgefühl. Nicht einmal zu Shebbetin, geschweige denn zu Yurvania. Sie wissen nicht einmal wirklich, was das ist. Es interessiert sie auch nicht. Sie sind einfach kein Teil davon.«

Ojorsven nickte nachdenklich. Das würde es erklären.

»Aber frag gerne noch andere Leute«, schlug Naydeer vor. »Ich bin ja schließlich nur eine Person, und ich habe meine eigene Sichtweise. Andere sehen das vielleicht anders. Vielleicht irre ich mich ja auch. Also frag doch einfach noch ein bisschen herum. Heute Abend zum Beispiel sind ein halbes Dutzend Gäste bei uns zum Abendessen geladen. Sprich doch mit einzelnen, oder auch mit allen, über dieses Thema. Ich bin gespannt, was sie sagen. Aber ich bin fast sicher, dass sie dir genau das bestätigen, was ich gerade erzählt habe.«

* * *

Enims Pferd trottete stetig den Bergpfad entlang, über eine weiß und grau gemalte Landschaft. Aschene Wolken hingen tief und schwer am Himmel, Schnee in ihren Bäuchen. Geister aus Eiskristall wirbelten über das Hochland und verloren sich irgendwo im Nebel.

Enim fröstelte unter seinem Umhang. Er biss die Zähne zusammen. Er würde das hier durchziehen. Diesmal würde er sich nicht mit einfachen Antworten abspeisen lassen. Er würde ein genaues Datum von den Büren in Behrlem verlangen. Und auch sonst alles erfragen, jedes letzte Detail. Diesmal würde er alles wissen, wenn er ging. Alles.

*

»Wie konnte denn das passieren?« Fassungslos umkrampfte Enim die Tischkante im Schreibehaus von Behrlem. »Ich war sogar noch extra vorher hier, um darauf hinzuweisen! Wie konntest du nur die ganzen Menschen in Shebbetin übersehen!?«

»Na, na, junger Mann«, warf Nenimoria ein, ihr Tonfall sowohl beruhigend als auch ermahnend. Sie konnte Enim ja nicht derart über ihren Kollegen herfallen lassen.

Ojorsven kreuzte schützend die Arme vor der Brust. »Ich habe mein Bestes gegeben, unter den Umständen«, erklärte er. »Ich habe auf den vorhandenen Volksziffrungen aufgebaut und alle Änderungen sorgfältig eingetragen.«

Seine Brauen zogen sich zusammen. »Was die Menschen angeht, die noch nie erfasst waren: Natürlich habe ich gesehen, dass es die auch gibt. Und ich habe mich erkundigt. Ich habe eine Reihe von Leuten gefragt, wer die sind und ob sie in der Volksziffrung inkludiert werden sollten. Und bisher bist du der Einzige, der diese Frage mit ›Ja‹ beantwortet. Alle anderen waren ganz klar der Meinung, dass das nicht angemessen wäre.«

»Aber hast du auch nur irgend jemand von den direkt Betroffenen gefragt?« Enim zitterte vor Unglauben und Empörung.

»Schau her«, schaltete Nenimoria sich wieder ein. »Passiert ist passiert. Ojorsven hat sein Bestes getan, ist den ganzen weiten Weg in die Berge geritten und mit der Schatulle zurückgekehrt. Die wir nach Varoonya geschickt haben, ganz so, wie wir sollten. Das heißt, sie ist jetzt weg. Da kann man nichts mehr machen.«

Aber Ojorsven hatte noch ein Versöhnungsangebot. »Wenn die Schreibstuben in Varoonya beschließen, dass sie nochmal eine Schatulle schicken und eine weitere Volksziffrung haben wollen, gut. Aber dann sollen sie bitte auch sicherstellen, dass sie mit der Schatulle noch zusätzliche Büren mitschicken, für all die Arbeit. Denn eine ganze neue Bevölkerungsgruppe in die Ziffrung aufzunehmen ist ganz sicher mehr, als eine Person allein schaffen kann. Vor allem in dieser Kälte«, schloss Ojorsven mit Nachdruck.

* * *

Yoor legte den offenen Umschlag beiseite und las Torly vor, was auf dem Zettel stand. » ›Ich bin in Behrlem und habe keine Zeit, bevor die Botin nach Varoonya aufbricht. Bitte macht eine Kopie dieses Berichts für euch selbst und eine für mich. Gebt Lenoren das Original. Dringend. Danke, Enim.‹ «

Yoor sah Torly an.

Torly blickte auf die Papiere in ihrer Hand. Sie begann zu lesen.

»Oh, verdammt.«

32

Flackerndes Licht spielte auf Heruns Gesicht, als er die Herdklappe öffnete und ein weiteres Scheit in die Flammen warf. Zufrieden lugte er in die Tiefe hinter dem Feuer. Der Rauch zog gut ab, wärmte den Boden des höher liegenden Hauptraums, bevor er durch den Kamin in der hinteren Wand gen Himmel zog. Herun brummte. Endlich eine Kuschellaube mit einem warmen Boden. So wie es sein sollte, dort, wo Kinder herum krabbelten.

Herun nahm eine heiße Kanne Tee mit nach oben.

Olfwer und seine kleine Schwester kauerten in der Ecke, eng aneinander gepresst, mit sicherem Abstand zum Rest des Geschehens. Vorsichtig schauten sie umher und versuchten, sich langsam an die Idee zu gewöhnen, dass sie möglicherweise von niemandem attackiert würden. Und mehr noch: dass auch alle anderen von niemandem attackiert würden.

Es war ganz klar, dass sie das jetzt noch nicht glaubten. Aber sie warteten ab und ließen ganz langsam die Möglichkeit an sich heran kommen, dass es vielleicht doch auch eine andere Art geben konnte, zu leben.

Olfwer warf ab und zu einen verstohlenen Blick hinüber zu Yunda, mit einer Miene irgendwo zwischen Misstrauen und Bewunderung. Aber hauptsächlich war seine Aufmerksamkeit bei Herun, der gemeinsam mit Quinetopus Söhnen einen kleinen Tisch reparierte.

Beide Brüder waren dem Tod ihres Vaters mit Fassung begegnet. Sie hatten es kommen sehen. Sie waren schon lange mehr oder weniger allein gewesen, am Bett eines Kranken, der nicht mehr mit ihnen sprechen konnte. Und so waren auch die beiden Jungen immer stiller geworden.

Aber jetzt war es anders. Sie waren in ein neues Haus gezogen. In dem auch andere Kinder waren. Die mit ihnen zusammenleben würden wie Geschwister. Mit großen Augen sahen die beiden Jungen, wie ihre Familie nun plötzlich wuchs, anstatt immer nur zu schrumpfen. Sie nahmen es staunend zur Kenntnis. Und in der Mitte all dieses neuen Lebens stand Herun. Herun, der stark und lebendig war. Der Dinge tat. Mit ihnen! Sie spitzten die Ohren und wurden wacher, als sie es seit Monden gewesen waren. Sie werkten und lernten und interessierten sich für all die Dinge, die plötzlich da waren, für die man sich interessieren konnte. Hoffnungsvoll drehten sie Nägel in ihren Händen hin und her, hielten Tischbeine fest und warteten auf den Moment, wo sie beim Hämmern mitmachen konnten.

Hinter ihnen tanzte Yunda durchs Zimmer. Sie begleitete sich selbst mit improvisiertem Gesang und hatte auch die Kunst, Fechtsprünge in ihre Choreografie einzubauen, perfektioniert. Falls das irgendwann nötig sein sollte, wäre sie bereit.

Aber heute brauchte sie nicht zu fechten. Yunda hatte die Schrecken der Werkshütte hinter sich gelassen. Ihre Augen leuchteten. Der Dämon hatte sie nicht erwischt. Und der Hüttenmeister auch nicht. Sie war frei! Und sie hatte ein Zuhause. Mit Herun, mit Geschwistern, mit einem warmen Herd. Yunda sang stürmisch und überschwänglich, aus vollem Herzen.

* * *

Ein eisiger Sturm fegte über das Hochland. Die dicken, weichen Flocken, die die Wiesen zuvor bedeckt hatten, wurden nun zu meterhohen Dünen geblasen, zu Tälern und Bergen, die die Landschaft verformten und den Weg unkenntlich machten. Eisnadeln pfiffen über den Schnee, eine Schar winziger, grausamer Pfeile. Blass und zornig schossen sie durch die Luft und hüllten alles in ein undurchdringliches Grau, in eine feindselige Dämmerung, die vor ihrer Zeit gekommen war.

Die Kaninchen hatten es gespürt. Das Nahen des bösen Wetters. Sie hatten Schutz gefunden, tief unter der Erde, warm zusammengekuschelt mit den Ihren. Fern der wütenden Elemente, die jeden Lebenshauch, der jetzt noch unbedarft im Freien herumkrabbelte, in eine kalte Todesstarre verwandeln würden.

*

»Enim ist nicht zurück gekommen.«

Cahuans Stirn lag in Falten. Unruhig rieb sie mit der Hand über den Arm. »Er hätte schon seit Tagen wieder da sein sollen. Was ist bloß passiert?«

Lhut kuschelte sich an sie. Pulan und Lunin, die das sahen, schlossen sich sofort an.

»Er ist ja wohl nicht in den Schneesturm hinaus geritten?« Pulan pfiff besorgt und ein wenig eisig durch die Zähne. Mit einer Hand tapste sie nach Lunin und zog ihn tiefer in ihre Umarmung.

Ein schwerer Seufzer stieg aus Cahuans Brust. »Ich weiß es nicht. Ich weiß nicht, wie gut er so etwas erkennen kann. Welches Wetter aus den Bergen kommt.«

»Es gibt Schutzhütten entlang des Weges«, warf Lhut ein. Er drückte die Decke rund um ihren kleinen Kuschelhaufen fest. »Enim würde bestimmt in eine davon gehen, falls er in ein Unwetter kommt.«

»Aber weiß Enim, wo die sind? Würde er sie finden, auch wenn der Weg verweht ist und er im Schneesturm nichts sieht?«

* * *

Munter flackerten die Flammen im Ofen des Schreibehauses vor sich hin und untermalten mit freundlichem Knacken die Gespräche der Menschen.

Enim räusperte sich. »Ich habe in der Tat eine weitere Frage. Wenn ihr mir noch etwas Zeit schenken könntet?« Er hatte ein Päckchen Tee mitgebracht, als Gabe, als Versöhnungsangebot. Und als Andeutung, wie viel Zeit ungefähr er gerne geschenkt bekommen würde.

Mit einem Seufzer der Erleichterung stellte Ojorsven den Kessel auf. Er hatte alle Zeit der Welt, und auch allen guten Willen. Wenn er bloß keine Händel ausfechten musste. Aber freundliche, ausgedehnte Gespräche über dies und das waren ein höchst willkommener Teil seines Lebens. Und wenn sich die Dinge wieder in diese Bahnen lenken ließen, war Ojorsven der Erste, der mit vollem Herzen dabei war.

* * *

Verborgen weit hinten im Garten des Badepalastes von Behrlem lag ein kleines Häuschen, mit bröckelndem gelbem Putz und einem bemoosten Dach.

Die Almecha, die dort arbeitete, wandte sich zu Enim um. Die Glasperlen in ihren Zöpfen umrahmten ihr schwarzes Gesicht mit einem strahlenden Kranz an Farben. In der Hand hielt sie die letzten Teile von Enims Puzzle.

Enim strich ehrfürchtig mit dem Finger darüber. Dann verstaute er die Schätze in seiner Tasche, sorgsam darauf bedacht, nichts zu beschädigen. Unsichtbar feine Fäden fügten sich neben glasklare Kristalle, deren Herzen schon einige der zentralen Zaubersprüche bargen. So wie das Innere der polierten Holzschalen auch schon bereit war, ein komplexes Muster aus Punkten und Linien aufzunehmen.

»Ich denke, von hier aus komme ich selber zurecht.« Enim sah die Almecha an, die all diese Kostbarkeiten beschafft hatte, alle so genau abgestimmt auf Enims Bedürfnisse. »Du warst unglaublich hilfreich. Ich kann dir gar nicht genug danken. Allein hätte ich das nie geschafft.«

Die Frau winkte ab. »So läuft das Leben doch. Wie wäre es denn um uns alle bestellt, wenn wir einander nicht ununterbrochen aushelfen würden?«

* * *

Auf dem Rückweg hielt Enim bei jeder der Schutzhütten an, von denen er wusste. Um die Bekanntschaft zu erneuern. Um sich ihre Lage so gut einzuprägen, dass er sie selbst bei Nacht und Nebel finden würde, sollte er das jemals brauchen.

Und außerdem wollte Enim sein Scherflein beitragen. Er wusste, dass alle Reisenden gemeinsam diese lebensrettenden Orte unterhielten.

Enim legte noch einen Felsbrocken auf den Kegel, der den Weg zum Unterschlupf markierte. Im Inneren hatte er bereits den Kraftstein der Laterne erneuert und sogar noch eine weitere Laterne dazugestellt sowie ein mäusesicheres Glas getrockneten Brotes.

Enim klopfte auf den Hals seines Pferdes, das geduldig gewartet hatte und jetzt in den Sonnenschein und Enims Gesicht schnaubte. »Ja«, sagte Enim. »Ziehen wir los?«

* * *

»Enim!!!«

Cahuan warf sich an seinen Hals, dicht gefolgt von Som und Lunin. Schon bald war Enim Mittelpunkt einer wurligen Gruppenumarmung. »Dir geht es gut!« Er kroch zu ihnen und den Warmlingen unter die Decke.

Sobald Kaya da war, begann Enim mit seinem Bericht.

»Oh, verdammt!« Lhuts Stimme war ein tiefes Grunzen, ein raues Seufzen. Er schob die Kappe auf seinem Kopf nach hinten und zog sie dann nur umso fester wieder hinab über die Ohren.

»Zwei Dinge noch«, fügte Enim hastig hinzu, mit einem besorgten Seitenblick auf Kaya, die rauchte wie ein Vulkan kurz vor dem Ausbruch. »Zum einen habe ich nach Varoonya geschrieben und Lenoren gebeten, neue Büren und Schatullen zu schicken. So dass die Volksziffrung noch rechtzeitig vor dem Votum abgeschlossen werden kann. Im Idealfall.«

Enim räusperte sich. »Zum anderen habe ich dies hier mitgebracht.« Er öffnete seine Tasche, und ein schimmerndes Leuchten fing sich in feinsten Fäden und klaren Kristallen. »Ich kann eine Schatulle bauen. Und wir können selbst mit einer Volksziffrung beginnen. Ich habe den Büren genau gefragt, wie es geht.«

Kaya der Vulkan explodierte. Vor Freude. Und Enim wusste kaum noch, wie ihm geschah.

33

»Ich habe das nicht geahnt«, sagte Manaam. »Es tut mir leid.« Er ging zum Fenster, drehte sich aber zu Cahuan um. »Ich habe jetzt meinen Sekretär gefragt. Und er hat das bestätigt. Der Büre war in der Tat hier. Mein Sekretär hielt das für eine kleine administrative Angelegenheit, eine Routinesache, die man korrekt und ordentlich erledigt, und fertig. Er hat keine große politische Intrige dahinter vermutet. Und ich auch nicht, muss ich leider sagen.«

Manaams Hand krampfte sich um das Fensterbrett. »Ich hätte danach Ausschau gehalten, wenn ich es gewusst hätte. Ich hätte euch warnen können.«

Cahuan sah ihn aus dunklen Augen an. »Hättest du das getan?«, fragte sie leise.

Manaam wurde rot. »Ja, natürlich! Ich mag ein vorsichtiger Mensch sein, aber so weit hätte ich mich doch vorgewagt. Natürlich hätte ich euch gesagt, dass der Büre da ist.« Manaam tat ein paar Schritte in den Raum hinein. »Ich hätte auch selbst mit ihm gesprochen. Ihm gesagt, dass all die Menschen in der Siedlung unbedingt mit zur Volksziffrung gehören.«

Manaam sah Cahuan direkt an. »Aber mir war nicht klar, dass ich darauf achten muss. Hätte ich es wissen müssen? Hast du es mir gesagt, und ich habe es bloß vergessen?«

Cahuan neigte den Kopf zur Seite. Dann senkte sie den Blick. »Ich weiß nicht. Ich habe es bestimmt einmal erwähnt. Aber ich hätte dich viel direkter bitten sollen. Und auch selber mehr darauf achten. Doch in Wirklichkeit hatten wir alle nicht damit gerechnet. Nicht vorhergesehen, dass es so laufen könnte. Und deshalb sind wir darauf hereingefallen.«

* * *

Eine strahlende Herbstsonne schien auf Varoonya nieder und wärmte ein Labyrinth aus Terrassen und Dachgärten. Am Ende der Regenzeit war alles grün und üppig, und die leichte Kühle in der Luft löste sich im Mittagslicht rasch auf. Yoor war der Weg über die Rampe zu lang gewesen, und so kletterte er nun von der schwankenden Strickleiter über eine kleine Ziermauer, die verspielt Grenzen vortäuschte, wo es in Wirklichkeit keine gab. Blätter so groß wie sein Kopf winkten Yoor zu, nahmen ihm die Sicht, blendeten und integrierten ihn in einen Dschungel aus Kräutern und Ranken und Blumentöpfen. Yoor balancierte an einer Reihe von Orangenbäumen entlang, dann eine zierliche Wendeltreppe hinauf bis zur nächsten Ebene dieses riesigen Parks, der sich hoch über den verwinkelten Gassen des Bodens erstreckte.

Schließlich, versteckt zwischen einer Wäscheleine, einer Windmühle und einem hellroten Sonnensegel, fand Yoor Torly und Nin. Und merkte, dass die beiden schon fast am Ende ihrer Diskussion waren.

Nins Augen funkelten. Sie stampfte mit dem Fuß auf. »Das kanns ja wohl nicht sein! Wir leben doch nicht in Zeiten vor dem Wandel! Nicht einmal in Shebbetin!«

Nin kreuzte die Arme vor der Brust und hob trotzig ihr Kinn. »Oder jedenfalls werden wir es dabei nicht belassen. Auch wenn diese Naydeer sich genau das zu wünschen scheint. Dass die Leute nicht gezählt werden und nichts zählen! Dass sie keine Stimme haben und sich kein Gehör verschaffen können. Und weiter ausgebeutet werden wie bisher!«

Nin nahm Torly bei der Hand und zog sie mit sich. »Das werden wir nicht zulassen! Wir werden sofort neue Büren hinschicken, und dann können alle am Votum teilnehmen. Alle!«

*

Im Vergleich zur Dachterrasse schien der Raum kühl und dunkel.

Lenoren war im Begriff zur Tür hinaus zu eilen, auf dem Weg zu ihrer nächsten Rede oder Lauschrunde, wie immer in den Monden vor dem Votum. Aber sie hielt an der Schwelle inne, die Hand auf der Klinke, und blickte zurück zu ihrer Tochter. »Das geht einfach nicht.«

»Aber–«

»Nicht für dieses Votum«, unterbrach Lenoren Nin. »Die Listen der Teilnehmenden werden schon geschrieben. Wir wären nie im Leben in der Lage, jetzt noch eine Ziffrung nachzuschieben und die Resultate rechtzeitig zurück zu bringen. Tut mir leid. Aber es ist zu spät.«

Lenoren wandte sich zum Gehen. »Frag mich wieder, wenn der neue Rat zu arbeiten beginnt.«

Nin schrie auf und warf den zerknüllten Brief mit aller Macht nach dem Rücken ihrer Mutter.

Lenoren seufzte. Dann verschwand sie in den Straßen Varoonyas.

* * *

Kälte troff von den rauen Steinwänden. Die drei Kinder der Bäckerin versteckten sich mit ihren Warmlingen unter einer dicken Daunendecke und erzählten sich Geschichten im Dunkeln.

Kaya klopfte auf den Packen Papier in ihrer Tasche. »So werden wir es wissen.« Sie legte das letzte Blatt und einen Stift auf den Tisch und blickte ihre Gastgeberin an. »Wir kennen dann die genaue Anzahl der Menschen, die in Shebbetin leben. Wir gehen jetzt alles ab und schreiben ein Haus nach dem anderen auf. Wenn dann die Büren kommen und es offiziell machen, dann wissen wir schon, was herauskommen muss und ob sie jemanden vergessen haben. Und wen. Diesmal werden wir nicht mehr betrogen. Nicht mal ein kleines bisschen!«

Die Bäckerin nickte. Sie schrieb die Angaben für die Leute ihres Haushaltes nieder und fügte noch ein paar Kommentare hinzu über Nachbarinnen, die um diese Zeit nicht zu Hause sein würden, aber deren Namen sie genauso gut nennen konnte.

Kaya sandte wieder einmal ein Dankesgebet an Enim, der die weise Voraussicht gehabt hatte, auch das letzte Detail aus dem Büren in Behrlem herauszukitzeln. Wenn Kaya einfach selbst geraten hätte, wie eine Volksziffrung aussieht, wäre sie nie und nimmer auf das exakte offizielle Format gekommen.

* * *

Enim nickte zufrieden. Die Rolle war noch da. Eingezwängt zwischen den Beispiel-Berichten, die er aus Varoonya mitgebracht hatte, zwischen Briefen und Notizen über dies und das, waren die Blätter, die er im Chaosatelier abkopiert hatte. Auch die komplexe Zeichnung, die Enim nun auf dem Tisch ausrollte.

Er ließ seine Blicke über das ausgeklügelte Design schweifen, über Linien und Pentagramme, über angedeutete Kristalle und erklärendes Gekritzel. Manches davon sein eigenes, dachte Enim stolz.

Ein Lächeln glitt über seine Lippen bei der Erinnerung daran, wie Kaya ihn gedrückt und geküsst hatte für seinen Vorschlag. Das war wohl einfach Kaya, dachte Enim mit einem Schulterzucken. Sie berührte ihn so gut wie nie, aber in Momenten wie diesen konnte sie so feurig sein, dass es quasi ein Brandmal auf der Haut zurück ließ.

Ein beharrliches kleines Grinsen machte es sich in seinem Mundwinkel gemütlich, während Enims Augen schon auf das Muster aus Linien fokussierten. Mit geübten Fingern dröselte Enim den unsichtbaren Faden auf und griff nach seinem Zauberstab.

34

»Tut mir leid. Ich kann dir nichts davon verkaufen«, wiederholte der Händler mit angespannter Miene. »Es ist … alles reserviert.«

Breitbeinig stand er in seinem Schuppen, die Arme über der Brust gekreuzt. Hinter ihm türmte sich das Brennholz bis zur Decke.

»Tatsächlich.« Kayas Augen wurden schmal. »Wie merkwürdig. Weißt du, ich war gerade bei deiner Nachbarin und auch sie hat gesagt, dass ihr gesamtes Brennholz vorbestellt wurde und sie nichts verkaufen kann. Irgend jemand in Shebbetin hat eine unglaubliche Menge Holz reserviert. Ich frage mich, wer das wohl sein könnte?«

»Geht dich nichts an«, brummelte der Händler. »Kann ich nicht sagen. Verschiedene Leute.«

Kaya blickte zu Boden. Ihre Narbe begann sich abzuheben, eine blasse zornige Linie auf der schwarzen Haut.

»Geh einfach«, sagte der Händler leise, fast bittend. Er wandte sich ab.

Kaya nickte langsam. »Mach ich«, versprach sie. »Ich werde dich nicht in Gefahr bringen. Mir ist klar, dass du bedroht worden bist. Es ist an dir, zu überlegen, welches Risiko du eingehen willst und welches nicht. Es ist dein Leben und deine Entscheidung. Ich habe kein Recht, sie für dich zu treffen.«

Kaya sah dem Händler in die Augen. Sie sprach mit stiller Intensität. »Du weißt, dass mein Lebensunterhalt hiervon abhängt. Ich habe einen Warmlingsofen, und ohne Feuerholz kann ich ihn nicht betreiben. Ich kaufe schon seit Jahren bei dir Holz. Du weißt das. Du weißt auch, dass ich will, dass wir am Votum teilnehmen. Wie alle anderen Menschen Yurvanias auch. Die werden nicht bedroht. Die müssen nicht ihr Leben oder ihr Geschäft riskieren. Und wenn wir das müssen, dann ist etwas falsch hier in Shebbetin, ganz massiv falsch. Wir leiden schon unser ganzes Leben darunter. Aber wir können es ändern. Wir werden es ändern.«

Kayas Augen glänzten. »Es gibt viele Arten, mitzuhelfen. Deine Entscheidung. Schau einfach, was es ist, das du beitragen kannst. Was du zu wagen bereit bist. Und wann.« Mit einem letzten langen Blick in die Augen des Händlers neigte Kaya ihr Haupt und ging.

* * *

Der Mond war wieder halb voll und blickte mit blassem Gesicht in Kayas Ofenstube herein. Kaya stocherte mit einem Stab in dem schwindenden Stapel Feuerholz an der hinteren Wand. »Wir können so nicht weitermachen«, seufzte sie, als sie sich zu Slunyew und Ngyrya umdrehte. »Die Leute sind sehr tapfer, mit ihrem geschmuggelten Feuerholz, mit heimlich gekauften Bündeln, die sie uns hier und da zukommen lassen. Aber es ist zu mühsam und zu wenig.«

Kaya grummelte. »Die Leute gehen alle ein Risiko ein, und wofür? Uns geht immer noch das Holz aus. Und noch schlimmer: Uns geht die Zeit und die Kraft aus. Wir kommen zu gar nichts anderem mehr, als ständig dem Holz hinterher zu rennen.« Sie seufzte erneut.

Slunyew zupfte unruhig an einer weißen Locke, die unter seine Kappe hervor lugte, und brummte heiser.

Ngyrya zog den Schal enger um ihren Turban. »Vielleicht könnten wir direkt von den Händlerinnen aus dem Tal kaufen? Sie sind von außerhalb. Naydeer wird sie doch wohl nicht auch bedroht haben?«

Kaya sah Ngyrya nachdenklich an. »Nein. Das hat sie wohl nicht. Noch nicht, jedenfalls. Damit rechnet sie nicht.«

Kaya strich mit dem Finger über einen rauen Scheit, bittend, lockend, so als würde sie langsam eine Antwort aus ihm herauskitzeln. »Wir müssten sehr viel auf einmal kaufen. Zum einen, damit wir für den Rest des Winters genug haben und von weiteren Boykottmaßnahmen unabhängig sind. Zum anderen, weil die Leute aus dem Tal nur in großen Mengen verkaufen, an Zwischenhändlerinnen, nicht an Einzelpersonen. Wenn wir Holz für den Ofen für ein halbes Jahr kaufen, dann könnten wir es gerade so in ihr Blickfeld schaffen.«

Kaya hob den Kopf und sah Ngyrya direkt in die Augen. »Und wir müssten im Voraus bezahlen, die ganze Summe. So viel Münze, direkt auf die Hand.«

* * *

Enim räusperte sich. »Ich frage mich«, begann er mit einem Seitenblick auf Manaams hingegossene Gestalt, »ob du mir vielleicht etwas Münz leihen könntest.« Er räusperte sich erneut. »Mit stehen einige größere Ausgaben bevor. Ich habe natürlich ein regelmäßiges Einkommen und kann jeden Mond ein wenig auf die Seite legen. Aber da ich die ganze Summe jetzt auf einmal im Vorhinein bezahlen müsste, kann ich es nicht ohne Hilfe tun.«

Enim blickte zu Boden. Dann hob er den Kopf und sah Manaam direkt in die Augen. »Ich könnte«, sagte er mit leiser Stimme, »natürlich erklären, was diese größeren Ausgaben sind. Und warum sie jetzt notwendig werden. Ich werde ehrlich sein. Und nichts verheimlichen. Wenn du es hören willst.«

Manaam las in Enims Augen. Dann lehnte er sich zurück. »Nein.« Er blickte auf seine Fingernägel. »Gar nicht notwendig. Ich muss das nicht wissen. Ich bin nicht involviert. Es ist nicht meine Angelegenheit und ich kann das auch ehrlich zu allen sagen, die mich vielleicht fragen werden. Alles, was ich tue, ist, einem befreundeten Almecha etwas Münz zu leihen. In einem Moment, wo er das braucht.« Manaam blickte mit einem halben Lächeln zu Enim auf. »Und ich in der Lage bin auszuhelfen.«

* * *

Kaya holte die letzte Ladung vom Karren herunter. Slunyew, Ngyrya und eine Handvoll anderer waren damit beschäftigt, das Holz hineinzutragen und aufzuschlichten, wo immer sie noch eine passende Ecke im Haus finden konnten.

»Großartig«, strahlte Kaya die Händlerin an. »Richtig, richtig gut. Du ahnst gar nicht, wie sehr du uns geholfen hast.« Sie wischte sich den Schweiß von der Stirn, der sich selbst in der kalten Winterluft gebildet hatte.

»So«, fuhr Kaya fort. »Du bist also noch bis morgen in Shebbetin, und dann gehts zurück?«

Die Händlerin nickte.

»Du schläfst im Blauen Himmel?« Das brachte Kaya ein weiteres Nicken ein. »Ein sehr anständiger Gasthof. Ich mag ihn. Ich frühstücke da manchmal mit meinem Freund Lhut. Und ich habe dort schon gute Leute getroffen.« Kaya lächelte die Frau verheißungsvoll an und erntete ein freundliches Grunzen als Antwort.

* * *

Die Holzhändlerin saß in der Gaststube des Blauen Himmels und löffelte die Reste einer dicken Suppe in sich hinein, dankbar für die Wärme und die Stärkung. Menschen rund um sie lachten und debattierten, und aus dem Hinterzimmer klangen mehrstimmige Lieder herüber. Mit einem tiefen Seufzen lehnte sich die Händlerin zurück und streckte die Beine unter dem Tisch aus.

»Entschuldigung«, sagte jemand dicht neben ihr.

Als sie sich umdrehte, fiel ihr die Kinnlade herunter. Die Frau an ihrer Seite war ein Schmetterling. Die Händlerin war sprachlos. Sie hatte schon einmal einen Schmetterling gesehen, aus der Ferne. Aber das hier … das war … wie eine Vision. Von unfassbarer Schönheit. Ein wundersames Wesen aus einer anderen Welt. Eine Erscheinung in schimmerndem Goldgrün mit dunklem, dickem Haar, das ihren Kopf wie eine Wolke aus driftenden Meeresalgen umspielte. Ihr Körper war rund und voll, und nur ein paar Handbreit entfernt.

Mit einer bewussten Anstrengung schloss die Händlerin den Mund.

»Guten Abend«, sagte der Schmetterling in einer weichen, melodiösen Stimme. »Tut mir leid, dass ich einfach so hereinplatze. Du bist doch die Holzhändlerin aus dem Tal? Meine Freundin hat dich erwähnt. Ich würde mich gerne dazusetzen und ein wenig mit dir reden, wenn ich darf?« Ihre Stimme zog sich gegen Ende fragend in die Höhe, und ein leises Lächeln spielte um ihren Mund.

Die Händlerin nickte, oder schüttelte den Kopf. Vage zeigte sie auf den Stuhl neben sich und rutschte etwas zur Seite, um Platz zu machen.

*

Sie hatten ihre Krüge geleert, neue geholt und auch diese geleert. Cahuan spielte mit dem ihren, schob ihn auf der Tischplatte hin und her, zog den Finger durch die verschütteten Tropfen.

»So ist das also«, sagte sie, »hier bei uns.« Sie blickte auf und sah der Händlerin ins Gesicht. »Drum. Wenn irgendjemand zu dir kommt und dir Geschichten erzählt, überleg dir gut, was du von ihnen hältst. Falls irgendjemand versucht, dich zu bedrohen oder einzuschüchtern, kannst du dich frei entscheiden, wie du reagieren willst. Wer du sein möchtest.« Cahuans Augen funkelten.

Im Kopf der Händlerin summte es.

Hinter ihrem Rücken kam ein dünner junger Mann mit penibel korrekter Frisur durch die Tür des Gasthofs. Lautlos trat er hinter ihren Tisch und stand für einen Augenblick reglos da, steif und rigide.

Cahuan drehte sich um und erstarrte.

Joonster blickte mit ausdruckslosen Augen auf sie herunter. Seine Stimme war leise, monoton. »Du wirst uns entschuldigen. Wir haben Geschäftliches zu besprechen.«

Cahuans Kehle war trocken. Sie wusste ganz genau, wer Joonster war. Sie wusste nur nicht, was sie tun sollte.

Sie sah zur Händlerin hinüber. Die sagte nichts.

»Nun, ich bin sicher, es wird nicht lange dauern«, entschied Cahuan. »Ich werde einfach warten.« Sie stand auf und setzte sich ein paar Tische weiter an die Wand, genau im Blickfeld der beiden.

Joonster schien verärgert, obwohl Cahuan beim besten Willen nicht sagen konnte, wie sie das aus seiner steinernen Miene hatte ablesen können.

Cahuan sah zu, wie Joonster sprach, und die Holzhändlerin zuhörte. Sie hatte eigentlich nachher zu der Frau zurückgehen wollen, aber als Joonster aufstand und Anstalten machte zu gehen, wandte sich Cahuan einem spontanen Impuls folgend doch an ihn statt an die Händlerin.

»Joonster«, sagte Cahuan ein wenig schüchtern, »wirst du dich auch mit mir für einen Moment zusammensetzen?«

Joonster blieb stehen. Er blickte Cahuan aus seinem dünnen, starren Gesicht heraus an und zögerte. Dann nickte er, in einer fast unmerklichen Bewegung, und machte gleichzeitig einen kleinen Schritt nach hinten.

Cahuan atmete aus. Sie setzten sich, hölzern und unbeholfen.

»Ich weiß, dass du für Naydeer arbeitest,« begann Cahuan mit heiserer Stimme. »Ich nehme an, du warst heute hier, um der Händlerin zu sagen, dass es keine gute Idee ist, Leuten wie Kaya Holz zu verkaufen.«

Cahuan räusperte sich. »Ich arbeite mit Kaya zusammen. Und ich war hier, um zu sagen, dass es eine sehr gute Idee ist, Leuten wie Kaya Holz zu verkaufen.« Sie hielt inne. »Nein«, korrigierte sie sich, »das stimmt nicht. Das ist nicht, was ich gesagt habe. Das ist nicht das Wichtigste.« Ihre Stimme gewann an Kraft. »Ich habe ihr vom Leben in Shebbetin erzählt. Wie ich es sehe. Von Menschen, die keine Heilung bekommen. Von Kindern in Werkshütten. Vom Votum, und all den Dingen, die wir hier nicht haben, obwohl sie für alle anderen in Yurvania selbstverständlich sind. Warum nicht auch für uns? Und warum sollte das so eine Bedrohung sein, Lernlauben und Heilung nach Shebbetin zu bringen? Das ist doch gut, oder? Gut für alle!«

Cahuan sah Joonster mit funkelnden Augen an. Dann senkte sie den Blick. »Tut mir leid. Ich hatte nicht vor, dich anzuagitieren. Du musst darauf nicht antworten. Das sind die Dinge, die mir am Herzen liegen. Für die wir arbeiten. Aber ich denke, das weißt du schon. Und du weißt so gut wie ich, wovon ich da spreche. Du kennst das alles selbst. Du bist schließlich einer von uns, einer der Menschen aus Shebbetin, die so ein Leben haben.«

Mit fahrigen Fingern zupfte Cahuan an ihrem Ärmel. Dabei fiel heraus, was sie zu Hause rasch hinein gestopft hatte: eine kleine Strickkappe, für ein schutzbedürftiges Köpfchen. Sie war erst halb fertig, doch die Nadel war heraus gerutscht und Cahuans ganze Arbeit und Liebesmühe war dabei, sich aufzulösen. Cahuan strich sachte über den dicken Stoff in der Mitte, so als ob die kunstvollen Schlaufen dort ihr sagen könnten, wie sie jetzt weitermachen sollte.

Als sie schließlich wieder sprach, war ihre Stimme weich und leise. »Ich weiß nicht, unter welchem Druck du stehst, oder unter welchen Zwängen. Was es für dich heißt, in Naydeers Diensten zu stehen, und warum du es tust. Ich weiß auch nicht, welche Order du von ihr bekommst oder in Zukunft bekommen wirst.«

Sie biss sich auf die Lippe.

»Ich habe Angst. Große Angst. Wo führt das alles hin?«

Der Wollfaden wand sich um ihren Finger, so eng, dass er das Blut abschnitt.

»Wirst du jemals den Befehl erhalten, jemand von uns zu verletzen? Oder gar zu töten? Was wirst du dann tun? Wo ziehst du die Grenze?«

Cahuan ließ ihre Hand in die Gegenrichtung kreisen und befreite damit ihren Finger. »Könntest du aufhören? Wenn du wolltest?«

Joonster rührte sich nicht. Seine Miene war starr und ausdruckslos.

Cahuan erwartete keine Antwort. Und er musste das wissen. Sie sprach wie zu sich selbst, formte Worte zu ihren Gedanken, ließ die Fragen lose in der Luft hängen. Fragen, die ohnehin schon zwischen ihnen hingen, in ihren Köpfen, in ihren Leben.

»Wenn du gehen wolltest und Hilfe bräuchtest, würdest du zu uns kommen?«

Joonster schnaubte verächtlich. Das erste Mal, dass er überhaupt eine Reaktion zeigte. »Du hast Wunderkräfte, die mich retten würden, ja?« Seine dünnen Lippen verzogen sich.

Cahuan teilte ein bitteres Lächeln mit ihm. »Nein«, sagte sie. »Habe ich nicht.« Sie zog an dem Faden und löste noch ein bisschen mehr von dem vorhandenen Muster auf.

»Andererseits«, fügte sie nach einer Weile hinzu. »Ich weiß gar nicht, welche Kräfte ich habe. Ich finde es jedes Mal neu heraus, immer, wenn ich etwas versuche. Und ich bin immer wieder überrascht. In beide Richtungen«, schloss sie mit einem wehmütigen Unterton.

35

Der Himmel über Varoonya war dunkel, voll von getriebenen, hastigen Wolken und einem scharfen Wind, in dem sich auch die geschütztesten Ecken ungemütlich und exponiert anfühlten.

Yoor hatte die Scheiben des Erkerbalkons geschlossen.

Torly zog die Decke enger um ihre Taille und ließ Enims Brief in ihren Schoß sinken. »Also, das …« Ihre Stimme war dünn. »Das ist zu viel.«

Nin drückte sich in die Ecke und umklammerte ihre Knie.

Mit gesenktem Kopf starrte Yoor auf seine Hände. »Kaya.« Er flüsterte fast. »Sie zerstören ihre Lebensgrundlage. Und bedrohen sie. Mit Gewalt.«

Nin sprang auf die Füße. Mit blassem Gesicht und entschlossenem Blick zog sie an Torlys Arm. »Los. Wir holen die Vrumen.«

»Was?« Torly räusperte sich. »Die Vrumen kann man doch nicht holen, oder? Die werden geschickt. Von einem Schiedshof. Ganz am Ende eines Streits, wenn alle Gespräche nicht gefruchtet haben und selbst der Spruch der Schieden nicht respektiert wird. Nur dann kommen die Vrumen, und setzen den Spruch direkt durch.« Torly legte den Kopf zur Seite. »Wer Hilfe braucht, geht doch zu den Mediaten. Die führen Gespräche, wann immer Leute mit ihren Konflikten nicht selber klar kommen.«

Yoors Blick kam aus unendlicher Ferne zurück. Er rutschte näher an Torly heran. »Ich glaube doch, dass man die Vrumen auch rufen kann. Selbst, sofort. Aber nur in ganz seltenen Ausnahmefällen, wenn direkte Gewalt droht. Dann kommen die Vrumen und halten die Leute auseinander, so dass sie sich nicht weh tun können. Abstand zuerst, Gespräche später.«

»Wirklich?« Torly strich sich übers Kinn. »Das ist doch genau, was wir brauchen!« Sie sah Nin fragend an. »Und wie macht man das? Die Vrumen rufen?«

Nin zuckte mit den Schultern. »Keine Ahnung. Aber das können wir doch die Mediaten fragen!«

* * *

»Ja, absolut!« Das runde Gesicht des Mediaten glänzte. »Da kann man die Vrumen rufen. Die würden das machen.«

Torly strahlte ihn an.

»Du brauchst es bloß den lokalen Mediaten zu sagen«, fuhr der Mann fort.

Torlys Lächeln brach in sich zusammen.

»Wir können das von hier aus nicht tun, verstehst du«, sagte der Mediate entschuldigend. »Wir sind nur für die Stadt Varoonya zuständig. Ihr müsst die Mediaten vor Ort fragen.«

»Aber das ist doch genau das Problem!«, rief Torly. »Es gibt keine Mediaten vor Ort! Und keine Vrumen.«

Der Mediate sah sie unsicher an. »Na ja, also … es wird ja doch wohl …«

Er war jung, höchstens dreißig. Die Zeit vor dem Wandel kannte er nur aus Geschichten. Er hatte so etwas nie gesehen, nie erlebt. Er konnte es sich nicht vorstellen.

»Aber«, probierte Torly es erneut, »Varoonya ist ja nicht nur eine Stadt, es ist auch die Hauptstadt. Es wird doch irgendjemand hier geben, der sich für ganz Yurvania zuständig fühlt, oder? Und in Regionen intervenieren kann, wo es Probleme gibt?«

Der Mediate wiegte bedächtig den Kopf hin und her. Sein Blick schweifte hinaus aus dem Fenster, folgte den Schatten der Vorübergehenden.

Schließlich wandte er sich wieder seinen Besucherinnen zu. »Weißt du was«, sagte er mit einer Mischung aus Unbehagen und Mut. »Ich werde etwas für euch arrangieren. Ein Treffen. Mit jemandem, der … manchmal auf ungewöhnliche Weise eingreift. Sagt man. Es ist vielleicht nicht gerade … Aber egal. Wenn man sonst keinen Weg sieht, dann ist dieser hier vielleicht der richtige.« Trotzig hob er das Kinn, wie um sich selbst von seinem Entschluss zu überzeugen.

* * *

Eiskalte Blicke bohrten sich in Torly Augen.

»Wir brauchen das!« Torly ließ sich nicht einschüchtern. »Schnell!«

Die alte Frau wirbelte in einer harschen, plötzlichen Bewegung herum, die ihre schwarze Robe aufwallen ließ. Sie blieb mit steifem Rücken neben dem Fenster stehen, ein Bild der Strenge und Disziplin.

»Ich verstehe.« Ihre dünnen Lippen verzogen sich. »Mehr, als du denkst, vielleicht.«

Sie hob eine Braue und sah Torly von oben herab an. »Du bist jung. Aber ich habe die feudalen Zeiten noch erlebt. Ich weiß, wie es war. Und ich erkenne die Zeichen.«

Sie hob ihre knochige Hand. »Aber die meisten werden das nicht. Alles, was die Vrumen von heute kennen, sind kleine Probleme. Ein einzelner verstörter Mensch inmitten einer gesunden Gesellschaft. Damit kann man relativ leicht umgehen.«

Ihre Augen wurden schmal. »Aber was es bedeutet, wenn das Unrecht tief in den Strukturen sitzt und Gewalt systemisch ist, das können die Jungen heute gar nicht mehr verstehen. Weder die Art von Problem noch die Art von Lösung, die es dafür braucht.«

Zurres wandte sich um. Ihre Stimme wurde ausdruckslos. »Ich werde tun, was ich kann. Sehen, ob ich irgendwo eine offene Tür finde. Und jemand der, anders als ich, direkte Aktion veranlassen kann.«

Sie wog Enims Brief in ihrer Hand. »Ich fürchte, das hier wird für die Schieden nicht reichen. Sie werden mehr Beweise wollen.«

Sie stieß ihre letzten Worte zwischen den Zähnen hervor. »Ich hoffe nur, dass der Beweis nicht in Form von Toten daher kommt.«

* * *

Die Tür zu Enims Zimmer ging auf. Slunyew kam herein mit einem Kragen aus Schneeflocken – und frischen Warmlingen!

Enim strahlte ihn an. »Slunyew! Du bist ein wahrer Freund!«

Slunyew lachte. »Und dann gibt es noch mehr von diesen hier«, brummte er mit seinem heiseren Bass und legte neue Papiere auf Enims Stapel.

Enim schob die wunderbar heißen Steine unter die Decke, die von seinem Schreibtisch herab hing und ein wohliges Zelt um seine Beine bildete. Als er sich hinunter beugte und die Wohltaten rund um seine Füße arrangierte, stieß er versehentlich den Papierturm um und Slunyew sprang vorwärts zur Rettung.

»Obacht!« Er hatte die Blätter gerade noch gefangen.

»Keine Sorge.« Enim tauchte wieder auf. »Ich passe gut auf sie auf. Im Allgemeinen.« Er grinste. Dann griff er hinter sich und holte die Schatulle hervor, die er gebaut hatte. »Und ich werde alle Leute ordnungsgemäß hier eintragen, sogar noch schneller, als ihr sammelt.« Er zwinkerte Slunyew zu. »Auch wenn das immer schwieriger wird, bei eurem wachsenden Trupp.«

* * *

Cahuan war schon auf dem Weg zurück in die Kuschellaube. Ein schwerer Eimer voll dampfender Kartoffeln hing von jeder Schulter, frisch aus der Küche. Vorsichtig manövrierte sie zwischen den Ständen der Plaza hindurch in Richtung ihres Tretkarrens.

Eine Menge Leute standen herum, flanierten trotz der Kälte plaudernd und lachend über den Platz, tranken heißen Tee, sangen oder tauschten Tipps und Geschichten aus. Cahuan mochte das. Sie liebte die Lebendigkeit, das ständige Summen und Brummen. Selbst mit der schweren Tragstange auf ihrem Rücken verweilte sie ein bisschen länger als nötig, ein Lächeln auf den Lippen, und ließ ihre Blicke über die Menge schweifen. Da sah sie Joonster. Fast fielen ihr die Eimer von den Schultern. Sie stellte sie hart und plötzlich auf dem Boden ab. Das Herz schlug ihr bis zum Hals.

Blind starrte Cahuan auf die Töpferscheibe, die an dem Stand vor ihr angeboten wurde. Ihr Atem kam flach. Sie bemühte sich, ihren flatternden Puls zu beruhigen. Was war denn los? Gab es einen Grund für so eine Panikattacke? Es war Joonster, ja klar. Cahuan hatte allen Grund, Joonster zu fürchten. Wenn er sie in einer dunklen Ecke erwartete. Aber hier? Jetzt? Er würde sie ja wohl kaum am helllichten Tag inmitten einer Menschenmenge attackieren.

Doch Cahuans Herz schlug immer noch schneller als gewohnt. Und sie starrte immer noch hinunter auf die Krüge und Tonstücke vor ihr. Was auch bedeutete, dass sie Joonster aus den Augen verloren hatte.

Vorsichtig hob Cahuan den Blick und blinzelte hinüber zu dem Stand, an dem sie Joonster gesehen hatte.

Er war nicht da.

Cahuan atmete tief durch.

Vorsichtig legte sie die Tragstange mit den Eimern wieder auf ihre Schultern.

Da spürte sie Joonsters Atem in ihrem Nacken.

»Geh heut Abend zum Essen in den Blauen Himmel, mit Kaya«, flüsterte er heiser. »Geht früh, und bleibt, bis Nachricht kommt. Ihr werdet froh sein, dass ihr da wart.«

Und damit verschwand Joonster, rasch und lautlos wie ein Geist.

* * *

»Lächerlich. Vollkommen lächerlich!«, beklagte Kaya sich, nicht zum ersten Mal. Ihre Blicke durchsuchten verärgert die Gaststube des Blauen Himmels. »Wir sind ihnen genau in die Falle gegangen. Sie mussten uns nur freundlich darum bitten und schon setzen wir uns hinein.« Sie schnaubte. »Hier ist entweder gar nichts oder Gefahr. Man muss schon hoffen, dass es gar nichts ist. So wie wir es bereits den ganzen Abend sehr aufmerksam beobachten konnten.«

Sie schüttelte den Kopf. »Was haben wir denn gedacht? Dass einer von Naydeers Schergen eine Erleuchtung hatte und nun auf die Seite des Guten wechselt? Aber nur, wenn wir hier und heute auftauchen? Ist doch absolut lächerlich!«

Sehr zu Cahuans Erleichterung kam in diesem Moment ein halb erfrorener Enim zur Tür herein. Er nickte ihnen zu und holte sich gleich eine heiße Suppe an der Theke. Ngyrya und Slunyew am hinteren Ecktisch schauten kurz zu ihm herüber, bevor sie aufstanden und gingen.

Die kalte Nachtluft schlug den beiden ins Gesicht. Slunyew klappte die Fellmütze über seine weißen Locken und zwinkerte Tränen aus den Augen. Schnell und leise schlüpften die beiden entlang der Wand in den Hof, geduckt die Außentreppe hoch bis zum obersten Stock. Von dort aus halfen sie einander hinauf aufs Dach. Flach auf das Stroh gepresst rutschten sie vorwärts, bis sie die Frau trafen, die Enims Schicht geteilt hatte. Sie lag auf dem First und behielt die Gassen auf beiden Seiten im Auge, so dass es nicht einmal in der kurzen Zeit ihrer Wachablöse einen unbeobachteten Moment gab. Sie nickte Slunyew und Ngyrya zu. Alles gut. Nichts zu sehen, nichts passiert. Viel Glück und gute Unterhaltung, grinste sie verfroren und glitt mit steifen Gliedern hinunter Richtung Treppe.

Slunyew und Ngyrya gingen in Position, jeweils auf einer Seite des Daches, so dass sie den Hof und einen guten Teil der Wege zum Haus sehen konnten. Falls irgendwelche verdächtig aussehenden Gruppen auftauchen sollten, würden sie eine hell leuchtende Traption hinunter werfen, ein Lichtblitz, der durch die Fenster alle Menschen in der Gaststube warnen müsste.

Sie waren nicht völlig unvorbereitet gekommen, tröste Cahuan sich. Nicht ganz blind. Aber doch. Worauf warteten sie hier? War es eine Falle? Wer würde kommen? Was für eine Nachricht sollte sie erreichen?

Cahuan hatte keine Ahnung. Sie konnte sich auf all das keinen Reim machen. Aber jetzt waren sie einmal hier. Das war ihr gemeinsamer Entschluss gewesen, und jetzt wollte Cahuan auch bis zum Ende bleiben. Selbst wenn das Ende bloß so aussah, dass der Blaue Himmel irgendwann zusperrte, dachte Cahuan grimmig. So wie es lief, konnte das gut das einzige Ereignis des Abends bleiben. Rund um sie summte das gewöhnliche Leben der Taverne. Das Treffen eines Heilbeutels füllte einen Ecktisch, eine lebhafte Studiengruppe einen anderen. Die meisten Menschen waren in Brettspiele oder ruhige Gespräche vertieft und aus dem Hinterzimmer klangen, wie so oft, die Harmonien eines Chors herüber.

Cahuan nahm einen tiefen Schluck aus ihrem Becher und erstickte fast. Mit schrillem Alarmpfiff kam Pulan durch die Tür gerannt.

»Kaya! Dein Haus brennt! Der Ofen!«

* * *

Hell loderten die Flammen in den Himmel. Kaya stand reglos da und schaute zu, wie das Dach ihres Hauses einstürzte. Wie das Holz, das sie so stolz aufgeschichtet hatten, in Rauch aufging.

Das Rot und Gold des Feuers glühte in der Nacht. Leuchtende Funken fielen vom Himmel, hingen an den Wänden, brannten auf der Erde. Rund um sie züngelten neue Flammen auf, verzehrten Gras und Holz, bis sie erschöpft niedersanken und wieder eine kleine Stelle verglühen ließen zu dunklem Rot, zu tiefem Schwarz. Ruß malte Schattenmuster auf die Wände ihres Heims, unrunde Gespenster, die sich mit den Rauchgeistern mischten, die einen letzten rasenden Reigen rund um den Ofen tanzten.

Kaya biss sich auf die Lippen. Das war ihr Haus gewesen, ihr Heim. Und ihr Lebensunterhalt. Alles weg.

36

Der Morgen kam blass und kalt über das Tal. Kaya kroch mit ihm heraus und schlich leise durch den Hof der Kuschellaube, zurück zu ihrem Ofen.

Er sah nun ganz anders aus. Kein glühendes Leuchten mehr, kein Rot und Gold. Keine Leidenschaft, keine Hitze. Nur totes, dunkles Grau. Asche. Kahle Wände einer Ruine, die schwarz in den Himmel ragten, hilflos ins Leere griffen.

Vorsichtig kam Kaya näher, trat über die Grenze, in den Kreis hinein, der sich rund um das Haus zog. Ein Schutzwall, ausgehoben von jenen Leuten, die den Brand letzte Nacht als erstes bemerkt und seine Ausbreitung verhindert hatten. Kayas Blicke folgten den Zeichen der Zerstörung. Den Rußfahnen, die sich die Wände hinauf zogen. Der verbrannten Wüste, die sich im Inneren des Feuerkreises erstreckte.

Und fanden Fußspuren. Frische Spuren, oben auf der ungestörten Asche. Sie führten durch den verkohlten Torbogen, hinein in die Ruine. Aber nicht wieder heraus.

Kaya presste sich gegen die Hauswand. Wie eine Wildkatze duckte sie sich, jeder Muskel gespannt, bereit zur Jagd oder zur Flucht. Mit angehaltenem Atem lauschte Kaya auf Bewegungen an der anderen Seite der Wand. Und hörte sie. Atem, und Schritte. Die näher kamen. Auf den Ausgang zugingen.

Kaya sah den Schatten zuerst, der durch die Türöffnung herausfiel. Und dann den Mann.

Sie richtete sich auf.

Er drehte sich um und fuhr mit einem kleinen Schrei zurück, den Arm schützend erhoben. Dann lehnte er sich schwer atmend gegen die Wand, die Hand auf der Brust.

»Du meine Güte«, keuchte Enim und schüttelte den Kopf. »Was machst du denn hier?«

»Das gleiche wie du, vermute ich.«

* * *

Kaya und Enim hatten ihre Beweise präsentiert.

Die Meinungen der Leute von Shebbetin waren geteilt. Wie üblich. Selbst unter denen, die gekommen waren, um als neutrale Außenstehende die gefundenen Spuren an der Ruine zu untersuchen.

Manche waren absolut überzeugt, dass es sich hier um Brandstiftung handelte und dass die sichtbaren Zeichen das eindeutig bewiesen.

Andere meinten, dass es ja wohl kaum Brandstiftung gewesen sein könne, und dass daher das Feuer sich wohl vom Ofen her ausgebreitet haben musste. Was kein Wunder war, wenn ungeahnte Mengen an Brennholz eingelagert waren, in jeder Nische und Ecke, wie nie zuvor. Na, da wird wohl manches zu nahe am Ofen gelegen und sich erhitzt haben. Und prompt ist es passiert. Ist doch logisch. Und dass es an der Außenwand des Hauses Flecken gab, wo das Schwarz intensiver und höher war als anderswo: Na ja, welche Art von Beweis war denn das? Daraus konnte man doch unmöglich schließen, dass da jemand Öl ausgeschüttet hatte. Genauso wenig wie die dünnen schwarzen Linien, die nach außen führten, bedeuteten, dass da eine Zündschnur gelegen hatte. Wenn diese Linien überhaupt existierten und nicht bloße Einbildung waren.

Und so hielten die Menschen im Großen und Ganzen an den Überzeugungen fest, die sie auch vor ihrer Untersuchung schon hatten, und fanden ausreichend Beweise für ihre Sicht in den beobachtbaren Fakten der Realität. Inklusive jener Menschen, die dachten, dass man nie sicher sein konnte, und dass die beobachtbaren Fakten in diesem Fall keine klaren Schlüsse zuließen.

Kaya hielt natürlich ebenfalls an ihrer Sicht fest. Und war sehr sicher, was, oder wer, diesen Brand verursacht hatte.

»Und«, fragte Cahuan, als alle wieder in der Kuschellaube versammelt waren, »was machen wir jetzt?« Unter der gemeinsamen Decke streckte sie ihre Füße nach dem Warmling aus. Einem Warmling, der von einem anderen Ofen gekommen war. Und ab jetzt immer von einem anderen Ofen kommen würde.

»Wir müssen auf der Hut sein.« Kaya presste ihre Worte zwischen den Zähnen heraus.

»Wie denn?« Lhut blickte hinunter auf seine Hände. »Sollen wir nachts Wache stehen? Und tagsüber schlafen? Oder gar nicht schlafen? Für wie lange? Und würde uns das überhaupt retten?« Lhut schüttelte den Kopf. »Das ist zu viel. Ich fürchte, damit können wir nicht umgehen. Mit dieser Art von Bedrohung.«

Cahuan schluckte. Sie zog die Decke an ihre Brust, so als könnte dieser schnelle Trost irgendeine Art von echter Lösung näher bringen. Ihre Stimme schwankte. »Vielleicht können wir verhandeln?«

Kaya schnaubte wie ein Drache, der Rauch durch die Nüstern bläst. »Das haben wir schon mal versucht. Erinnerst du dich? Als wir Naydeer auf die Sicherheit der Mine angesprochen haben. Wir hatten vergleichsweise kleine, vernünftige Forderungen damals. Naydeer hätte sie auch umsetzen können. Aber alles, was sie getan hat, war, uns in den Bauch zu treten.«

Kaya sah Cahuan direkt an. »Ich weiß, dass das kein Argument ist. Viele gute Dinge funktionieren nicht auf Anhieb. Man muss sie wieder und wieder probieren, so lange, bis sie endlich hinhauen.« Kaya rieb die Narbe unter ihrer Kappe. »Ich denke bloß nicht, dass mit Naydeer verhandeln eines von diesen Dingen ist.«

»Nein. Vermutlich nicht.« Lhut lehnte den Kopf an die Wand und schloss die Augen. Als er sie wieder öffnete, stieg ein tiefer Seufzer aus seiner Brust. »Kaya. Wir müssen dafür sorgen, dass du das hier überlebst. Und du auch, übrigens«, wandte Lhut sich an Enim. »Wenn wir im Moment nichts anderes tun können, dann lasst uns wenigstens dafür sorgen, dass euch nichts passiert.« Lhuts Hände waren so fest ineinander verkrampft, dass die Knöchel hervortraten. »Ihr solltet Shebbetin verlassen.«

»Was?«, rief Kaya. »Verlassen? Jetzt? Wo ich gerade alle Leute aufgerufen habe, sich auf die Beine zu stellen?« Sie schüttelte sich. »Nein. Nein.«

Lhuts Stimme war leise aber entschlossen. »Dein Tod würde niemandem helfen, Kaya. Er würde bloß alle einschüchtern, genau so, wie Naydeer es sich wünscht.« Er räusperte sich. »Du kannst viel mehr bewirken, wenn du lebst. In Varoonya. Wo du auch Leute treffen wirst.«

Enim ballte die Fäuste. Sein Gesicht war blass. »Lasst uns Wache halten, jede Nacht. Nur für kurze Zeit, bis Sonnwend. Wenn wir dann noch nicht gewonnen haben, fliehen wir.«

* * *

Joonster hielt die Augen gesenkt. Aber er konnte Naydeers Blicke spüren, die bis in die Tiefen seiner Seele drangen.

»Willst du mir etwa sagen«, fragte Naydeer mit schmalen Augen, »dass du es nicht einmal wusstest?«

Joonster war gelähmt, ausgeliefert. Elo stand erstarrt neben ihm. Sein Status als Naydeers treueste Wache schien verflogen. Seine breiten Schultern boten keinen Schutz.

Naydeers gefühllose Stimme fuhr ungebremst fort. »Es scheint fast, dass sogar sie mehr wusste als du. Sie war nicht zu Hause. In genau dieser Nacht. Als hätte sie etwas geahnt. Wie kann denn das sein, frage ich mich?«

Joonster fixierte einen Punkt auf dem Parkett. Das Blut rauschte in seinen Ohren.

Naydeer kam auf Elo zu und stellte sich direkt vor ihn hin. Ganz dicht. Elos Atem wurde flach. Kalte Schweißperlen standen auf seiner Stirn.

»Nun?«, fragte Naydeer. »Irgendwelche Erklärungen?«

Elo schluckte schwer. Naydeer machte noch einen kleinen Schritt nach vorn, gerade mal der Hauch einer Bewegung. Und Elo brach zusammen.

»Joonster hat mit dem Schmetterling geredet«, stieß er hervor. »Freundlich und so. Und er war an dem Tag auch in ihrer Nähe.«

Die Luft im Raum wurde still. Eisige Kälte legte sich über Joonster und ließ seinen Körper einfrieren. Er stand völlig reglos.

Naydeer wandte sich ihm zu. »Nun, Joonster?« Kaum ein Flüstern.

Joonster versuchte, sich aus dem Klammergriff des Eises zu befreien. Er schaffte es zur Hälfte. Während sein Bauch noch immer gefroren war, begann sein Gehirn fieberhaft zu arbeiten. »Ich war an dem Tag in der Plaza.« Seine Stimme war schwach. »Und sie hat mich gesehen.«

Joonster strich mit der Zunge über seine Lippe. »Ich kann es heraus finden. Ob sie denkt, dass das ein Zeichen war. Falls ja, werde ich es bestätigen. Dass ich sie gewarnt habe, mit Absicht. Für sie muss das heißen, dass ich ihrer Freundin das Leben gerettet habe. Das ist gut. Sie wird mir jetzt vertrauen. Sie wird glauben, was immer ich ihr sage. Wird mir Informationen geben. Darüber, was sie vorhaben. Wer involviert ist.«

Naydeer maß Joonster mit einem kalten, berechnenden Blick.

* * *

Joonster kam in die Kuschellaube wie ein eisiger Wind, schnell und unaufhaltsam. Cahuan fror mitten in der Bewegung ein. Und mit ihr die meisten der Kinder.

Joonster zögerte keinen Augenblick. Er schoss direkt auf Cahuan zu und zog sie in die Ecke. »Ich muss weg. Sofort und für immer«, flüsterte er heiser. »Gib mir alle Münz, die du hast und alle Namen, die mir weiterhelfen könnten.«

Cahuan schüttelte ihn von ihrem Arm. Sie holte tief Luft. Sie spürte seine Panik. Oder ihre eigene Panik, die unaufhaltsam in ihr aufstieg. Sie blickte sich um und fand Lhuts Blick.

»Setz dich.« Sie drückte Joonster auf den Boden. »Ich bin gleich zurück.«

Cahuan hockte sich zu Lhut und murmelte in sein Ohr. Lhut schlang einen Arm um sie und sah hinüber zu Joonster. Er murmelte zurück. Dann schauten sie beide zu Joonster und wisperten gemeinsam.

Das war zu viel.

Joonster schoss hoch und kam mit hastigen, abgehackten Schritten auf sie zu. »Ich muss weg. Jetzt«, zischte er.

»Ja«, sagte Cahuan. »Wir helfen dir. Wenn du zu Fuß gehst, schicken wir jemand zu Pferd hinter dir her. Enim. Er kann die Münz bringen. Wir haben nicht genug bei der Hand, hier in der Kuschellaube. Wirst du auf dem Pfad nach Hebenir sein?«

Joonster sah sie mit fiebrigen Augen an. »Nein.«

Er zögerte. »Ja«, korrigierte er. »Wenn ihr mir das Pferd gebt.«

*

Enim ritt hinaus auf die verschneiten Wiesen, Som vor sich im Sattel. Er trug seinen weiten, warmen Kapuzenmantel, wie befohlen, und hatte die Satteltaschen voll mit Essen, Wasser und einer dicken Decke. Einem Münzbeutel, Papier und Stiften, einer Laterne. Das war alles, was Enim in der Eile hatte packen können. Wovon er dachte, dass jemand auf der Flucht es brauchen würde.

Sie folgten einem ausgetretenen Pfad, der zur Mine hinauf führte. Aber zu dieser Tageszeit war er vollkommen verlassen. Enim ritt an einer einsamen Scheune vorbei und zügelte sein Pferd.

Pulan rannte mit einem verhaltenen Erkennungspfiff auf ihn zu. Im Schatten der Wand zog Cahuan die Decke von ihrem Karren und enthüllte Joonster, der blinzelnd ins Licht schaute.

»Du musst ihm deinen Umhang geben«, erklärte Cahuan Enim, als er abstieg. »Gegen die Kälte, aber auch als Verkleidung. Wir werden dich im Karren unter der Decke nach Hause bringen, während Joonster mit deinem Pferd und deinem Kapuzenmantel davon reitet.«

»Brillant, nicht wahr?« Pulans dunkle Augen leuchteten. Aber die Erwachsenen waren alle viel zu angespannt, um das Abenteuer zu genießen.

Joonster war kalt und steif. Er nahm den Mantel entgegen, ohne Enim in die Augen zu schauen.

»Ich brauche Namen«, sagte Joonster. »Leute, die ihr kennt. An die ich mich wenden kann. Die mir weiterhelfen oder mir zumindest andere Menschen nennen.«

»Wir können dir keine Namen geben«, sagte Cahuan fast entschuldigend. »Aber wenn du nach Varoonya kommst, dann frag in der Taverne zum Goldenen Kessel, ob es Briefe für dich gibt. Du kannst auch uns dort Nachrichten hinterlegen. Für Cahuan. Jemand wird kommen und sie holen.«

Joonster sah Cahuan an. »Ich brauche ein Versteck. Und später Arbeit. Ihr kennt doch Leute in Varoonya? Oder sonst wo? Gib mir einfach ihre Namen. Nur die Namen.«

Cahuan hielt seinen Blicken stand. »Ja, wir kennen Leute. Aber das hier kam zu rasch. Wir hatten keine Zeit zu überlegen. Und wir kennen dich nicht so gut. Wir möchten die Namen anderer nicht weitergeben, ohne sie gefragt zu haben, ohne Erklärung. Und deshalb ist es das, was wir dir geben können: Ein Pferd, ein Beutel, eine Verkleidung. Und eine Kontaktstelle in Varoonya.«

Joonsters Gesicht war sehr blass. Er nickte. Mit einer raschen Drehung wandte er sich um, um Enim die Zügel aus der Hand zu nehmen. Aber Enim ließ sie nicht los. Sein Gesicht war fast so weiß wie Joonsters.

»Bitte«, hauchte Enim. »Ich kann es nicht glauben. Ich muss es hören.«

Er schluckte schwer. »Hat Naydeer dir gesagt, dass du Kaya umbringen sollst?« Er sah Joonster flehentlich an. Joonster starrte wortlos zurück.

»Bitte. Hat sie?«

Joonster wandte ihm den Rücken zu und stieg in den Sattel. Er blickte auf Enim hinunter.

»Ja.«

Enim ließ los.

Joonster ritt davon, ohne sich noch einmal umzudrehen.

* * *

»Ihr habt ihm Münz gegeben.« Kaya sah Cahuan mit hochgezogenen Brauen an. »Er war jahrelang Naydeers Scherge. Er hat mein Heim niedergebrannt. Und ihr geht her und helft ihm. Gebt ihm Münze. Aus Dankbarkeit dafür, dass er die Gnade hatte, mich nicht umzubringen.« Kaya schüttelte den Kopf. »Also echt. Ihr seid die verrücktesten Menschen, mit denen ich je mein Leben geteilt habe.«

Sie schnalzte mit der Zunge. »Eigentlich«, fuhr sie fort, »gibt es doch ziemlich viele Leute, die mich alle auch nicht umgebracht haben. Sollten die nicht vielleicht auch alle ein Pferd bekommen und einen Münzbeutel?«

Cahuan stopfte energisch ein Kissen in ihren Rücken. »Ja«, sagte sie etwas schroff, »das sollten sie. Sie sollten alle genug bekommen. Für ihre Arbeit und für ihre Bedürfnisse. Und außerdem sollten alle Kranken Heilung finden und alle Kinder ein gutes Zuhause.« Sie schob noch ein Kissen hinter sich. »Es ist ja nicht so, als wären uns alle anderen Menschen egal. Wir tun, was wir können. Was richtig scheint, im jeweiligen Moment. Und in dem Moment stand Joonster vor uns. Wir hatten keine Zeit zu überlegen. Er war in Gefahr, weil er uns geholfen hatte. Wahrscheinlich. Also haben wir ihn unterstützt, so gut wir konnten.«

Cahuan sah Kaya direkt in die Augen. »Das ist, was wir getan haben«, sagte sie. »Ich weiß nicht, ob es richtig war. Aber es war das Beste, was uns in dem Moment eingefallen ist. Und ich hoffe, es war gut.«

Kaya blickte sie an. Ein tiefes, warmes Licht stahl sich in ihre Augen. Sie schüttelte noch einmal den Kopf. Und dann umarmte sie Cahuan, lang und leidenschaftlich.

37

»Er verdankt mir sein Leben. Seine Fähigkeiten. Alles. Und das hier ist mein Lohn?« Naydeer stellte den Dekanter mit einem harten Knall auf dem Tisch ab. »Wem kann man heutzutage noch vertrauen? Niemals dem Pöbel, soviel haben wir wieder einmal gesehen. Was ich für eine zentrale Säule gehalten habe, hat sich als hohl erwiesen, als dünn und schwach. Es ist unter der kleinsten Prüfung zusammengebrochen.«

Mit raschen, ungeduldigen Schritten trat sie ans Fenster. »An wen werde ich mich nun wenden, wenn es eine auch nur im Geringsten delikate Aufgabe gibt?«

Sie sah Pramus an, als würde sie meinen, dass er nun mit einer Antwort aufzuwarten hätte.

Der Magja schüttelte den Ärmel seiner Robe aus, scheinbar in die Betrachtung der gestickten Runen versenkt. Als er schließlich sprach, waren seine Worte gewählt. »Auch ich habe meine Stützen. Und eine davon wird nicht zusammenbrechen, denke ich. Selbst bei der delikaten Aufgabe, die nun vor uns liegt.«

In seinen Augen lag ein kalter Glanz. »Wir müssen den Verräter fassen.«

* * *

Der Hafen von Varoonya war voll von Schiffsleuten, die Boote vertäuten und Segel hissten, die Kisten stapelten und Fässer ausluden, die lachten und schrien und unter den Lasten schwitzen. Bunte Sonnensegel flatterten über den Marktständen, und der schwere Duft exotischer Gewürze mischte sich mit dem Geruch nach Flussalgen und dem Stimmengewirr hunderter Menschen, die alle gleichzeitig redeten.

So wie auch die neu angekommene Krämerin, die den ganzen Tag lang Fragen stellte und das offenbar viel wichtiger nahm als den Verkauf irgendwelcher Waren. Unermüdlich verfolgte sie ihr Thema, zog eine Person nach der anderen in ihr Gespräch.

Jetzt bekniete sie gerade den Tuchhändler am unteren Ufer. »Es ist mein jüngster Bruder, verstehst du?«, erklärte die Krämerin. »Er ist im Streit von zu Hause weggegangen. Aber es wird bestimmt wieder alles gut, wenn ich nur mit ihm sprechen kann. Bist du sicher, dass du ihn nicht gesehen hast? Ein dünner junger Mann, ein bisschen steif, eckig. Hatte sein Haar immer perfekt in Ordnung. Er ist aus den Bergen, so wie ich, du würdest seinen Akzent bemerken. Auch wenn er nicht viel spricht. Sehr schweigsam, mein Bruder. Du hast ihn nicht getroffen? Oder vielleicht kennst du jemanden, der ihn gesehen haben könnte? Ich möchte ihn so gerne finden! Lasst ihn ja nicht auf ein Boot steigen, bevor er nicht mit mir gesprochen hat!«

Der Tuchhändler versprach hoch und heilig, nach dem verlorenen Bruder Ausschau zu halten. Und auch ein wenig herum zu fragen.

* * *

Joonster ging am Ufer des Roon entlang. Das Lärmen und Treiben von Varoonya verklang allmählich in seinem Rücken. Und dann sah er auch schon die Wiese zu seiner Linken, mit einem großen, einsamen Baum in der Mitte. Genau wie in der Beschreibung aus dem Brief, der im Goldenen Kessel auf ihn gewartet hatte.

Joonster blickte sich unauffällig um. Ein paar Leute spazierten am Ufer auf und ab. Sie unterhielten sich, tauschten Küsse, spielten in der Wiese. Joonster kam das alles vollkommen unwirklich vor. Bis auf das intensive Gefühl von Gefahr, das ihn schon sein ganzes Leben begleitete. Das war immer noch da. Genauso stark, genauso greifbar.

Aber er musste das hier riskieren. Er brauchte Essen. Ein Bett. Ein Versteck. Eine Zukunft. Und alle Hilfe, die er irgendwie bekommen konnte.

Mit steifen, staksigen Schritten ging er auf den Baum zu.

Torly sah ihm entgegen, ein einladendes Lächeln im Gesicht. Hoffte sie jedenfalls. Ihre Kehle war trocken.

Joonster blieb stehen und zuckte kurz mit dem Kopf, der Schatten eines Nickens.

Torlys Herz flatterte. Sie leckte sich über die Lippen.

»Joonster. Bitte. Wirst du uns helfen?«

Joonster starrte sie an, sprachlos.

Ein Boot mit alten, brüchigen Segeln mühte sich langsam den Roon hinauf. Eifrig kletterten die Schiffsleute über Berge von Kisten an Bord.

Joonster antwortete Torly mit monotoner Stimme. »Ich habe viele Verbrechen begangen.« Seine Wangen schienen hohl. »Du willst, dass ich sie alle gestehe. Vor einer Vrume. Einer Dienerin des Gesetzes.«

Der Wind legte zu und die geflickten Segel des Bootes blähten sich stöhnend. Mit verschlossener Miene beobachtete Joonster die Stricke, die bis zum Zerreißen gespannt waren.

»Mein Leben ist an Naydeer gebunden, in ewiger Treue. Ich kenne all ihre Geheimnisse. Du willst, dass ich sie verrate.«

Torlys Nägel gruben sich in ihre Handfläche. Ihre Worte waren nicht mehr als ein Flüstern. »Und, wirst du es tun?«

Joonsters Augen waren leer, ausdruckslos.

»Ja.«

*

Zurres hatte ihr befohlen, hier zu warten. Torly fröstelte in Erinnerung an die kalten, harten Augen der Frau. Aber dies hier war ihre Hoffnung. Der Weg, der sie weiter führen würde.

Es war bloß eine kleine Nische, versteckt in der Wand eines schmalen, spartanischen Ganges irgendwo in den Tiefen unter dem Palast. Torly hörte das Echo von Schritten auf einer Treppe weit über ihrem Kopf, ein hohler, einsamer Klang.

Sie legte die Arme eng um ihre Brust.

Und dann glitt die mächtige Steinplatte hinter ihr beiseite, wie von Geisterhand bewegt.

Torly fuhr herum. Ein großes schwarzes Loch gähnte sie an. Torly umklammerte mit verkrampften Händen den Rand der Öffnung. Sie blickte über die Schulter zurück. Joonster war dicht hinter ihr, blass, aber entschlossen.

Als Torly in die Dunkelheit des engen Tunnels trat, sah sie nicht mehr als einen schwarzen Umhang vor sich, einen Schattenriss im matten Licht der Laterne.

Die Tür fiel hinter ihr zu.

Und der Schatten begann sich zu bewegen.

*

Zurres kam zum Ende. Mit harscher Stimme las sie auch noch den letzten Satz der letzten Seite vor. Ihre schwarze Robe raschelte ominös, als sie das Blatt zurücklegte.

Im folgenden Schweigen konnte Torly Joonster atmen hören.

Schließlich sprach er. »Ja.« Er berührte den Haufen an Blättern, die bedeckt waren mit den eleganten Schriftzeichen der Vrume. »Das ist, was ich gesagt habe. Das ist, wie es war.«

Die junge Frau auf der anderen Seite des Schreibtisches zog ihren Stuhl näher heran. Die Beine schabten mit einem grässlichen Laut über den Holzboden, aber ihre Stimme war fest und klangvoll. »Danke. Dein Bericht ist unschätzbar. Wir werden ihn gut hüten, da kannst du sicher sein.« Sie schob die Papiere zu einem schönen, geraden Stapel zusammen. »Du wirst für eine Weile in Varoonya bleiben müssen. Falls wir weitere Fragen haben oder du mit den Schieden sprechen sollst. Es wird alles ein wenig dauern.«

Die Vrume zog einen braunen Umschlag hervor und verwahrte darin die kostbaren Papiere. »Wir werden dir ein Zimmer geben. Dann brauchst du das Gebäude gar nicht zu verlassen. Auch wenn es wohl kaum einen Grund gibt, sich hier in Varoonya vor einem tatsächlichen Attentat zu fürchten. Aber wir gehen kein Risiko ein. Du bist hier sicher. Niemand hat dich kommen sehen, und niemand weiß, dass wir dich verstecken.«

Die Vrume legte den Umschlag beiseite. »Und für später …« Sie öffnete eine Schublade. »Das hier sind Leben, die wir vorbereitet haben. Weil wir wissen, dass ab und zu jemand ganz dringend ein neues braucht. Deshalb sind sie schon da und müssen nur noch angepasst werden. Wenn du Varoonya verlässt, braucht niemand sonst zu erfahren, dass du noch am Leben bist. Wo du wohnst und wie du heißt.«

Sie zog einen Stapel Papiere heraus. »Na, was soll es denn werden?« Die Vrume ließ einen fragenden Blick auf Joonster ruhen. »Vielleicht eine Kleinstadt? Ein verschollener Neffe, der nun wieder auftaucht um sich im Heim seiner verstorbenen Tante niederzulassen und den Leuten seine Dienste als Sekretär anzubieten?«

*

Es war ein kleines, sonniges Zimmer. Joonster stand am Fenster und starrte hinaus in den grünen Hof. »Sie geben mir ein neues Leben. Die Vrumen. Nach allem, was ich getan habe.«

Zurres' Blick ruhte auf Joonster. »Ja. Vor allem nach dem, was du zuletzt getan hast.«

Ihre Augen wurden schmal. »Du hast dich geweigert, zu töten. Du hast dein Leben riskiert, um andere zu schonen. Und später, als wir die Wahrheit brauchten, eine Wahrheit, die du hieltest – da warst du bereit zu geben, obwohl du dachtest, dass du dafür bestraft werden würdest.«

Joonster leckte sich über die Lippe. »Werde ich aber nicht?«

»Nein. Wirst du nicht.« Die alte Frau strich über ihre Robe. »Uns interessiert nicht so sehr, was du früher falsch gemacht hast, sondern ob du es in Zukunft richtig machen wirst.«

Sie legte die Fingerspitzen aneinander. »Und im Moment tust du gerade das Beste, was nur irgend möglich ist. Dein Bericht ist essenziell. Es kann gut sein, dass du das Leben dieser Menschen erneut gerettet hast, indem du zu uns gekommen bist. Dich Fremden anvertraut hast. In einem Moment großer Gefahr und völliger Unsicherheit warst du bereit zu helfen, und alles zu wagen.«

Zurres hob eine Braue. »Ich kann mir nichts Mutigeres und nichts Hilfreicheres vorstellen. Auf welche anderen Zeichen persönlicher Integrität sollten wir noch warten? Wir sind hier schließlich nicht auf der Suche nach Engeln. Sondern nur nach Menschen, die in der Lage sind zu leben, ohne anderen zu schaden.«

Zurres lehnte ihren Rücken an die Wand. »Und es sieht ganz danach aus, als ob du das wärst.« Sie sah Joonster ins Gesicht. »Von jetzt an.«

*

Torly ließ ihre Frage im Raum hängen, gab ihr all die Zeit, die es brauchen würde, bis die Antworten herauskriechen wollten, eine nach der anderen.

Joonster saß auf dem Boden, das Gesicht abgewandt. »Naydeer hat mich geholt, als ich zehn war. Sie hat mich gerettet, hat sich mein Leben genommen.« Seine Stimme war schwach. »Sie hat mir alles gegeben, was ich habe. Alles, was ich bin. Ich gehöre ihr.«

Joonster schien mit der Wand zu sprechen, oder der Luft dazwischen. »Ich war ihr Sklave. Gebunden in Dankbarkeit und Dienst. Beherrscht von einem Dämon. Naydeer hat ihn heraufbeschworen, aber der Magja hat mein Schicksal besiegelt.«

Die Blätter im Hofgarten warfen ein Muster aus Licht und Schatten auf den Boden. »Naydeer herrscht noch immer über meine Seele. Hätte ich es nicht geschafft, Shebbetin zu verlassen, bevor ich ihr noch einmal unter die Augen trete, hätte sie mich zurück geholt. Sie hätte mich überhaupt nicht töten müssen. Nicht schlagen. Nichts. Ein Wort von ihr, ein Spruch vom Magja, und ich wäre erneut gefesselt gewesen. Unfähig, jemals wieder zu fliehen.«

Joonster schluckte. »Deshalb musste es so schnell gehen.«

Er zog eine kleine Schachtel aus der Tasche und richtete sich auf den Knien auf, bevor er sie ehrfürchtig öffnete. Darin lag ein Erdklumpen, oder eine Lehmskulptur in Form einer Hand, einer Faust. Bei der die Finger alle fest um den Daumen geschlossen waren.

»Es gab in letzter Zeit nur einen mächtigen Magier, der durch Shebbetin gekommen ist.« Joonster blickte zu Torly auf. »Nur einen, der in der Lage wäre, ein Ritual mit so viel Kraft und Präzision zu wirken. So dass ein wütender Dämon gebannt ist, aber der Mensch im Schutz des Zaubers frei.« Joonster hielt Torly das Amulett hin. »Dein Geliebter, der Schmetterling. Wird er es zurück haben wollen? Oder sollen wir es wieder nach Shebbetin schicken?«

Torly hob eine Augenbraue.

Aber Joonsters Blick sank schon wieder zurück zu der kleinen Schachtel und zu seinen Erinnerungen. »Ich habe Naydeer nie davon erzählt. Von dem Gegenzauber, der in der Mine die Runde machte. So viel konnte ich selbst tun. Diese Nachricht zurück halten, nur für eine kleine Weile. Und bevor die Zeit um war, bevor ich nachgeben musste, wurde ich schon selbst befreit.«

Joonster strich mit dem Finger um seinen Knöchel. Genau die gleiche Linie entlang, die damals die Bergfrau gezogen hatte. Ohne zu ahnen, was sie da tat. Oder wie viel es bewirken würde.

Joonster atmete tief durch. »Sie hat den Bann gebrochen. Danach war ich in der Lage, alles andere zu tun. Mit Cahuan zu sprechen. Sie zu warnen. Die Gewalt zu verweigern. Und zu fliehen.«

38

Genau so eine Schreibstube würde Zurres sich aussuchen, dachte Lenoren bissig. In einem Palast voll heller, sonnendurchfluteter Räume.

Lenoren setzte sich auf die Ecke des schweren Schreibtisches und blinzelte in den dunklen, fast unterirdisch gelegenen Raum. Hinter ihr führte eine gedrungene Hintertür hinaus in einen Hof voller Moos, dumpfer Luft und wuchernder Ranken. Die rauen Steinwände atmeten eine Atmosphäre von Verschwörungen und Intrige, Geheimgängen und Verliesen. Und mit dem Fortschreiten von Zurres düsterer Erzählung wand sich nach und nach eine unsichtbare Würgeschlange um Lenorens Brust.

»Aber was soll ich denn tun?« Wie ein Befreiungsschlag brachen Lenorens Worte aus ihr heraus. »Es ist alles nicht so einfach! Außerdem kommt wahre Sicherheit nicht daher, dass man eine einzelne Schurkin verhaftet. Sicherheit kommt durch eine gesunde Gesellschaft, in der alle eine Stimme und ein gutes Leben haben. Solange das System ungerecht ist, wird es immer Einzelne geben, die andere missbrauchen.«

Zurres' dünne Lippen verzogen sich. »Natürlich. Und deshalb müsste man den Wandel in die Berge bringen, richtig?«

»Richtig!«, schnaubte Lenoren. »Aber das braucht Zeit! Selbst die Vrumen brauchen Zeit für ihre Mission. Aber wir haben keine Zeit! Wenn du sagst, diese Menschen könnten jeden Moment ermordet werden. Morgen. Heute. Wir müssen schnell etwas tun! Aber was? Wie soll denn das innerhalb von ein paar Tagen gehen?«

Zurres hob eine Augenbraue. »Nun, da scheint sich doch eine Option anzubieten, oder? Wenn man Leuten zuhört, die wissen, wie Naydeer denkt.«

* * *

Eine eisige Nacht hielt die Kuschellaube in ihren Klauen. Alle hatten sich drinnen eingemummelt, unter dicken Decken über frischen Warmlingen, und waren langsam in ein Meer aus Schlaf und Träumen versunken. Ein müde geflüsterter Disput über Kissen mischte sich unter das sanfte Schnarchen.

Cahuan setzte sich aufrechter hin, auf ihrem Wachposten bei der Tür. Im Dunklen tastete sie nach der Traption, fühlte die beruhigende Gegenwart der Sirene, die im Notfall die Nachbarinnen alarmieren würde.

Cahuan lehnte den Kopf gegen den Türpfosten. Sie war so müde. Tag und Nacht auf zu sein war einfach zu viel. Sie müssten das irgendwie anders machen. Mehr Freunde fragen, vielleicht. Oder sich irgendwas ausdenken. Mit einem tiefen Seufzen schloss Cahuan die Augen.

Im Hof hatte der Wrollic sich in ein Nest seines Baums gekuschelt, den buschigen Schwanz fest um die kleine Pelzkugel seines Körpers gewunden. Aber dann hob er den Kopf. Die runden Ohren zuckten. Glänzende Augen lugten aufmerksam in die Dunkelheit.

Mit einem Satz war der Wrollic auf die Wand gesprungen und tanzte auf dem Fenster der Kuschellaube auf und ab, was die geschlossenen Läden laut klappern ließ.

Cahuan schreckte auf. Sie hörte Stiefel die Treppe herauf kommen und griff rasch nach der Sirene. Ihre Finger tappten hilflos ins Dunkel. Und noch bevor Cahuan irgendetwas tun konnte, wurde die Tür aufgestoßen. Ein Warnschrei blieb Cahuan in der Kehle stecken.

»Torly!«, krächzte sie stattdessen.

Nun wachte die ganze Kuschellaube auf und blinzelte in das Licht der Laterne.

»Wir haben euch geschrieben. Aber wir dachten uns schon, dass wir wohl vor dem Brief ankommen würden.« Yoor stolperte über die Schwelle, kalt und steif nach dem langen Ritt. Hinter ihm wurde ein halbes Dutzend Jugendlicher sichtbar. Ein etwa vierzehnjähriges Mädchen drängte sich durch die Tür.

»Wir sind eine Überraschung!«, erklärte Nin strahlend. »Wir sind hier, um euch zu beschützen!«

* * *

Lenoren ging unruhig im Schlafzimmer auf und ab, die Arme fest um ihre Brust geschlungen. »Glaubst du, dass es richtig war, sie gehen zu lassen? Es sind doch schließlich noch halbe Kinder!«

Qin Roh saß auf der Matte, die Knie angezogen. »Es ist das Beste, was wir tun konnten. Und Nin war schon die ganze Zeit Feuer und Flamme. Ich glaube, wir hätten sie gar nicht zurückhalten können, selbst wenn wir es versucht hätten.« Ihre Blicke folgten Lenoren durch das Zimmer. »Es wird schon gut gehen. Wenn selbst Zurres mit ihren Kontakten in die Berge sagt, dass ihnen kaum Gefahr droht. Wer kann das besser beurteilen?«

Lenoren machte vor der Wand kehrt und ging wieder zurück. »Ja, ja. Klar. Natürlich.« Sie räusperte sich. »Und außerdem, das Leben ist nun einmal voller Gefahren. Und Kinder werden groß, egal, wie sehr du sie weiter beschützen möchtest.«

Qin Roh schenkte ihr ein wehmütiges Lächeln. »In der Tat. Aber theoretisch zu wissen, dass Nin irgendwann erwachsen wird, ist ganz etwas anderes, als sie wirklich physisch ziehen zu lassen.« Sie schüttelte den Kopf. »Wie auch immer. Es wird schon gut gehen. Und Nin ist bei einer tollen Sache dabei. Sie beschützt das Leben von Menschen. Das ist doch gut. Die Art von Abenteuer, auf das auch wir stolz sein werden, wenn Nin erst einmal wieder sicher zu Hause ist.«

Lenoren schnaubte angesichts der letzten Worte in diesem Satz. Dann ließ sie einen schweren Seufzer fahren. »Na gut. Jedenfalls ist sie ja nicht allein dort. Da sind auch noch andere Leute, die alle aufeinander aufpassen. Manche von ihnen sogar mit Erfahrung.«

* * *

Zurres erwachte in einem eisigen Zimmer. Ihr Atem hing in einer kleinen Wolke über ihrem Gesicht. Der Warmling an ihrer Hüfte war auf Körpertemperatur abgekühlt und nicht mehr als ein harter Stein in ihrem Bett.

Zurres fühlte die Kälte in ihren Knochen. Während des langen Ritts über die Berge war sie ihr bis ins Mark gekrochen. Und die ganze Nacht nicht mehr gewichen. Wenn diese tiefe Kälte nicht bald verschwand, dann würde sie Zurres auf ein Bettlager werfen, von dem sie vielleicht nicht mehr aufkam. Zurres fühlte die Gefahr tief in ihrem Inneren.

Zurres stöhnte, während ihr Körper zitterte.

Damit hatte sich nicht gerechnet. Sie hatte Drohungen und Repression am Ende ihrer Reise erwartet, Betrug und Gewalt. Aber nicht Krankheit. Nicht die Schwächen des Alters. Das war eine Art von Gefahr, die sie nicht einkalkuliert hatte.

Widerwillig gestand Zurres sich ein, dass sie die Situation unterschätzt hatte. Ihre Identität, ihr Bild davon, wer sie war, hatte immer einen kräftigen, fähigen Körper beinhaltet. Sie war es gewohnt, jung zu sein. Das war sie immerhin schon, seit sie denken konnte. Und dass es inzwischen aber nicht mehr so war, daran konnte sie sich nicht so recht gewöhnen. So lange wie nur irgend möglich hatte Zurres das hohe Alter wie eine Art momentane Unpässlichkeit behandelt, die sicherlich bald wieder vorüber gehen würde.

Aber das würde sie nicht.

Ihr Körper war einfach nicht mehr in der Lage, so viel mitzumachen. Er wurde zart und fragil. Zurres sollte das wohl besser zur Kenntnis nehmen, und sich entsprechend verhalten.

* * *

»Aaah! Was für eine Wonne!«

Zurres streckte die Beine zum munter prasselnden Feuer. Obwohl der ganze Raum ohnehin angenehm warm war durch den geheizten Fußboden. »Ihr könnt Euch nicht vorstellen, wie grässlich kalt es in diesem Gasthof war!« Zurres schüttelte sich. Dann zwinkerte sie Naydeer zu. »Oder vielleicht könnt Ihr es. Nur ich konnte es nicht. So wie ich auch nicht wusste, was genau es bedeuten würde, hier herauf zu reisen.« Ihre Miene verfinsterte sich. »Und ich glaube fast, die Personen, die mich hierher geschickt haben, wussten es auch nicht. Deren Entscheidungen basieren auf Berichten, auf trockenem Papier. Aber ich bin nun hier, körperlich!« Ein Unterton von empörter Beleidigung lag in Zurres' Stimme.

Naydeer bot sofort ihre Gastfreundschaft an. Zusammen mit ihrer Meinung über jene Leute in der fernen Hauptstadt, deren Entscheidungen bloß auf Papier basierten. Nach einem leichten Zögern akzeptierte Zurres die Einladung, das Mitgefühl, und auch ein weiteres dieser knusprigen kleinen Hörnchen.

Zurres bekam auch eine Hausführung, als sie darum bat. Ihre bewundernden Worte über die Architektur der Villa, die elegante Einrichtung, die alten Teppiche verrieten Naydeer sofort, dass sie es mit einer Kennerin zu tun hatte. All das erinnerte sie sehr an ihre Jugend im Palast, sagte Zurres, und Naydeer glaubte es sofort. In angeregte Konversation vertieft setzten die beiden Frauen sich zu einem feinen Abendessen, begleitet von dunklem Wein und den sanften Melodien einer Flötenspielerin.

Aber irgendetwas machte Zurres noch Sorgen. Sie wiegte bedächtig den Kopf hin und her. »Selbst wenn ich hier nächtige, so denke ich doch, dass ich auch die anderen Tsechen zu Hause besuchen sollte. Sowohl als eine Geste der Höflichkeit als auch um meine formalen Pflichten zu erfüllen. Auch wenn es eine rein repräsentative Funktion ist, eine Beobachterin ohne Machtbefugnisse. Ich möchte doch in der Lage sein, ehrlich zu berichten, dass ich meine Untersuchungen angestellt habe.«

Naydeer bot sofort an, Zurres herumzuführen und sie anderen Tsechen vorzustellen. Nur zu gerne. Sie wäre bestimmt willkommen.

Und damit gab es nur noch eine letzte Kleinigkeit, die Zurres auf dem Herzen lag. »In der Tat denke ich, dass ich auch mit einigen anderen Leuten sprechen sollte. Nicht nur mit den Tsechen. Sondern mit ein paar willkürlich ausgewählten Leuten aus der Siedlung. Wie wäre es zum

Beispiel mit den Wachen, die ich vorhin vor eurer Mine gesehen haben? Wären die wohl bereit, mir ihre Häuser zu zeigen und ein paar Fragen zu beantworten? Wie lange sie schon dort wohnen und so weiter?«

»Oh, das wären sie bestimmt. Ich kann sie fragen. Ich denke, die werden Euch sehr gerne einen Einblick in ihr Leben geben.« Naydeer nickte zuvorkommend.

Die gerösteten Pilze auf dem Tisch sandten einen kräftigen Lockruf durch die Luft, und beide Frauen wandten sich ihren Tellern mit dem Gefühl zu, dass die Dinge gar nicht besser hätten laufen können.

* * *

»Warum ist Zurres zu Naydeer gezogen? Ausgerechnet zu Naydeer! Weiß sie denn nicht, wer das ist?« Kaya schäumte.

»Vielleicht ist sie dort, um sich einzuschmeicheln«, schlug Lhut wenig überzeugt vor.

»Oder vielleicht erzählt sie sich selbst, dass sie sich listig einschmeichelt, während sie in Wirklichkeit nach und nach zur Überläuferin wird im Angesicht warmer Feuer und köstlicher Weine«, schnaubte Kaya. »Aber egal. Wir haben von Zurres ohnehin nicht allzu viel erwartet. Was kann sie schon groß machen, als ›Beobachterin‹ ohne echte Befugnisse? Sie kann höchstens noch ein bisschen mehr Präsenz signalisieren, zusammen mit Nin und den anderen Jugendlichen, so dass wir bis Sonnwend etwas Schutz genießen.«

Enim kratzte sich am Hinterkopf. »Na, das ist doch schon mal ziemlich viel.«

Kaya rieb mit der Hand über ihre Narbe. Sie biss sich auf die Lippe. »Ja. Aber es wird keine offizielle Volksziffrung geben. Das war die zweite Botschaft. Zurres macht das nicht. Und auch sonst niemand. Außer vielleicht in einem Jahr, oder vier, oder hundert.«

Kaya grunzte. Dann blickte sie auf, und ein Feuer brannte in ihren Augen. »Yurvania hält zu Sonnwend ein Votum, und das Bergbündnis ist registriert. Wir haben mondelang geworben. Die Leute sind bereit. Jetzt! Aber sie werden nicht jahrelang den Atem anhalten. Wenn wir dieses Votum verpassen, dann ist es vorbei! Und nach Sonnwend, wenn all die Beobachterinnen abreisen, was wird Naydeer dann noch zurück halten?«

* * *

»Aber wann werden die Vrumen kommen? Im selben Jahr wie die Volksziffrung?«, rief Torly und schüttelte trotzig den Kopf. »Und bis dahin soll ich alle meine Freundinnen anlügen? Sogar Yoor? Das ist unerträglich!«

Zurres stand steif und unbeugsam in der Ecke des Hinterzimmers. »Wir hatten das schon. Es ist notwendig. Die Aktion der Vrumen muss als

Überraschung kommen, wenn sie kommt. Niemand darf es im Voraus auch nur ahnen. Du darfst ihre Chance nicht verderben. Und Joonster nicht verraten. Niemand darf wissen, dass er ausgesagt hat. Du kannst nur erzählen, dass du ihn getroffen hast, ihm die Münz gegeben, und nie wieder von ihm gehört.« Zurres hob eine Augenbraue. »Ist das so schwer?«

»Ja«, sagte Torly widerspenstig. »Sehr schwer. Unehrlich und widerlich. Es treibt eine Kluft zwischen mich und meine Nächsten. Es bringt Geheimnisse und Lügen in eine Gruppe, die in ihrem tiefsten Wesen auf Vertrauen und Aufrichtigkeit beruht.«

Sie hob eine Hand. »Und ich werde es trotzdem tun. Es klingt richtig. Auch wenn es sich vollkommen falsch anfühlt.«

* * *

»Eine von ihnen ist offenbar die Tochter eines Ratsmitglieds.« Naydeers Stimme war scharf. »Wie um hervor zu heben, dass alles, was derzeit in Shebbetin geschieht, sofort an den Palast von Varoonya berichtet wird.«

Pramus seufzte und strich mit der Hand über einen silbrigen Drachen auf seinem Ärmel. »Ein unglücklicher Zeitpunkt.«

»Höchst unglücklich.« Naydeer hob ein Buch auf und knallte es mit Nachdruck zurück auf den Schreibtisch. »Wenn wir das gewusst hätten, wären wir längst bereit. Wir hätten dieser hausgemachten Volksziffrung schon ein Ende bereitet. Aber so? Wir haben das nicht kommen sehen und unsere Chance verpasst!«

Pramus neigte den Kopf zur Seite. »Vielleicht auch nicht. Diese Kinder stellen sich vor, dass sie hier die Leute beschützen. Aber die Werkzeuge werden sie gar nicht beachten. Bis es zu spät ist.«

Langsam ließ Pramus den Finger über seinen knorrigen Stab gleiten. Als er sich umwandte, waren seine Augen im Schatten des breitkrempigen Samthutes kaum zu erkennen. Aber seine Stimme drang klar und voll zu Naydeer. »Wenn kurz vor Sonnwend ihre sorgsam befüllte Schatulle plötzlich weg ist und all die Hoffnung und harte Arbeit auch, werden sie aufgeben. Und außerdem hätten sie gar keine Zeit mehr, sich neue Streiche auszudenken. Das Votum wird in Behrlem stattfinden, und die Tsechen werden dort erwartet. Genau wie immer. Der ganze Rest ist dann Geschichte. Volksziffrung, Bergbündnis, alles.«

* * *

Nin wand eine dicke Schnur um ihren Knöchel und hielt Pulan die beiden Enden hin. Pulan wollte ihr den allerbesten professionellen Seefahrtsknoten zeigen, den irgendjemand je erlernt hatte. Nin fragte sich für einen Moment, wo Pulan, die doch in einem eher trockenen Bergland lebte, einen Seefahrtstrick aufgegabelt hatte, aber vergaß die Frage in dem Moment, wo

Pulan die Stränge mit straffen, geübten Händen zu verschlingen begann.

Es war ziemlich kompliziert. Nin musste Pulan sechsmal bitten, es zu wiederholen, bevor sie selbst die Kunst gemeistert hatte. Das Binden, aber auch das Auflösen des Knotens, so dass Nin sicher war, sich auch jederzeit selbst wieder befreien zu können. Sie pfiff durch die Zähne, fast schon so gut wie Pulan.

»Glaubt ihr wirklich, dass notwendig, euch festbinden an Schatulle?« Cahuan betrachtete das Arrangement ein wenig skeptisch.

»Ja! Sehr notwendig!«, riefen die Mädchen im Chor und pfiffen dann in scheußlicher Zweistimmigkeit. »Wir werden immer bei euch sein«, erklärte Nin zum wiederholten Male. »Bei Kaya und Enim, aber auch sonst bei allen. Wir schlafen sogar hier. Niemand kann euch etwas tun, solange wir da sind!« Hoch zufrieden klopfte Nin auf die Schnur um ihren Knöchel. »Und wir werden auch die Wächterinnen der Schatulle sein. Damit Freiheit, Recht und Liebe endlich in die Berge kommen!«

39

Yoor saß auf dem warmen Boden der neuen Kuschellaube und drückte seine Daumen. Yunda kniete zu seinen Füßen und wob eine Schlinge um den Knöchel, mit einer einzigen fließenden Bewegung. Dann richtete sie sich auf. Sie warf einen Blick auf die Lehmskulptur in ihrer Hand und hielt sie Yoor mit einem zufriedenen Seufzen hin. Ein Klumpen; eine Faust; eine menschliche Hand mit fest um den Daumen geschlossenen Fingern.

Yoor nahm das Amulett vorsichtig entgegen. »So machst du das?« Sachte berührte er den Lehm mit der Fingerkuppe.

Yunda nickte bedeutungsvoll.

Yoor neigte den Kopf. »Oh.« Seine Worte waren kaum mehr als ein Flüstern. »Ich lerne hier Dinge über Magie, von denen ich nie zu träumen wagte.«

Hinten im Raum sprach Herun leise mit den Jungen. Die kleine Schwester döste in eine Decke gewickelt in der Ecke.

Yoor ließ seine Blicke über Yundas drahtigen Körper wandern, über ihren aufrechten Rücken, ihre leuchtenden Augen. Er spürte die Macht, die von ihr ausging.

»Du hast hundert Bergleute befreit mit deinem Zauber.« Yoor leckte sich über die Lippen. »Und dich selbst auch.« Er wog das Amulett in seiner Hand. Seine Stimme schien aus unbestimmter Ferne zu kommen. »Ich habe das nie versucht. Nie gewagt, die Macht der Magjas in ihrer ursprünglichen Form zu verwenden. Ich hatte immer Angst, einer von ihnen zu werden.«

Sanft deckte er das Amulett mit seiner zweiten Hand zu. »Aber vielleicht können die alten Künste ja auch zum Guten gewendet werden. Um Vergangenes aufzulösen. Oder sogar, um Neues zu kreieren.«

Yunda legte die Hand auf seine Schulter, und Yoor schloss die Augen. »Habe ich die Meisterin gefunden, die mich das lehren wird?«

* * *

Enim stieß einen Seufzer der Erleichterung aus. All die tausenden Namen, die er in die Schatulle gelegt hatte, waren noch da. Er lehnte sich zurück und fuhr sich mit der Hand über das Gesicht.

»Alles gut?«, fragte Nin hoffnungsvoll.

Enim blinzelte zwischen seinen Fingern hervor. Auch nach Tagen hatte er sich nicht an diese Leibwache gewöhnt. Es machte ihn unglaublich unrund, ständig unter Beobachtung zu stehen, keinen einzigen Moment für sich allein zu haben.

Aber es war besser als die Alternative, keine Frage. Viel, viel besser. Enim war recht sicher, dass ihre neuen Beschützerinnen sie tatsächlich in Sicherheit gebracht hatten, durch ihre bloße Gegenwart. Diese Jungspunde aus der Hauptstadt, die ihre Sonnwendferien vorgezogen hatten für das Abenteuer ihres Lebens, für diese Reise in die Berge, sie hatten ihn wirklich gerettet. In dieser Hinsicht.

»Es ist in Ordnung«, bestätige Enim. »Ich konnte sowohl den Kristall als auch den Zauberspruch wieder an den richtigen Platz bringen. Und all die Namen sind noch da. Nichts passiert.«

»Na, siehst du!«, strahlte Nin.

Enim schnaubte. »Trotzdem. Das hier hätte echt böse enden können. Ihr müsst einfach vorsichtig sein. Wenn drei Sechsjährige sich über Nacht an eine Schatulle binden, um Wächterinnen zu sein, dann kann es passieren, dass sie sie im Schlaf umtreten. Wie wir jetzt wissen.« Enim strich sanft mit der Hand über die glänzende Holzschale. »Traptionen sehen von außen recht stabil aus. Aber innen drinnen sind sie ganz filigran.«

Nin lugte über Enims Schulter in die zarte Wolke unsichtbarer Fäden. Sie sah hinreichend beeindruckt aus, um Enim zu versöhnen. »Ich werde auch tun, was ich kann«, versprach Enim. Voll schlechten Gewissens schielte er hinüber zu seiner Tasche, in der immer noch Schalen und Kristalle auf ihn warteten. ›Ich muss jetzt echt endlich alle Traptionen fertig stellen‹, dachte er. ›Und jede Nacht alle Namen in jede Schatulle legen. Es war unverzeihlich leichtsinnig von mir, das nicht schon die ganze Zeit über zu tun.‹

Enim schüttelte den Kopf. Das hätte ihnen gerade noch gefehlt. Nach all den Drohungen und Gefahren, all der harten Arbeit. Dass sie sich nun selbst ausschalteten, nur durch ihre eigene Tolpatschigkeit.

*

Als Enim sich durch die magischen Instrumente in seinem Regal wühlte, fiel eine große Pergamentrolle auf den Boden. Enim hob sie auf. Es war die Rolle des Beorderten Gesandten für die Region der Berge. Von damals, als Enim ernannt worden war. Seufzend rollte Enim das Dokument auf und ließ seine Blicke über die dekorative Kalligrafie gleiten. Bis sie sich im Kleingedruckten verfingen.

Enims Augen wurden schmal. Er las die gleiche Stelle noch einmal und noch einmal. Dann blickte er auf und starrte mit ausdruckslosem Gesicht vor sich hin.

Ein Licht begann tief in seinen Augen zu leuchten. Sein Atem wurde schneller. Er schnappte die Rolle und wandte sich zu Nin um. „Los, komm!"

Enim war schon bei der Tür draußen und rannte über die Straße.

»Kaya!«, rief er noch im Hof der Kuschellaube.

»Lhut! Torly! Schaut euch das an!«

* * *

Das Treffen war im Blauen Himmel anberaumt worden, und fast alle wollten dabei sein. Deshalb summten und brummten im Hinterzimmer nun ein gutes Dutzend Stimmen vor Aufregung und Hoffnung, vor Spekulationen und offenen Fragen.

Schlagartig wurde es still. Alle Köpfe fuhren herum.

Ein Wirbelwind aus schwarzer Robe stob herein und kam in der Mitte des Raums zum Stillstand.

Mit einem leisen Klicken fiel die Tür ins Schloss.

»Nun?« Zurres hob eine arrogante Braue. Ihre Augen waren kalt wie der Winter.

Enim zögerte. Er leckte sich über die Lippen. Torly in seinem Rücken gab ihm einen kleinen Stups.

Enim breitete die Rolle des Beorderten Gesandten auf den Tisch. »Ich höre, du bist bewandert in rechtlichen Dingen? Und könntest sagen, wie bestimmte Passagen in Varoonya interpretiert würden?«

Zurres nickte kurz und abrupt.

Und Enim legte seinen Fall dar. Wies auf Formulierungen hin, interpretierte, argumentierte. »... ›kann in allen Angelegenheiten der Region als offizieller Büre des Landes agieren.‹ Wenn es ein dringender Notfall ist. Und wenn die anderen Büren des Landes nicht gehandelt haben oder nicht in der Lage sind, das zu tun.«

Enim breitete die Arme aus. »Das ist genau unsere Situation! Es ist dringend: Das Votum ist zu Sonnwend, in wenigen Tagen. Tausende Leute drohen ausgeschlossen zu werden: ein Notfall! Und andere Büren des Landes, die rechtzeitig eine Volksziffrung hätten durchführen sollen, haben das nicht getan. Deshalb bin ich, der Beorderte Gesandte der Region, berechtigt, die Sache in die Hand zu nehmen. Legal. Offiziell. Ich werde die Volksziffrung vollenden und das Votum in Shebbetin abhalten!«

Enims Hände zitterten leicht. Seine Augen leuchteten wie im Fieber. Er sah Zurres durchdringend an.

Zurres zog das Pergament mit einer langsamen, nachdenklichen Geste zu sich heran. Sie las den Absatz noch einmal durch und starrte mit leeren Blicken durch den Tisch hindurch in die Ferne.

Dann richtete sie sich auf. Der ganze Raum hielt den Atem an.

Mit flacher, monotoner Stimme verkündete Zurres ihr Urteil.

»Ja. Das könnte halten.«

Enim sank mit weichen Knien auf einen Stuhl.

Aber Torly sprang auf und jubelte in einen Sternenregen, der aus Yoor herausexplodierte. Som wirbelte Nin in einen rasendem Tanz voll flatternder Bänder, während ein wilder Triumphschrei aus Kayas Kehle brach.

»Kommt! Es geht los!«

*

Das Hinterzimmer des Blauen Himmels war zum inoffiziellen Basislager für das Votum avanciert.

Enim saß in einer Ecke und zeigte einer Person nach der anderen, wie man die Schatullen verwendete.

Slunyew beugte sich über den großen Tisch und ließ den Finger über eine Namensliste wandern. »Wir müssen die Nächte durchmachen«, brummte er mit einem Seitenblick auf Ngyrya. »Nur fünf Schatullen und tausende Leute. Da werden wir nie rechtzeitig vor Sonnwend fertig, wenn wir auch nur die kleinste Pause machen.«

Ngyrya rieb sich das Kinn. »Das heißt, wir brauchen Verstärkung. Dann können wir in Schichten arbeiten.«

Pulan tat schon der Kopf weh vom vielen Übersetzen ins Kokische und den Erklärungen für die Leute aus Varoonya, die nichts verstanden.

Aber Kaya war bereit, die Welle loszutreten, die nun über Shebbetin rollen würde. Sie gab Lhut ein Zeichen, bevor sie sich zur Tür wandte. Lhut folgte ihr in den Hauptraum des Gasthofs. Er schubste einen Stuhl vor sich her und hielt Kaya die Hand hin, um sich hinauf helfen zu lassen. Gemeinsam ließen sie ihre Blicke über die versammelten Gäste schweifen.

»Da!«, zischte Lhut. »Ist das nicht die Zisternen-Gruppe? Das Liaisontreffen, meine ich?«

»Unser Glückstag.« Ein breites Grinsen lag auf Kayas Gesicht. »Da haben wir unseren Einstieg! Wenn wir mit denen reden, kommt die Nachricht zu allen Nachbarschaften, die Zisternen haben. Also: zu allen.«

»Und die Leute am Ecktisch dort gehören zur Feuerwacht.« Lhut deutete kurz mit den Augen. »Nur die Leute aus dem Viertel. Aber die haben ihre Routen in ganz Shebbetin und verbreiten Neuigkeiten so schnell wie… du weißt schon.«

Kaya schnaubte zufrieden. »Wir brauchen uns kaum noch die Mühe machen, mit den anderen Gästen hier zu reden. Aber wir tun das natürlich trotzdem. Nachher. Zuerst teilen wir uns auf: Du machst Zisternen, ich die Feuerwacht?«

In dem Moment stob Som in einem Farbenwirbel durch die Tür, Manaam im Schlepptau.

Manaams Augen leuchteten. Er zog Lhut am Ärmel, mit einem Nicken in Richtung Hinterzimmer. »Bitte.« Sein Blick glitt hinüber zu Kaya. »Bevor ihr es allen sagt. Darf ich einen Vorschlag machen?«

Kaya blitzte ihn aus schmalen Augen an. Aber dann führte sie ihn hinein.

Köpfe drehten sich zu ihnen um, als sie eintraten.

Manaam legte gleich los. »Bitte. Ich habe ein Anliegen. Viel wird davon abhängen, wie dieser Tag läuft.«

Manaam trat einen Schritt nach vorne. »Ich bin nicht jemand, der nach den Sternen greift, das Unmögliche versucht. Aber das hier ist eine Sternschnuppe, die ich vielleicht fangen könnte. Vielleicht wird sie mich auch verbrennen, oder mir durch die Finger gleiten. Aber vielleicht geht es gut, und das hätte unglaubliche Macht.«

Manaam nahm seine Wollkappe ab. »Ich spreche hier von den Tsechen. Wie werden die es aufnehmen, dass es ein Votum in Shebbetin gibt? Werden sie sich überrannt fühlen? Naydeer wird ihnen das sicherlich nahelegen.«

Manaams Augen wurden schmal. »Aber ich kann schneller sein. Und eine Geschichte des gemeinsamen Triumphs präsentieren, einen Grund zur allgemeinen Freude. Jetzt, wo es ohnehin passiert, wären die Tsechen vielleicht bereit zu sagen, dass sie immer schon dafür waren. Dass sie natürlich den Wandel unterstützen, wie denn auch nicht? Dass sie selbstverständlich finden, dass das Land Lauben und Heilung für alle bereitstellen sollte.«

Manaam biss sich auf die Lippe. »Auch wenn es nicht ganz stimmt. Bitte erlaubt ihnen, das so zu sagen. Dies hier könnte unsere Chance sein, die Tsechen als Gruppe dazu zu bringen, sich öffentlich zum Wandel zu bekennen.«

Er räusperte sich. »Drum. Hier ist mein Plädoyer. Erstens: Lasst uns diesen Tag groß feiern, als den Tag, da der Wandel in die Berge gekommen ist. Je mehr wir es in diesem Lichte präsentieren, umso höher die Wahrscheinlichkeit, dass der Tag genau das wird. Ein echter Wendepunkt. Wenn ihr könnt, dann macht die Straßen voll mit Leuten, Musik und Jubel.«

Manaam hob die Arme in einer weiten, offenen Geste. »Zweitens: Bitte inkludiert die Tsechen. Lasst sie spüren, dass es auch ihr Fest ist, auch ihr Triumph. Selbst wenn sie in der Vergangenheit gefehlt haben. Aber wenn sie bereit sind, den Wandel ab jetzt mitzutragen, ist das Wichtigste gewonnen. Das ist die Zukunft, in die sie hineinwachsen sollen. Deshalb macht sie bitte nicht zu Feinden oder zu Außenstehenden. Ladet alle ein, mitzufeiern.«

Manaams Augen waren suchend, fragend, bittend. »Wollt ihr das tun?«

Blicke kreuzten sich im Raum, ein stiller Austausch unter Menschen, die sich so gut kannten, dass sie die Gedanken der anderen schon aus ihren Mienen ablesen konnten.

Die schweigende Konsultation kam zu einem Abschluss. Lhut fasste zusammen. »Ja. Wir sind dabei. Wir machen ein großes Fest. Und wir inkludieren die Tsechen.«

»Die Ärsche«, murmelte Kaya.

* * *

Die Plaza wimmelte von Menschen. Überall war Gedränge und Gerede, Gelächter und Geschrei. Heißer, würziger Tee wurde herum gereicht, und an jeder Ecke erklangen rhythmische Lieder und Tänze.

Alle Minen waren für den Tag geschlossen. Manaams Überredungskünste hatten ihre Wirkung gezeigt, unterstützt von Zurres, die an seiner Seite eine Aura staatlicher Autorität verströmt hatte. Und so war die große Mehrheit der Tsechen einer Erklärung beigetreten, die das Votum begrüßte und sich für die Einrichtung von Lauben, Heilung und anderen Diensten in Shebbetin aussprach. Und außerdem den heutigen Tag zu einem bedeutungsvollen Feiertag erklärte: dem Tag des Wandels.

Das mussten sie nicht zweimal sagen. Die Leute waren ja ohnehin schon unterwegs. Die Nachricht hatte sich im Gewebe von Shebbetin ausgebreitet wie Wellen in einem Teich, dann wie große Meereswogen, die mit triumphalem Rauschen an den Strand schlugen.

Nun wirbelten die Menschen in einem einzigen großen Tanz über den Platz, einem Fest der Freude und Bekräftigung. Bunte Fahnen hingen aus den Fenstern, und an jeder zweiten Ecke wurde gesungen.

Wahrsagerinnen tauchten aus dem Nichts auf und prophezeiten die goldene Zukunft Shebbetins. Yoor hatte sich einer von ihnen angeschlossen, die sowohl die Fragen als auch die Antworten aus dem begeisterten Publikum rekrutierte.

»Alle Häuser im Schlösschen werden einen Herd haben!«, rief ein junges Mädchen, und Yoor ließ die Vision einer abendlichen Gasse entstehen, wo warmer Feuerschein aus jedem Fenster leuchtete.

»Und überall Brunnen!«

Schon war es zu sehen. Alle lachten überrascht auf, als ein Wrollic aus dem Becken sprang und sich in einem funkelnden Sprühregen trocken schüttelte.

Nur an einer Ecke der Plaza riefen die Menschen nicht durcheinander, sondern schienen alle schweigend in eine Richtung zu blicken. Auf der einzigen offiziellen Bühne, die es gab, stand unter einem prächtigen Baldachin eine der Tsechen und hielt eine Rede. Auch wenn die Menge, die ihr zuhörte, statt wie überall sonst selbst zu reden und zu singen, ein seltsames Bild abgab: Es wurde doch bald deutlich, was der eigentliche Effekt dieser Veranstaltung war. Die Augen der Tseche leuchteten. Noch ein bisschen länger, und sie würde sich selbst in ehrliche Begeisterung hineingeredet haben. Die jubelnde Stimmung auf dem Platz und die Kraft des aufmerksamen Publikums, das immer wieder zustimmend applaudierte, ließen die Tseche eine ganz neue Seite an sich entdecken oder entwickeln: die Visionärin. Eine Vorreiterin des Wandels.

»Wie gibts denn das?« Torly ließ ihre Blicke über den leidenschaftlichen, kreativen Trubel auf der Plaza gleiten und schüttelte bewundernd den Kopf. »Wenn ich in Varoonya beschließe, ein großes Fest zu machen, dann kommt deswegen noch lange niemand auf die Straße. Die Leute haben alle ihr eigenes Leben. Sogar ihre eigenen Feste. Die sitzen nicht da und warten auf meinen Aufruf.«

Enim grinste sie an. »Das ist es, was Kaya und ihre Leute all die Jahre gemacht haben. Ein Netzwerk genährt, das nun groß und lebendig ist. Und aufgeladen mit Anspannung, mit Erwartung. Nur deshalb war ein kleiner Funke genug. Und brachte uns das hier.«

Enim breitete seine Hände aus wie in einer riesigen Umarmung.

Doch dann hakte er sich bei Torly unter und zog sie mit sich fort. »Komm jetzt. Wir sind schon spät dran.«

Vor dem Gasthof zum Grauen Drachen stand eine lange Schlange von Leuten. So lang, dass die Menschen nicht nur die ganze Gasse füllten, sondern es sich darin auch gemütlich gemacht hatten. Aus den Häusern wurden Warmlinge und heiße Suppe gebracht. Die Leute saßen in losen Gruppen auf herbei gezauberten Stühlen und diskutierten über das Votum, über den Wandel, über Shebbetin. Und rückten dabei nach und nach in Richtung der Schatulle vor.

Enim hörte im Vorübergehen eine lebhafte Stimme und Fragmente eines Gedankens, die seine Schritte unwillkürlich in ihre Richtung lenken. Aber nein. Er konnte sich nicht einfach dazusetzen. Denn im Grauen Drachen wartete Lhut darauf, an der Schatulle abgelöst zu werden.

Enim ließ seinen Blick über die Menge wandern.

Hunderte, tausende Menschen. Die alle ihre Stimme gefunden hatten. Die einen neuen Rat erwählten, eine neue Zukunft erschufen. Eine, in der alle Kinder ein Zuhause hatten, und alle Kranken Zugang zu Heilung. Eine, in der alle Menschen gut leben konnten, frei und gleich an Rechten und Würde.

Enim schloss für einen Moment die Augen.

Das war es.

Sie hatten es geschafft.

40

Die Sterne standen hoch über den Bergen. In der Tiefe der Winternacht führte Enim das Pferd hinaus in den Hof des Mietstalls. Sein Atem hing in kleinen gefrorenen Wolken in der Luft.

Enim hatte den ganzen Tag und die halbe Nacht nach dem Votum geschlafen und fühlte sich mittlerweile fast bereit für einen langen Ritt durch die Berge. Er hörte das Klopfen von Hufen hinter sich und drehte sich um. Die goldenen Laternen eines Schlittens kamen aus dem Dunkel auf ihn zu, umgeben von einem halben Dutzend zottiger Ponys samt übernächtigter junger Menschen auf ihren Rücken.

Torly und Yoor hielten den Schlitten an. Vage konnte Enim die Umrisse von Zurres erkennen, die ihren neu erworbenen Schlafsack mit Warmlingen befüllt hatte und die Kapuze fest über den Kopf gezurrt. Neben ihr kicherten Pulan und Som, gleichermaßen verschnürt, aber gemeinsam in einem Sack, was viel lustiger zu werden versprach. Außerdem waren sie ohnehin kaum zu halten. Sie würden in die Hauptstadt fahren! Wo sich Nins Familie bestimmt ebenso über diese Überraschung freuen würde wie sie selbst.

»Können wir los?« Enim rieb seine steifen Finger.

»Nur, wenn du den Weg weist«, klang Yoors Stimme ungewiss herüber. »Ich bin im Dunkel der Nacht verloren.«

»Ich auch«, versicherte Enim. »Aber die Pferde nicht. Sie kennen den Weg. Und irgendwann einmal wird es ein Morgenrot geben, ganz bestimmt.«

Sie ritten hinaus in das weite, schneebedeckte Tal. Schwärze umfing die winzigen Gestalten, die unter einem endlosen Nachthimmel dahin zogen. Blass schauten die Sterne aus unvorstellbarer Ferne herab auf die kleinen goldenen Funken von Magie, die langsam über die Hochebene wanderten.

Die Luft war still und kalt. Der Geruch des Schnees nahm das kräftige, animalische Aroma der Pferde in sich auf, hielt es im Herzen seines ätherischen Wesens wie ein Versprechen, wie ein Samenkorn im Winter.

Doch all die Gräser rundum schliefen. Das ewige Flüstern der Wiesen lag begraben unter einer dicken Decke aus Eiskristallen, bis der Frühling die Welt in die Sonne drehen würde, um sie zu erwecken. Aber jetzt war es nur das Schnauben der Pferde und der gedämpfte Klang der Hufe im Schnee, die Zeichen von Leben in die Nacht hinaus sandten, die von der Gegenwart warmer, atmender Tiere zeugten, inmitten eines riesigen Universums voller Sterne.

Die Kälte biss in Enims Wangen, aber sein Körper war gut eingepackt und Enim fühlte sich warm von der Suppe heute Morgen, aber auch von all den Erinnerungen der letzten Tage.

Erinnerungen an ein riesiges Fest und begeisterte Debatten. An so viele engagierte Menschen, die kamen, um mit dem Votum zu helfen, den Platz an der Schatulle zu halten, Essen vorbei zu bringen. Ihre Teams waren letztlich so groß geworden, dass alle auch einmal Pause machen und ein wenig schlafen konnten. Fast alle, jedenfalls. Enim selbst war kaum ins Bett gekommen. Als Beorderter Gesandter war er formal für den ganzen Prozess zuständig gewesen, und außerdem als Almecha der einzige, der für die Schatullen sorgen konnte, falls irgendein Problem auftauchte. Tatsächlich wurde er in keiner dieser Funktionen jemals zu Hilfe gerufen. Aber trotzdem. Die Verantwortung zusammen mit der allgemeinen Aufregung über alles hatten ihn nicht schlafen lassen.

Nach den ersten beiden Tagen war der Trubel in der Stadt abgeklungen. Die Leute stellten sich immer noch vor den Gasthöfen mit den Schatullen an, aber ruhiger, ohne viel zu singen und zu tanzen. Die Gespräche gingen weiter, aber immer öfter drehten sie sich nun um Alltagsdinge und kleine Witze als um die große Zukunft des Wandels.

Aber sie sind alle gekommen. Ganz Shebbetin hat am Votum teilgenommen, und würde nie wieder von der Landkarte Yurvanias verschwinden.

Es ist gut gelaufen, dachte Enim, wirklich gut.

* * *

»Das wäre der Moment gewesen. Diese letzte Nacht. Wo sie dachten, das alles schon vorbei und gewonnen ist und sie sich entspannen. Aber nein. Selbst da haben sie sich noch persönlich an die Schatullen angebunden.«

Naydeer schnaubte verächtlich. »Aber egal. Sollen sie doch in Triumphgefühlen schwelgen. Es ist sowieso eine Illusion, der sie da nachlaufen. Ein derart improvisiertes Votum wird in Varoonya niemals anerkannt werden.«

Sie drehte sich mit einer harschen, hastigen Bewegung um. »Und selbst wenn. Dieser Pöbel weiß doch nicht, was er tut. Sie haben bestimmt alle das Bergbündnis erwählt, und damit ihre Stimme weggeworfen. Dieses winzige Bündnis, das außerhalb Shebbetins kein Mensch kennt, wird nie und nimmer in den Rat kommen. Und sobald die Leute das merken, wird hier alles zusammenbrechen. All die Aufregung, die Euphorie, und dann – gar nichts? In diesem Abgrund der Enttäuschung wird alles wieder verschwinden und nichts zurück bleiben als Erschöpfung. Und falls es jemals wieder ein Votum in Shebbetin geben sollte, wird niemand mehr daran glauben.«

Der Magja strich mit dem Finger über einen kunstvoll bemalten Wandschirm. Seine Gedanken schienen hinaus zu reisen in eine Landschaft voller Felsen und windzerzauster Pinien. »Nun gut. Vielleicht war es klüger, kein Aufsehen zu erregen. Und nicht einmal unbekannte Banditen auf dem Weg nach Hebenir auftauchen zu lassen, wo es noch nie welche gab. Lassen wir die Sache den leisen, aber sicheren Tod der Enttäuschung sterben.«

Dunkle Augen funkelten im Schatten des breiten Hutes. »Gut, dass sie so viel gefeiert haben. Da wird das plötzliche Aus sie umso härter treffen. Wenn ihre hübsche Seifenblase platzt.«

Pramus strich mit der Hand über seinen langen Bart. »Den Volksverhetzern wird die Luft ausgehen und dem Volk ebenso. Die Tsechen werden wieder zu Sinnen kommen und sich dessen bewusst werden, wer sie eigentlich sind. So leicht wird eine Gesellschaft nicht aus den Angeln gehoben.«

Seine Lippen verzogen sich zu einem dünnen Lächeln. »Und auch wir werden wieder mehr Bewegungsspielraum haben. Schon jetzt ruht das Auge Varoonyas nicht mehr auf Shebbetin.«

Mit großen Schritten trat er vor das Feuer und drehte sich so schwungvoll zu Naydeer um, dass die Silberdrachen in seiner wogenden Robe die Flügel schwangen. »Wir haben schon schwerere Prüfungen überstanden. Nichts wird uns von unserem Weg abbringen!«

Das traditionelle Vanisch, das die beiden immer mit einander sprachen, nahm den Klang einer alten Sprache der Macht an, als Pramus das Credo der Restitution sprach, mit all der beschwörenden Kraft eines Zauberspruches. »Die alten Zeiten werden auferstehen! Möge die Macht in den rechten Händen liegen. Im Namen von Wahrheit, Mut und Ehre!«

* * *

Sobald die Postkutsche auf dem Remisenplatz in Varoonya ankam, liefen all die jungen Leute wie versprochen direkt zu ihren jeweiligen Familien, um dort zu beweisen, dass sie noch lebten.

Zurres folgte Yoor, Torly und Enim, die müde und durchgerüttelt von der Reise waren, aber doch entschlossen, ihr Abenteuer gleich in dieser Nacht noch zu einem glorreichen Abschluss zu bringen.

Die Altstadt schimmerte in sanften Farben um sie herum, eine leuchtende Stickerei im samtigen Dunkel. Aber als sie die Treppe zum Palast empor stiegen, sahen sie helles Licht aus den offenen Toren dringen, begleitet von Wellen aus Musik und Stimmengewirr.

»Was …?«, wunderte Yoor sich.

»Große Votumsfeier«, erklärte ein junger Mann, der am Geländer der Treppe lehnte. »Die Ergebnisse sind gerade verkündet worden.«

»Was?«

Yoors Lippen wurden blass.

»Nein!!!«

Er umklammerte seine Schatulle mit festem Griff und rannte die Treppe hinauf.

Ihre kleine Truppe brauste in die Halle wie ein Sturmwind, stob durch die am Eingang stehenden Grüppchen von Feiergästen und hinterließ eine Spur von Empörung und Verwirrung.

Doch rundherum rauschte das Fest ungebrochen weiter. In einem Gedränge aus farbenfrohen Gewändern klirrten die Gläser und lachten die Menschen. Die riesige Tafel an der Seitenwand zeigte nun nicht mehr den üblichen bunten Zettelwald an Besprechungen. Stattdessen waren, groß und deutlich, die Namen der Bündnisse aufgelistet und die Anzahl der Positionen, die sie im neuen Rat haben würden.

Bergbündnis: Null.

»Halt! Halt!!!«

Yoors Worte hallten mit magischer Kraft durch den Saal. »Das Votum ist nicht zu Ende! Es gibt noch kein Ergebnis!« Mit einer Geste dimmte er alle Lichter im Raum, und prompt verstummten die Gespräche. Zahllose Köpfe drehten sich um zu der Schatulle, die allein noch in goldenem Schein erstrahlte, hoch erhoben in Yoors Händen. »Dies sind die Stimmen der Menschen von Shebbetin! Sie müssen gehört werden! Jetzt!«

*

Zurres wurde als einzige eingeladen, an den Beratungen der Kommission teilzunehmen. Enim, Torly und Yoor warteten vor verschlossenen Türen.

In der großen Halle hinter ihnen war die Feststimmung zurückgekehrt. Die Menschen scherzten und plauderten, tanzten und tranken. Yoor schaute ihnen mit gerunzelter Stirn zu. »Das Votum ist noch nicht zu Ende. Warum feiern sie schon? Haben sie uns nicht gehört? Nicht geglaubt?«

Torly stieß ihn sachte mit der Schulter. »Na, komm schon. Lass sie doch. Unsere Schatullen bedeuten die Welt für uns, aber nicht für sie. Das Bergbündnis wird bloß eine einzige Stelle im Rat bekommen, maximal zwei. Alles andere bleibt gleich. Die Leute können also ruhig schon ihre eigenen Ergebnisse feiern. So arg viel wird sich für sie nicht mehr verändern, wenn wir dazu kommen.«

Torly wippte auf den Zehenspitzen und schunkelte ein wenig zur Musik.

»Eigentlich könnten wir selbst inzwischen auch schon mal losfeiern. Wir haben schließlich allen Grund.« Sie griff sich Yoor und drehte ihn durch ein, zwei Pirouetten. »Das Votum war großartig«, keuchte sie etwas atemlos. »Die besten schlaflosen Nächte meines Lebens.«

Yoor lachte. »Ja. Das waren sie wohl.« Er vergrub die Hand in ihrem Haar. »Zusammen mit ein paar anderen«, murmelte er in ihr Ohr und zog sie zurück in Richtung Tanz.

Aber da öffnete sich die Tür und die Vorsitzende der Kommission trat heraus. Torly hüpfte ihr direkt in den Weg. »Und? Bitte! Wie sieht es aus? Hat das Bergbündnis eine Stelle im Rat? Oder sogar zwei?«

Die Vorsitzende blinzelte. Sie brauchte einen Moment. »Äh. Das war nicht unsere Frage. Unsere Aufgabe. Wir haben bloß beraten, ob diese nachgereichten Schatullen überhaupt noch berücksichtigt werden können. Ob so eine nachträgliche Änderung der Listen zulässig ist.«

Sie räusperte sich. »Und die Antwort ist Nein. Das geht nicht. Das Bergbündnis ist also nicht im Rat vertreten. Keine dieser Schatullen wird auch nur ausgezählt. Die Ergebnisse, die schon verlautbart wurden, sind endgültig.«

Torlys Kinnlade fiel herunter. »Aber ...«

Die Vorsitzende stieg vorsichtig um Torly herum. »Ihr könnt Zurres um die Details bitten. Für den Moment musst du mich entschuldigen.«

Und sie ging.

Torlys Blicke folgten ihr wie in einem Traum. Einem Albtraum, in dem der wichtigste Schlüssel deines Lebens zum Greifen nahe ist, aber langsam und unaufhaltsam davon treibt, gerade außerhalb der Reichweite, und es unmöglich ist zu schreien, zu rennen, hinterher zu springen.

Stumm und starr sah Torly zu, wie die hagere Gestalt der Vorsitzenden im Korridor verschwand.

Sie drehte sich um. Mit weiten, ungläubigen Augen suchte sie Yoors Blick. Doch auch der starrte nur reglos in den Gang.

Enim erwachte als erster aus der Trance.

Mit raschen Schritten trat er vor, riss die Tür zum Sitzungszimmer auf und stürmte hinein. Yoor und Torly brausten hinterher und rannten Enim fast um, der wie angenagelt stehen geblieben war.

Das Sitzungszimmer war leer.

Tintenschalen und Pinsel lagen hie und da auf dem Tisch verstreut. Eine grobe Unordnung achtlos zurückgeschobener Stühle war alles, was noch an die Gegenwart einer Votumskommission erinnerte. Und eine halb offene Tür in der hinteren Wand.

Enim kämpfte sich durch den Tumult an Stühlen und stieß die hintere Tür auf. Er stand in einen leeren Korridor.

»Nein.«

»Das kann ja wohl nicht sein!« Empörung troff aus Torlys Stimme. »Diese Zurres kann sich doch nicht einfach so aus dem Staub machen!«

Enim war schon unterwegs. »Wir gehen ihr nach. Wir brauchen eine Antwort. So kann es nicht enden! Die Menschen von Shebbetin müssen gehört werden!«

Er lief den Korridor entlang. Dann blieb er abrupt stehen und starrte zurück. Der Korridor erstreckte sich auch in die andere Richtung. Wo noch ein weiterer Gang abbog. Keine Spur deutete an, welchen Weg Zurres genommen hatte.

Enim sah Yoor und Torly an.

»Wir teilen uns auf.« Torly zog Yoor schon in die andere Richtung. »Wir treffen uns nachher in der Eingangshalle.«

Enim nickte ihren davoneilenden Rücken hinterher und nahm seine eigene Jagd wieder auf. Sein Korridor verzweigte sich. Enim bog rechts ab. Beim nächsten Mal wieder rechts. Dann links. Endlose Gänge und Schreibstuben reihten sich aneinander, alle verlassen, reglos, stumm. Gähnende Fenster und leere Türen starrten Enim an, unbewohnte Schreibtische, staubige Mappen. Enim rannte weiter. Er hatte völlig die Orientierung verloren. Ein Raum sah aus wie der andere. Enim irrte durch ein endloses Labyrinth, ein imaginäres Stillleben, menschenleer.

Da hörte er Stimmen. Und folgte ihnen. Ecke um Ecke wurden sie lauter, deutlicher. Bis Enim durch die letzte Tür hinaus platzte in den fröhlichen Trubel einer Votumsfeier.

»Wo ist Zurres?«

Enim packte den ersten Mann vor ihm am Arm und drehte ihn fast grob zu sich herum. Erstaunt hob der erst die Brauen, dann die Schultern. Enim ließ ihn los. Rundum ruhten fragende, indignierte Blicke auf Enim. Es folgten weiteres Schulterzucken.

Enim drängte sich durch die Menge, zwischen bunte Roben und klirrende Gläser. Es wurde gelacht und getanzt. Die Musik spielte zu laut, zu schnell. Enim atmete schwer. Er fühlte sich wie in einem Märchenschloss, wo die Elfen fröhlich feierten, während die Menschenwelt zugrunde ging. Wo ein letzter Reisender verzweifelt versuchte, seine Lieben zu finden, seine Welt zu retten, nach Hause zurück zu kehren.

Aber das Schicksal hielt ihn fest in den Klauen.

Endlos hastete Enim zwischen Spiegeln und Lustern dahin, zwischen Glanz und Farbe, verloren im Rauschen des Balls.

41

Die Kuschellaube war tief im Schlaf versunken. Bis auf eine Ecke voll leisen, sorgenvollen Geflüsters.

»Vielleicht hättest du wirklich mit nach Varoonya fahren sollen«, brummelte Lhut und rutschte unruhig hin und her. »So wie wir gesagt hatten. Nach Sonnwend. Sicherheitshalber.«

»Ach was.« Unter der Decke war Kayas wegwerfende Handbewegung zu spüren. »Wir haben doch gewonnen! Klar, die ganzen Beobachterinnen aus Varoonya sind weg. Aber wir sind im Rat! Wir waren beim Votum dabei, wir haben unsere Stimme gefunden! Naydeer wird es nicht wagen, uns anzufassen. Nie wieder!« Ihre Augen glänzten im Dunklen.

Lhut wiegte den Kopf hin und her. Aber bevor er seine Zweifel anbringen konnte, kam ein müdes Flüstern von Cahuan, die sich neben Lhut eingerollt hatte, Quena in ihren Armen. »Können wir das morgen besprechen?«

Lhut lächelte schuldbewusst und kuschelte sich von hinten an Cahuan. »Ja. Es ist spät. Lasst uns schlafen.«

Er wisperte einen Kuss auf ihr Ohr. »Hilfst du mir noch?«

Lhut spürte Cahuans Nicken an seinen Lippen. Er entspannte sich, mit Kayas festem, warmen Körper in seinem Rücken, Cahuans sanftem Meereslied in seinem Ohr.

Als Lhuts Geist die Kontrolle losließ, zerfiel der Zauberbann des Tages und der Drache der Schmerzen fuhr wie ein rasendes Biest in die Höhe. Lhut keuchte, bis er seinen Atem beruhigen konnte, ihn in das stetige Auf und Ab der Wellen bringen. Die Seeschlange wütete in der Gischt. Aber während das Biest schäumte und um sich schlug, war Lhut geborgen in einem heiligen Gesang. Sicher geleitet flog er hinauf zu den Sternen, zu den ruhigen Gefilden der Träume.

Doch die Nacht war lang und dunkel.

Während der Seedrache abtauchte in die Tiefen des Ozeans, hob ein anderes Tier seinen Kopf und begann die Jagd.

* * *

Schwarze Schatten krochen außen am Gebäude entlang. Da der Umriss einer Gestalt, die sich unter ein Fenster duckte, sich vor dem Licht des Mondes verbarg. Ein anderer Schatten gleich neben der Tür, fest gegen die Wand gepresst.

Die Tür ging auf.

Die Schatten flossen hinein.

Eine Diele knarrte. Und selbst von diesem kleinen Laut erwachte ein Mensch.

Aber es war zu spät.

Kaum dass er die Augen halb geöffnet hatte durchfuhr ihn ein Schock, doch er konnte sich nicht mehr bewegen. Mattgrünes Licht hüllte ihn ein, und all seine Glieder wurden unfassbar schwer. Vergeblich mühte er sich, den Arm zu heben, sich zu verteidigen. Schon waren seine Hände hinter dem Rücken gebunden und sein Mund sprachlos.

Die Schatten kamen die Treppe herauf, zur nächsten Tür, zum nächsten Schläfer. Und dann wieder hinaus in die Nacht, zielstrebig weiter zu einem Haus am Ende der Straße. Und einem am Rand des Viertels.

Ohne Laut, ohne Pause, ohne Zögern zogen die Schatten durch die ganze Stadt. Sie wussten genau, wohin sie wollten. Und zu wem.

Wieder öffnete sich eine Tür. Eine Schlafende erwachte, kämpfte gegen den Zauber, gegen die Fesseln. Sie versuchte zu schreien, doch kein Laut kam aus ihrer Kehle.

Der Schatten über ihr hielt sie fest im Griff. Dann zog er ein Medaillon unter dem Hemd hervor und ließ es direkt vor ihren Augen baumeln. Sie erkannte das komplexe Muster, das darin eingraviert war. Sie wusste, was es war. Was das hieß.

Eine tiefe Stimme sprach leise in ihr Ohr. »Wir sind die Vrumen Yurvanias. Du stehst unter Arrest. Bitte komm mit uns.«

* * *

Enim hatte Torly und Yoor wieder gefunden, an der Ecke der Eingangshalle. Aber das war auch alles. Keine Spur von Zurres. Keine Antwort.

Enims Kopf fühlte sich seltsam an. Schwindelig. Er setzte sich auf den Boden und lehnte sich gegen eine Säule. Rechts von ihm gähnte ein leerer Korridor. In seinem Rücken brauste ein großes Fest. Die Klänge der Feier aus dem Saal schienen fern, schal, unwirklich.

Enim starrte mit leeren Blicken auf den Boden. Seine Finger lagen in denen von Torly und Yoor, die neben ihm niedergesunken waren, aber Seele und Körper waren stumpf, gefühllos.

Ein Paar Füße tauchte vor Enims Augen auf.

»Steh auf«, sagte eine Stimme.

Enim blickte hoch. Lenoren.

Torly, Enim und Yoor rappelten sich auf.

Lenoren legte sofort los. »Ich muss gleich rüber, eine Rede halten. Drum nur ganz kurz.«

Mittlerweile hatten die drei ihre Sinne wieder so weit beisammen, dass sie Lenorens Blick erwidern und ihren Worten folgen konnte.

»Niemand aus Shebbetin war Teil dieses Votums. Ich nehme an, ihr seid enttäuscht.« Sie machten sich nicht die Mühe, das zu bestätigen. Lenoren fuhr ohne Pause fort. »Da ist aber noch etwas anderes.« Sie lächelte dünn. »Zurres hat es gesehen. Und mit den nötigen Leuten besprochen. Wie etwa mit mir.«

Lenoren beugte sich leicht vor und zeigte mit dem Finger auf Enims Brust. »Eure Volksziffrung zählt. Nicht für das Votum. Aber für alles andere. Für Lauben, für Heilung, alles. Alle Dienste des Landes werden nun berechnet anhand dieser provisorischen Ziffrung der Menschen in Shebbetin.«

Lenoren strahlte sie an. »Ihr habt es nicht in den Rat geschafft. Nicht einmal in das Votum. Aber ihr habt gewonnen! Das, worum es eigentlich geht. Ein gutes Leben für alle!«

*

»Aha.«

Torly fuhr sich mit der Hand durchs Haar. Sie blickte den Korridor entlang, wo Lenoren davon geeilt war. »Gerade eben noch schien alles verloren. Aber in Wirklichkeit ist alles gewonnen?« Sie drehte sich zu Enim um. »Ist das jetzt wirklich so?«

»Anscheinend.« Enim rieb sich mit der Hand über den Arm. »Auch wenn ich es kaum glauben kann.«

»Was, selbst du?«

Enim hob vage die Schulter. Seine Blicke wanderten hinaus in den Saal, zwischen die goldenen Lichter, die lachenden Menschen.

Es stimmte. Als Enim das erste Mal in Shebbetin ankam, war er noch ganz sicher, dass sich alles zum Besten fügen würde, ganz bald. Selbst in all seiner ungläubigen Empörung hatte er daran keinen Zweifel. Aber jetzt …? So viel war inzwischen geschehen. Enim war durch so viele Höhen und Tiefen gegangen, so viel Hoffnung und Anstrengung, Überraschung und Enttäuschung, dass er nicht mehr recht wusste, was er glauben sollte.

»Ich bin verwirrt. Überwältigt. Schwindlig.« Enim lehnte sich gegen eine Säule. »Ich glaube, ich brauche noch etwas mehr Sicherheit, etwas mehr Bestätigung, bevor ich wieder glauben kann, dass wir gewonnen haben. Dass der Wandel wirklich in die Berge kommt.«

In diesem Moment schoss eine schwarz gekleidete Gestalt wie ein hungriger Falke in den Korridor, direkt auf Enim zu. Enim fuhr zusammen.

Gebannt starrte er auf die Erscheinung, voll düsterer Vorahnung, voll wilder Hoffnung.

Zurres hielt so abrupt vor ihrer kleinen Gruppe an, dass ihre dunkle Robe in Wellen um die Beine schlug.

Auf ihren dünnen Lippen lag tatsächlich so etwas wie ein Lächeln.

»Ja!«

*

Die Palasthalle war voller Musik. Torly wirbelte über die Tanzfläche wie ein Derwisch. Dann fiel sie Yoor mit einem perlenden Lachen in die Arme.

Enim rief laut in die Menge, trunken von ein wenig Wein und enorm viel Triumph: »Es wird hundert Kuschellauben geben!!!«

Prompt ließ Yoor eine Vision von Yundas strahlendem Gesicht erscheinen, gefolgt von der schlafend eingeringelten Quena. Ein düsterer Mineneingang löste sich in hellen Sonnenschein auf, in dem Menschen mit lachenden Augen und gesunden Beinen das Dach im Schlösschen deckten. Und dann kam das unvermeidbare galoppierende Pferd. Torly prustete los, als die Botin mit dramatisch flatterndem Umhang und einem Brief in der erhobenen Hand in den glutroten Sonnenuntergang ritt.

»Was denn?«, schmollte Yoor unter seinem breiten Grinsen, als er die Illusion verblassen ließ. »Botinnen sind große Helden. Unermüdlich für uns unterwegs.«

»Das sind sie, zweifelsohne.« Torly fuhr mit der Hand durch Yoors perlweißes Haar.

Enim öffnete den Mund, aber seine Worte gingen im Gelächter unter, als eine Horde junger Leute durch die Palasttore stürmte wie unbändige Ponys und sich wiehernd und schnaubend in die Gruppe warf. Um gleich darauf wieder in wilder Jagd auf die Tanzfläche zu stieben.

42

Als am nächsten Morgen die Sonne aufging, war Yoors Haus am Hang eines der ersten, die in den Genuss der wohligen Strahlen kamen. Aus der Ferne drangen die Geräusche der erwachenden Stadt durchs Fenster, zusammen mit Vogelgezwitscher und dem Rauschen der Blätter.

Yoor drehte sich müde um. Doch dann erinnerte er sich, was für heute auf dem Programm stand und fiel fast aus dem Bett. Stolpernd machte er sich auf in die Küche, wo er Enim und einen kochenden Wasserkessel vorfand.

»Ah«, brummelte Yoor mit verschlafener Stimme aber dankbarem Herzen. »Gut gemacht, mein Freund. Ich sehe, du kannst dich auf mehr als eine Art nützlich machen. Auf mehr als zehn oder zwölf sogar, sollte ich vielleicht sagen. In Anbetracht dessen, was ich dich bisher alles habe tun sehen.«

Enim errötete und lachte. »Ja. Die Fähigkeit, starken Tee zu kochen, ist nur eine meiner zahllosen Qualitäten. Danke.«

Als sie im Palast ankamen, war Lenoren schon da, aber nicht bereit, mit ihnen zu sprechen. Also machten sie es sich im Salon der Erfrischungen gemütlich. Und warteten. Sie gönnten sich noch eine Runde Tee und nach einer Weile ein bisschen was zu essen. Sie warteten ein wenig, gingen auf und ab, tranken noch einen Tee. Dann wieder warten.

Endlich war Lenoren so weit, sie zu empfangen.

Lenorens Gesicht zeigte deutliche Spuren einer langen Nacht. Oder von zwei oder drei oder zehn langen Nächten vielleicht. Immerhin hatte sie Monde der Werbung hinter sich. Und die Konstituierung des neuen Rates vor sich und das laufende Geschäft zwischendrin. Sie sah eine Spur mitgenommener aus als Enim, Torly und Yoor.

Aber sie war guter Dinge. »Gratuliere!«, strahlte sie die drei an. »Ihr habt es geschafft!« Ein böses Grinsen stahl sich in ihren Mundwinkel. »Oder vielleicht sollte ich sagen: Ihr werdet es schaffen!«

Die Wehmut und Begeisterung jahrelanger Erfahrung als Ratsmitglied sprach aus ihren Augen. »Jetzt geht es erst richtig los. Ihr habt das Tor der Möglichkeiten aufgestoßen – und jetzt muss noch jemand hindurch schreiten, und dann weiter und immer weiter gehen. Der Wandel ist ein langer, ein endloser Weg. Steinig, steil und wunderbar.«

Lenoren tippte mit den Fingern auf den Schreibtisch. »Jetzt geht es darum, hunderte Kinderlauben aufzubauen. Und Heilstuben und Poststationen und sichere Häuser und so weiter. Das wird unfassbar viel Arbeit. Und extrem komplex.«

Sie beugte sich vor. »Natürlich werden Leute aus Varoonya damit beauftragt sein, die bestehenden Dienste auszuweiten. Aber sie brauchen Ansprechpersonen vor Ort. Und wer das ist, wird enorm viel entscheiden.« Lenoren zeigte mit dem Finger auf ihre Gäste. »Das ist jetzt euer Ruf.« Ihre Augen glitzerten. »Findet die Wunderkinder!«

Lenoren richtete sich in ihrem Stuhl auf, und ihr Blick wurde ernst und fokussiert. »Wir brauchen mindestens zwei Büren in Shebbetin. Welche, die in der Lage sind, mit vielen verschiedenen Menschen zu sprechen. Zu hören, was die sagen, zu verstehen, was sie meinen, und aus diesem irren Gewusel von Meinungen und Perspektiven irgendwie heraus zu filtern, was als Nächstes getan werden sollte.«

Lenoren stand auf. »Findet solche Leute.«

Ohne auf Antwort zu warten ging Lenoren zur Tür, drehte sich dort aber noch einmal um, die Hand auf der Klinke und ein Lächeln auf den Lippen.

»Findet gute Büren.«

* * *

Mit ein paar Schritten durchquerte Zurres den kleinen, sonnendurchfluteten Raum. Sie schaute hinaus in das Blättergewirr des Hofes.

Joonsters Augen folgten ihr ohne erkennbare Gefühlsregung.

»Es ist sehr glatt gelaufen.« Zurres' Ton war fast schon selbstgefällig. »Naydeer und Pramus stehen unter Arrest. Und eine Reihe ihrer Leute auch. Die Vrumen aus Varoonya sind vor dem Morgengrauen durch die ganze Stadt gezogen und haben alle auf ihrer Liste überwältigt, schnell und leise, bevor irgend jemand Zeit hatte, andere zu warnen oder Dokumente zu verstecken. Die Vrumen sind mit allen Beweisen in der Tasche zurückgekehrt.«

Zurres betrachtete die braune Mappe in ihrer Hand. All ihre handgefertigten Skizzen waren darin, von den Villen der Tsechen bis zu den Hütten der Wachen und den relevanten Gassen des Schlösschens. Zurres würde sie nicht mehr brauchen. Aber die Vrumen hatten sie ihr trotzdem zurück gegeben.

Joonster stand steif neben der Tür. »Wird Naydeer bestraft werden?«

»Nein. Es gibt keine Strafen mehr. Wir sind ja nicht im Feudalzeitalter.«

Zurres fing Joonsters Blick auf und realisierte, dass etwas mehr an Erklärung gebraucht wurde. »Naydeer muss Wiedergutmachung leisten. Sie wird jede Menge Zeit und Gelegenheit haben, diesbezüglich Vorschläge zu machen. Aber falls sie nichts vorschlägt, oder nur Dinge, die weit hinter dem zurück bleiben, was nötig wäre, dann wird es ein letztes Wort der Schieden geben. Das sogar ohne Naydeers Zustimmung umgesetzt würde.«

»Sie muss Wiedergutmachung leisten«, wiederholte Joonster ausdruckslos. »Wie?«

Zurres verschränkte die Arme über der Brust. »Im Allgemeinen sollte man zunächst einmal die Opfer fragen, was sie wollen. Was ihnen nun helfen würde, gut weiterzuleben.« Zurres neigte den Kopf zur Seite. »Und dann, je nachdem. Manchmal ist den Geschädigten die Reue am wichtigsten, die Entschuldigung.«

Zurres räusperte sich. »Aber im Falle Naydeers wird sicherlich auch erwartet, dass sie Entschädigungen zahlt. Dafür, dass sie fundamentale Rechte verletzt hat. Viel zu niedrige Löhne für die Arbeit gezahlt und harte, gefährliche Bedingungen geschaffen. Sie hat zahllosen Menschen Krankheit und Tod gebracht.«

Zurres' Lippen waren eine blasse, dünne Linie. »Ihre Minen werden erst wieder geöffnet, wenn irgend eine neue Eigentümerin sie sicher gemacht hat. Naydeers gesamtes Vermögen ist vorläufig beschlagnahmt. Und ich nehme nicht an, dass noch etwas davon übrig bleibt, wenn die Entschädigungen bezahlt sind. Ihr ganzer Reichtum wird dahinfließen. Zurück zu den Menschen, die ihn erschaffen haben.«

»Das ist keine Strafe?«, fragte Joonster mit tonloser Stimme.

»Nein. Die Ausrichtung ist völlig anders. Strafe zielt darauf ab, Leiden zu verursachen. Wiedergutmachung zielt darauf, Leiden zu mindern.«

Ein Lichtstrahl fiel durch das Fenster und malte Blattmuster auf Zurres' Robe. »Niemand hier will Naydeer weh tun. Aber alle hier wollen den Leidtragenden helfen. Selbst dann, wenn es sich nicht vermeiden lässt, dass Naydeer darunter leidet.«

Zurres hob eine Braue. »Und außerdem wollen wir dafür sorgen, dass es nicht wieder geschieht. Dass sich die Struktur in Shebbetin ändert.«

Joonsters Miene war unergründlich. »Wird Naydeer wieder freikommen?«

Zurres Augen wurden schmal. »Ich weiß nicht. Es hängt davon ab, wie sie sich benimmt. Wie vertrauenswürdig sie ist. Die wenigsten Menschen müssen den Rest ihres Lebens unter Aufsicht verbringen. Aber vielleicht ist Naydeer eine von ihnen. Eine, die bewacht wird. An einem schönen, angenehmen Ort; aber ohne die Möglichkeit zu gehen. Oder anderen zu schaden.«

Bilder der Vergangenheit stiegen ungefragt in Zurres Gedanken auf. Ihre Hand ballte sich zur Faust. »So wie damals die Feudalen. Zur Zeit des Wandels wurden sie ins Exil geschickt und mussten auf ihren jeweiligen Gehöften bleiben, isoliert und beaufsichtigt. Sie waren zu gefährlich. Zu sehr geneigt, nochmals andere Menschen ins Unglück zu stürzen. Und vielleicht ist Naydeer auch so.«

Zurres sank auf eine Bank nieder. Sie hatte erst kürzlich eine Lektion im Altern erhalten und wollte sich an die Lehren halten.

Ihr Körper brauchte Ruhe. Zurres lehnte den Kopf an die Wand. »Naydeers Macht ist dahin. Sie hat keine Villa, keine Mine, kein Ansehen in Shebbetin. All die anderen Tsechen haben ihr den Rücken zugekehrt. Vielleicht wird Naydeer sogar froh sein über das Angebot einer ländlichen Einsiedelei.«

Joonster zeigte darauf keine Reaktion. Aber eine Frage stellte er doch noch. »Was ist mit dem Magja?«

»Pramus kann nicht verantwortlich gemacht werden für die Bedingungen in Naydeers Minen. Und ansonsten hat er nichts getan, was man ihm vorhalten könnte. Wir können Leute nicht dafür verurteilen, mit Naydeer befreundet zu sein. Und auch nicht dafür, furchterregende Trugbilder zu erzaubern. Seit dem Wandel wird vorausgesetzt, dass die Leute selbst so weit sind, daran nicht zu glauben.«

Zurres schloss ihre Augen und vermied es so, Joonster anzusehen. Aber sie sprach weiter. »Es war ein Glück, dass wir Pramus überhaupt unter Arrest stellen konnten. Das ging nur, weil schon eine andere Sache gegen ihn anhängig ist. Für die er demnächst in den Hof der Schieden geladen wird.«

Sie schlug die Augen wieder auf. »Ich weiß nicht, ob Pramus und Naydeer jemals wieder aus dem Gewahrsam entlassen werden, in dem sie jetzt sind. Aber selbst wenn: Sie können nicht mehr zurück. Naydeer hat ihren Reichtum und ihre Stellung verloren, und Pramus seine Patronin.«

Zurres lehnte sich vor und sah Joonster direkt in die Augen.

»Sie haben keine Macht mehr.«

* * *

Der Wind klopfte gegen die Scheibe der neuen Kuschellaube.

Olfwers Augen waren zu schmalen Schlitzen verengt und sein ganzer Körper angespannt, bereit zum Sprung, zum Kampf. Aber Herun hielt die kleine Schwester bloß weiter in den Armen, während sie ihn biss, schrie und um sich schlug. Herun begann, ruhig brummelnde Wiegenlieder zu summen. Er saß da, groß und behäbig wie ein Berg, mit zeitloser Geduld, mit ewiger Präsenz. Das kreischende Geheul des Mädchens wandelte sich zu tiefem Schluchzen, und sie ließ ihren Tränen freien Lauf, als sie sich gegen Heruns Bauch drückte, zusammengerollt wie ein kleines Tier im warmen Schutz einer Höhle. Herun sang leise weiter, das Kind sicher geborgen in seiner Umarmung.

Olfwer sank zurück auf die Fersen. In der Ecke kauernd beobachtete er weiter das Geschehen, aufmerksam, misstrauisch, verwundert. Er begann ganz vorsichtig, praktisch unhörbar, mit Heruns Melodie mitzusummen, um auszuprobieren, was dann passieren würde.

Ein tiefes Seufzen löste sich aus Olfwers Lunge, das passierte. Doch bevor noch mehr folgen konnte, stürmte ein lachender kleiner Wirbelwind von der anderen Seite her in den Raum.

Mit einem geübten Fechtsprung schnellte Yunda aus der Küche, gefolgt von ihrem ältesten Bruder.

»Da schaut!«, rief sie dem Besuch zu, den sie hatte kommen hören. Stolz pflanzte sie sich vor den beiden auf und hielt ihnen eine Schüssel mit ungebackenem Teig vor die Nase. »Ihr dürft probieren. Aber nur ganz wenig!«

Gehorsam strich Manaam mit der Fingerspitze über den triefenden Löffel, den sie ihm hinhielt. Während Manaam an seinem Finger lutschte, schaute der jüngere Bruder hinter Yundas Rücken hervor. Die Hand im Saum ihrer Tunika vergraben, wagte er sich mit seiner Frage vor. »Bekommen wir bald noch mehr Geschwister?« Seine dunklen Augen hefteten sich auf Cahuans Gesicht.

»Ja.« Cahuan lächelte. »Ziemlich bald. Aber erst müssen wir noch einen zweiten Elternteil für euch alle finden. Im Moment kommen ganz viele Leute zu uns in die alte Kuschelstube, um zu verstehen, wie es läuft. Und zwei oder drei der Nettesten werden dann bei euch vorbei kommen, einer nach der anderen. So könnt ihr sie ein paar Tage lang kennenlernen und überlegen, mit wem ihr leben wollt.«

Der Junge machte große Augen und nickte.

Yunda runzelte die Brauen. »Aber was ist dann mit den anderen? Die, die wir nicht auswählen? Ich meine, die sind ja vielleicht auch sehr nett. Aber es kann nur eine bei uns bleiben?«

»Die anderen werden Eltern für andere Kinder. Es wird ganz viele neue Kuschellauben geben, weißt du?«

Das stellte Yunda zufrieden. Genüsslich schleckte sie ein weitere – ganz kleine! – Portion rohen Teigs ab und tanzte zurück in die Küche, die beiden Brüder im Gefolge.

Manaam winkte Herun und Olfwer zu, bevor er sich bei Cahuan unter hakte und aus dem Haus trat.

Die Luft war frisch und mild, mit einem Frühlingsduft, den der jüngste Föhnwind aus dem schmelzenden Schnee gezaubert hatte. Aber noch war Winter. Sie hätten noch viel beißendem Frost zu begegnen, bevor die Sonne die Erde so weit erwärmte, dass sich Samen und Knollen in der Tiefe zu regen begännen. Nichtsdestotrotz. Die dunkelste Nacht war überstanden, und nun wurden die Tage länger und länger, hielten jedes Mal ganz unwiderstehlich ein kleines bisschen mehr Licht.

Cahuan und Manaam folgten dem Wiesenpfad, der sich in einer weiten, gemächlichen Schleife rund um Shebbetin zog. Hinter ihnen, halb im Hang verborgen, lagen die zwei Steinhäuser der alten Mine. Der Eingang des dunklen Lochs war mit Brettern vernagelt.

Cahuan verzog das Gesicht. »Jetzt hat Naydeers Mine endlich einen Holzverschlag.«

Eine unheimliche Totenstille lag über dem Ort.

Manaam wandte sich ab. »Ja. Es hat so lange gedauert. All das gebraucht.« Aus der Ferne blinzelten ihm die Berge mit ihren weißen Flanken zu.

Manaam schüttelte den Kopf. »Die Dinge schienen alle so fix, so unabänderlich. Und irgendwie waren sie das auch. Bis sie sich geändert haben.« Seine Lippen verzogen sich zu einem schiefen Lächeln. «Die erste Mine ist geschlossen. Und die anderen werden folgen, eine nach der anderen.«

Manaam zupfte nachdenklich an seinem Ohrring. Dann zog er ihn herunter und funkelte ihn zornig an. »Die Minen werden schließen, sobald der Wandel nicht nur nach Shebbetin kommt, sondern auch in Varoonya seinen zweiten Fuß nachzieht. Bald wird dort niemand mehr Juwelen tragen, nicht, wenn der wahre Preis klar ist. Die Leute wollen schließlich nicht aussehen wie Feudale. Die erkennbare Fähigkeit, andere auszubeuten, ist heutzutage kein Schmuck mehr.« Manaam stopfte den anstößigen Ohrring in die Tasche.

Sein Blick hob sich, streifte durch den Himmel und dann hinüber über die verwinkelte Dachlandschaft Shebbetins. »Es gibt jetzt so viel Bewegung, auf allen Ebenen. Wir bekommen Kuschellauben statt Minen. Und die befreiten Bergleute verschwenden keine Minute, scheint's. Nicht jetzt, wo sie noch Münz vom Land bekommen.«

Manaam nickte hinüber zum Schlösschen, wo zwischen den Nischen und Giebeln des Daches Menschen zu sehen waren, die Stroh heraus nahmen, Bündel hinauf reichten, Balken herum schoben, so geschäftig und absichtsvoll wie Vögel, die dem Plan ihrer Herzen folgten, lange bevor irgend jemand das Wort ›Nest‹ erfunden hatte.

»Sie sind gute Träumer.« Manaam nickte anerkennend. »In ihren Redekreisen über die Zukunft als Ex-Bergleute, über ihr neues Leben, sind sie schnell von der großen Vision zu den konkreten Plänen gekommen. Welche Nachbarinnen sich jeweils zusammentun, um der Reihe nach ihre Häuser zu renovieren, und auch die Familien unterzubringen solange das Dach fehlt.«

Manaam pfiff leise durch die Zähne. »Ich wusste, dass es eine gute Nachbarschaft ist, wo die Leute miteinander reden und sich gegenseitig aushelfen. Aber dass das so ein Niveau hat …«

Cahuan grinste. »Ja. Weißt du, manchmal denke ich, dass die wesentlichsten Teile des Wandels längst in Shebbetin angekommen sind. Oder nie verloren waren. Wir wissen, wie wir zusammenleben. Und uns entfalten, als Einzelne und als Gemeinschaft.«

Manaams Blicke schweiften in unbestimmte Ferne, hinaus zwischen die goldenen Funken, die die Sonne auf den Fenstern blinzeln ließ.

»Ja. Und ein bisschen von diesem Geist wird nun vielleicht auch Einzug halten in die feine Gesellschaft. Und die Benimmregeln ändern. Was sind die Vorgaben? Wer macht sie?« Er hob die Brauen. »Ich habe mich lange

Zeit den Konventionen gebeugt. Aber jetzt ist der Moment gekommen, wo ich die Macht habe, sie zu verändern. Ich kann jetzt, ganz anders als zuvor, bestimmen, welches Verhalten als akzeptabel gilt.«

Er wandte sich um. »Was früher seltsam exzentrisch war, könnte nun die neue Mode werden. Eine Selbstverständlichkeit. Wie zum Beispiel: alle Menschen als gleich wertvoll zu behandeln.«

Manaam hielt inne und sah Cahuan in die Augen. Sanft ließ er seinen Finger über ihre Wange, ihre Kinnlinie gleiten. »Das heißt auch, dir Respekt für deine Arbeit zu zollen. Klar zu machen, dass es mindestens so wertvoll ist, für Kinder zu sorgen, wie für ein Bergwerk zu sorgen.«

Manaam zögerte. Mit einer dezenten Geste deutete er in Richtung des vornehmen Viertels, der prächtigen Villen der Tsechen. Darunter auch die seine. Seine Stimme wurde leise, als er Cahuans Hand ergriff. »Es könnte auch heißen, dass ich mein schönes großes Haus nicht mehr allein bewohne. Dass eine der Kuschellauben bei mir einzieht und die leeren Räume mit Kindern füllt. Und mit ihren Eltern. Falls du das möchtest?«

Cahuan rührte sich nicht. Manaams Augen waren weit und dunkel, suchten ihren Blick und verbargen sich dann scheu unter nieder geschlagenen Wimpern.

Cahuan machte einen kleinen Schritt auf ihn zu, kam so nahe, dass sie seinen Duft riechen konnte. Sie vergrub ihre Nase in seinem Kragen und flüsterte in sein Haar. »So schmelzen Macht und Reichtum dahin.«

Manaam prustete. »Und werden gegen etwas Besseres eingetauscht?«

»Etwas viel Besseres!« Cahuan schlang die Arme um seinen Hals. »Wir kommen zu dir!«

Ein Lachen perlte aus Manaams Kehle. Er drückte Cahuan an sich, ganz fest. Seine Augen leuchteten, als er in die algengrünen Strähnen flüsterte, die unter ihrer Haube hervorragten. »Außerdem wäre es möglich, dass wir uns in der Öffentlichkeit küssen. Jetzt, wo die Zeiten sich ändern. Was denkst du?«

»Ich denke, wir könnten es versuchen.«

Cahuan leckte vorsichtig über seine Lippen und zog ihn dann in einen warmen, endlosen Kuss, vollkommen glücklich mit ihrer momentanen Öffentlichkeit aus zotteligen braunen Kühen.

* * *

Enim hängte das Papier an die Wand über seinem Bett. Er trat zurück und beäugte es kritisch. Es war die schönste Form von Kalligrafie, die er zustande brachte.

Wieder und wieder ließ er sich die Worte auf der Zunge zergehen. Er war nicht ganz sicher, was die beste Formulierung war, der wahre Ruf.

»Findet die Wunderkinder!«

»Findet gute Büren!«

Vielen Dank für die gemeinsame Reise!

Wenn Dir der Roman gefallen hat,
sag' es bitte weiter!

Poste und schreibe Rezensionen
auf deinen jeweiligen Plattformen...

Möge dieses Buch zu den richtigen Menschen finden,
und die richtigen Menschen zu diesem Buch!

SCHATTEN AUS STERNENLICHT

Umflutet vom Rauschen der Baumriesen kniete Amalai auf dem Boden und berührte die samtigen Blüten, die sich soeben der Nacht öffneten. Spuren eines zweideutigen Parfüms stiegen in ihre Nase, ein unverschämter Lockruf zwischen Wollust und Verwesung, verheißungsvoll bis an die Grenze der Übelkeit. Aber Amalai wusste die gespenstischen Blumen zu gewinnen, ihnen ihre verwirrende Essenz zu entlocken.

Sie ließ einen weiteren Kelch in ihre Hand fallen. Nur noch ein oder zwei, dachte sie. Den Rest würde sie wachsen lassen.

Doch da sprangen die Affen auf und jagten aufgeregt durchs Geäst. Vögel schrien Alarm und das Unterholz knackte und brach unter der Flucht eines unsichtbaren Tiers.

Amalai duckte sich tief zwischen die Farne. Vorsichtig schlich sie zwischen den schwarzen Stämmen voran, bis sie etwas sehen konnte.

Es waren Kadetten aus der Klingenburg. Auf einer Bahre zu ihren Füßen lag ein Bursche, ganz jung und auffallend schön, mit einem Gesicht so ebenmäßig und vollkommen wie das einer Marmorstatue. Und auch so weiß, so kalt. Er war tot.

"Ich hab es gesehen!" schrie einer der Kadetten. "Ein dunkler Schatten, ein Geist, ein Dämon! Der hat Hun erdrosselt!"

"Bah! Dämonen gibt es nicht. Das wissen doch alle!" Seine Kameradin blitzte ihn aus feurigen Augen an. "Ich kann dir sagen, welcher böse Geist Hun auf dem Gewissen hat."

Sie zeigte mit anklagendem Finger in Richtung Klingenburg. »Dieser Geist! Ein Geist, der Menschen in sinnlose Gefahren schickt und das ›Korrektur‹ nennt. Der uns quält, bis wir bereit sind, mindestens so viele Grausamkeiten auszuteilen, wie wir einstecken mussten.«

Tief im Gemäuer der Burg, in einer Turmkammer voller Eisenketten und blinkender Speere, trat die Kommandantin der Kaserne an eine Schießscharte und blickte hinaus in den blutroten Abendhimmel. Langsam nahm der Ruf in ihrem Inneren Gestalt an, gewann an Klarheit, an Kraft. Das war es! Ein grausamer Dämon bedrohte die Stadt, eine unermessliche, mörderische Gefahr! Nun würde die Klingenburg aus ihrem Schlaf erwachen! Die Zeit der Kriege war zurück!

Doch draußen unter den wogenden Baumkronen, zwischen leuchtenden Augen und schabenden Krallen, hörte Amalai ihren Liebsten in ihr Ohr flüstern. "Ich werde in den Wald gehen, heute Nacht. Vielleicht, nur vielleicht, ist das meine Chance, die Fay zu finden."

NICOLE LIEGER
"magical, inspiring"
THE STARLIGHT OF SHADOWS
A YURVANIAN TRANSITION NOVEL

Lust auf mehr?

Es gibt eine Bonus Geschichte!

Dafür einfach beim Newsletter anmelden auf:

nicolelieger.eu

Über die Autorin

Nicole Lieger kommt aus den Sozial- und Geisteswissenschaften und hat sich erst der Kampagnenarbeit zu Menschenrechten gewidmet, dann dem Management von NGOs und der Entwicklung von Organisation und Mensch.

Ihre Themen reichen von Tiefenökologie bis Restorative Justice, von materieller Einfachheit bis zu innerem Reichtum, von Kultur-Wandel bis zur Verbindung von Mittel und Zweck in der politischen Arbeit.

Wenn sie nicht gerade an der Uni unterrichtet oder Romane schreibt, übt sie mit Leidenschaft neue Alltagspraktiken im Einklang mit einer lebendigen Erde und einer erstaunlichen Menschheit.

Und freut sich über Kontaktaufnahme! Bitte einfach schreiben...